# OU CÉSAR OU RIEN

La légende des Borgia est celle d'un monde guidé par la force, le sexe et le sang. Mais l'histoire de cette famille originaire d'Espagne, qui concentra entre ses mains le pouvoir économique, politique et religieux d'une grande partie de l'Italie de la Renaissance, est aussi celle d'une ambition : bâtir au sud de l'Europe un État moderne en combattant l'obscurantisme et l'anarchie féodale et en défendant les valeurs de l'humanisme et la prospérité d'une bourgeoisie naissante.

Alexandre VI, Lucrèce, Joan et Jofré Borgia, Julia Farnèse, Savonarole, Machiavel, Léonard de Vinci, le cardinal Della Rovere, les Orsini, les Sforza, Louis XII, sont quelques-uns des personnages qui s'allièrent et s'opposèrent à César, prince et cardinal, homme de guerre et de pouvoir, précurseur d'une modernité que l'Italie se refusa longtemps à reconnaître.

Une histoire bâtie en une succession de plans cinématographiques, à la fois anecdotiques et totalisants, qui nous mènent de la fin du XVIe siècle jusqu'à la mort de Francisco Borgia, général de la compagnie de Jésus et successeur d'Ignace de Loyola.

*Manuel Vázquez Montalbán est né en 1939 à Barcelone. Essayiste, poète et romancier, il a écrit sur les thèmes les plus divers avec une vision toujours critique de la réalité et un grand sens de l'humour. Projeté sur la scène internationale grâce aux aventures du privé Pepe Carvalho, il a obtenu en France le grand prix de littérature policière 1981. Son roman* Galíndez *lui a valu le Premio Nacional de Narrativa 1991 et le Prix Europa 1992. Il a reçu pour* L'Étrangleur *le 40e Premio Nacional de la Crítica, et en 1995 le Premio Nacional de las Letras pour l'ensemble de son œuvre.*

Manuel Vázquez Montalbán

# OU CÉSAR OU RIEN

ROMAN

*Traduit de l'espagnol*
*par François Maspero*

*Éditions du Seuil*

TEXTE INTÉGRAL

TITRE ORIGINAL
*O César o nada*
ÉDITEUR ORIGINAL
Editorial Planeta


ISBN original 84-08-02505-8

ISBN 2-02-041946-7
(ISBN 2-02-035311-3, 1re publication)

# 1

# Le seigneur Machiavel reçoit de tristes nouvelles

Si l'on pouvait appliquer la raison au jeu, par exemple au jeu de cartes, la *cricca*, ou à celui de dés, le jacquet. Si l'on pouvait. Il est sûr qu'en étudiant les combinaisons on arriverait à savoir pourquoi on gagne, pourquoi on perd, pourquoi le barbier de Sant'Andrea est capable de battre Nicolas Machiavel, et cela en dépit de ce que messire le secrétaire, même quand il mange des rondelles de *finocchiona* ou boit du vin de Trévise baptisé, le fait comme s'il réfléchissait à la finalité de la *finocchiona* dans le monde et aux raisons objectives qui lui font préférer les vins de Trévise à ceux de Cinquetèrre, au grand dam des Génois. Pourquoi ? Pourquoi gagne-t-il, cet imbécile ? Il réfléchit et s'irrite de la supériorité, de l'impunité et de l'allégresse avec lesquelles le barbier mêle les cartes, les bat, les sélectionne, les range, pour finir par lancer celle qu'il a choisie sur la table de la victoire et de la défaite. Et Machiavel s'étrangle avec la rondelle du saucisson qu'il était en train de mastiquer au moment où il a jeté la carte perdante sur la table et il crie :

– Me faire battre par toi, c'est pire que de perdre ! Et perdre dans ma propre maison, pis encore. La prochaine fois, nous retournerons jouer à l'auberge.

Barbo Mulino adresse une mimique à ses compères pour les inviter à se scandaliser de l'agression de l'homme qui lit tout le temps, y compris quand il parcourt les chemins qui relient sa maison de Sant'Andrea de Percussina au village, et qui s'habille comme pour une cérémonie, avec une cape de savant, quand il déclame les classiques chez lui, comme si lire était un office sacré. Le tailleur Guidotto accommode deux modèles d'habits de gala pour le « seigneur magnifique » Machiavel : ceux dont il use quand il négocie au nom du gouvernement de Florence et ceux qu'il revêt quand il lit.

– Vous lisez trop.

Machiavel essaye de quitter son air hautain et ce qui était grimace amère devient complicité ironique.

– L'existence du hasard me fait horreur.

Les autres n'ont pas compris l'intention exacte de ces mots, mais ils se détendent et Barbo ose se redresser.

– Jouer aux cartes ne s'apprend pas dans les livres. Lire n'est pas bon pour la logique du joueur.

– Moi, quand je lisais, je jouais plus mal.

Cette sortie du médecin est un défi burlesque que Machiavel ne peut accepter.

– Monsieur le médecin, si vous lisiez plus, vous tueriez moins.

Mais l'amphitryon est fatigué, il se lève et, du geste, invite les autres à poursuivre le jeu, tout en les traitant mentalement de bouffeurs de merde ; pis encore, de bouffeurs de viande sèche qu'ils disputent aux vers les plus répugnants. Des vers répugnants, voilà ce qu'ils sont. Autour de la table ronde, sous les jupes de laquelle brûle l'huile d'un brasero, les murs sont tapissés de livres et d'archives vers quoi se dirige Nicolas Machiavel pour reprendre ses esprits, il soupire d'aise en ouvrant un livre et se permet de contempler les joueurs absorbés, avec l'aplomb retrouvé d'un certain mépris, jusqu'au moment où il croit entendre des bruits, des bruits incongrus, et pour savoir de quoi il s'agit il va à la fenêtre, juste à temps pour voir contre qui crie la servante paysanne, qui est restée plus paysanne que servante. Elle crie contre un homme qui porte sur lui toutes les routes du monde et une barbe de plusieurs jours. Sa condition de pauvre et de servante ne rend pas la fille très charitable envers les pauvres et les vagabonds, et le maître se montre à la fenêtre pour l'inciter à la compassion.

– Donne-lui quelque chose et qu'il s'en aille.

Le visage de l'homme, levé vers Machiavel, continue de suggérer des fatigues, mais aussi des blessures et, pour chacune de ces blessures, une histoire qui pourrait être intéressante.

– Il dit qu'il vous connaît, don Nicolas, et il veut vous parler.

– Je te connais ?

Et l'homme murmure avec une lassitude étudiée :

– César Borgia.

– Même en t'y appliquant pendant mille ans, tu ne réussirais pas à ressembler à César.

– Je vous apporte des nouvelles de César Borgia.

La condescendance se change en surprise et, le corps penché vers la cour, Machiavel lui ordonne de monter tandis qu'il quitte les joueurs en grognant : « Bouffez-vous les entrailles, ordures, comme ça il ne vous restera plus que vos cornes. » Ils répondent par des regards malicieux et un coup de coude de Barbo Mulino, voyez donc comment se conduit messire le secrétaire des Dix de la Guerre, quand il perd ! Il est conseiller suprême du pouvoir militaire de Florence, il porte le titre de « seigneur magnifique » et il ne sait pas perdre. Machiavel gagne une salle où plus de livres encore tiennent compagnie à une table superbe, un portemanteau auquel est accrochée une cape de cérémonie qu'il pose sur ses épaules, et un fauteuil, presque un trône, sur lequel il s'assied en prenant l'attitude du penseur qui médite, dans l'attente de son visiteur. Face à cette interprétation magistrale du noble intellectuel en pleine réflexion, le messager réplique en augmentant le poids de la fatigue sur son dos et en ouvrant faiblement une bouche exsangue d'avoir trop haleté.

– C'est César Borgia qui t'envoie ?

– Vous n'êtes pas au courant ?

– De quoi devrais-je être au courant ? J'ai choisi ce lieu retiré justement pour ne pas être au courant de ce qui se passe ailleurs. J'ai suffisamment de problèmes avec ce qui se passe chez moi.

– César Borgia est mort.

Machiavel ouvre la bouche, mais non les yeux cachés derrière la fente des paupières d'où ils lisent l'allure et le vêtement de l'archange de la mort, comme s'il portait sur lui la poussière maudite de la scène de l'événement.

– Tu viens de loin.

– De Viana, en Navarre, au pied des Pyrénées. J'ai allongé ma route en passant par Ferrare pour parler à madame Lucrèce, la sœur de César. C'était mon devoir.

Et comme, dans son abattement, son hôte reste silencieux, le visiteur veut se décharger le plus vite possible de ce qu'il a à dire.

– Vous ne me demandez pas comment c'est arrivé ?

– Tiens-le pour demandé.

– Je ne vous comprends pas.

– Comment est-ce arrivé ?

Le messager n'a pas envie de déclamer la mort debout, il revendique des yeux le droit de s'asseoir, et Machiavel le lui accorde. Une fois prouvé que sa fatigue nécessitait ce repos, il se passe les mains sur la figure et arrête finalement son regard sur un coin de la pièce, comme si l'y attendait la tapisserie du souvenir, puis il récite, plutôt qu'il ne raconte, une histoire mille fois répétée.

– Nous lui avons tous dit de ne pas se jeter sur les Beaumont, d'attendre que nous formions un groupe, mais depuis son départ de Rome mon chef n'était plus le César Borgia calculateur que vous avez connu. Cette même audace qui lui avait permis de s'échapper tant de fois, y compris des châteaux d'Espagne, il voulut la mettre dans cette attaque suicide contre les Beaumont. Il ne m'a pas donné le temps de le rejoindre et je l'ai vu de loin faire face aux coups de poignard et de lance de la meute qui l'entourait pour le jeter à terre et s'acharner sur lui au point de le défigurer. Quand je suis arrivé près de lui, la vie s'enfuyait encore par chaque blessure, mais dans ses yeux déjà la mort s'était installée. Je suis Juanito, don Nicolas, vous devez vous souvenir de moi, au temps où vous visitiez avec messire Léonard les fortifications de la Romagne. César ne pouvait faire un pas sans moi. Si tu ne viens pas, Juanito, je voyage sans mon ombre. Juanito Grasica, rappelez-vous.

– Je me rappelle.

– Vous rappelez-vous le jour où César et Léonard de Vinci se sont moqués de vos théories sur l'assaut militaire ?

– C'était une discussion sur mon étude, *Des difficultés de la conquête de Pise contre la barbarie féodale*. Je me souviens de toutes les fois où l'on s'est moqué de moi, mais en revanche je ne peux me souvenir de toutes celles où je me suis moqué des autres. Ainsi, César Borgia est mort.

Et il oublie le visiteur pour murmurer :

– *Alea jacta est.*

Mais il reprend conscience de sa présence pour en faire l'auditeur passif d'un monologue.

– Beaucoup attendaient son retour pour réaliser un rêve. Certains ne croiront pas qu'il est mort. Ce serait juger facilement que de dire : César a eu une mort cruelle parce qu'il fut lui-même cruel. Un chef ne doit pas se préoccuper d'avoir une réputation de cruauté, si cette cruauté maintient l'unité de ses fidèles. Ce qui est terrible, c'est la cruauté inutile.

– De qui parlez-vous, en disant ses fidèles ?

– De toi.

– C'est vrai. J'ai toujours été fidèle à mon chef, même si je ne comprenais presque jamais le sens de ce qu'il faisait. Je le lui ai dit une fois, dans l'un des rares moments où Miquel de Corella ou Ramiro de Llorca ou messire de Montcada me laissaient l'approcher. Un jour, le chef m'a expliqué, et tant que je vivrai je ne l'oublierai jamais, que ses actes n'étaient presque jamais personnels : « Je suis moi et ma famille. » Tous les Borgia ont agi, et agissent encore, guidés par un instinct de famille.

– Tu as raison, Juanito. Il y avait autre chose encore, mais il ne fait aucun doute que l'instinct de famille fut déterminant. Ils étaient des étrangers, venus en Italie où ils ont rencontré l'hostilité des familles et des chefs déjà établis. Tout a commencé avec le grand-oncle de César, le pape Calixte III, un pontife qui a pillé par surprise les familles italiennes et qui est à l'origine de la grande histoire des Borgia à Rome. Mais ni l'histoire ni la légende des Borgia n'existeraient s'il n'y avait eu que ce pape obsédé par la levée d'une Croisade contre les Turcs. Cette légende commence le jour où le père de César, le cardinal Rodrigo, s'est réveillé au côté du corps de celle qui était son amante et la mère de César, Vannozza Catanei, et s'est dit : « Je peux être pape, je veux être pape. »

Juanito Grasica émerge de sa fatigue pour faire un clin d'œil au savant.

– Le lit fait partie de la vie des Borgia.

– N'en doute pas. Rodrigo, c'est-à-dire Alexandre VI, le père de César, a commencé à se sentir pape dans un lit.

*

Le corps de Vannozza semble fragmenté par les rais de la jalousie. Le soleil se couche, prélude à la nuit, et Rodrigo n'aime pas la nuit. Il murmure :

*– Quan ve la nit i expandeix ses tenebres,*
*pocs animals no cloen les palpebres*
*i los malalts creixen en llur dolor**.

– Tu disais quelque chose ? Tu ne parles catalan que lorsque tu es triste ou quand tu es avec les tiens.

– Ce sont des vers d'un poète valencien, Ausiàs March. Il a écrit sur l'amour et la mort.

Il y a des plis sur le ventre de Vannozza, des rides qui commencent à lui cerner les yeux, bien qu'ils n'aient rien perdu de leur beauté de lacs paisibles, avenants quoique lointains.

– Qui regardes-tu quand tu regardes ?

– Toi.

Les cheveux teints tombent doucement sur ses seins quand elle s'incline pour chercher ses vêtements abandonnés sur une chaise. Rodrigo remonte les draps, juste assez pour couvrir ce qu'il faut de sa nudité, tout en analysant la décrépitude de la Vannozza d'un regard où se mêlent tendresse et effroi.

– Il est curieux que, malgré l'obscurité, ce soit la nuit que l'on se rende compte du temps qui passe.

Cette fois, Vannozza a compris et le contemple en souriant mais sans surprise.

– Tu es mélancolique, ou alors tu me dis que je vieillis. Je n'ai pas le corps de Julia Farnèse.

– Nous avons convenu de ne plus parler de Julia. Tu es très belle. C'est moi qui me fais vieux. J'ai quel âge ?

– Soixante ans ?

– Soixante et un.

– Et alors ?

Vannozza s'est habillée et se dresse devant lui.

– Je suis jolie ?

---

* Quand la nuit vient et répand ses ténèbres, / peu d'animaux ne ferment leurs paupières / et des malades augmente la douleur.

Rodrigo acquiesce et se lève de la couche, enveloppé dans les draps. Il va à la fenêtre qui donne sur une cour intérieure et, de là, il aperçoit dans une autre pièce l'homme penché sur ses papiers, une plume à la main.

– Ton mari écrit. Mais c'est un mauvais poète. Pis, c'est un poète vulgaire.

Vannozza se colle à Rodrigo, le dos contre son torse, le temps de lui prendre les bras et de les croiser sur elle. Maintenant ils sont deux à observer le poète.

– Il est bon et il t'est dévoué.

– S'il ne l'était pas, je ne te l'aurais pas donné pour mari.

– S'il n'était pas bon, ou s'il ne t'était pas dévoué ?

– S'il ne m'était pas dévoué, qu'importerait qu'il soit bon ?

Rodrigo soupire, dénoue l'enlacement, met fin à la situation. Il commence à choisir ses vêtements et, peu à peu, son aspect devient celui d'un ecclésiastique, une apparence qui n'est pas encore complète, mais déjà il se sent capable de dire :

– Nous allons devoir cesser de nous voir pendant quelque temps.

– Pourquoi ?

– Le conclave qui doit élire un nouveau pape va s'ouvrir.

Cette fois, l'homme met un point final à son habillement. La robe violette le transforme en prince de l'Église.

– Tout cardinal veut être pape. Pourquoi pas moi ?

– Tu es fou ?

– Je n'en suis pas capable ? Cela fait vingt ans que j'ourdis dans l'ombre la politique pontificale, je suis le chancelier apostolique. Aucun pape, depuis le temps de mon oncle Alfons, Calixte III, n'a fait un pas sans que je n'en sois informé, sans que ce ne soit sur mon initiative. Nul n'est plus au courant que moi des affaires de l'Église. Le pape qui vient de mourir, ce sont ces mains-là qui l'ont couronné. Pourquoi ne puis-je l'être à mon tour ?

– Tu as eu sept enfants naturels connus, et on t'en attribue un grand nombre d'autres un peu partout.

– Je ne suis pas le seul cardinal à avoir des enfants, Riario en avait et il a été pape. Della Rovere en a et il veut être pape. Sixte IV a fait des noces d'un de ses fils un événement mondain.

– Tu n'es pas italien. Toutes les familles italiennes veulent avoir pour pape un membre de leur dynastie : Colonna, Della Rovere, Médicis, Orsini, Este, Sforza. Rappelle-toi la campagne qui s'est déchaînée quand vous êtes arrivés à Rome, vous, les Catalans, rappelle-toi ton frère Pere Lluís.

– Je me rappelle, et c'est parce que je me rappelle que je veux être pape. Toute l'histoire des Borgia conduit à ce que je sois pape et que le soit demain notre fils César.

– César, pape ?

Rodrigo ne tient pas compte de la perplexité de la femme, à quoi succède, sur son visage, de l'incrédulité, et il l'invite à sortir de la chambre à coucher d'un geste large mais autoritaire. Il ouvre lui-même la porte et prend Vannozza par la main pour la mener dans une salle où ils trouvent César, Lucrèce, Joan et Jofré qui les attendent. Si Lucrèce court pour embrasser son père et recevoir de lui des baisers sur les joues et les lèvres, Joan incline la tête et joint les talons, mi-ironique mi-respectueux. Jofré, presque un enfant, passe de la torpeur à la résignation. Quant à César, pas un de ses muscles n'a bougé, et il attend les événements, de profil, assis sur l'appui de la fenêtre qui annonce la nuit romaine. Il est vêtu de noir et son nez de rapace agresse l'espace. Ils sont rejoints par Carlo Canale, le mari de Vannozza, qui se mêle à eux avec le naturel d'un homme invisible, à en juger par le peu de cas qu'ils font de lui, à l'exception de Vannozza qui se sépare de Rodrigo pour aller se serrer contre lui dans l'attente de ce que le cardinal va annoncer.

– Mes enfants, je vous ai fait mander parce que j'ai à vous instruire d'une nouvelle que Joan connaît déjà et que toi, César, tu soupçonnes probablement. Le pape est mort et le conclave commence. Je vous informe de ma décision d'être pape et de faire tout ce qui est en mon pouvoir pour y parvenir.

César lui lance un objet que Rodrigo se voit obligé de saisir au vol : un poignard dans sa gaine. Par son silence, le cardinal demande des explications.

– Tu as entre les mains un objet qui t'y aideras.

On ne lit nulle approbation sur le visage de Rodrigo, ni sur celui de Joan, tandis que celui de Jofré s'illumine et que Lucrèce reste réfugiée contre la poitrine de son père.

– Tu devrais mettre plus de prudence dans ce que tu fais et dis. Nous avons bien souvent parlé de votre destin et des moyens qui doivent permettre que je devienne pape aujourd'hui et que tu le deviennes à ton tour un jour.

César évite le regard de son père et contemple ses frères et sa sœur comme s'il les étudiait. Il ressent de l'amour pour Lucrèce, du mépris pour Joan, de l'indifférence pour Jofré. Rodrigo, lui aussi, passe en revue ses enfants comme s'il en faisait l'inventaire.

– La famille nous rendra invincibles. Les Borgia unis, contre les autres familles qui se partagent le pouvoir et ne veulent pas d'intrus. Mon oncle est arrivé à Rome seul, sans autre protection que celle de saint Vincent Ferrier, et il s'est entouré de Valenciens et de Catalans pour se défendre de ces conspirateurs. Il n'avait pas ce que j'ai : la richesse, l'expérience de la curie, une famille. Mais je suis parti de presque rien. Ma mère était une veuve de Xàtiva qui, grâce à son frère évêque de Valence… elle avait deux fils, mon pauvre frère Pere Lluís et moi…

Les enfants écoutent l'histoire de leur dynastie avec application, mais aussi une certaine lassitude. Bien que Rodrigo s'arrête devant Joan et lui prenne le bras, en faisant de lui le destinataire principal de sa nostalgie, c'est précisément Joan qui l'écoute avec le moins de complaisance. César s'est retranché en lui-même et accueille le discours de son père en contemplant un lointain qu'il est seul à voir. Rodrigo caresse maintenant les boucles blondes de Lucrèce, passe les mains sur ses joues, ses épaules, les arrête sur ses seins, mais les descend ensuite jusqu'à sa taille de guêpe, dont il s'empare comme s'il voulait boire à ce corps.

– Toi, Lucrèce, tu apportes la beauté, tous les seigneurs de la Terre voudront te posséder, et ce sont eux qui seront possédés par les Borgia. Toi, Joan, tu hériteras de ton malheureux demi-frère Pere Lluís le duché de Gandie, et tu seras riche et puissant en Espagne, le bras armé de la papauté si je suis élu. Toi, César, tu dois être cardinal et pape, et toi, Jofré, il faut encore que tu grandisses, mon garçon, pour être utile à la famille. Durant le conclave, nous devrons nous voir le moins possible. Tout le monde sait que j'ai une famille, mais il est préférable qu'on ne s'en souvienne pas trop pendant que je me ménage des alliés pour mon élection. Burchard, le chef du protocole, m'a conseillé que vous ne vous montriez pas.

– Burchard est un oiseau de mauvais augure.

Joan réplique à son frère sans sortir de sa nonchalance :

– César, tu détestes Burchard parce que ta façon de t'habiller l'horrifie.

– Et aussi notre façon de vivre. Burchard nous hait. Plus encore que Giuliano della Rovere.

– Burchard m'est fidèle, et il sait tout sur la manière dont je dois me comporter pour être pape.

Et, toujours à distance, il renvoie le poignard à son fils qui, à son tour, se voit obligé de le rattraper en l'air.

– Tu vas te battre désarmé ?

Rodrigo a glissé sa main dans une poche intérieure de sa robe et la ressort pleine de pièces d'or, qu'il jette une à une dans un calice ornemental.

– Voilà mes armes.

Mais il se repent de son geste, se signe et va s'agenouiller sur un prie-Dieu, sous le regard curieux des autres qui ne l'accompagnent pas dans sa piété, à l'exception de Vannozza et de son mari qui se sont signés et pareillement agenouillés.

*

A genoux et les bras en croix, Rodrigo se recueille devant sa cathèdre, tandis que chaque cardinal adopte la contenance que lui dicte l'âge ou l'ennui. Si Borgia est recueilli, Giuliano della Rovere multiplie auprès des membres de la curie les effets de robe et de paroles, les haussements de sourcils, les frôlements, sans cesser de suivre du coin de l'œil l'étrange et outrancière passivité de Rodrigo.

– Ce sera Ascanio Sforza ?

Le cardinal Maffeo Gherardo est si vieux que sa voix n'est qu'un souffle qu'il fait passer, de ses mains mises en porte-voix, dans l'oreille de Della Rovere.

– Il était déjà pape en entrant dans le conclave.

– Alors il n'en sortira pas pape.

– N'importe qui, plutôt que ce poison de Borgia, Gherardo. Depuis que ces traîne-savates de Catalans sont à Rome, ils travaillent à la venue de l'Antéchrist. A Florence, le prophète Savonarole lance des imprécations contre le pape, et les catholiques allemands sont sur le pied de guerre. Les parties les plus saines de l'Église se soulèveraient si cette infâme tourbe catalane occupait le siège de Pierre.

On réclame le silence, car l'évêque Bernardino López de Carvajal va prendre la parole, avec son autorité d'homme bon qui sait pacifier les esprits. Della Rovere va d'un cardinal à l'autre, d'un groupe à l'autre, et la rhétorique bien intentionnée de López de Carvajal arrive fragmentée par ses chuchotements.

– ... nous devons élire le candidat le plus apte à lutter contre les vices de l'Église... l'Église doit être réformée... ne trafiquez pas avec les biens sacrés... ne tombez pas dans le péché de simonie.

C'est le moment que choisit Rodrigo pour se relever et se diriger vers le jeune cardinal de Médicis.

– Il faut en terminer au plus vite. La ville est pleine de désordres. Cette nuit, on a compté deux cents assassinats.

– Pendant que nous montions les escaliers de Saint-Pierre, on a vu trois soleils presque égaux.

– Signe de Dieu. Le trois est l'ordre spirituel de Dieu dans le cosmos : le ciel, la Terre, l'homme. Dieu veut une élection rapide.

– Ascanio Sforza a sept voix.

Il a l'air satisfait, Sforza, qui observe en fronçant les sourcils les allées et venues de Borgia et de Della Rovere. Le trajet que suit Della Rovere est à l'opposé de celui de Borgia, conversant, chuchotant, persuadant, mais ils finissent par se rencontrer et les yeux, les sourires, les voix se baissent quand Della Rovere demande :

– Combien es-tu prêt à dépenser ?

– Ce qu'il faudra : duchés, évêchés, abbayes, bénéfices ecclésiastiques, maisons de campagne, fermes, châteaux.

– Ton oncle vous a laissés bien nantis.

– Plus encore que tu ne peux le voir. J'ai même assez d'argent pour t'acheter.

– Oh ! oui, tu en as de l'argent !

Les cardinaux se séparent, Della Rovere renfrogné et souffreteux, Borgia puissant, placide et enveloppant, faisant glisser les grains du chapelet qui pend d'une de ses mains, un grain par promesse, celle qui lui semble la mieux appropriée à chaque oreille qui l'écoute.

*

Avec un peigne d'or et de nacre, Adriana del Milà caresse plus qu'elle ne coiffe les cheveux de Lucrèce et sourit à ses questions. Je veux que tu me coiffes comme ta bru, Julia Farnèse. C'est la plus jolie fille de Rome. Devant la glace, Joan Borgia, vêtu à la turque, donne quelques coups de doigt aux cheveux qui dépassent de son turban, et sur cette même glace se penche le prince Djem en faisant des grimaces. Joan se retourne et frappe légèrement du poing le triple estomac qui domine le double ventre du prince, mais celui-ci prend la pose du lutteur, et tous deux se saisissent à bras-le-corps et tombent à terre en poussant des jappements étouffés. Le plus congestionné est Djem, qui demande une trêve, va à la fenêtre reprendre son souffle, comme s'il n'y avait pas suffisamment d'air à Rome pour combattre son asphyxie. La voix de Joan lui parvient.

– Tu es trop gros, Djem.

– Les otages mangent trop. Que pourrions-nous faire d'autre ?

– Si mon père est pape, tout changera. Cela n'a pas de sens de te garder pour ennuyer ton frère, le sultan Bajazet.

– Si cela n'a pas de sens de me garder en otage, quel sens cela aura-t-il de me garder tout court ? Vous me tuerez ?

– Ne dis pas de bêtises, Djem. Ton frère paye pour que nous te retenions à Rome. Tu es une bonne affaire.

Lucrèce fait irruption dans la conversation, et Adriana del Milà interrompt la coiffure.

– Tu es le prisonnier le plus amusant que nous ayons eu.

– Merci, Lucrèce. Je ne suis pas exactement un prisonnier. Je suis une raison d'État. Les Turcs, mes compatriotes, sont déjà aux portes de Belgrade.

Une stupide raison d'État, pense Djem, et son propos muet insulte ceux qu'il contemple. On prétend que mon frère a peur parce que vous pouvez faire de moi son rival, le prétendant au trône des Turcs, imbéciles. Mon frère a de moins en moins peur, mais vous, les chrétiens, vous êtes ravis de croire que je fais peur à mon frère. Constantinople est à nous. Nous sommes devant Belgrade. Vous avez l'Islam à vos portes, mais cela me va parfaitement que vous croyiez que je fais peur à mon frère, parce que le jour où vous cesserez de le croire... Djem passe un doigt sur son cou. Joan de Gandie, que cette situation écœure, préfère mettre un bras sur les épaules du Turc, qui regarde maintenant par la fenêtre.

– Que nous importe que les Turcs soient devant Belgrade ? Qui est jamais allé à Belgrade ? Est-ce que Belgrade existe ? Nous nous sommes habillés en Turcs pour vivre cette nuit à la turque.

– Regarde, César s'en va.

Joan et Djem contemplent César qui traverse la cour à cheval en direction du porche.

– Et il part sans Michelotto Corella. Miracle ! Comment est-il vêtu ?

– En César Borgia. Mon frère s'habille toujours contre les autres. Il ne se déguise jamais comme toi et moi. Mon père se démène pour le faire cardinal et il hait cette décision. C'est un homme de guerre.

– Ton père est un chasseur et il peut être pape.

– Mon Dieu, quel cauchemar ! Toutes ces obligations qui vont me tomber dessus : j'en ai déjà trop, et il faut encore que mon père m'emprisonne dans la toile d'araignée de son ambition politique. Il m'a proposé un mariage avec une femme horrible. María Enríquez, cousine du roi d'Espagne. J'hérite de la fiancée de mon malheureux demi-frère Pere Lluís. Je devrai aller en Espagne et gouverner mes sujets à Gandie, un endroit plein d'orangers et de morisques.

Burchard est entré dans la salle et demande des explications sur le départ de César. Il se heurte à l'indifférence générale, à part Lucrèce, à qui Burchard s'adresse sans la regarder dans les yeux.

– J'ai vu comment s'en allait votre frère, madame. Une chose est de ne pas se faire remarquer tant que dure le conclave, et une autre est de quitter Rome. C'est une marque d'indifférence.

– Toujours trop sensible aux apparences, Burchard. Pourquoi ne me regardes-tu jamais quand tu me parles ? C'est le protocole qui l'exige ?

– L'homme ne doit regarder que ce qu'il peut voir.

Adriana del Milà observe le chef du protocole avec curiosité.

– Étrange assertion. Que voulez-vous dire ? Que vous ne pouvez pas voir Lucrèce ? Seriez-vous aveugle, messire Burchard, ou la beauté de Lucrèce vous dérange-t-elle ? Je me suis laissé dire que vous considériez les femmes comme une cause de perdition pour les hommes.

– C'est un fait objectif depuis le Paradis terrestre, mais je reconnais que beaucoup de temps s'est écoulé.

Adriana del Milà rit et propose Burchard comme un exemple d'erreur humaine insuffisamment incarnée.

– Je suppose que vous répugnerez à la lecture de *La Cité des dames* ou du *Livre des trois vertus* de la Vénitienne Christine de Pisan, en défense de l'entité propre des femmes. Ou que messire Burchard restera sourd aux arguments d'illustres femmes humanistes telles que Nogarola ou Scala en défense de l'innocence d'Ève dans cette trouble affaire de la tentation par la pomme au Paradis terrestre.

– Il est logique que les filles d'Ève défendent Ève. Je n'ignore point cette littérature, de même que je n'ignore pas qu'un écrivain aussi excellent que licencieux, Boccace, a fait l'éloge des femmes dans son *De claris mulieribus* sans tenir compte des possibilités de la nature des femmes et de leurs accidents, si changeants. Quoi qu'il en soit, j'ai d'autres préoccupations. J'ai vu comment César s'en allait, et je ne trouve pas bon qu'il se conduise ainsi. Quelqu'un doit le convaincre de revenir.

L'immobilité de l'assistance exprime son indifférence, et Burchard salue avant de quitter la salle et de marcher d'un pas rapide, aérien, vers l'escalier qui mène aux vestibules inférieurs. Djem court derrière lui en malmenant sa corpulence, jusqu'à ce qu'il puisse se faire entendre entre deux halètements :

– Burchard, ne forcez pas ainsi votre allure.

Le prince arrive à la hauteur de celui qu'il poursuivait et qui s'arrête, dans une posture servile.

– On voit bien que vous n'avez pas de vices. Vous ne courez pas. Vous volez. A plusieurs occasions, j'ai cru apercevoir chez vous une attitude de saine distance envers la conduite des Borgia.

– C'est l'attitude la plus logique. Mes obligations consistent à orienter les conduites, non à les imposer.

– Mais il est évident que vous n'appréciez pas la familiarité qui règne chez les Borgia, entre le père et la fille, entre le frère et la sœur. Je suppose que vous l'avez remarqué : ils passent leurs journées à se caresser. Ce doit être une vieille coutume valencienne. Vous ne devez pas non plus apprécier les amours de Rodrigo et de la jeune Julia Farnèse, grâce aux bons services d'Adriana del Milà sa belle-mère et à la cécité du mari, Orsino Orsini, qui n'est pas aveugle même s'il est réellement borgne. Un bon chrétien comme vous ne peut être que scandalisé par ces choses.

C'est le mutisme qui lui répond.

– Messire Burchard, l'élévation de Rodrigo au trône pontifical pourrait provoquer une révolte.

Plus de mutisme encore, qui l'invite à poursuivre.

– Pour nous, les otages, les temps de changement sont des plus néfastes. Il circule des bruits atroces sur la conduite des Borgia, et des signes étranges apparaissent dans le ciel. Quelqu'un a vu les sept anges annonciateurs des sept plaies. Je crois que pour vous, chrétiens, ce signe est très important…

Les lèvres fines de Burchard remuent pour réciter :

– « … sept anges aux sept fléaux… Alors l'un des sept anges qui tenaient les sept coupes s'en vint me dire : "Viens, que je te montre le jugement de la grande prostituée, assise au bord des grandes eaux. C'est avec elle qu'ont forniqué les rois de la Terre, et les habitants de la Terre se sont soûlés du vin de la prostitution." »

Burchard semble en transe et, dans sa gesticulation, il prend le bras du Turc et approche ses lèvres de son visage :

– Et dans l'Apocalypse il est dit encore : « … et il me transporta donc au désert, en esprit. Et je vis une femme, assise sur une Bête écarlate couverte de noms blasphématoires et portant sept têtes et dix cornes… »

Le récitant est retombé dans son mutisme, mais, par son expression, il invite Djem à en tirer les conclusions :

– Sept têtes… Les sept enfants de Rodrigo.

*

Rodrigo navigue entre les cardinaux épuisés et le camerlingue, en surveillant l'évolution des intentions ; liasses et livres ont désorganisé l'espace, sur les visages aussi apparaît le désordre de la fatigue, et les corps s'abandonnent sur les cathèdres comme à la recherche de l'impossible horizontalité du sommeil. Soudain Borgia traverse la salle en direction d'Ascanio Sforza et l'apostrophe :

– Jamais tu ne seras pape. Tous te désignent comme la créature de puissances étrangères, et Giuliano della

Rovere aussi, mais de puissances contraires. Je suis l'unique candidat neutre. Le Vatican a besoin d'être indépendant, d'être un pouvoir spirituel en marge des luttes pour l'hégémonie, capable d'affronter le Grand Turc et l'Islam. Tu es arrivé avec sept votes et tu sortiras avec sept votes. Unis-toi à moi, Ascanio, tu seras mon chancelier, tu auras le château de Nepi, l'évêché d'Erlau.

– Il rapporte combien ?

– Dix mille.

– Je veux un monastère en Catalogne.

– Ripoll, aux racines mêmes de l'histoire catalane.

– Et une part de tes pensions.

– Trois chargements d'argent se dirigent vers ton palais.

– Quatre.

– Quatre. Combien de votes peux-tu me concilier ?

Sforza baisse les yeux en signe d'assentiment, et Borgia se dirige vers Orsini, auquel il se borne à dire :

– Les villes de Monticelli et de Soriano, l'évêché de Carthagène, trente mille.

Et contre l'oreille du cardinal Colonna, il murmure :

– L'abbaye de Subiaco.

Et au cardinal Pallavicini :

– L'évêché de Pampelune.

– Et une pension ?

– Et une pension.

Della Rovere observe à distance la campagne de persuasion de Borgia, qui est en train, maintenant, de sceller le pacte avec le cardinal le plus jeune, Jean de Médicis. Les lèvres de Colonna susurrent à l'oreille de Giuliano della Rovere :

– Il ne dépend plus que du vote de Gherardo.

Et c'est au tour du vieillard nonagénaire, absent, somnolent, qui ne se rend même pas compte que Borgia s'approche, déjà prêt à l'embrasser.

– Ce marrane, fils d'une pute marrane, va arriver à ses fins. Si je ne peux lui barrer la route ici, je le ferai dehors.

Colonna insiste :

– Ce sera mieux pour toi. Rodrigo va gagner, mais la rue est à nous si tu le veux. On m'a dit que la famille de Rodrigo est divisée, inquiète, il paraît même que César a quitté Rome.

– Je serais plus rassuré si c'était Joan qui était parti. Ce départ de César ne me plaît pas. C'est impossible à croire. Il a une âme de lutteur. Regarde. Regarde comment cette bête venimeuse se referme sur ce cacochyme baveux de Gherardo. Il faut lui barrer la route.

Della Rovere va le rejoindre pour tenter d'éviter la débandade, mais Rodrigo le devance et, quand il arrive, il se rend compte que le vieux s'est réveillé et ouvre des yeux grands comme des soucoupes devant les chuchotements qui sortent de la bouche de Borgia.

– ... six mille.

Giuliano serre les poings et les yeux, et, quand il les rouvre, l'horizon de la salle est occupé par le visage radieux de Rodrigo, qui reçoit félicitations et baisemains, tandis que les dignitaires du protocole courent en tous sens et que López de Carvajal annonce :

– *Habemus papam !*

Della Rovere baisse la tête et va vers Ascanio Sforza, pendant qu'une joie générale éclate dans toute la salle autour du nouveau pape. Fou de rage, il l'interpelle :

– Qu'as-tu fait, Ascanio, insensé ? Tu as vendu ton droit d'aînesse pour un plat de lentilles.

– Ne sois pas biblique, Giuliano. Il est plus fort que les autres, et plus riche.

Ascanio entend aller féliciter le vainqueur, mais Giuliano Della Rovere le retient par un bras.

– Quand il t'aura fait riche, tu ne seras plus là pour en profiter. Commence à méditer là-dessus.

Sforza lui adresse un sourire énigmatique et va vers Borgia, mais c'est le nouveau pape qui s'approche d'eux, il écarte Ascanio comme si, déjà acheté, il ne comptait plus, et il provoque les baisemains, puis l'embrassade, de Della Rovere. Et une fois l'embrassade terminée, des murmures se croisent de bouche à oreille. Giuliano dit :

– Je veux que tu saches que j'ai voté pour toi.

Rodrigo Borgia répond d'une voix douce :

– Je m'y attendais, et je t'ai réservé la forteresse d'Ostie, la nonciature d'Avignon et un canonicat à Florence.

– Merci, votre sainteté.

*

Les cloches sonnent et, en contrepoint de leur lenteur majestueuse, les pieds de Della Rovere parcourent les espaces qui le séparent des groupes et des personnes suspendus à ses appels à la conjuration.

– L'heure est venue. Rome ne peut accepter que soit consommée l'hégémonie de ces bâtards qui, pour notre malheur, sont arrivés voici presque cinquante ans.

C'est le même Della Rovere qui continue à parler devant d'autres visages attentifs :

– En cinquante ans, ils ont accumulé des richesses sur le dos de nos familles, et se sont servis de sicaires valenciens et catalans qui ont couvert leurs mains de sang et rempli leurs poches d'or.

Et c'est une horreur morbide qu'il provoque quand il dit :

– Rodrigo couche avec sa fille Lucrèce avec la bénédiction de cette maquerelle catalane, Adriana del Milà, mariée à un Orsini cocu et content. Il couche aussi avec Julia Farnèse, mariée au borgne et cocu Orsini avec la bénédiction de sa belle-mère. Et la maîtresse de Rodrigo, la mère de ses enfants, la grande prostituée, Vannozza, met ses enfants dans son lit : une nuit Joan, une nuit César, un fils du pape qui fornique quarante fois, oui, quarante fois par jour, et peu lui importe si c'est avec un homme ou une femme.

– Mais les as-tu vus, Giuliano ?

– Ils ne se cachent pas. Ils ont perdu la crainte de Dieu et ils se moquent de la crainte des hommes. Lucrèce est la maîtresse de son frère Joan. César a le mal français, César est syphilitique.

– Mais c'est encore un jeune homme.

Et dans ses pérégrinations Della Rovere finit par se trouver face à Burchard, surpris en pleine rue, pressé et affairé.

– La grande escroquerie a abouti. Rodrigo sera proclamé pape.

– La Providence.

– Burchard, ne viens pas me parler maintenant de la Providence. Je suis cardinal. Accorde-moi le droit de savoir quand intervient la Providence et quand elle n'intervient pas. Tu sais combien Borgia a dépensé pour être pape ?

– La Providence l'avait enrichi.

– Burchard, je ne mets pas en doute la fermeté de tes convictions catholiques, apostoliques et romaines. Je sais que tu es un disciple du théologien Institoris, le grand inquisiteur de Mayence, Cologne, Trèves, Salzbourg et Brème. Tu connais suffisamment le *Malleus maleficarum* pour avoir compris qu'il y a, à la cour des Borgia, diverses formes de sorcellerie. Vannozza, Lucrèce, Adriana del Milà sont des sorcières et leurs maléfices tomberont comme une malédiction sur l'œuvre de Dieu. Si tu voulais parler ! Je suis convaincu que tu es scandalisé par la vie que mène cette famille. On dit que Rodrigo et sa fille copulent, et que Vannozza et César copulent aussi.

– Cela fait peut-être trop de copulations.

– Il faut empêcher ce couronnement. Si tu parlais. Si tu racontais ce que tu sais…

Mais Burchard est pressé et ne veut pas se compromettre.

– Un jour viendra où le livre dans lequel tout est écrit sera ouvert, et ce qui fut mesquin apparaîtra mesquin, et ce qui fut grand apparaîtra grand.

La voix de Giuliano della Rovere le poursuit tandis qu'il s'éloigne :

– Ce livre, est-ce toi qui l'écriras ?

C'est un Burchard de plus en plus apeuré, croyant voir partout des silhouettes menaçantes et scrutant le ciel de Rome en quête de signes révélateurs, qui dirige ses pas vers une destination bien précise. Il s'introduit dans les ruines et là, entre les colonnes tombées et les buissons protecteurs, des hommes d'armes s'exercent aux luttes corporelles. Burchard choisit l'un d'eux, barbu et massif, qui accepte l'aparté et écoute le message.

– César est parti, Corella, et cela ferait mauvais effet si l'on interprétait cette absence comme un désaveu de son père, le nouveau pape.

– Pape ?

Corella se tourne vers les lutteurs.

– Rodrigo est pape ! Hugo ! Juanito ! Nous avons un pape.

Les lutteurs acclament l'élection de Rodrigo et entourent Burchard, le messager, pour le hisser sur leurs épaules contre sa volonté et son sens de l'équilibre. Corella prend l'un des combattants à part.

– Pendant qu'ils amusent ce vilain oiseau, Juanito, allons chercher Llorca pour retrouver César. Je crois savoir où il est.

*

– Regardez ce dessin et imaginez le tableau dont il est inspiré. Je veux que vous imitiez ce sacre du printemps.

Les mains de César invitent trois filles nues à reproduire la composition des *Trois Grâces* de Botticelli, sans douceur excessive car ses doigts s'enfoncent dans les jeunes chairs quand les filles sont trop maladroites, et pèsent sur les nuques pour retrouver les positions données par un dessin au fusain posé sur un chevalet. L'artiste recule pour vérifier que la réalité imite parfaitement l'art, et ce qu'il voit ne le satisfait pas, car il défait brutalement la composition et force les filles à tomber sur le lit. Là, elles se sentent libérées et en terrain de connaissance, elles essayent d'attirer l'austère homme en noir qui s'est assis sur le bord de la couche et les observe d'un œil critique.

– Montrez-moi votre cul.

Et les trois culs se tournent vers le plafond dans des fous rires et des roucoulements de fausses dames florentines. César passe les fesses en revue.

– Tu es la seule à avoir un cul lunaire. On dirait exactement une pomme.

– On m'a toujours dit que j'avais un joli cul.

– Voulez-vous participer à un grand concours de culs ? Je suis capable de distinguer jusqu'à trente variétés de culs.

– Vous ne préférez pas voir les visages ?

– Les culs, ça engage moins. Les visages ont beaucoup plus d'éléments négatifs. Un cul, il lui suffit d'émettre trois ou quatre bons signaux.

– Mais vous nous avez choisies pour notre visage ou pour notre cul ?

– Si vos culs ne me plaisaient pas, vous ne seriez pas ici.

– Vous ne vous déshabillez pas ?

César ne répond pas, il ne se déshabille pas, mais se jette sur les trois corps et attrape tout ce qui lui tombe sous la main, tandis que la fille au cul lunaire essaye de lui enlever ses vêtements. Il résiste avec énergie, presque avec violence, et les trois femmes se rendent à ses désirs, qui sont uniquement de les maintenir la face contre le matelas et le cul vers le ciel, pendant qu'il les caresse comme un diapason. Sur ces entrefaites, la porte s'ouvre lentement, laissant à César le temps de recouvrer ses esprits et de porter la main à l'arme passée à sa ceinture. Dans l'encadrement, Corella, Llorca et Juanito regardent alternativement les culs des femmes aux faces cachées, et César qui, remis de sa surprise, les dévisage avec une froide indignation.

– Je vous ai demandé de venir ?

– César, il se passe des choses à Rome.

– Il se passe toujours des choses à Rome.

– Ton père est le nouveau pape.

Une fille rit et César lui assène une claque sur le cul tout en éclatant lui-même de rire. La possibilité que l'étrange homme en noir soit fils de pape soulève une vague d'hilarité irrésistible et contagieuse, jusqu'au moment où César s'arrête de rire et bouscule les filles pour qu'elles quittent le lit, puis la pièce.

– Nous ne pouvons pas sortir toutes nues. La nudité est un péché, votre sainteté.

– Vous n'avez pas le choix. Le fils du pape vous autorise à sortir toutes nues.

Mais dès qu'elles ont quitté la pièce, partagées entre les lamentations et les rires hystériques, César leur lance leurs vêtements dans l'encadrement de la porte ouverte. Comme si la fête était terminée, il reprend la situation en main et contemple les hommes qui attendent patiemment.

– Mon père est pape.

– Burchard nous a chargés de venir te chercher. Quitter Rome est aussi mauvais que de te montrer avec ton père. Della Rovere raconte partout que tu es brouillé avec Rodrigo, et il active les conspirations contre la nomination de ton père.

– C'est à mon frère Joan de défendre son père. C'est lui, l'homme de guerre. Moi, je serai un ecclésiastique et je ne peux que prier pour lui.

Ramiro de Llorca ne sourit pas, au contraire, son ton se fait agressif :

– Ton frère n'a pas la trempe nécessaire pour affronter cette situation, il manque d'estomac.

– Mon père saura se défendre seul.

César considère que l'entretien est clos et, malgré le mouvement de Ramiro qui se dispose à partir, Miquel de Corella ne se résigne pas. Il tient tête à César et lui parle en collant presque son visage contre le sien ; il encaisse les coups que lui donne César pour lui faire lâcher prise.

– Écoute bien. J'aurais dû être notaire ou professeur dans une de ces maudites universités, seulement voilà, depuis que nous nous sommes rencontrés à l'université de Pise je suis devenu ton écuyer. Tu me dois tout pour ce que je n'ai pas été, et je ne te dois rien pour ce que je suis devenu. Je vais te parler clair. Tu sais que ton père ne pourra pas continuer à manœuvrer comme il l'a fait jusqu'à présent. Il ne s'agit plus de gagner la bataille dans les offices et les sous-sols. Maintenant, ton père est un chef d'État sans armée ou presque, et, tu le sais, ce n'est pas ton frère qui lui en donnera une. Tu nous l'as dit des milliers de fois. Le moment est arrivé. Tu crois que c'est l'heure de déserter ?

– Je ne déserte pas. Je ne fais que commencer à exercer une pression. Il a suffi que je m'en aille pour que tout le monde devienne nerveux. Joan aurait-il produit le même effet ? Vous êtes venus me chercher. Je fais plus peur quand je suis hors de Rome que lorsque je suis à Rome.

Corella commence à comprendre et se sent ridicule.

– Alors, tout cela n'a été qu'une comédie ?

– Tu peux même dire une farce.

Corella désigne César à ses deux compagnons et leur explique :

– Il est plus malin que nous trois réunis. Jadis, quand je lisais, j'ai appris dans un livre qu'en ces temps de changement seule valait la peine d'être condottiere, cardinal, courtisan, philosophe, mage, ou mage philosophe, ou philosophe mage, commerçant, banquier, artiste, femme et... ah ! oui, prince. Eh bien, César, son père veut faire de lui un cardinal, et même un pape, mais en réalité c'est un condottiere, un cardinal, un philosophe mage qui lit Nicolas de Cuse, Pic de la Mirandole ou les disciples hermétiques de Marsile Ficin et consulte les astres. Et, en plus, il est prince. Il a autant d'argent qu'un banquier et il ne lui manque, pour être un homme total, que d'être femme. Vous comprenez pourquoi je lui vends mon âme. Il n'y a pas de prince sans sicaire et je serai le principal sicaire du prince. Toi aussi, Ramiro ?

Ramiro de Llorca abandonne ses velléités de fuite pour répondre :

– A ce que je vois et entends, tu seras un sicaire humaniste. Des mots, des mots, des mots. Et moi, que serai-je ?

– Un sicaire. Un sicaire, tout simplement.

*

– *Sic debes assare porcum.*

Joan Borgia désigne un animal rôti sur le plateau, tout en balançant au-dessus le couteau avec lequel il va le découper et en servir une part à Djem.

– Tu n'aurais pas dû me dire que c'était du porc. Nous ne pouvons pas manger de porc.

– Cette recette est celle du cuisinier du pape Martin V, celui qui a restauré Rome comme centre de la chrétienté, et je suppose que même si tu es un infidèle tu peux te faire octroyer une bulle. Mange donc du porc.

– Un infidèle captif peut-il refuser un plat de porc ? Et ce qui sent tout aussi bon dans cette casserole, c'est quoi ?

– Du faisan avec une sauce aux pignons et aux fleurs d'amandier parfumée à la cannelle. Et plus loin tu as un ragoût romain de foie, de la poitrine de chevreau au lait d'amande et aux épices, et des perdreaux marinés dans des écorces d'orange. C'est une nuit excellente pour dîner jusqu'à nous en faire péter la ceinture et ne pas rentrer chez nous. Il est de tradition que le peuple pille la maison du pape élu, et je ne crois pas que les pilleurs nous tiennent en grande estime.

– Je vois que la nomination de ton père ne te fait guère d'effet.

– S'il est content, je suis content.

– Votre Dieu inspire la nomination des papes ?

– C'est ce que dit la doctrine de l'Église.

– Ton père croit en Dieu ?

C'est du désarroi qui voile les yeux de Joan, même s'il voudrait que ce soit de l'indignation pour ce qu'il considère comme de l'impertinence.

– Ne te fâche pas. Ma question est fondée sur l'observation de sa conduite. Il connaît parfaitement les lois de l'Église et les pouvoirs politiques, il connaît mieux que personne les faiblesses des nobles et sait comment contenter ou intimider ceux d'en bas. Mais je ne l'ai guère entendu parler des choses de la religion, il se montre tolérant avec les juifs et curieux avec les mahométans.

– Mon père est catholique, apostolique et romain, il a une dévotion spéciale pour la Vierge Marie et il sait que les autres religions monothéistes, la tienne et celle des marranes, sont fausses. Celle des marranes est fausse depuis l'instant même de la Crucifixion de Notre-Seigneur, et la vôtre est une religion fataliste qui ne croit pas en la liberté de l'homme, vous acceptez l'esclavage pourvu que l'esclave ne soit pas mahométan, vos sanctions éternelles sont puériles et vous appelez à des guerres saintes pour détruire la chrétienté.

– Toutes les religions ont leurs guerres saintes. Je suis trop gros pour penser, Joan, mais il y a beaucoup de formes dans l'esclavage et vous, les chrétiens, vous traitez vos prisonniers, vos indigents, comme des esclaves qu'ils soient de votre religion ou pas. Quant à ce que tu appelles nos sanctions éternelles, tu dis qu'elles sont puériles, mais moi je ne suis pas de cet avis. Le Coran dit que quand nous mourons, nous restons *dans l'enivrement de la mort* jusqu'au jour de la résurrection et du Jugement dernier. Que peut-on souhaiter de mieux qu'un enivrement perpétuel ? Où attendez-vous le Jugement dernier ? Dans des lieux affreux comme le Purgatoire et l'Enfer, ou dans un endroit insipide comme les Limbes. Ce dont je suis sûr, c'est que ton père n'ira jamais dans les Limbes. Mais pourquoi es-tu venu à cette fête déguisé en Turc alors que moi-même je ne suis pas habillé en Turc ? C'est moi le Turc, Joan.

– Tous les Borgia aiment se déguiser. César est perpétuellement déguisé. Je crois que quand je serai en Espagne on ne me laissera pas me déguiser en infidèle. Ils expulsent les juifs et tuent les mahométans vaincus. Ma future femme est une jeune vieille, cousine des rois d'Espagne et fille du Grand Amiral de Castille. Nous nous marierons à Barcelone et les rois d'Espagne seront nos témoins. On m'a dit que María Enríquez dort avec une armure par crainte d'être violée, même en rêve. *Bebamus atque amemus, mea Lesbia.*

Joan Borgia tape dans ses mains et les serviteurs tirent les rideaux qui découvrent des danseuses vêtues suivant les conventions orientales.

– Elles sont turques ? demande Djem.

– Non. Je crois qu'elles viennent du sud des Pouilles, d'où, quand il ne pleut pas, les filles montent à Rome ou plus au nord pour gagner leur pain. Tu te souviens de ces danses ?

Sur un signe de l'amphitryon et sur une musique guillerette, les filles commencent à se tortiller et à regarder alternativement vers l'ouest et vers l'est, sans autre souci que celui de faire de leur nombril le centre de leurs contorsions. Le prince Djem a été pris d'une crise de fou rire, ce qui ne l'empêche pas de manger comme quatre, les mains pleines des plus diverses viandes arrachées par ses doigts fébriles. Joan ne mange pas, mais il garde à portée de main un pot de cuivre rempli de vin, il boit et se déhanche au même rythme que les danseuses en essayant d'imiter leurs gestes, ce qui ne fait qu'augmenter l'hilarité de Djem. Joan boit autant que Djem mange, le Turc se lève pour aller vers la balustrade qui donne sur le jardin et plus loin sur Rome, dont on voit les lumières éparpillées dans la nuit. Djem vomit en essayant de ne pas souiller la balustrade et va dans le jardin que l'on devine dans l'obscurité. Dans son dos les danseuses et Joan composent des ombres chinoises et l'amertume de ses vomissements le fait vomir encore plus. Il rend encore deux fois, sèche ses larmes et cherche une distraction dans la contemplation des ombres du ballet.

Et c'est avec rancœur qu'il dit :

– Allah est le plus grand et son alfange fera rouler vos têtes. Il faut tuer les infidèles partout où ils sont.

Mais il y a une ombre dans le jardin, qui peu à peu se matérialise en un garçon sans autre vêtement qu'un pagne maintenu par une ceinture d'or.

– Que fais-tu là ? Tu m'espionnais ?

– Le seigneur Joan m'a dit de venir vous tenir compagnie. Il m'a dit que les danseuses ne vous plaisaient pas, que vous préfériez les danseurs.

C'est maintenant avec tendresse que le regard de Djem s'attarde sur les formes enveloppées d'ombre du garçon.

– Tu es un bon danseur ?

*

Cardinaux et nobles sont à genoux, Orsini, Della Rovere, Colonna, Médicis, Sforza, Campofregoso, des noms que Rodrigo prononce à mesure qu'ils lui baisent la main, comme s'il faisait l'inventaire des vaincus. Les gestes de Rodrigo se sont faits plus solennels et il tourne le dos à ceux qui lui rendent hommage, pour monter trois marches et se tenir au-dessus d'eux. De là, il leur ordonne de se lever et de se signer, ce qu'ils font par mimétisme tandis que leur murmure tourne court quand le pape prend la parole.

– Je vous remercie d'être venus jusqu'à moi pour ratifier votre adhésion. Burchard prépare le protocole approprié pour la cérémonie du couronnement, et Dieu accompagne ma joie et la vôtre pour la plus grande gloire de l'Église. Ce n'est pas le moment de vous dire combien mon pontificat sera ambitieux, mais je veux néanmoins me faire l'écho de ce qui est déjà une prophétie : de la force du Vatican dépend l'avenir de la chrétienté et le temps de la faiblesse, où il fallait pactiser avec les pouvoirs temporels, s'achève. La papauté est un pouvoir spirituel, et elle doit être un pouvoir temporel respecté. Sa puissance me permettra d'accomplir le désir de mon oncle Calixte III, et j'appellerai à une Croisade sainte contre le Turc, de même qu'à la christianisation des nouveaux mondes, connus et à connaître. La prise de Grenade par les rois de Castille et d'Aragon signifie la défaite de l'infidèle en Espagne huit siècles après l'invasion. C'est un motif de réjouissance et un signe prémonitoire. Allez vous préparer pour mon investiture. Je vous annonce que je me ferai appeler Alexandre VI, dans l'ordre de succession que m'impose l'existence des cinq papes qui se sont appelés Alexandre.

Ceux qui ont manifesté leur adhésion inébranlable sortent benoîtement, tandis que Burchard, selon son habitude, promène ses regards dans toutes les directions, et lorsque le pape et le maître de cérémonies sont seuls, Rodrigo lui demande :

– Que dit-on, Burchard ?

– Qu'il y a eu simonie.

– Simonie ? Je me suis borné à distribuer mon argent aux pauvres. Un cardinal est toujours le fils le plus pauvre de sa famille ; certes la famille est riche, mais c'est quand même un pauvre.

– Avec tout le respect que je vous dois, mon conseil serait de repenser le nom d'Alexandre, compte tenu du peu d'estime en lequel sont tenus les papes qui se sont appelés ainsi.

– Alexandre II a tenu tête à un empereur, Alexandre III s'est opposé à un autre empereur, et pas n'importe lequel : Frédéric Barberousse. Ne sommes-nous pas dans un moment où nous devons tenir tête aux souverains d'Espagne et de France ?

– Personne ne se souvient de ces papes, et il y a la référence dangereuse à Alexandre le Grand.

– Et où est le mal ? On raconte que les Borgia sont les descendants des amours de Jules César et d'une Tarraconaise, et, après Alexandre, Jules César a été le plus grand chef de l'Histoire.

La vue d'Adriana del Milà entrant dans la salle porte la mauvaise humeur de Burchard à son comble, et il se retire sans autre réplique qu'un froncement de sourcils.

– Ce Burchard ne supporte pas l'odeur des femmes. Je ne voulais pas te déranger, mais je n'ai pu me retenir de venir t'embrasser. Rodrigo, enfin !

Ils s'embrassent et il y a de la tendresse dans les yeux de Rodrigo, et même des larmes.

– C'est le triomphe de notre famille, Adrianeta. Si ma mère vivait, elle qui craignait tant pour notre avenir quand elle nous a laissés partir pour Rome sous la protection de l'oncle Alfons ! Et ton père aussi, mon cousin. Tu es une Borgia, Adriana, et tu es même plus Borgia que beaucoup de la branche directe. Tu es la petite-nièce de l'oncle Alfons, de sa sainteté Calixte III. Tu connais le combat des Milà coude à coude avec les Borgia.

– Mets-toi à la fenêtre, Rodrigo.

– Ce n'est pas prudent.

– Mets-toi à la fenêtre et prolonge ton regard jusqu'à ce groupe de jeunes filles qui marchent le long du Tibre.

Le regard d'Alexandre VI n'erre pas longtemps et ses lèvres prononcent un nom qui semble comme une friandise.

– Julia !

Il n'a pas tant vu que deviné son rayonnement doré, tandis qu'elle joue avec ses amis.

– Je voulais t'offrir l'hommage de sa présence, même si c'est de loin.

– Je la distingue à peine, mais je la sens. Les corps aimés émettent une énergie qui nous frappe aux entrailles. Quel que soit l'air qui la baigne, elle est encore plus légère que l'air lui-même. Quel âge a ta bru ?

– Tu le sais mieux que personne. Toutes ses années t'appartiennent.

– Combien d'années compte-t-elle ?

– Dix-sept.

Les yeux de Rodrigo caressent la silhouette lointaine et, quand ils reviennent dans la salle, ils se heurtent à Burchard qui a fait une entrée silencieuse et lui parle de profil pour ne pas admettre la présence d'Adriana dans son champ visuel.

– Je crois opportun que vous essayiez la chaise gestatoire. Il n'est pas facile de bien se tenir dans cette chaise, même si vous avez le corps qui convient.

– Viens avec moi, Adriana, et dis-moi ce que tu en penses.

Le pape prend Adriana par la main et lui fait descendre presque sans toucher terre les marches qui les séparent de la cour des carrosses. Là les attendent la chaise et ses porteurs, et aussi César, accompagné de Michelotto et de ses gardes du corps, avec sur le visage toute la gravité que requiert la situation. Rodrigo est contrarié par la présence de son fils, mais il monte dans la chaise, cherche la position la plus adéquate sans ménager les porteurs et demande des avis.

– Qui l'emporte sur l'autre, la chaise ou le pape ? Comment me voyez-vous ?

– Comme un pape de Rome. C'est tout, répond Adriana, enthousiaste, et sa réponse est du goût de Rodrigo ; mais reste à connaître l'avis de César.

– Tu n'as rien à dire ?

César s'approche de la fenêtre et se penche pour que ses paroles demeurent entre son père et lui.

*– No guanyaràs aquest joc si jo no jugue amb tu.*

*– De quin joc parles ? És un joc complir el mandat de la Divina Providència* ?*

Rodrigo donne l'ordre de poursuivre l'essai et salue même d'une main, en arborant un sourire protecteur et plein de mansuétude, la multitude imaginaire qui l'acclame. *Ave Maria gratia plena dominus tecum…*

*

Machiavel est ému et ferme la fenêtre. Un moment, la vitre lui renvoie son image et la retient, comme surprise.

– J'ai vécu des années dorées quand j'étais ambassadeur de la République de Florence et quand j'ai connu Catherine Sforza, une femme d'une force extraordinaire qui m'a tourné en ridicule, ce qui, à vrai dire, n'était pas difficile car j'étais un ambassadeur novice. Seul César Borgia a pu dominer la Sforza. Je n'ai pas négocié avec le roi de France dont la seule force était celle de son État. Lui n'était presque rien. César, c'était autre chose. Tu pouvais parler avec lui de philosophes et de magie, de peinture et de poésie, d'armes et de trahisons. Il pouvait

* – Tu ne gagneras pas à ce jeu si je ne joue pas avec toi.
– De quel jeu parles-tu ? Est-ce un jeu que d'obéir au mandat de la Divine Providence ?

inventer un État. Sur les Borgia, tout ce qui n'était pas vérité fut calomnie. La calomnie. Je me souviens d'un tableau de Botticelli qui s'appelait *La Calomnie*.

Il fait nuit, maintenant, dans la maison de Machiavel, et il émerge de ses pensées pour s'apercevoir que Juanito, effondré, s'est endormi sur son fauteuil. Il frappe deux fois dans ses mains pour le réveiller et le dormeur sursaute si fort en se mettant debout qu'il fait tomber son siège.

– Je dors mal.

– Les hommes d'armes dorment mal et les hommes de lettres aussi. Je dors mal parce que je suis un homme de lettres et que je voudrais être un homme d'armes. Je disais que Botticelli a peint un tableau intitulé *La Calomnie* où il dénonce les excès des juges florentins contre les calomniés. Mais si à Florence on calomniait bien, à Rome la calomnie frisait la perfection. La calomnie tache, et il est très difficile de se débarrasser de cette peinture. Mais si tu es fort, tu peux porter le poids de toutes les calomnies. César était fort. Je l'ai reconnu comme le plus fort de tous. Je ne comprends pas cette lassitude finale. Cette irruption de la folie chez un homme qui avait à ce point le sens de la raison.

– Il disait de vous que vous étiez le seul savant qui ne lui avait pas paru idiot.

– Il disait cela ? Tout savant a sa dose d'idiotie. Je vais voir si les joueurs résistent toujours. Reste ici, mais ne te rendors pas. J'ai quelque chose d'important à te dire.

En quatre enjambées Machiavel arrive à la salle de jeu et là, il ne trouve que les restes de la *finocchiona* et les fromages, les verres tachés de vin, plusieurs bouteilles vides et les cartes éparpillées. Machiavel se concentre sur les cartes, les examine une à une, en choisit plusieurs, tout en s'asseyant. Il les dispose en éventail devant lui.

– C'était mon jeu. Comment est-il possible que je me sois fait battre avec un jeu pareil ? Comment peut-on diriger la chance ? Par quel faille de la raison la chance se faufile-t-elle ?

Il se remémore la partie et distribue les cartes comme si les joueurs étaient présents. Il rejoue. Il crache des jurons.

– Barbo Mulino, tu mérites bien ton nom. Qu'est-ce que tu faisais dans ton moulin ? L'âne ? Et vous, docteur, vos insanités sont encore plus dangereuses que vos ordonnances.

Il examine le dos des cartes pour y chercher des signes, et la servante le surprend dans cet exercice.

– Est-ce que je peux mettre un peu d'ordre dans cette porcherie ?

– La prochaine fois que nous jouerons, je veux que tu sois dans la chambre d'à côté et que tu regardes le jeu par l'entrebâillement de la porte. Ensuite tu me diras s'ils trichent ou si, quand je quitte la pièce, ils changent les cartes.

– Pourquoi se donneraient-ils tant de mal, puisqu'ils ne jouent pas de l'argent ?

– Pour gagner.

Il laisse la fille à sa besogne et va à ses livres et paperasses, pour en extraire un dossier qu'il pose sur la table maintenant libérée, l'ouvre et en hume plusieurs pages, et, bientôt tout à sa lecture, s'assied, se met à corriger, à écrire, sans notion du temps. Il lit à voix haute ce qu'il a écrit :

– « Si les hommes savaient changer leur nature en l'accordant aux temps et aux choses, la chance ne tournerait pas. »

Puis il résume :

– « La chance implique la défaite de la veille de l'intelligence. »

La porte s'ouvre et, face à Machiavel, tout à son refus impatient, apparaît Juanito Grasica somnolent et dubitatif.

– Je vous ai attendu, mais en voyant que vous ne reveniez pas…

– D'importantes affaires me réclament. Il ne se passe de jour où je n'ajoute des lignes aux notes que je prends sur les événements courants. Ici, mon temps est complètement occupé. Le matin, je me lève avec le soleil et je vais dans un bois où j'abats des arbres. Certains jours, je chasse. La chasse me passionne, quel qu'en soit le procédé, filet ou glu. J'emporte des livres avec moi, Pétrarque, Ovide, je me bats avec Dante. Comment peut-on être aussi idéaliste au milieu d'une telle réalité ! Puis je revois mon travail de la veille, mes notes, mes observations. Je mange le produit de mes terres, ce qui n'est guère considérable, et l'après-midi je me mêle à ces braves gens et je joue, je joue et je perds, je perds et nous nous insultons. Enfin… Mais vient le moment où j'entre dans mon cabinet, j'ôte mes habits du jour pour d'autres, dignes des cours royales ou pontificales, et je me transporte dans l'Antiquité pour lire les classiques dans le vêtement qui convient. A ce moment-là, je n'ai peur de rien. Ni de la pauvreté, ni du malheur, ni de la mort. Comprends-tu, Juanito ?

– Vous m'avez dit que vous aviez quelque chose d'important à me communiquer.

– De quoi parlions-nous ?

– De quoi pouvions-nous parler ? De César Borgia, de son père Rodrigo, le pape Alexandre.

– Rodrigo. Alexandre VI. Il n'a rien fait d'autre que d'essayer de rouler tout le monde, et il s'en est toujours tiré à son avantage. Aucun homme n'a jamais tant promis et si peu donné. Mais il a fait de l'art de rouler les gens un plaisir. Et cela en vaut la peine. Comprends-tu, Juanito ? Un chef doit être renard et lion : renard pour deviner les pièges, et lion pour intimider les loups. Un chef ne peut respecter la parole donnée si elle se retourne contre lui. Il ne serait pas un chef. Il serait un idiot. Comprends-tu, Juanito ? De plus, Alexandre VI avait le sens de la dynastie comme un empereur, pas comme un pape. Il voulait créer une dynastie.

– Et pourquoi cela ?

– Parce qu'il avait un sexe.

– Vous m'avez dit que vous alliez me faire une révélation très importante.

Machiavel médite sur ce qu'il va dire, mais finalement il ne se contient pas :

– Alexandre VI avait besoin de César, mais il le craignait. Et César a commencé à mourir le jour où est mort son père. Ils n'ont jamais admis qu'ils avaient besoin l'un de l'autre. La mort d'Alexandre ne fut pas due à la malchance. Ce n'est pas Dieu qui l'a abandonné. Simplement, César n'a pas su trouver sa place dans un monde où il ne pouvait plus compter sur l'aide du représentant de Dieu. Rappelle-toi la cérémonie du couronnement. Cela ressemblait plus au couronnement d'un chef qu'à celui d'un pape.

Et, intérieurement, Machiavel voit défiler Alexandre VI sur son cheval et sous la tiare pontificale qui le sépare du ciel tout en l'unissant à lui.

# 2
# Le pape en famille

– Tout le monde reconnaît que c'est le plus beau pape. Jamais il n'y eut un Saint-Père d'une telle majesté.

De la fenêtre, Adriana del Milà exhorte ceux qui l'entourent, courtisans et courtisanes qui se bousculent autour des plateaux et se cramponnent aux coupes de vin pour ne pas tomber, et elle est la seule qui s'obstine à ne pas perdre de vue le centre vital de la cérémonie sur les marches de la basilique Saint-Pierre. Adriana peut ainsi voir l'instant précis où la tiare pontificale vient coiffer la tête puissante de Rodrigo Borgia.

– Que cela leur plaise ou non, tous les cardinaux s'inclinent devant lui, qu'importe ce qu'ils pensent sous leurs mitres blanches, du moment que chacun a amené douze écuyers vêtus de rose, d'argent, de vert et de noir, pour la plus grande gloire de Rodrigo, d'un Borgia.

Adriana vole de fenêtre en fenêtre pour suivre la marche du cortège, et elle réclame la présence de Lucrèce.

– Lucrèce, cours ! Où est Julia ?

– Je ne sais pas. Elle était ici tout à l'heure.

– L'idiote. Elle manquera le spectacle. Ils vont prendre possession du palais de Latran. On n'a jamais vu de défilé comme celui-là à Rome, avec autant d'ambassadeurs, de prélats, de nobles, suivant la bannière des Borgia, le bœuf des Borgia. Tous derrière le bœuf !

Les yeux d'Adriana ne quittent pas le cercle qui entoure

immédiatement le nouveau pontife, où Antonio Pic de la Mirandole déploie l'étendard du pape : le bœuf des Borgia, magnifié en taureau par le dessinateur. Lucrèce fait écho à l'enthousiasme d'Adriana, mais sans en atteindre l'intensité. C'est la fête d'Adriana. La fête des *Catalans*, clame-t-elle d'un air de défi en regardant ceux qui l'entourent.

– Ils ont pourchassé mon père et Rodrigo, et le pauvre Pere Lluís comme des bêtes nuisibles, à la mort de Calixte III. Regardez-le. Nous savions qu'un jour ou l'autre Rodrigo triompherait. C'est notre victoire.

Et sur sa jument blanche, Rodrigo, la tiare pontificale sur le chef, sous un dais doré, rayé de jaune et de rouge. Les yeux de Rodrigo s'arrêtent sur une pancarte : « Rome était grande sous César. Aujourd'hui, elle est encore plus grande. César était un homme. Alexandre est un dieu. » Il murmure : « Ça, c'est un coup de Canale. » Rodrigo passe sous un arc floral constantinien, et ses yeux se lèvent vers le zénith comme pour tenter d'embrasser la profondeur de l'espace :

– *Què m'estau veient? Mareta? Oncle? Sóc en Rodrigo. Sóc papa* !*

Il ramène son regard sur l'étendard des Borgia.

– *Pere Lluís, germà, mira on sóc***.

L'émotion lui serre la gorge et lui fait monter les larmes aux yeux.

– *Hem guanyat. Mare, oncle, Pere Lluís, germà meu. Hem guanyat. Fixau-vos. Han convertit el bou del nostre escut en un brau. Hem guanyat**** !*

---

* – Vous me voyez ? Petite mère ? Oncle ? C'est moi, Rodrigo. Je suis pape !

** – Pere Lluís, frère, regarde où je suis.

*** – Nous avons gagné. Mère, oncle, Pere Lluís mon frère, nous avons gagné. Regardez. Ils ont transformé le bœuf de notre blason en taureau. Nous avons gagné !

*

Alfons de Borgia faisait les cent pas devant le trône pontifical en forçant le rythme de ses allées et venues, les mains dans le dos et le regard fixe, bien que de temps en temps sa tête se tournât, les yeux cherchant la porte dont il savait qu'elle devait s'ouvrir d'un moment à l'autre. Et quand elle le fit, ce fut pour donner passage au secrétaire qui lui annonça :

– Votre sainteté, vos neveux Rodrigo et Pere Lluís.

Alfons de Borgia se compose une attitude, sa haute stature d'homme et de pape semble encore grandir, mais lorsque les deux jeunes gens entrent dans la salle, il cède à l'émotion, court à leur rencontre, leur refuse la main qu'ils veulent baiser et les prend dans ses bras, la gorge nouée :

– *Pere Lluís, Rodrigo... fills meus.*

– *Oncle*, dit Rodrigo.

– *Santedat*, dit Pere Lluís.

– *Estic molt content del profit que heu tret als estudis a Bolonya i hem de prendre decisions importants. Què voleu fer ara ? Romandre ací, al meu costat ?*

– *Vostè, oncle, és el cap de la nostra familia.*

– *Tot va bé a casa vostra ? I la vostra mare ? Fa molt que no passeu per Xàtiva. Ho comprenc. Però ara la vostra terra és la cristiandat.*

– *Tot bé, tot bé, oncle. Farem el que vostè ens digui*.*

---

* – Pere Lluís, Rodrigo, mes enfants...

– Oncle.

– Sainteté.

– Je suis très content du profit que vous avez retiré de vos études à Bologne et nous avons d'importantes décisions à prendre. Que voulez-vous faire, maintenant ? Rester ici, à mon côté ?

– Vous êtes, oncle, le chef de notre famille.

– Tout va bien chez vous ? Et votre mère ? Cela fait longtemps que vous n'êtes pas allés à Xàtiva. Je comprends cela. Mais désormais votre terre est la chrétienté.

– Très bien, très bien, oncle. Nous ferons ce que vous nous direz.

Calixte III s'avise de la présence du secrétaire et le prie d'approcher deux chaises pour les placer devant le trône. Il reprend son siège et son rang hiérarchique et, d'en haut, il observe ses neveux. Il abandonne le catalan en désignant Rodrigo :

– Tu es trop bien vêtu pour un neveu du pape. Désormais, je suis le représentant de Dieu sur la Terre. Le Christ était pauvre et il a été crucifié presque nu. Aussi saint Matthieu a-t-il écrit : *Beati pauperes spiritu, quoniam ipsorum est regnum caelorum.*

Le secrétaire somnolent opine du chef, puis sursaute en entendant la réponse de Rodrigo :

– Oui, certes, bienheureux les pauvres en esprit car le royaume des Cieux est à eux. Mais saint Matthieu ne se réfère pas aux pauvres de bourse, il parle des pauvres en esprit. Juvénal nous a prévenus : *Nihil habet infelix paupertas durius in se, quam ridiculos homines fecit.*

– Cela ne me semble pas une bonne manière que de mettre sur la même balance un saint tel que Matthieu et un débauché sans vergogne tel que Juvénal, mais, vous, oui vous particulièrement, avec toutes les difficultés que vous avez connues comme enfants de veuve, vous devez tenir compte de cette sage maxime : *Claudus eget baculo, cecus duce, pauper amico.*

Sa sainteté fait un clin d'œil à ses neveux et poursuit :

– L'argent n'est pas mauvais si on l'emploie à fortifier l'œuvre de Dieu et ses instruments, or aujourd'hui nous, les Borgia, sommes ces instruments. Une famille choisie par Dieu pour accomplir ses desseins sur la Terre. Je m'en suis rendu compte quand le prédicateur Vincent Ferrier a prophétisé que je serais pape et m'a chargé de la tutelle d'Alphonse d'Aragon, roi de Naples. Vous faites maintenant partie des trois cents Valenciens, Catalans et Aragonais que j'ai fait venir à Rome comme hommes de confiance et je ne veux pas que vous me déceviez. Je suis entouré d'ennemis. Ces gens-là passent leur temps à s'exclamer : « *Oddio, la Chiesa romana in mano ai catalani !* » Ils nous haïssent. Cette ville, ce pays, se partagent entre assassins et assassinés. Entre voleurs et volés. La sainteté et le caractère ne suffisent pas pour faire l'Église forte. Il faut être préparé, et l'étude des lois de Dieu comme des lois du monde est fondamentale. La sainteté et le caractère, nous les emploierons contre l'infidèle et, avant de mourir, je me mettrai à la tête d'une Croisade contre le Grand Turc : à soixante-quinze ans, je suis prêt à marcher au combat, au premier rang, avec la même indignation morale que celle du Christ quand il expulsa les marchands du Temple. Pour cela, je compte sur toi, Pere Lluís. Je connais tes aptitudes militaires et tu seras le capitaine général des armées de l'État pontifical. Toi, Rodrigo, tu seras cardinal, mais tu dois être surtout, comme moi, un expert en lois, ce que tu es déjà grâce à tes études à Lleida et à Bologne. L'Église n'est pas seulement une foi ou une communion, elle est aussi un appareil de pouvoir très compliqué.

Leur seule réponse possible est de hocher plusieurs fois la tête en signe d'assentiment, convaincus qu'ils sont que l'infaillibilité de Calixte III passe avant la famille.

– Et ne croyez pas que je sois stérilement obnubilé par la question du Turc. La chute de Constantinople nous oblige à réagir et Belgrade est menacée. Voici quelques mois un seigneur de notre pays est passé ici, Joanot Martorell, vous le connaissez ?

Ils ne le connaissent ni l'un ni l'autre.

– Un brave gentilhomme qui serait disposé à participer à une Croisade si nous lui donnions l'assurance qu'il en serait le seul chroniqueur. Il possède une connaissance extraordinaire des raisons pour lesquelles il faut écraser le Turc.

– Et quelles sont-elles ?

– C'est toi qui me demandes cela, Pere Lluís ? L'Islam est une religion qui exclut les autres, et le développement des pays de la Méditerranée est la seule perspective possible. Car au-delà du cap Finisterre commence l'inconnu. On parle d'aimants qui attirent les navires dans les fonds marins ou de cataractes qui se jettent dans les océans du néant. Or les Turcs ferment la Méditerranée et empêchent les peuples chrétiens de s'étendre. Les tolérer, c'est encourager la corruption. Venise commerce avec les Turcs, et les Français, parfois, ont recours à leurs services. Il faut trancher dans le vif.

L'admonestation du vieillard à ses neveux se poursuit tandis que le soir romain, ocre et vert, se transforme en nuit devant les yeux vagabonds de Rodrigo, qui écoute son oncle mais dont le regard a envie de s'évader.

– Rodrigo ? Je te parle.

– Oui, oncle.

– A Rome, nous ne devons pas oublier que nous sommes tous de la famille, mais vous ne devez pas oublier non plus que je suis le pape.

– Oui, votre sainteté.

– Quelle impression Rome vous fait-elle ?

Les deux frères se consultent du regard avant de répondre, et c'est finalement Pere Lluís qui se décide.

– La vérité, c'est que nous préférons Bologne et, plus que Bologne, Valence. Rome ressemble à un village sombre et sale.

Devant l'expression de son oncle, Pere Lluís s'enhardit.

– A Valence, on vit la nuit; à Rome, on a le sentiment que tout le monde parle de tout le monde et épie tout le monde, et puis le Tibre pue. Les sicaires des Orsini et des Colonna marquent leur territoire comme les chiens, et les Della Rovere surveillent Rome depuis la Ligurie comme les vautours surveillent l'agonie de la vache.

– Choisir entre Valence et Rome, c'est choisir entre le passé et l'avenir. A Valence, je pouvais seulement être évêque ou cardinal, avec la bienveillance des Trastamare, rois en Castille et en Aragon, et aujourd'hui à Naples.

A Rome, je suis pape. Ne l'oubliez pas. Les papes ne peuvent continuer à dépendre de la bienveillance de leurs amis les rois. J'en ai beaucoup discuté avec Lorenzo Valla, un philologue qui soutient la thèse singulière que Constantin n'a pas consacré le pouvoir temporel des papes. Il nous faut avoir notre propre richesse et notre propre pouvoir. *Pauper eget amico.* Les pauvres ont besoin d'un ami. Je suis votre ami, mais le meilleur ami de l'Église, c'est elle-même.

Les adieux ne répètent pas les embrassades et les effusions, et quand, après avoir reçu la bénédiction du pape Calixte III, les deux jeunes gens sortent du palais, ils respirent l'air comme s'il leur avait longtemps manqué.

– *Pere Lluís, hem fet sort. L'oncle ens ha col.locat força bé.*

– *De qui es pot refiar un si no és dels seu nebots ? Però ara vull viure la nit de Roma. Vull saber com tenen la figa les romanes, després de tocar tantes figues a València i Bolonya tinc els dits morts de gana. Porto massa temps sense dona.*

– *I jo també.*

– *Tu ets un eclesiàstic. Tu, a pregar a la Verge i a flagel.lar-te quan sentis la temptació de la carn**.

Pere Lluís salue son frère, le quitte et s'éloigne, tandis que Rodrigo demeure absorbé dans ses pensées en souriant, les yeux levés au ciel, et murmure : « Pere Lluís, Pere Lluís. » Rodrigo tente de récupérer son cheval attaché à un

---

* – Pere Lluís, nous avons eu de la chance. L'oncle nous a fort bien reçus.

– A qui peut-on se confier si ce n'est pas à ses neveux ? Mais maintenant je veux vivre la nuit de Rome. Je veux savoir comment les Romaines ont la figue, après avoir tâté de tant de figues à Valence et à Bologne j'ai les doigts qui en meurent d'envie. J'ai passé trop de temps sans femme.

– Moi aussi.

– Toi, tu es un ecclésiastique. Toi, tu dois prier la Vierge et te flageller quand tu sens la tentation de la chair.

mur du Vatican, mais une gitane se dresse sur son chemin.

– Mon gentilhomme, laisse-moi te dire la bonne aventure.

– Et si c'est la mauvaise aventure ?

– Ne sois pas méchant, mon gentilhomme. Si ma prophétie est mauvaise, elle t'intéresse aussi.

– Non. Seules m'intéressent les bonnes aventures.

La gitane prend sa main et examine la paume.

– Longue vie, et tu auras un fils qui sera roi.

– Roi ? D'où cela ? De Samarcande ? D'Asmara ?

– D'Italie. Roi d'Italie.

Rodrigo hoche la tête en souriant avec condescendance et lui tend une pièce, mais elle ne la prend pas, car déjà elle a pris la fuite, terrorisée à la vue d'un groupe de malfrats qui entourent l'homme et lui barrent le passage, tout en parlant entre eux comme s'il n'était pas là.

– Je crois qu'il y a un nouvel arrivage à Rome de cochons marranes catalans, comme si nous n'étions pas suffisamment infestés par les juifs.

– Ou les Suisses.

– Ou les Turcs.

– Il n'y a rien de pire qu'un juif si ce n'est un Suisse, et qu'un Suisse si ce n'est un Turc, mais il y a encore pire qu'un Turc : un Catalan.

– Dis donc, toi, le joli cœur. C'est à toi que je cause. Tu ne serais pas par hasard un de ces sicaires à la solde de Naples ? Tu ne serais pas le petit neveu qu'attendait sa sainteté le pape ?

Rodrigo essaye d'avancer, mais les obstacles humains se déplacent avec lui. Finalement, il empoigne le plus proche et le jette à terre, puis se retourne pour expédier un coup de poing à celui qui lui est tombé dessus. Une main à la ceinture, le bras tendu pour garder la distance, il affronte les deux autres en marchant sur eux. Soudain, un boulet humain fait irruption dans la mêlée et s'élance en grognant et en aboyant sur les ennemis de Rodrigo.

C'est Pere Lluís, superbe et généreux, mais son arrogance lui faisant négliger la défense, il reçoit des agresseurs un coup sur la nuque et plusieurs coups de poing, jusqu'à ce que Rodrigo vienne à son secours. Les assaillants s'enfuient et Rodrigo aide son frère, plié en deux par la douleur, à se relever.

– *Saps què et dic, Pere Lluís ? No m'ajudes més, perquè cada vegada que m'ajusdes rebem tots dos**.

*

– La sainteté de mon neveu ? Ses œuvres de charité, sa bonne préparation acquise dans ses études à Lleida et à Bologne, son habileté dans la gestion des biens de l'Église et ses qualités de diplomate la garantissent : qui peut s'opposer à sa nomination de cardinal ?

Presque toutes les têtes cardinalices approuvent l'élévation de Rodrigo au rang de cardinal, et particulièrement deux d'entre elles, relativement jeunes pour surmonter des robes pourpres, bien que leur argumentation à voix basse ne coïncide guère avec celle de Calixte III.

– Nous sommes d'accord pour que cet étalon devienne cardinal, car nous voulons des cardinaux robustes et fougueux.

– Ce serait un désastre si prospéraient les cardinaux maigrichons et asséchés par la chasteté. Les prédicateurs abondent qui réclament des cardinaux décharnés, comme si la maigreur était en relation directe avec la sainteté. Ce qui me semble autrement plus stupide, c'est de nommer capitaine général le second neveu, Pere Lluís. Celui-là pisse quand il a la braguette fermée et ouvre sa braguette quand il n'a pas besoin de pisser.

---

* – Tu veux que je te dise, Pere Lluís ? Ne m'aide plus, car chaque fois que tu m'aides nous encaissons tous les deux.

– Rodrigo est un bon chasseur de sangliers et de femmes, et il s'est montré un bon administrateur, travailleur.

Mais la voix de Calixte III s'élève au-dessus de l'assistance, imposant le silence.

– Une autre de nos premières décisions est la canonisation de Vincent Ferrier, le grand prédicateur valencien qui a été à l'origine de notre vocation ecclésiastique et qui a prophétisé que nous serions pape.

Des rumeurs d'admiration et quelques regards sarcastiques qui s'éteignent quand le souverain pontife distribue sa bénédiction, et la réunion perd son formalisme pour se diviser en groupes selon les affinités. Les deux jeunes cardinaux soulèvent l'intérêt d'un groupe en racontant l'histoire de Vincent Ferrier.

– Je retiens que ce fut un homme qui fit beaucoup de miracles et dont l'influence politique fut très grande. Parmi ses miracles abondent ceux qui ont trait à la cuisine. Imaginez, éminences. Imaginez surtout l'histoire tirée de la légende dorée de saint Vincent Ferrier que je vais vous relater. Son prestige était tel qu'on pourrait parler d'un nouveau Paul de Tarse, prédicateur et bâtisseur d'églises. En certaine occasion, il accepta l'invitation à dîner d'un paroissien, et la nouvelle causa une grande émotion chez celui-ci et sa famille : María – nous supposerons que l'épouse du bon croyant se prénommait María –, ce soir nous aurons à dîner le frère Vincent, et je veux que tu lui prépares ce que nous avons de meilleur. L'heure du repas arriva, le futur saint se présenta et les deux hommes s'assirent à table dans l'attente des mets. L'épouse apporta avec une satisfaction mélancolique un grand plat qu'elle pouvait à peine tenir et dont émanaient des odeurs d'herbes aromatiques et d'épices. Le saint salivait, le mari salivait, et la femme souleva le couvercle, provoquant un cri terrible de l'un comme de l'autre : sur le plat, reposant sur de blondes croûtes baignées de jus, un enfant tout nu, avec la couleur sans équivoque d'un rôti bien arrosé de sa propre graisse fondue et mélangée à du miel, du carvi, de l'anis, du gingembre et du cumin. Le mari : Qu'as-tu fait, malheureuse ! La femme : Tu m'as demandé de lui préparer ce que nous avions de meilleur. Et qu'avions-nous de meilleur que notre unique enfant ? Tragédie ! Jusqu'à ce que se fasse entendre la voix sereine du saint : Ne vous inquiétez pas ! Il se concentra. Il leva les yeux vers le ciel et prononça une prière miraculeuse. A peine celle-ci terminée, la sauce se mit à s'agiter et l'enfant rôti finit par se relever, se frotta les yeux, qui le piquaient à cause de tout ce gingembre, et tendit ses petits bras à sa mère pour qu'elle le prenne.

– A mon avis, la mère ne l'a pas pris.

– Pourquoi cela, votre éminence révérendissime ?

– Parce que, avec toute cette graisse et ces assaisonnements, l'enfant devait être dégoûtant et lui aurait gâché sa robe. Qu'aurait dit ce saint homme de Ferrier d'une telle négligence !

Les rires du groupe attirent Calixte III, flanqué de ses neveux.

– Qu'est-ce qui motive tant d'hilarité, monseigneur Orsini ?

– Ce sont des rires de joie, votre sainteté. Nous racontions les miracles de saint Vincent Ferrier et ils sont prodigieux.

- Par exemple ?

– Celui de l'enfant cuit par sa mère pour satisfaire l'appétit du saint. Et je me posais un grave problème de logique physique, même s'il est bien connu qu'en matière de miracle Dieu seul décide de la logique.

– Sage apostille.

– Cependant, votre sainteté, il est probable que l'enfant a été cuit selon la recette du rôti de porc ou de chevreau. Je suis bon mangeur et je me souviens de la recette de Johann

Bockenheym, le grand cuisinier du pape Martin V. Elle dit : *Sic debes assare porcum. Recipe intestina ejus, scilicet jecorem et pulmonem, et pista illa cum cultello, et tempera illa cum ova dura, lardone et petrocilinio, majorando et uva passa et speciebus dulcibus. Et tunc scinde porcum per latus…* Mais à quoi bon continuer ? Après avoir vidé tous ces viscères et découpé tous ces morceaux, comment recomposer le corps et son âme mortelle ?

Calixte III soutient le regard narquois du jeune cardinal et ne répond pas, il poursuit son chemin, tandis que de la main il retient le désir d'intervention violente de Pere Lluís. Une fois loin du groupe de cardinaux qui rient encore, Calixte III réprimande son neveu :

– Pere Lluís, un militaire doit avoir plus de sang-froid.

– C'est qu'ils se moquaient de votre sainteté, et non de saint Vincent Ferrier.

– Ils se moquaient, c'est tout. C'est très romain.

*

Avec dextérité, le jeune cardinal Orsini fait vibrer son arc, le tend et tire la flèche du carquois pour la disposer sur la corde. Près de lui, comparses obséquieux, les nobles de Rome attendent le coup au but spectaculaire. Lorsqu'il se produit, des applaudissements éclatent et les arcs pendent, détendus, des mains de ses rivaux déjà défaits avant même d'avoir tiré.

– C'est inutile.

– Tu tires dans le mille parce que tu penses que c'est le cœur d'un Borgia. Duquel des deux ?

– Tu veux dire des trois, car les neveux ne seraient rien sans l'oncle.

– Quelle honte de voir le patriciat de Rome accepter un pape étranger qui obéit à la stratégie du roi de Naples !

Congestionné, la soixantaine, le patricien se laisse pincer la joue gauche par Orsini, jusqu'à la douleur.

– L'histoire vient de loin. Le roi Alphonse d'Aragon a fait du cardinal de Valence un juriste et, avec le temps, un pape. Calixte III était plus savant que vous et il a envoyé son neveu Rodrigo étudier les lois à Lleida et à Bologne, afin qu'il en sache plus que nous. Celui dont j'ignore ce qu'il vient faire dans cette histoire, c'est Pere Lluís. C'est un bœuf prétentieux et arrogant qui nous traite comme si nous vivions en liberté surveillée.

– Pere Lluís seulement ? Il l'a nommé capitaine général de l'armée.

– Bien mince armée.

– La seule dont dispose l'État, mais le plus grave est que Rodrigo, mine de rien, a reçu l'investiture à Saint-Nicolas-en-Prison, ce qui fait de lui le chef de la police et des prisons de Rome.

– Vous prêtez trop d'attention aux charges et pas assez à la puissance économique qu'ils accumulent. Qui connaît actuellement ce que sont les biens des neveux du saint oncle ?

Moins bons archers qu'Orsini, les autres semblent également moins bien informés que lui, aussi le laissent-ils faire l'inventaire à voix haute. En Espagne, Rodrigo dispose du doyenné de l'église de Santa Maria de Xàtiva, sa terre natale, et de cures très riches dans le diocèse de Valence. Rodrigo, à peine arrivé et avant d'aller faire ses études à Bologne, a été nommé notaire apostolique, et maintenant, comme vice-chancelier, sa tâche principale est de percevoir, percevoir, percevoir, et toujours au nom de la loi. Et l'autre neveu cardinal, Lluís Joan del Milà, savez-vous qu'il se permet de cumuler l'innocente sinécure des Quatre Rois Couronnés ? Et Pere Lluís ? Maître du château Saint-Ange en dépit de nos protestations et, là-dessus, gouverneur de Terni, Todi, Rieti, Spolète, Orvieto, Nocera, Assise…

– Je continue ? Le vieux est malin et, pour ne pas être accusé de népotisme, il a rempli le Sacré Collège de cardinaux facilement influençables comme Piccolomini, trop intellectuel à mon goût, Juan de Mella, Giovanni di Castiglione… mais en compensation il nomme Rodrigo légat de la Marche d'Ancône, et prétend marier cet âne sanglant de Pere Lluís à une Colonna. Il ne manquait plus que cela : un Borgia dans le lit d'une Colonna.

Un archer hautain se fraie un passage dans l'assistance et fait face à Orsini.

– Les femmes de ma maison ne mettent pas de Catalans dans leur lit.

– C'était seulement une métaphore, prince Colonna. Mais ce qui est sûr, c'est que Calixte III a préparé le mariage de Pere Lluís avec une Colonna et que ce bâtard a profité de la circonstance pour faire main basse sur les biens de mon père. Ce pape est un ignare qui a freiné à Rome la splendeur de l'humanisme qui fleurit à Florence, Ferrare, Venise.

Un nouveau venu hoche la tête d'un air de doute.

– Je ne suis pas tout à fait d'accord avec ce que vous venez de dire. Calixte III n'est pas un humaniste *stricto sensu*, mais il a impulsé le catalogue de la Bibliothèque vaticane et il ne craint personne dans la Science des Lois. Il a été le protecteur de Valla malgré les persécutions de l'Inquisition, et Valla fut l'un des esprits les plus critiques de ce siècle, rappelez-vous qu'il est allé jusqu'à mettre en question la nature chrétienne de ce que nous appelons le christianisme. C'était un dangereux moderniste qui condamnait l'ascétisme médiéval et exigeait la réforme des relations entre pouvoir temporel et pouvoir spirituel. Et puis c'est aussi Calixte III qui a ordonné qu'il soit enterré à Latran.

– Valla était déjà le philologue le plus influent au temps de Nicolas V. Que pouvait faire un parvenu tel que Calixte III ? Tout le monde admirait Valla, mais bien peu nombreux étaient ceux qui soutenaient dans la pratique ses projets de réforme. En quoi, sous le pontificat du

Catalan, l'influence de la thèse de Valla contre la légitimité du pouvoir temporel des papes s'est-elle manifestée ? Quant à la Bibliothèque, c'est encore un Catalan qui l'a organisée, et il a fait venir à Rome des peintres valenciens. N'y a-t-il donc pas de bibliothécaires à Rome, ni de peintres en Italie ? Sortez dans les rues de Rome, et vous verrez que tous les personnages importants sont catalans, ou valenciens, ou aragonais ! En beaucoup d'endroits la langue de ces envahisseurs prime sur la langue harmonieuse de Pétrarque, héritière directe de celle d'Horace.

– Je ne te connaissais pas ces goûts littéraires. Je te croyais seulement bon archer.

Le nouveau venu persiste dans son objection, mais il ne provoque pas l'indignation d'Orsini, qui le contemple avec respect.

– Personne ne te suit, Eneas Piccolomini.

– Je suis arrivé à temps pour entendre ce que tu disais. Tu me trouves trop savant, trop humaniste. C'est possible. Je suis un apprenti humaniste en un siècle où l'Italie en produit des centaines, tous magnifiques, pendant que vous, les patriciens, vous perdez votre temps en médisances et en batailles tribales. Savez-vous pourquoi les Borgia sont là où ils sont ? Ont-ils pris le pouvoir par la force ? Non. Ils ont pris le pouvoir à cause de votre faiblesse. Vous vous croyez la moelle du monde et vous n'êtes que d'éternels conspirateurs de village.

– Tu es au service des Catalans !

– Je suis au service de l'évidence. Orsini, toi qui mènes le chœur, as-tu même un plan quelconque, une ligne d'action pour freiner les Borgia ?

Orsini ne répond pas et, finalement, tourne dignement le dos au nouveau venu. Il répète les gestes de l'archer et la flèche part, mais cette fois elle n'atteint pas le centre de la cible. Orsini se retourne et perçoit dans les regards de ceux qui l'entourent la satisfaction de son échec.

*

Les cloches de Rome sonnent le glas et, aux fenêtres, les habitants s'interrogent sur la personnalité du mort. Le roi de Naples, répond l'écho dans toutes les cours, sur tous les toits, pour arriver jusqu'à la salle du trône où Calixte III s'entretient de ses plans avec Pere Lluís.

– Il faut arrêter les Orsini à Rome et les Turcs à Belgrade, ce sont les deux fronts de la chrétienté.

– Les Orsini et tous les autres sont réduits à quia. Les Turcs, c'est une autre affaire, mais aucun pays ne s'est présenté pour la Croisade. Ils crient au danger de l'Islam, mais ils ne veulent pas donner un seul coup de lance.

Par la porte ouverte, entre le secrétaire qui passe outre l'ire du pape pour annoncer la nouvelle.

– Le roi de Naples est mort.

Calixte III ne se trouble pas, mais il se signe machinalement.

– Je le savais et j'ai ordonné quinze jours de deuil : demain, je célébrerai une grande messe de requiem pour le repos de l'âme du roi Alphonse. Maintenant, les problèmes commencent, Pere Lluís. Notre intérêt est que le royaume de Naples reste aux mains de la Couronne d'Aragon et ne devienne pas une région soumise à l'influence française, mais j'ai refusé de reconnaître un bâtard comme héritier. La solution n'est pas facile à trouver.

– J'ai une solution. Pourquoi ne contournons-nous pas l'obstacle en me proclamant roi de Naples ?

Calixte III prend le temps d'une pause en se laissant aller sur le dossier de son siège et étudie son neveu à distance, tout en répétant plusieurs fois : contourner l'obstacle. Pere Lluís s'impatiente.

– De fait, ce ne serait pas la première légitimité obtenue par la diplomatie ou par la force. Quel est le pouvoir, aujourd'hui, qui procède encore d'un lignage direct ?

Son oncle continue à ne pas répondre et l'impatience de Pere Lluís devient découragement.

– Si ma proposition vous semble à ce point insensée, je n'ai rien dit.

– Laisse-moi l'étudier. Il convient de sonder les grandes familles, car elles pourraient considérer cela comme un coup bas et trouver que nous allons loin ; Rodrigo est déjà vice-chancelier ; votre cousin Lluís Joan del Milà, cardinal ; toi, capitaine général. Il ne faut pas forcer le sort. Mais je ne dis pas non pour autant.

D'un geste de la main, le pape signifie que la séance de travail est terminée, et Pere Lluís se retire dignement. Mais à peine passé la porte, il se lance dans une course qui laisse les subalternes stupéfaits. Il fait irruption dans la foule des gens qui attendent d'être reçus par le Saint-Père, la bouscule. Il monte un escalier quatre à quatre tout en criant le nom de son frère et, à ses cris, portes et oreilles s'ouvrent, y compris celles de Rodrigo, plongé dans l'étude d'un code et alerté par la résonance de l'appel. Ce qui était appel sonore se transforme en la présence d'un Pere Lluís hors de lui, qui retrouve son souffle mais non son calme.

– Le roi de Naples est mort.

– Je suis au courant. J'ignorais que tu lui portais tant d'affection.

– Pour moi il aurait pu claquer le jour même de sa naissance. Mais j'ai eu une idée, Rodrigo, qui permettrait de porter à son sommet le sens de la lutte de notre famille, le caractère prophétique que lui avait assigné Vincent Ferrier. Que dirais-tu de me voir proclamé roi de Naples ? Le roi Alphonse n'a pas laissé de descendance légitime, et le bâtard Ferrante a peu de chances.

– Laisse-moi étudier la chose.

– Ne me réponds pas comme l'oncle, Rodrigo ! Qu'y a-t-il à étudier ? Partout se répandent les nouveaux chefs d'État promus par les armes ou par l'argent, ce sont des seigneurs de fortune, quand ce ne sont pas des chefs créés par des accords diplomatiques. Pourquoi notre oncle ne pourrait-il pas me faire monter sur le trône de Naples ?

– *Quanto altior est ascensus tanto durior descensus.*

– Ça, c'est un aphorisme de moine couard.

– Et saint : saint Jérôme.

– Ce n'est pas dans ton style, de citer les Pères de l'Église. Nous avons sur notre blason un animal fort et puissant, sacré dans un tas de religions. C'est ce que je suis, un Borgia, et non un moine efféminé qui dégoise des stupidités sur l'excès d'ambition.

– Nous ne sommes pas encore suffisamment riches, ni suffisamment forts. Ce que tu demandes exige de l'argent et de la force. Tout viendra en son temps.

– J'ai la force. Tous les capitaines sont de confiance et je tiens en respect les autres familles, même ce bouffon d'Orsini que je traînerai par les couilles un jour ou l'autre.

– Tu feras mieux de lui couper la tête plutôt que de le traîner par les couilles. Si tu lui coupes la tête, tu n'attenteras pas à son honneur. Si tu le traînes par les couilles, il ne te le pardonnera pas.

Pere Lluís lance un poing en l'air, puis l'autre, et se plante finalement devant son frère, crispé, avec un air de défi.

– Ne te moque pas de moi ! Tu es avec moi ou contre moi ?

Rodrigo ferme les yeux et, quand il les rouvre, il revient à son travail interrompu par l'irruption de Pere Lluís. Du coin de l'œil il observe la tension de son frère qui se mue en angoisse dans l'attente de la réponse. Rodrigo exhale un soupir qui vient du fond de sa poitrine et, sans enthousiasme, dit :

– Je suis avec toi, Pere Lluís. Quoi qu'il advienne.

Le capitaine général quitte la pièce et, revenu à sa solitude, Rodrigo jette sa plume, se lève, contemple le prie-

Dieu, va vers lui, s'agenouille et récite trois Ave Maria en catalan dédiés à la Mare de Déu de Lleida. La prière achevée, il reste concentré et se décide à sortir du palais, refusant l'escorte, même s'il ne peut éviter que deux soldats le suivent à distance. Le cardinal chancelier n'hésite pas et son corps plonge, de mémoire, dans l'obscurité du porche d'un hôtel particulier. Toujours de mémoire, ses pieds montent l'escalier et le font déboucher dans un cloître où se promène une vieille entremetteuse avec ses pupilles, toutes quatre prosternées devant l'apparition du cardinal qui, sans s'arrêter, fait signe à la vieille de le suivre. Une fois à l'intérieur d'une chambre à coucher, Rodrigo ordonne à la femme de fermer la porte.

– Son éminence a-t-elle arrêté son choix ? La Vénitienne est revenue : Paola. Vous vous souvenez d'elle ? Ses parents m'ont fait mille difficultés, mais je me suis permis de me servir…

– De mon nom ?

– Je ne ferais jamais cela. Je me suis servi de vos désirs et de votre argent.

– Je ne veux pas de filles aujourd'hui. Prends cette liste et arrange-moi une réunion avec ces gens ici, dans une demi-heure.

– Ce ne sera pas facile, mais une demi-heure cela laisse un peu de temps. Ce temps, votre éminence révérendissime ne veut-elle pas le passer en bonne compagnie ?

Rodrigo fait non de la tête et lui tourne le dos, signal qui suffit à la maquerelle pour sortir de la chambre. Resté seul, l'abattement le conduit à se laisser choir dans un fauteuil et il lève ses mains ouvertes vers le ciel comme pour tenter de contenir tout le poids du monde. Il est aussi contrarié assis que debout, il croit sentir une présence dans la chambre et se retourne vers la porte. Appuyée au chambranle, une fille brune dont les seins débordent du décolleté le regarde avec un sourire complice.

– Vous vous souvenez ? Je suis Paola.

– Je me souviens de toi, Paola.

La Vénitienne lui tend une main et Rodrigo l'accepte, comme il accepte de franchir la distance qui les sépare de l'alcôve où Paola se met nue et reste dans l'attente de la réaction de l'homme. Rodrigo se laisse aimer sans sortir de sa passivité, jusqu'au moment où la fille interrompt ses efforts et s'étend à côté de lui.

– Je ne plais plus à votre éminence ?

D'un doigt l'homme dessine un signe sur la peau de la fille, se laisse caresser, chevaucher et emporter dans le jeu des caresses et de la passion, tout en regardant le plafond comme un écran d'ombres chinoises. Et quand les ombres se sont définitivement arrêtées, la femme s'endort et Rodrigo réfléchit, un bras sous la nuque, jusqu'au moment où les gonds de la porte grincent, la vieille passe la moitié de son corps, et Rodrigo lui fait signe de garder le silence. Paola somnole toujours, nue sous un drap qui cache mal son corps, et Rodrigo achève de se vêtir. Il néglige l'expression de la maquerelle savourant sa victoire et la force à le suivre. Le cardinal retrouve la première pièce où l'attendent quatre hommes.

– *Galceran, Joan, Llançol, Milà. Sabia que vindríeu. La mort del rei de Nàpols complica les coses. Pere Lluís pressiona perquè el papa el proclami rei, i aquesta seria la gota d'aigua que fa vessar el vas i esclatar un alçament contra* i catalani.

– *Què podem fer ?*

– *Pressioneu Calixte III perquè no nomeni Pere Lluís.*

– *I qui millor que tu per aconseguir-ho ?*

– *Jo ? Però es que no te n'adones, Milà ? Com es prendria el meu germà que jo treballara en contra de les seues boges ambicions ? Si el meu oncle em demana el meu parer, haig de dir-li : fes-lo rei de Nàpols o emperador de Constantinoble o de Samarkand. Hem de protegir*

*Pere Lluís de si mateix i de pas nos protegirem nosaltres i el Sant Pare**.

La lumière se fait entre les conjurés, leurs traits reflètent leur adhésion aux explications du jeune cardinal, et tous acceptent le rôle qu'il leur assigne.

*

Un gamin déguenillé monte sur une fontaine romaine et crie :

– Catalans ! Voleurs ! Dehors !

Autour de lui les clameurs grandissent et les manifestants regardent vers le palais, en tentant de faire pénétrer leurs regards dans la chambre papale. Le pape, sur son lit, demande d'un geste ce qui se passe à l'extérieur et personne ne répond, on l'habille malgré la chaleur d'août, on lui tend des potions que Calixte III refuse en balbutiant, presque aphone, quelque chose que seul son secrétaire comprend.

– Je veux que vous lisiez le serment que j'ai fait le jour de la proclamation.

Rodrigo sort de sa méditation.

– Maintenant ?

Le vieillard continue à bredouiller tout en s'agrippant, de toutes les forces qui lui restent, au bras de son secrétaire.

– Il insiste pour que ce soit tout de suite.

---

* – Galcerán, Joan, Llançol, Milà. Je savais que vous viendriez. La mort du roi de Naples complique les choses. Pere Lluís fait pression sur le pape pour qu'il le proclame roi, et ce serait la goutte d'eau qui ferait déborder le vase et éclater un soulèvement contre i *catalani*.

– Que pouvons-nous faire ?

– Faire pression sur le pape pour qu'il ne nomme pas Pere Lluís.

– Et qui est mieux placé que toi pour l'obtenir ?

– Moi ? Mais tu n'y penses pas, Milà ? Comment mon frère prendrait-il que je travaille contre ses folles ambitions ? Si mon oncle me demande mon avis, je devrai lui dire : Faites-le roi de Naples, ou empereur de Constantinople ou de Samarcande. Je dois protéger Pere Lluís contre lui-même et du même coup nous protéger, nous et le Saint-Père.

Rodrigo embrasse du regard les gens qui peuplent la pièce, tout en fronçant les narines, comme s'il ne pouvait supporter l'odeur de la maladie et de la mort. Une vieille servante retire le bassin de terre cuite de sous le corps du pape, le médecin et Pere Lluís se pincent le nez et deux vieux cardinaux récitent leur rosaire, à moitié endormis. Le médecin scrute les selles et a un hochement de tête pessimiste. Le secrétaire ne semble pas sentir la puanteur, et il tend à Rodrigo un papier comme si c'était un ordre, un ordre qui vient en fait de son oncle, papier que Rodrigo finit par accepter, examine et lit d'une voix qui se raffermit progressivement :

– *Jo, Calixte III, papa, promet i jure a la Santa Trinitat, Pare, Fill i Esperit Sant, a la sempre Verge Mare de Déu, als apòstols sant Pere i sant Paul i a tots els exèrcits celestials que, si cal, vessaré la meua pròpia sang per tal d'intentar, en la mesura de les meues forces i amb el concurs dels meus venerables germans, tot el qui siga possible per a conquerir Constantinoble, que ha estat presa i destruïda per l'enemic del Salvador Crucificat, pel fill del diable, Mohamed, príncep dels turcs, en càstig pels pecats dels homes. Hem de deslliurar Constantinoble i exterminar en Orient la secta diabòlica de l'infame i pèrfid Mahoma. La llum de la fe està quasi extingida en aquestas dissortades regions. Si alguna vegada jo t'oblidara, Jerusalem, que caiga la meua destra en oblit, es paralise la meua llengua en la meua boca, si jo no me'n recordara ja de tu, Jerusalem, si ja no fores tu l'inici de la meua alegria. Qué Déu vinga en el meu ajut i en el meu Sant Evangeli ! Que així siga**.

---

* Moi, Calixte III, promets et jure à la Sainte Trinité, Père, Fils et Saint-Esprit, à la Mère de Dieu toujours Vierge, aux apôtres saint Pierre et saint Paul et à toutes les armées célestes, que s'il est nécessaire je verserai mon sang afin de tenter, dans la mesure de mes forces et avec le concours de mes vénérables frères, tout ce qui sera

Seul Pere Lluís semble avoir compris le texte, et il dit : Amen ! tandis que le visage du pape agonisant exprime la satisfaction devant Rodrigo penché.

– *Veneu tot el tresor pontifici i pagueu la Croada !*

– *Sí, oncle.*

– *Hem de tallar-li el cap a Mohamed.*

– *Així es farà, oncle*.*

Rodrigo réclame d'un geste l'attention de son frère et l'emmène dans un coin de la chambre.

– *Això s'acaba i no convè que la mort de l'oncle nos agafe a Roma. Esclatarà una revolta i els Orsini o els Colonna o qui sigui llençaran la xurma contra nosaltres. Hem de guanyar temps. Hauries d'anarte'n a Espanya, a València, a Xàtiva. Ja tornaràs quan tot...*

– *I tu ?*

– *A mi m'odien menys que a tu. Però per si un cas posaré terra pel mig**.*

---

possible pour conquérir Constantinople qui a été prise et détruite par l'ennemi du Sauveur Crucifié, par le fils du diable, Mohamed, prince des Turcs, en châtiment des péchés des hommes. Nous devons libérer Constantinople et exterminer en Orient la secte diabolique de l'infâme et perfide Mahoma. La lumière de la foi est presque éteinte dans ces malheureuses régions. Si je venais à t'oublier, Jérusalem, que ma dextre tombe dans l'oubli, que ma langue se paralyse dans ma bouche, si je ne me souvenais plus de toi, Jérusalem, si tu n'étais plus le début de ma joie. Que Dieu me vienne en aide et en mon Saint Évangile. Ainsi soit-il.

* – Vendez tout le trésor pontifical et payez la Croisade.

– Oui, oncle.

– Nous devons couper la tête de Mohamed.

– Il en sera fait ainsi, oncle.

** – C'est la fin et il ne faut pas que la mort de l'oncle nous trouve à Rome. Une révolte éclatera et les Orsini, les Colonna ou ceux qui les suivent lanceront la meute contre nous. Nous devons gagner du temps. Tu devrais aller en Espagne, à Valence, à Xàtiva. Tu reviendras quand tout...

– Et toi ?

– Moi, ils me haïssent moins que toi. Mais à tout hasard je prendrai de la distance.

Pere Lluís fait front comme un bœuf, mais son frère ne lui donne pas le temps de se réfugier dans sa rébellion. Il le prend par les épaules et cesse de lui parler en catalan.

– Arrête de te comporter en bœuf qui a des cornes et comporte-toi en homme qui a une cervelle. Combien de fois feras-tu encore le bravache avant de te faire tuer ? Combien de mercenaires vont-ils continuer à te protéger quand ils sauront que l'oncle est mort ? Tout est prêt. Le cardinal patriarche de Venise, Barbo, nous doit beaucoup de faveurs et te prête une escorte. Va à Ostie et embarque sur une galère pour l'Espagne. Ici, ils assiègent nos maisons, nos possessions. Il faut gagner du temps.

On entend des clameurs dans la rue et, par la fenêtre ouverte sur l'août romain, entrent des pierres et des cris comme des couteaux.

– Catalans ! Voleurs ! Hors de Rome !

Pere Lluís accepte le conseil de son frère, ils s'étreignent et il sort en courant tandis que Rodrigo se met à la fenêtre et contemple le tumulte avec curiosité.

– Les tribus des Colonna et des Orsini se sont mises d'accord pour chasser la tribu étrangère. Ils ont vendu la peau du bœuf avant de le tuer.

Le bruit de la rue a gagné le palais et on entend dans les couloirs la rumeur syncopée de l'avance des émeutiers, auxquels Rodrigo fait face sans s'écarter de la fenêtre. Le piétinement précipité se rapproche, la porte est poussée et des gens armés apparaissent, en tête desquels se trouve la collection complète des patriciens romains. La présence de Rodrigo les arrête, jusqu'à ce qu'Orsini assume de prendre la parole et fasse deux pas vers le Borgia cardinal.

– Ton oncle est à l'article de la mort et le joug des Borgia mourra avec lui.

– De quel joug parles-tu ?

– Vous vous êtes servis du siège de Pierre pour vous enrichir et vous emparer de l'État.

– Le siège de Pierre se trouvera vide dans les prochaines heures, et qui l'occupera ? Un Colonna ? Un Orsini ? Un Della Rovere ? Qui peut s'opposer à un changement de signe ? Mon oncle a été un homme respectueux des lois, qui a aidé à consolider la légitimité de la papauté unifiée après l'opprobre d'Avignon. Mon oncle n'a jamais réussi à convaincre l'antipape Pierre de Luna de renoncer au trône pour fortifier l'unité de l'Église. Je ne suis pas un homme d'armes, ni de batailles, je suis un homme respectueux des lois. Vais-je m'opposer à ce que ce soit toi, par exemple, le prochain pape ?

– Je ne prétends pas cela. Mais ton frère mérite un châtiment. Il nous a humiliés. Il s'est moqué de nous.

– Mon frère est mon frère, moi je suis moi. Et la cause de l'Église, qui est celle de Dieu, est au-dessus de nous tous. Les cardinaux sont des personnes sacrées car nos fins sont sacrées, saint Paul l'a dit : *Qui altare deserviunt, cum altare participant.* Ceux qui servent l'autel participent de l'autel. Laissez-moi m'occuper de la fin de mon oncle et comptez sur moi quand il faudra que l'histoire sacrée de l'Église continue.

Rodrigo s'ouvre un passage sans être agressé et, parvenu dans le couloir, il court plus qu'il ne marche, gagne l'escalier et arrive dans la cour arrière au moment où son frère enfourche un cheval, entouré de quatre gardes du corps.

– Fais un détour pour qu'on ne voie pas que tu te diriges vers Ostie, car ils peuvent contrôler les issues. Traverse le Tibre par la porte de Saint-Paul. Prends garde à toi, Pere Lluís.

Les cinq cavaliers partent sans que Pere Lluís dise un mot et Rodrigo reste dans la cour, les larmes aux yeux et une maxime sur les lèvres :

– *Mihi hieri et tibi hodie.*

*

Pere Lluís Borgia regarde la mer de ses yeux rétrécis, fiévreux, d'animal malade, et c'est le découragement qui l'accable sur la digue, tandis qu'il revient vers les gardes du corps qui guettent sa décision.

– La galère a levé l'ancre sans vouloir m'attendre.

Les gardes du corps se regardent entre eux et l'un d'eux se décide.

– Les galères n'attendent pas les vaincus et nous, nous ne voulons pas jouer notre humble cou pour le vôtre, chef. Le cardinal Barbo ne nous en a pas demandé plus. Nous partons.

Ils lui tournent le dos, et Pere Lluís retient celui qui a parlé.

– J'ai de l'argent pour fréter cent galères.

– Avisez-nous quand elles seront frétées, mais, si possible, ne restez pas habillé en capitaine général, ils vous cherchent et vous passerez un mauvais quart d'heure s'ils tombent sur vous.

Les mercenaires s'éloignent, et Pere Lluís trouve un coin dans la pénombre pour arracher les signes les plus voyants de son uniforme, ce qui fait de lui un capitaine général licencié ou dégradé. Il transpire et claque des dents tandis qu'il s'enfonce dans les ruelles du port à la recherche de la première occasion de fuite. Il entre dans une taverne où son irruption provoque des silences et quelques sarcasmes.

– L'amiral de la flotte turque !

Les ricanements le poursuivent pendant qu'il se fraye un passage jusqu'au tavernier. Le regard de Pere Lluís est brouillé et il a du mal à parler quand il désigne la chemise que porte le maître des lieux.

– Combien veux-tu de cette chemise ?

– La chemise seule ? Votre seigneurie ne veut pas aussi la culotte ?

L'homme dit le prix à l'oreille de Pere Lluís qui ne discute pas. Le tavernier ne discute pas non plus, il se dépouille de la chemise et de la culotte sous les rires de l'assemblée, tandis que Pere Lluís se dévêt et enfile les vêtements qu'il vient d'acheter. Le tavernier prend non seulement l'argent mais les habits du visiteur et les endosse. L'hilarité ne fait que croître. De part et d'autre du comptoir, tous deux ont changé d'aspect, mais la perplexité du tavernier tourne au soupçon.

– Votre excellence veut-elle encore acheter autre chose ?

– Un navire. Je dois appareiller aujourd'hui même.

– Ici, à Ostie, vous n'en trouverez pas. A Civitavecchia, peut-être. Là-bas, vous pourriez en obtenir un. Si vous voulez, je peux m'en occuper.

Pere Lluís lui donne son consentement et davantage d'argent, pour se réfugier ensuite à une table et boire d'un coup un pot de vin, car il a une soif d'enfer. Il se rend vite compte qu'il est entouré d'un cercle de regards et de silence, et il s'efforce de le rompre.

– Je suis un chevalier du Saint-Sépulcre qui essaye de rejoindre à Malte une expédition contre les infidèles.

Les clients de la taverne se rapprochent comme une tache de vin qui se répand, et l'un d'eux se risque à s'asseoir à sa table.

– Nous ne savions pas qu'une Croisade était en route.

– Le pape va mourir, et il ne fait pas de doute que son successeur accomplira son projet d'organiser une Croisade.

– Qui sera le successeur ? Un autre Catalan ?

– Non. Jamais !

C'est presque un cri qu'a lancé Pere Lluís, et il reçoit aussitôt l'approbation populaire.

– Jamais !

– On dit que la famille du pape s'est appropriée toutes les richesses de Rome. Moi, que les riches le soient ou pas, je reste pauvre, mais vous, qui avez l'allure romaine, à quel parti appartenez-vous ?

– A celui de Dieu, Notre-Seigneur.

– Un ban très vaste, celui-là.

– Nous en sommes tous.

Le tavernier est revenu et chuchote les nouvelles à l'oreille de Pere Lluís. Celui-ci essaye de se lever, mais sa vue s'obscurcit et les figures qui l'entourent lui paraissent brumeuses ou distordues. Il réussit finalement à se mettre sur pied et proclame :

– Je m'en vais, messieurs, mais je paye une tournée.

Il s'appuie sur l'épaule du tavernier habillé en capitaine général de Rome, et tous deux montent un escalier jusqu'à une chambre de l'auberge. Sur le lit il perd connaissance et, quand il revient à lui, le visage du tavernier est contre le sien et, en retrait, une silhouette qu'il croit familière mais qu'il ne perçoit pas avec netteté, jusqu'au moment où la silhouette se détache, et c'est le secrétaire de son oncle qui l'aborde sans lui laisser le temps de rien dire.

– Dieu soit loué, vous vous êtes réveillé. Votre famille est très inquiète en ces temps de troubles. Votre frère me charge de vous dire que tout suit son cours.

Pere Lluís ferme les yeux et le secrétaire continue de le mettre au courant de ce qui lui est arrivé.

– Cela fait deux semaines que vous délirez, et il ne m'a pas été facile de vous trouver. Dès que vous serez rétabli, vous pourrez embarquer à Civitavecchia.

Pere Lluís voudrait demander : qu'est-ce que j'ai ? Mais sa voix ne suit pas.

– Il s'agit de fièvres.

L'expression du secrétaire est aussi neutre que celle du tavernier infirmier est entendue, et ce dernier pose un mouchoir mouillé sur le front du gisant. Un sourire illumine ses traits tandis que, derrière la protection de ses paupières closes, il éprouve une sensation de sécurité. Mais dès qu'il a les yeux fermés, l'expression du secrétaire cesse d'être neutre pour devenir soucieuse et celle du tavernier théâtralement angoissée, tandis qu'il hoche la tête comme pour refuser d'accepter l'inévitable.

*

– Pas de nouvelles de ton frère ?

Il y a du sarcasme dans la question d'Orsini, mais Rodrigo la prend comme une marque d'intérêt et avoue, abattu :

– Pas de nouvelles.

– Un conclave par ces chaleurs d'août, et avec la peste dans les rues et les cimetières !

Le geste que fait Rodrigo indique la résignation et, tout en marchant avec Orsini, il passe en revue les autres membres du Sacré Collège.

– Je vois Estouville très sûr de sa victoire. Comment verrais-tu la victoire d'un cardinal français ?

– Qu'est-ce qu'un cardinal français a de mal ?

– Un pape italien conviendrait peut-être mieux, après l'interrègne de mon oncle : la ville l'accueillerait comme une réparation.

– Venant de toi, Rodrigo, j'apprécie ce jugement à sa juste valeur.

– Mes votes iront à un cardinal italien : Barbo.

– Le patriarche de Venise ? Jamais. Ce serait renforcer le rôle de la République vénitienne, et ni les Médicis, ni les Sforza, ni les Gonzague, ni les Este n'y sont disposés.

– Je peux accepter une autre solution.

Rodrigo s'approche du patriarche de Venise, l'embrasse affectueusement et en profite pour lui dire à l'oreille :

– Merci pour Pere Lluís.

– Comment va-t-il ?

– Mal. Mais il irait encore plus mal s'ils savaient qu'il est toujours vivant, et où. Orsini ne t'accepte pas comme pape. Les Della Rovere non plus.

– Ce n'est pas mon heure ?

– Non. Ce serait plutôt l'heure d'un pape vieux ou malade.

– Ils n'avaleront pas ça. Je saurai attendre.

On entend des appels, il est temps d'ouvrir le conclave par des oraisons. Pendant la prière les regards se croisent, chacun étudie les expressions des autres, et Rodrigo donne à son entourage de cardinaux l'exemple de la patience et de la sérénité en laissant parler, en laissant, d'oraison en oraison, le temps faire son œuvre de fatigue. La nuit est tombée lorsque les cardinaux se relèvent, et Rodrigo va aux latrines conjointement avec d'autres vêtus de pourpre, tous mus par la même urgence. Soutanes relevées et à croupetons, une bonne part du Sacré Collège poursuit le conclave en libérant ses sphincters.

– Ce n'est pas un mauvais lieu pour trouver la sérénité de l'esprit.

– Aristote l'a dit, nous sommes ce que nous mangeons et donc ce que nous chions.

– Dieu nous a donné le plaisir de l'envie d'uriner et de se soulager.

– Rien dans les Écritures ne dit que ce plaisir soit un péché. J'ai en mémoire qu'un poète latin, Catulle, disait que les Espagnols se lavaient les dents avec leur urine pour les avoir plus blanches.

– Un autre poète latin disait que les Romains se mettaient des excréments d'enfant sur la tête pour prévenir la calvitie.

– Nous sommes venus pour parler d'autre chose. Dites à haute voix votre candidat.

L'un après l'autre les cardinaux accroupis proclament leurs préférences et deux seulement déclarent : n'importe qui sauf le Français. Rodrigo s'étonne.

– Mais si c'est le plus riche !

– Si nous nommons un pape français, Rome sera schismatique !

– Alors ?

Orsini se lève et les autres suivent son exemple.

– Au nom de ceux qui sont réunis ici, je suis autorisé à te dire que deux de nos votes seront pour Piccolomini, et ils sont appuyés par le Nord et le Sud, Sforza à Milan et Ferrante à Naples. Ton vote à toi, Rodrigo ?

– *Mes* votes. Ils sont sept. Je suis mandaté pour six votes.

– Et à qui iront-ils ?

– Retournons au conclave.

Revenu dans la salle, Rodrigo cherche des yeux Piccolomini, sous le regard vigilant des conjurés des latrines.

– Sans doute, Eneas, sont-ils en train de spéculer sur ce que je vais te demander pour t'accorder mes votes.

– Et que me demandes-tu, Rodrigo ?

– De consolider le patrimoine de ma famille, de mes alliés et de mes fonctionnaires catalans, aragonais et valenciens.

– Je te le dis en toute sincérité, Rodrigo, je n'ambitionne pas d'être pape et je préfère évoluer parmi mes livres en cette époque où il semble que reviennent les lumières de la culture latine, un temps fait pour l'homme, ce miracle, comme l'a appelé Pic de la Mirandole. Mais je ne suis pas non plus disposé à ce qu'un Français s'asseye sur le siège de Pierre, car ce serait le début de la fin de l'équilibre italien. Le jour où les Français ou les Espagnols s'installeront en Italie, notre monde sera enterré. Que dois-je te donner pour tes précieux sept votes ? A toi ? Personnellement ?

– Je peux t'être utile ?

– Ton expérience et ta puissance me seront utiles.

– Je veux que tu le reconnaisses publiquement dès le premier moment.

Eneas Silvio Piccolomini acquiesce et on passe au vote. Estouville. Piccolomini. Estouville. Piccolomini. Estouville. Estouville. Estouville. Manquent sept voix, celles qui dépendent de Rodrigo, et six cardinaux ont tourné leur regard vers lui. Rodrigo s'exécute et les votes tombent. Piccolomini. Piccolomini. Piccolomini. Piccolomini. Piccolomini. Piccolomini. Piccolomini. Enthousiasme, cris de joie chez les cardinaux vainqueurs, contrastant avec la sérénité de l'élu et l'apparente, courtoise indifférence de Rodrigo. Piccolomini remercie de la confiance qui lui a été témoignée.

– Ce n'est pas le moment d'exposer mon programme, mais je pense m'appeler Pie II et je veux manifester mon désir d'en finir avec les différends du passé, en m'appuyant sur l'expérience de Rodrigo Borgia, homme savant et respectueux des lois, trait d'union entre les deux pontificats. Je le choisis comme le cardinal qui posera la tiare sur mon front.

Le pape proclamé reçoit les baisemains et donne sa bénédiction, tandis que Rodrigo a pu constater que la promesse a été tenue. Hors de la salle du conclave, Rodrigo passe ses journées à régler les affaires courantes, en honorant la mémoire de son oncle et en priant les Vierges qui lui sont les plus propices. L'ombre du secrétaire du pape défunt vient interrompre une de ces prières pour lui annoncer :

– Pere Lluís est mort.

Et Rodrigo l'agrippe par le pourpoint pour l'obliger d'abord à s'approcher, ensuite à s'agenouiller à côté de lui.

– Les fièvres ? Ou bien ce que l'on dit du poison est vrai ?

L'agressé hausse les épaules et le cardinal le libère pour continuer ses oraisons. Oraisons privées qui, plus tard, se transformeront en prières publiques à l'ombre de la cérémonie d'investiture du pape Pie II. Plein d'affliction, le cardinal Borgia se compose un masque de majesté pour prendre la tiare pontificale, l'élever au-dessus de la tête de Pie II, la tenir contre le ciel, comme s'il voulait la contempler en contraste avec l'infini, à mi-chemin entre la tête de Piccolomini et la sienne. Rodrigo prolonge cet instant, la tiare dans les mains, jusqu'à ce que lui arrive la voix ironique de Piccolomini.

– Rodrigo, aujourd'hui, le pape c'est moi. Mets-moi la tiare.

Le cardinal la pose sur le front de Piccolomini et

ses bras ouverts restent en l'air, comme frustrés, puis se referment en croix sur sa poitrine, comme s'il voulait y conserver le commentaire de Pie II :

– Un jour elle sera pour toi, Rodrigo. Je n'en doute pas.

*

Alexandre VI à cheval, sur le chemin de Saint-Jean-de-Latran, fait redescendre son regard des nuages vers la terre. Il contemple avec orgueil ceux qui l'acclament et ses yeux perçants cherchent des personnes précises dans la foule puis se ferment comme ceux d'un chat rassuré quand il a vérifié qu'elles sont là. La silhouette de Julia à une fenêtre. Il n'a pas vu César, entouré de Corella, Grasica, Llorca et Montcada déguisés en moines qui s'amusent du spectacle, jusqu'au moment où les éclats de rire de Corella obligent César à le pousser pour lui faire quitter le premier rang du public. Une fois délivré de la nécessité de se refréner, Corella ne peut contenir sa crise de fou rire, et les autres sont complices de son hilarité, puis se calment peu à peu et lui donnent des tapes pour qu'il se calme à son tour.

– Qu'est-ce donc qui t'a tant fait rire ?

– L'émotion des masses, mon cher César. La confiance que l'on peut avoir dans l'émotion des masses. Cette meute qui crie aujourd'hui « Vive le pape ! » est la même qui, pendant le conclave, voulait couper le cou aux Catalans, et ceux qui la composent sont les enfants ou les petits-enfants de ceux qui voulaient égorger ton père et ton oncle à la mort de Calixte III.

– Ce sont les minorités intelligentes et sûres d'elles-mêmes, avec des projets d'avenir, qui changent les peuples. Il faut leur remplir la cervelle. C'est maintenant que tu découvres que les foules ont des cervelles de bébé ?

– Pourquoi dénigres-tu les bébés ?

– Nous allons clore cette fastueuse célébration en

famille, Miquel. J'ai hâte de voir la tête de mes frères naturels, de ma sœur naturelle, de ma mère naturelle, de son mari naturel et de mon père naturel sous la tiare de saint Pierre.

– Saint Pierre a eu de la chance. S'il avait eu une tiare aussi précieuse, il l'aurait revendue et serait allé en Enfer.

Par les hautes fenêtres de leur hôtel, Carlo Canale et Vannozza Catanei suivent des yeux le cortège, tandis que Joan Borgia et Djem jouent aux échecs. Canale surveille le comportement d'Alexandre VI comme s'il s'agissait de son propre comportement, et Vannozza arbore l'expression satisfaite de la mission accomplie. Entrent César et ses compagnons, à qui les joueurs ne prêtent aucune attention et qui ne distraient pas Canale de sa contemplation extatique du défilé, mais Vannozza, en revanche, avise César et tâche de lire sur son visage, va à sa rencontre, lui prend la main et l'interroge :

– Tout est parfait, non ?

César pose un baiser sur la joue de sa mère et acquiesce en fermant les yeux. Il laisse Corella occuper la place à côté de Canale à la fenêtre et se met au second rang. Canale exprime à voix haute son enthousiasme, sans perdre une seconde du spectacle :

– Tu as vu comme ma pancarte l'a impressionné ?

– De quelle pancarte s'agit-il, messire Canale ?

– Celle qui disait : « Rome était grande sous César. Aujourd'hui elle est encore plus grande. César était un homme. Alexandre est un dieu. »

Corella applaudit, César se joint à ses applaudissements et Vannozza saute de joie.

– N'est-ce pas que c'est une belle pancarte ? Carlo m'a consultée et j'ai dit : En avant !

– Lucrèce n'est pas là ?

– Elle regarde le cortège du palais de Sainte-Marie-aux-Portes, avec Adriana del Milà et…

– Et… ?

– Et…

Vannozza ne veut pas prononcer de nom et César colle ses lèvres à son oreille.

– Cela te fait de la peine ?

– Pourquoi aurais-je de la peine ? Ton père et moi avons toujours su les limites qui nous séparaient. Ce fut un honneur qu'il me choisisse pour compagne. C'était l'homme le plus attirant de Rome. Quelqu'un a dit de lui à l'époque : « Je n'ai jamais vu un homme aussi charnel. » Je lui ai donné des enfants, mais il les a élevés à sa guise. J'ai essayé de l'aider et de ne pas le gêner. Julia est la jeunesse. Ton père a besoin de se sentir jeune, aussi longtemps qu'il le peut, et c'est de notre intérêt à tous. A commencer par le tien.

– Et celui-là ?

Vannozza le réprimande d'un geste. Non : il ne doit pas traiter avec tant de mépris son frère, plongé dans une partie avec Djem qui le guette comme une araignée. Mais la femme préfère revenir à ses réflexions rassurantes.

– Quand j'ai connu ton père, il venait de rentrer d'Espagne. Il avait déjà couronné deux papes et, en qualité de cardinal de Valence, il était allé dans son fief, à Xàtiva, à Torreta del Canal, tous ces lieux dont il m'a si souvent parlé. Il avait également rencontré Ferdinand d'Aragon, qui lui avait paru de mauvais aloi, et sa femme, Isabelle de Castille, une Castillane insupportable. Ton père disait d'elle : « Elle est antipathique mais nécessaire », et il l'a aidée à obtenir le trône contre sa nièce, l'héritière légitime. Au retour, il a failli mourir noyé. Une tempête a englouti nombre de ses compagnons, et Rodrigo est arrivé à Rome comme un ressuscité. Il était l'homme le plus admiré des femmes. Non, il n'était pas encore un dieu. Il était…

– Un prince.

– Comment le sais-tu ?

– Regarde-le : un dieu ? Un prince ?

César se rapproche de la fenêtre à temps pour voir le

cheval qui dandine de la croupe, et le dos du pape, cape déployée et tête haute malgré le poids de la tiare.

– Ce n'est pas le temps des dieux, mais celui des princes.

Mais Vannozza ne veut pas perdre ce matin sa paix secrète, et elle contemple amoureusement Alexandre VI qui s'éloigne, comme si elle voulait le pousser du regard sur le long chemin qui lui reste.

– César, je pense parfois que ton père est passé en moi comme en un lieu de repos entre deux batailles.

– Entre deux chasses. Mon père n'est pas un guerrier. Il est seulement un chasseur.

# 3

# Vannozza, le repos du chasseur

Carlo Canale réclame attention et silence, caresse l'air de deux doigts comme s'il voulait se retenir à ce contact presque inexistant, gazeux, tandis qu'il se dresse sur la pointe des pieds en quête de lévitation, et ses lèvres se transforment en une peau qui adhère à la texture des vers qu'il récite :

– *Volgendo gli occhi al mio novo dolore*
*che fa di morte remembrar la gente,*
*pietà vi mosse ; onde benignamente*
*salutando, teneste in vita il core.*

*La fragile vita ch'ancor meco alberga,*
*fu de begli occhi vostri aperto dono,*
*et de la voce angelica soave.*
*Da loro conosco l'esser ov'io sono :*

*ché come suoi pigro animal per verga,*
*così destaro in me l'anima grave.*
*Del mio cor, donna, l'una et l'altra chiave*

*avete in mano ; et di ciò fraile son contento,*
*presto di navigare a ciascun vento,*
*ch'ogni cosa da voi m'è dolce honore**.

---

* Tournant les yeux vers ma neuve douleur / qui fait de mort se souvenir les gens, / pitié vous prit ; et là gentiment m'accueillant, / vous avez gardé en vie mon cœur.

Vannozza applaudit plus fort que les autres membres de la cour poétique improvisée.

– Que c'est beau ! Que c'est beau, Pétrarque ! Ça me donne la chair de poule. Carlo ! Dis-nous maintenant des poèmes de ta composition. Car Carlo écrit ! Le grand Poliziano disait qu'il avait une âme de poète et lui a dédié son *Orphée* !

Et Canale va peut-être s'exécuter, mais César intervient :

– Parfois, écrire doit rester un plaisir secret.

– Ne sois pas méchant, César, et laisse Canale dire ses vers.

Carlo refuse en espérant qu'Alexandre VI lui-même va le lui demander, sans se soucier de ce que pensent Corella et les autres créatures de César et de Lucrèce, qui semble absente, toute à la besogne de caresser ses boucles d'or, tandis que se tient près d'elle un jeune homme en extase, indifférent à la conversation. Alexandre ne demande pas les vers de Canale, mais il cherche dans le ciel sa propre inspiration et se met à réciter sans préambule :

*– Alt e amor, d'on gran dessig s'engendra*
*esper, venent per tots aquests graons,*
*me són delits, mas dóna'm passions*
*la por del mal, qui'm fa magrir carn tendra*
*et port al cor sens fum continuu foc,*
*e la calor no'm surt a part de fora.*

---

La frêle vie qui chez moi loge encore / fut le don généreux de vos beaux yeux, / et de votre suave et angélique voix. / Par eux je sais l'état où je suis :

Comme l'animal paresseux que l'on fouaille, / en moi s'est réveillée mon âme douloureuse. / Toutes les clefs de mon cœur, ma dame,

Vous les tenez en main ; heureux de ma fragilité, / me voici prêt à voguer à tous vents, / car toute chose de vous m'est doux honneur.

*Socorreu-me dins les termes d'una hora,*
*car mos senyals demostrem viure poc* !*

– Je n'y comprends rien, mais cela me paraît superbe !

– Vannozza, depuis tant d'années que tu es près de moi, tu continues à ne pas comprendre ma langue. César, as-tu aimé ces vers d'Ausiàs March ?

Mais ce n'est pas César qui répond, c'est Corella.

– Autant que ceux que Canale a récités de Pétrarque. Ce sont deux grands poètes, unis par le lien de lectures communes. Depuis plus d'un siècle, la relecture des classiques grecs et latins a favorisé l'apparition de classiques italiens, français, catalans, castillans. Pétrarque est à la langue italienne ce qu'Ausiàs est à la langue catalane, deux fondateurs. En outre, tous deux procèdent de saint Augustin et de Cicéron, de Virgile et d'Ovide. Votre sainteté savait-elle qu'un pape d'Avignon fut sur le point d'excommunier Pétrarque parce qu'il citait Virgile ?

– Je n'ai pas l'intention d'excommunier qui que ce soit parce qu'il cite des poètes. Et contre l'opinion des théologiens, je n'excommunierai même pas Copernic, qui me fait embrouiller le Ciel et la Terre sans que je sache jusqu'où il va nous mener.

– Votre sainteté fait bien. Non seulement Virgile n'est pas dangereux, mais construire une langue veut dire vertébrer un pays. Il n'y a pas d'entité sans langue. C'est ce que vient de dire un savant castillan, Nebrija : la langue fut toujours la compagne de l'Empire.

César rit aux éclats.

– Miquel est incroyable. Le guerrier le plus secret et le

---

* Plaisir et amour, que grand désir engendre, / espoir, montant par tant de marches, / me sont délices, mais me font souffrir / la peur du mal, qui attendrit ma chair faible / et porte en mon cœur un feu continuel / dont ni fumée ni chaleur ne sortent. / Secourez-moi dans le délai d'une heure, / car ce sont signes que je ne vivrai guère.

plus dangereux de Rome disserte sur Pétrarque, Ausiàs March et sur le siècle entier si l'occasion s'en présente, comme un disciple des humanistes de Florence ou de Ferrare.

– On appelle cela l'alliance des armes et des lettres.

Lucrèce sort de son isolement et demande, sans cesser de caresser ses cheveux, tandis que son soupirant acquiesce à tout :

– Les armes sont-elles aussi dangereuses que les paroles ? Les armes sont-elles aussi belles que les paroles ?

Maintenant, c'est César qui lui répond :

– Les armes ne servent qu'à tuer, mais il y a des paroles qui tuent et d'autres qui endorment.

Alexandre VI raye d'un trait dans l'air les préoccupations de Lucrèce et lui demande de s'asseoir sur ses genoux. Le pape s'aperçoit du chagrin avec lequel le jeune homme qui était resté jusque-là à côté de sa fille subit la réponse soumise de Lucrèce. Le cardinal Ascanio Sforza pose une main sur l'épaule du jeune homme et le pape le réconforte à haute voix :

– Calme-toi, mon gendre. Calme-toi, Giovanni, car tu es un Sforza et parce qu'il n'est rien de plus doux que l'amour d'un père pour sa fille unique. Dis-lui, Ascanio, dis à ton neveu que Lucrèce est en de bonnes mains.

Ascanio sourit avec condescendance et le jeune homme se soumet, mais n'en est pas pour autant rasséréné. Alexandre se fait paternel et didactique avec sa fille qui est toujours sur ses genoux.

– Où que vous soyez, vous ne devez pas perdre les racines dont viennent les Borgia, mais vous devez aussi vous sentir d'ici, car Valence et la Couronne d'Aragon sont notre passé, Rome et la chrétienté notre avenir. Mais n'oublie pas, Lucrèce, que c'est en catalan qu'ont écrit de grands auteurs comme Ausiàs March, que je crois bien avoir rencontré à Lleida, ou Joanot Martorell, véhément croisé *in pectore*, que connut ton oncle Alfons,

Calixte III. Ton frère Joan est à Gandie, la terre des poètes March, toute proche de notre chère Xàtiva.

Vannozza survient et oblige Lucrèce à quitter les genoux de son père.

– Je voudrais parler à sa sainteté. Laissez-la un moment pour moi seule.

Ni Lucrèce ni Rodrigo ne comprennent la brusquerie de Vannozza, mal dissimulée par son sourire, mais il se laisse conduire dans la chambre voisine, surpris de ce mystérieux enlèvement. Rodrigo l'interprète comme une crise de jalousie et tente d'amadouer Vannozza en se jetant sur son corps comme pris d'un désir irrésistible. Elle accepte le jeu, le temps d'échapper aux augustes mains, mais elle éclate en sanglots, et ce qui était assaut d'amour se change en pitié.

– Qu'as-tu, ma reine ? Ai-je fait quelque chose qui t'a blessée ?

Vannozza se fait prier pour dévoiler l'objet de son tourment, puis finit par céder.

– Tu ne me consultes jamais. Tu as fait César cardinal de Valence sans même me prévenir, moi, sa mère. Tu as arrangé le mariage de Lucrèce avec un Sforza et celui de Joan avec une Castillane, et je les ai appris par des tiers. Tu me délaisses et les autres m'insultent.

– Dis-moi qui t'insulte et je ferai un exemple.

– Tous les jours arrivent à mes oreilles les infamies que propagent tes ennemis. C'est devenu intolérable. On dit que je couche à la fois avec Joan et César, que tu te sers de ma maison pour faire l'amour avec Lucrèce et avec Julia Farnèse, avec ma complicité et celle d'Adriana del Milà. Adriana et moi, entremetteuses de la bru d'Adriana. Mais ce que je ne peux supporter c'est…

– Qu'est-ce que tu ne peux supporter ?

– Qu'à Florence le moine Savonarole m'insulte tout le temps en t'accusant de concupiscence. Il ne s'agit plus de la parole d'un ennemi politique comme Della Rovere, mais de celle d'un saint. Je suis épouvantée que les saints me condamnent.

– Voyons, Vannozza. Savonarole n'est pas un saint. Pour être saint, il faudrait qu'il soit béatifié, et je n'en ai pas l'intention. Mais je te promets de faire quelque chose, je lui enverrai un avertissement comminatoire.

– Tu ne pourrais pas obtenir de lui qu'il me bénisse ?

– Savonarole ? Pourquoi veux-tu la bénédiction d'un moine quand tu peux avoir celle du pape ? Tu veux que je te bénisse ?

L'indignation pousse Vannozza à mettre fin à son entretien avec Rodrigo.

*

Peut-être est-ce la nuit qui aide Vannozza à pleurer, inconsolable, sans que les caresses multipliées de Carlo Canale ne parviennent à tarir ses larmes. L'étreinte de l'homme se transforme en bercement et en roucoulement, jusqu'à ce que la femme s'arrête de pleurer et se laisse aller au plaisir, yeux écarquillés.

– J'ai tout fait pour lui. Tout. Je lui ai donné ma vie. Ses enfants. Je suis passée par tous ses caprices.

– Je le sais, ma chérie.

– Quand il est revenu d'Espagne, on aurait dit un prince miraculeusement sauvé des eaux, et il avait déjà deux ou trois enfants dont il ne reste qu'une fille. Je ne sais jusqu'où il ira. Je lui en ai donné quatre et je lui ai donné aussi ma patience et ma compréhension.

– Je le sais, ma chérie, je le sais.

– J'ai même eu droit à son histoire avec la Farnèse, manigancée par cette méchante putain d'Adriana, cette petite cousine qui semble être née pour servir de maquerelle aux dépens de son propre fils.

– Le pauvre Orsini est borgne.

– Mais sa mère ne l'est pas. Je me souviens du moment où Julia Farnèse est entrée dans nos vies.

Vannozza revit dans sa mémoire la scène de la rencontre de Rodrigo avec Julia Farnèse. Elle sursaute chaque fois qu'elle voit les yeux de Rodrigo sucer comme une sangsue la présence de la jeune fille.

– Julia, dit Vannozza.

Toujours dans sa mémoire, elle voit la jeune fille accourir à l'appel, apparaître soudain dans l'encadrement de la porte, joyeuse et spontanée, en cherchant Adriana des yeux.

– Julia ! la réclame Adriana en lui tendant une main.

Et la jeune Farnèse va à sa rencontre, mais sur le chemin qui s'ouvre dans l'assistance elle se heurte tout d'un coup à Rodrigo, qui a interrompu sa conversation, les gestes qu'il faisait, le souffle coupé par le choc de tant de beauté.

– Julia ! appelle de nouveau Adriana inutilement, car tout mouvement s'est arrêté dans l'espace où Julia et Rodrigo se trouvent face à face, jusqu'au moment où il tend les mains, prend celle de Julia, la baise, pendant qu'Adriana arrive à leur hauteur.

– Tu ne connaissais pas ma bru Julia Farnèse ? Julia, voici le cardinal Borgia, mon cousin, inutile de te le présenter.

La jeune fille, intimidée, admet que les présentations sont inutiles et s'efforce de libérer la main que retient Rodrigo. Lucrèce se fraye un passage et s'interpose doucement entre son père et Julia, embrasse le cardinal, et Rodrigo se déprend peu à peu de son contact avec l'apparition. Vannozza est restée paralysée par l'évidence, de même qu'Orsino Orsini, le mari borgne de Julia, et les courtisans des Borgia qui chuchotent en commentant ce qu'ils viennent de voir. Hiératique, Burchard parcourt de ses yeux critiques tant le décolleté excessif de Julia que l'excessive passion que Lucrèce affiche pour son père retrouvé. Pas pour longtemps. Rodrigo voit comment Adriana et Julia rient et préparent leur sortie du salon, et il ne lui reste d'autre voie que de suivre les deux femmes par un couloir obscur dont le silence est rompu par les rires et les chuchotements de leur fuite feinte. La poursuite débouche dans un salon : Adriana a disparu et Julia tente en vain de trouver une issue pendant que Rodrigo l'aperçoit et s'approche d'elle, impulsif mais interrogateur, comme s'il demandait la permission de faire ce qu'il doit inéluctablement faire.

– C'est un honneur, éminence, mais…

– Il n'y a pas d'autre honneur que celui que j'ai de pouvoir au moins te voir, percevoir les effluves qui émanent de ton corps de jeune déesse. Je me sens malade et je ne puis te dire de quelle maladie. Ma poitrine est douloureuse et je n'ai reçu d'autre coup que celui de tes yeux.

– C'est un honneur, éminence, mais…

*– Plena de seny, dirvos que us am no cal*
*puis crec de cert que us ne teniu per certa,*
*si bé mostrau que us està molt coberta,*
*cella perquè amor és desegual**.

Elle n'a pas compris un mot de ce qu'a dit Rodrigo, mais ce qu'elle comprend parfaitement, c'est qu'il s'agenouille, prend sa main dans les siennes puis enlace sa taille et la contemple de bas en haut comme une coupe fleurie et fragile. Les yeux de Vannozza cessent d'épier derrière la porte entrouverte, ils quittent le passé, reviennent au présent pour retrouver la tendresse servile, parfois exaspérante, de Carlo Canale.

* Ô prudente, à quoi sert vous dire mon amour / puisque je tiens pour sûr que vous en êtes sûre, / même si vous feignez pour vous en protéger / qu'Amour entre nous ne soit pas partagé.

– Des années ont passé, Rodrigo est pape. Il a enrichi les Orsini parce qu'il leur a planté des cornes, et les Farnèse parce qu'ils sont les parents de Julia. Nous avons tous péché, mais la plus grande pécheresse c'est toujours moi, puisque je suis celle qui lui a donné ses enfants, et de saints prédicateurs n'ont que mon nom à la bouche.

– Saints… ! C'est toi qui le dis, ma belle. Saints ! Va savoir !

*

– Si je te disais que Savonarole ne m'inquiète pas, je te mentirais, Remulins, mais si je te disais le contraire je te mentirais aussi. Ce modèle de religiosité que représente Savonarole correspond au passé, à l'enfance de l'Église, il s'apparente à la révolte de Hus ou aux théories innombrables qui revendiquent pour les brebis le droit d'être des personnes face au Bon Pasteur. Le christianisme est parcouru souterrainement par une force égalitariste qui tend à l'anarchie, au désordre : et le désordre ne mène qu'au désordre ou à un nouvel ordre pire que l'ancien. Les époques de changement sont stimulantes mais dangereuses, car le changement n'est pas toujours contrôlable, et des forces obscures profitent des mutations pour introduire la subversion. Mais ce qui m'inquiète surtout chez Savonarole, ce n'est pas qu'il me considère comme l'Antéchrist, c'est qu'il soit un pantin dans les mains du roi de France et fasse de Florence la porte d'entrée des Français en Italie.

– De fait, c'est à Savonarole que l'on doit le titre de « Nouveau Cyrus » dont Charles VIII s'est affublé pour menacer d'envahir l'Italie. Et c'est Savonarole qui a utilisé le prophète Isaïe pour justifier cette invasion. Isaïe met dans la bouche de Yahvé : « Je dis de Cyrus : C'est mon berger ! Il accomplira mes volontés, en disant de

Jérusalem : Qu'elle soit reconstruite, et du Temple : Sois rétabli ! »

– Isaïe est un simple prétexte. Je sais que le roi de France a demandé qu'on lui lise le livre d'Isaïe, et qu'il utilise la consigne : « Dieu est en toi et il est sans égal, et il n'est point d'autre en dehors de Dieu. » Voilà le désordre que je crains. Les Français par le nord en se servant de Florence, et les Espagnols par le sud en se servant de Naples, tandis que la Castille se répand au-delà de la mer Océane vers les Indes, par la nouvelle route découverte par Colomb.

– Isaïe a dit : « Aram à l'Orient et les Philistins au Ponant, qui dévorent Israël à belles dents. »

– Prophètes ! Prophètes au service d'histoires du passé ! Et le pouvoir de Dieu aujourd'hui ? Qui représente le pouvoir de Dieu ? Savonarole prêche la nécessité d'un concile pour me déposer, et le roi de France et Della Rovere le soutiennent.

– A mon avis, il faut le laisser faire. Il ne faut pas l'attaquer sous le prétexte qu'il est un instrument des Français, car cela représenterait aussitôt une déclaration d'hostilité contre le roi de France. Savonarole se détruira lui-même théologiquement, et c'est théologiquement qu'il faut agir en sorte qu'il se passe lui-même la corde au cou.

L'idée éblouit Rodrigo. Qu'il se passe lui-même la corde au cou ! Remulins ! Il admire la froide capacité d'analyse de son compagnon d'études qu'il a connu à l'Estudi de Lleida. Il ne peut se souvenir de lui avoir jamais vu commettre le moindre faux pas, ni d'ailleurs d'avoir jamais observé chez lui le moindre goût pour la chasse.

– Surveille Savonarole. Je le mets entre tes mains. Va à Florence aussi souvent qu'il le faudra. Je ne peux pas perdre mon temps avec ces moines fanatiques quand je dois me battre contre les nouveaux princes, et cela en une époque de changements inimaginables. Je vais dicter une bulle pour le partage des territoires conquis par les Espagnols et les Portugais au-delà de l'océan. Nous allons arriver à l'an 1500 et j'appréhende une vague de millénarisme, inspirée par des moines déchaux ou chaussés comme ce Girolamo Savonarole.

– Je ne minimiserais pas Savonarole. Il s'est emparé de la République de Florence, il a réduit les Médicis à l'impuissance et a réussi à instaurer des usages étranges.

– Par exemple ?

– Les gens passent leurs journées en prière, ils pratiquent le jeûne volontaire, pain et eau trois jours par semaine, pain et vin deux jours par semaine.

– Le vin rend la diète moins pénible.

– Ne plaisante pas. Les couvents sont pleins de jeunes filles et de femmes mariées, et il paraît qu'on ne voit plus dans les rues de Florence que des enfants, des hommes et des vieilles. Ils dressent des bûchers pour se purifier des vanités et y jettent riches vêtements, objets de luxe, cartes et dés, chansonniers, perruques, instruments de musique et œuvres d'art lascives. Botticelli, le grand Botticelli, a fait amende honorable pour sa période de peintre païen et il ne peint que des Vierges. Quant à toi, Savonarole dit tout bonnement que tu ne crois pas en Dieu.

– Je sais bien qu'on a dit de moi des choses horribles dans les pamphlets que l'on accroche au buste du Pasquin près de la piazza Navona. J'ai pu en lire un, alors que je quittais l'arène où César venait d'affronter deux taureaux. Mais cette histoire du moine est différente et elle est en soi un signe des temps. Surveille cela de près, Remulins, j'insiste, et tiens-moi au courant... Burchard veut me parler et c'est un miracle, car c'est un homme qui préfère se taire et observer, et il me rend nerveux.

Comme si la relève avait été préméditée, Remulins cède la place à Burchard, qui entre silencieusement et salue brièvement. Il attend d'être seul avec le pape pour faire violence à la réserve qui le paralyse et parler avec naturel.

– Sainteté, j'ai vu en chantier les peintures du Pinturicchio que votre sainteté a commandées, et d'autres déjà achevées, et je crains qu'elles ne puissent être une pierre de plus sur cet amoncellement de scandales qui entourent votre sainteté.

– Ce sont des peintures religieuses, Burchard.

– Hélas ! l'Église n'a jamais élaboré de règles satisfaisantes, un canon moral concernant le traitement des images. Ce canon moral est urgent, car, s'il est vrai que nous parlons de situations et de personnages irréprochablement sacrés, c'est avec un modèle presque unique, sainteté : Julia Farnèse – de même que vous avez fait servir votre fille Lucrèce de modèle, et, dans le passé, Vannozza Catanei.

– Le choix des modèles te surprend ? Tu es un homme éclairé et tu connais les théories platoniciennes en vogue, la tristesse que nous éprouvons devant l'impossibilité d'appréhender la Beauté absolue. Mais dans l'impossibilité de la Beauté, devant son absence terrestre, nous devons tenter de trouver ce qui s'en rapproche le plus. Y a-t-il femme plus belle que Julia Farnèse pour représenter la Vierge et les saintes ? Le grand Giotto, Masaccio, n'ont-ils pas recouru à des modèles réels pour incarner des scènes évangéliques ? Pourquoi faudrait-il une Doctrine des Images, telle que tu la réclames de l'Église ?

– On dit que chaque fois que votre sainteté passe devant un tableau sur lequel figure Julia Farnèse, elle s'agenouille et se signe.

– Je m'agenouille et me signe devant la Vierge ou devant sainte Catherine, pas devant Julia Farnèse.

– On parle d'un passage secret qui relie le Vatican au lieu de vos rencontres avec Julia Farnèse.

– Tu connais ce passage, sous la Chapelle Sixtine, qui

est là en cas d'une quelconque urgence. Rome n'a rien d'un endroit sûr, pas même pour le pape.

– On reproche aussi à votre sainteté d'avoir couvert les salles du Vatican d'estampes représentant le bœuf, et on l'interprète comme un signe de paganisme. Le bœuf Apis.

– Si j'en crois mes modestes lumières en mythologie, Burchard, les Égyptiens furent les maîtres de Moïse en symbolique. La symbolique de Moïse était-elle hérétique ? Quiconque parcourt les résidences des Borgia ne verra qu'exaltation des valeurs évangéliques et bibliques, même si sibylles et prophètes y annoncent l'avènement du Christ.

– On dit…

– On dit ! Qui le dit ?

– Il est grave que l'on prête à votre sainteté le recours à la Kabbale juive par la synthèse d'éléments culturels chrétiens, juifs, païens, à la manière du dangereux Pic de la Mirandole, qui prétend que la Kabbale doit faire partie de la Révélation. Si l'on ajoute cela à la présomption de judaïsme…

– Je sais qu'on m'appelle *marrane* parce que j'ai accueilli à Rome les juifs que les rois d'Aragon et de Castille, Ferdinand et Isabelle, ont expulsés en suivant le conseil du sinistre Cisneros, le confesseur d'Isabelle. Qui sont ces juifs ? Des médecins, des avocats, des astrologues, des gens de science dont nous avons besoin.

– Des prêteurs à gages.

– Nous avons aussi besoin d'argent, si nous voulons mettre sur pied une armée du Vatican capable de dissuader les rébellions des seigneurs féodaux arriérés ou les appétits des Français et des Espagnols. L'alliance avec les Sforza a été un fiasco, et mon gendre est un pusillanime qui ne bougera pas le petit doigt contre les Français. Il s'est enfui dans ses terres et m'accuse de toutes sortes de torts. A ce que je peux en juger, je lui fais peur. Il nous faut former une ligue antifrançaise avec d'autres villes et surtout avec la République de Venise. Cela coûte cher. Je te suis reconnaissant de vouloir me protéger des autres, mais ne me protège pas de moi-même.

La conversation ne peut se poursuivre, car des cris et des manifestations d'allégresse parviennent de la cour intérieure, et le pape va à la fenêtre pour en découvrir la raison, sans que Burchard ose se mettre à côté de lui.

– Regarde, Burchard, c'est César. Il joue avec le taureau.

A cheval, César provoque le taureau, feint de se laisser attraper, puis s'esquive, se penche pour le toucher au front, lui tirer la queue. Sa suite rit, et des dames aux fenêtres applaudissent. César descend de cheval et tire son épée. Il attend la charge de la bête, bras levés et épée haute, la laisse passer et, à la vitesse de l'éclair, la décapite en deux temps : le premier coup arrête la course de la bête et l'oblige à s'agenouiller, le second détache la tête et, un instant plus tard, César la brandit, sanglante, vers la fenêtre où, sur le visage de son père, l'enthousiasme a cédé la place au dégoût. Il n'en est pas de même pour Burchard, qui semble fasciné par l'énorme tête dont dégoulinent des barbes de sang.

*

Savonarole est monté sur le piédestal d'une statue et pointe sa barbe en l'air, ses traits forment des angles aigus et ses gestes semblent défier l'espace dans lequel il s'inscrit comme un coup de poignard.

– Sachez, Florentins, que les troupes de Charles VIII, roi de France, vont entrer dans la ville, et loué soit Dieu, car Charles VIII, le nouveau Cyrus, sera l'instrument contre l'Antéchrist qui vit sous le masque du pape assis sur le siège de Pierre ! Rome égale par ses péchés Ninive ou Babylone, et les prostituées du pape ont laissé le saint lieu plein d'œufs du serpent, créatures de Satan. Il faut revenir à la simplicité de la vie chrétienne en imitant les mœurs et la vie du Christ, un Christ pauvre. Une vie chrétienne ne peut pas se fonder sur les sens naturels, mais sur la lumière naturelle de la raison attestée par la Révélation et dont la fin est de perpétuer l'état de Grâce ! Nous avons besoin d'un concile qui expulse l'Antéchrist du trône de Pierre !

Machiavel se détache de la foule qui écoute le sermon de Savonarole et rencontre la complicité d'un personnage vêtu en pèlerin.

– Plus je l'écoute et plus je doute.

En entendant ces mots de Machiavel, l'homme feint la surprise.

– Vous doutez de la sainteté de Savonarole ?

– Je doute de l'efficacité de ce qu'il dit. Il tient le discours d'une révolution, mais il ne compte que sur des paroles pour la faire.

– Et sur les troupes du roi de France.

– Savonarole compte sur les troupes de Charles VIII, mais Charles VIII ne compte pas sur Savonarole. Celui-ci n'est qu'un comparse, dans les rêves d'annexion des barbares.

– C'est le retour des barbares ?

– On surnomme Charles VIII « le Petit » et on fait beaucoup de plaisanteries sur la devise de sa bannière *« Misso a Deo »*. Mais c'est bien un petit roi, peut-être envoyé par Dieu comme instrument des barbares. L'Histoire a construit un *statu quo* pour les cités italiennes, chaque cité a son système, elles forment un univers qui aspire à reconstituer l'univers de la Rome classique, une raison qui porte en elle la trame d'une Italie possible, future, héritière de la sapience de Rome telle qu'elle s'est ébauchée au cours des deux derniers siècles de rêves de l'humanisme. Mais voici que les barbares reviennent.

– Les Turcs ?

– Les Français, les Aragonais, les Castillans. Même les

Suisses se sont armés, et ce sont les mercenaires les plus sauvages et les plus dévastateurs. Qui les arrêtera ? Savonarole ? Lui qui n'est qu'un prophète désarmé ?

– Un prophète désarmé. Bien vu. A qui ai-je l'honneur de parler ?

– Les temps n'encouragent guère à décliner son identité, dites-moi d'abord, vous, à qui je parle ?

– Le pèlerin Remulins, de Catalogne.

Machiavel éclate de rire.

– Plus Remulins que pèlerin car, en dépit de la distance, nous savons à Florence qui est qui, à la cour du pape : vous êtes l'homme à qui il fait autant confiance qu'à son médecin, également catalan.

– Et vous, si je ne m'abuse, vous êtes Nicolas Machiavel, l'homme le plus écouté du gouvernement de la cité.

– Je le suis, mais sans savoir pour combien de temps encore. Entre Savonarole et les Français, la république périra. La chute des Médicis a permis d'instaurer la république et, à nous tous, nous sommes en train de la tuer. Les Médicis étaient effrayants et despotiques, mais aussi parfois magnifiques. N'ont-ils pas, cinquante ans durant, financé Ghiberti pour qu'il fasse les portes du Baptistère ? Qui peut nier que la Florence de Laurent le Magnifique a créé les plus beaux joyaux culturels que l'on ait vus depuis le siècle d'Auguste ? A son époque, Florence était pleine de savants venus de toute l'Europe. En revanche, Savonarole et les anti-Savonarole sont médiocres, mesquins, petits, bigots. Avez-vous entendu parler à Rome du *bûcher des vanités* ? Ils ont décidé de dresser un bûcher purificateur pour que les Florentins y jettent toutes leurs vanités, et ceux-ci l'ont fait. Qu'ont-ils lancé dans les flammes ? Perruques, barbes postiches, masques de carnaval, cartes, dés, miroirs, parfums, perles de verre, livres, portraits de belles dames, et il y a même eu des artistes comme Baccio della Porta ou Lorenzo de Credi pour brûler leurs œuvres *licencieuses*. Pourtant, malgré tout, je préfère la république et, face à Jules César, je suis comme Cassius et Brutus.

– Je voulais justement vous rencontrer.

– Je ne refuse pas, mais pas en pleine rue.

Les deux hommes se dirigent vers un endroit où ils se trouvent à couvert, et Machiavel propose de continuer jusqu'aux marches qui conduisent à la salle d'une taverne où trônent une table et des verres de vin autour desquels des hommes sont réunis. L'un d'eux, que l'entrée de Remulins met mal à l'aise, essaye de cacher son identité en allant s'asseoir derrière les autres et en plaçant une cruche à la hauteur de son visage.

– Je ne crois pas trahir votre confiance en vous amenant mon invité, le sire Remulins, assesseur de sa sainteté, qui souhaite connaître notre opinion sur le phénomène Savonarole.

– Il ne peut pas durer.

– Savonarole est un cadavre.

Machiavel hoche la tête, marquant son désaccord avec ceux qui pensent ainsi, et après avoir pris un siège et bu du vin, il prend la parole.

– Avec le discours qu'il a fait aujourd'hui, Savonarole est plus puissant que jamais. Il a mêlé ses arguments sur la régénération de l'Église à ceux concernant le rôle de Charles VIII comme purificateur de la chrétienté. Qu'est-ce qui pourrait intéresser davantage le roi français ? N'est-ce pas pour lui un vrai cadeau, que ce saint Jean-Baptiste florentin qui annonce la venue du Messie et demande un concile pour le proclamer ?

– Ne blasphème pas, Nicolas.

– Ce n'est pas un blasphème, c'est une évidence. Charles VIII passera par Florence, il l'écrasera et il ira à Rome en laissant Savonarole comme prophète désarmé mais aussi comme son instrument. Vous ne voyez pas les choses ainsi, messire Remulins ?

– J'écoute.

– Et vous informerez.

Ces mots, c'est l'homme à demi caché qui, ne pouvant plus se contenir, les a prononcés : il avance la tête, démasquant ainsi son visage, celui du cardinal Della Rovere. Tous les regards convergent vers lui, et Remulins lui demande :

– J'informerai qui ?

– Alexandre VI, le prochain objectif de Charles VIII.

– C'est vous-même, Della Rovere, qui devriez l'informer, en votre qualité de cardinal du Sacré Collège et de défenseur des intérêts de l'Église.

Giuliano della Rovere tente d'obtenir l'adhésion de l'assistance et, regardant chacun tour à tour, il proclame :

– Depuis quand les intérêts de l'Église coïncident-ils avec ceux des Borgia ? Un pape qui n'hésite pas à nommer quarante-trois cardinaux correspondant à quarante-trois intérêts personnels ou familiaux représente-t-il les intérêts de l'Église ? Les intérêts des Italiens coïncident-ils avec ceux des Borgia ? N'est-il pas plus évident que cette famille est une race d'intrus venus d'Espagne, qui ont représenté les intérêts de la Couronne d'Aragon dans le passé et représentent ceux des Rois Catholiques aujourd'hui ?

Nul ne se risque à répondre et presque tous regardent Machiavel pour qu'il se prononce. Finalement, il parle :

– Ce dont je suis sûr, c'est que les intérêts des Italiens ne coïncident pas avec ceux des barbares, or les nouveaux envahisseurs de l'Italie sont des barbares, et plutôt deux fois qu'une.

*

La soldatesque attaque les maisons les unes après les autres et, comme toujours, les mercenaires ne sont là que pour toucher leur solde et décamper dès que cela tourne mal. Rome est silencieuse dans l'attente du pillage et des pleurs. Milan et les Sforza cèdent devant les Français, Florence se rend, Venise se résigne. Que peut faire le pape avec une poignée de mercenaires ? La garde espagnole et les volontaires de la colonie allemande résistent aux portes de Rome, mais leur combat est voué à l'échec. Burchard, César et Djem écoutent les diatribes d'Alexandre VI sans se départir de leur respect.

– Et les familles romaines, où sont-elles ? Où sont ces gens qui vendent leur patrie ? Della Rovere est un agent français, mais Orsino Orsini avait reçu mandat de faire front à l'envahisseur, tout borgne qu'il est. Où est-il ? Au moins les femmes sont-elles en sûreté ?

– Pas toutes.

– Que veux-tu dire, César ?

– Nous venions justement t'en parler. Julia Farnèse est aux mains des Français.

– Elle est passée, forcée par son mari, du côté des Français ?

– Ils la retiennent en otage et te réclament une rançon.

– A moi ?

– A toi.

Le pape a entendu, mais sans entendre. Il s'est levé et voudrait marcher mais ne le fait pas, il voudrait parler mais ne parvient pas davantage à émettre un propos cohérent. Il ne peut que dire trois fois « Julia, Julia, Julia », et, soulagé, il se lamente :

– Et Joan, mon général, mon bras armé, qui est si loin, à Gandie ! S'il était là, je lui demanderais : que faire ?

En l'absence de Joan, c'est César qui répond :

– Payer.

– Payer quoi ?

– La rançon. Il se peut que cette captivité ne soit qu'une mauvaise plaisanterie des Français, qui savent tout l'intérêt que t'inspire la dame, mais le fait est qu'ils l'ont mise à un prix très élevé. Ils sont aux abords de Rome et, si nous payons, ils la lâcheront.

– Qu'attendons-nous ? Qu'importe le prix. César, négocie, cours, ne perds pas une seconde.

De la pénombre émerge Miquel de Corella, il parle à voix basse à César, et tous deux s'en vont, laissant le pape un bras posé sur l'épaule de Burchard, surpris par le geste papal.

– L'humiliation a commencé. Ils entreront dans la ville et ils ont pour consigne de me déposer du siège de Pierre, de convoquer un concile et de nommer un pape docile à leurs intérêts.

Burchard médite et ne se joint pas à la tristesse d'Alexandre VI, qui s'apitoie sur lui-même.

– Mais ils vont se heurter à un bœuf Borgia aux pattes bien fermes, un bœuf décidé à défendre le trône de Pierre. La résistance de l'antipape Luna retranché dans Peñíscola aura été peu de chose, comparée à celle que je peux leur opposer. Burchard, écoute et note, car c'est peut-être la dernière occasion que tu auras d'entendre mon testament. Mes fautes furent grandes, mais je me suis toujours efforcé de consolider l'autonomie de l'Église face aux princes.

– Tout n'est pas perdu.

– Tiens-tu une armée cachée dans tes livres de prière ou tes protocoles ?

– L'armée cachée, invisible, mais réelle, votre sainteté la tient. Je ne considérerai pas la tiare perdue tant que nous n'aurons pas découvert les intentions du Français.

Rome brûle, les deux hommes peuvent le constater par les fenêtres qu'éclaire l'incendie, et le pillage se répand comme de l'huile bouillante. Djem, derrière le pape et Burchard, s'est assis à une table et mange tous les mets qui se trouvent à portée de ses mains, jusqu'au moment où il aperçoit le regard désapprobateur que Burchard pose sur celles-ci, sur ses lèvres pleines de graisse, sur son corps vaincu par la crise de boulimie. Les yeux de

Djem ne sont pas seulement ceux d'un animal affamé, ce sont aussi ceux d'une bête traquée.

– Qu'avez-vous, prince Djem ?

– J'ai faim.

– Faim seulement ?

– Jurez-moi de me dire la vérité, Burchard.

– Toute la vérité que je possède est à vous.

– On m'a dit que vous alliez me livrer aux Français. Joan, mon ami, le seul qui me protégeait, n'est pas là.

– Qui vous l'a dit ?

– On me l'a dit.

– Vous délirez, prince. Vous croyez que les Français sont venus à Rome pour vous chercher ?

De la rue, des cris et des blasphèmes commencent à parvenir aux demeures des Borgia, des bruits d'armes et de mort, et tandis que César et Miquel de Corella chevauchent en direction des lumières du campement français, la main de César reste posée sur une bourse qui pend le long de sa cuisse gauche et qu'il ne lâchera qu'arrivé dans le camp ennemi, pour la prendre et la jeter sur une table entourée de militaires français. Son arrogance a déplu, et un officier pointe un poignard sur sa gorge, mais Michelotto a sorti le sien et le pose à son tour sur la gorge du Français. La colère immobilise les militaires présents, quand dans la pièce entre un personnage qui est salué par ce cri :

– *Attention ! le roi !*

Charles VIII, nez énorme en lame de couteau, pieds difformes, bovins, qui lui donnent une démarche mal assurée, demande des explications : on les lui donne à voix basse, tout en lui montrant la bourse pleine apportée par César. Le roi remet l'argent à un aide de camp avec une moue de mépris, va vers le trio, maintenant désarmé, que forment César, Corella et l'officier français.

– Ainsi donc, je suis devant le fameux César Borgia,

cardinal de Valence. Le neveu du pape ? Son fils peut-être ?

– Son proche parent.

– Son proche parent. Vous venez chercher Julia Farnèse ? Son mari le prince Orsini est loyal à ma cause et n'a guère montré d'empressement pour la racheter. La dame est belle et le prix est élevé. Le pape est un homme qui connaît la valeur de ce qu'il aime et veut, n'est-ce pas ?

– C'est ce que dit sa renommée.

D'un signe de la tête, le roi donne l'ordre d'exécuter le marché et, à l'instant, Julia jaillit plus qu'elle ne sort de derrière un paravent de toile. Tous la regardent mais elle ne regarde personne, elle passe avec majesté devant les hommes inclinés, sort de la tente et se dirige vers un cheval harnaché. Elle le monte et c'est Charles VIII en personne qui frappe la croupe du fringant coursier. Julia Farnèse chevauche vers Rome au milieu des torches enflammées et dans l'écho des sabots des chevaux, tandis que dans le lointain quelques lumières semblent n'être là que pour souligner la solitude du pape, minuscule à l'horizon, attendant aux portes le retour de son amour perdu, comme s'il n'y avait qu'elle et lui d'importants dans cette catastrophe.

– Tu vois ce que je vois, Burchard ?

– Je le vois, cardinal Della Rovere.

– Et ton sang chrétien ne bout pas ?

– Le sang ne bout pas, éminence.

Della Rovere tourne autour de Burchard comme s'il voulait en faire le siège et obtenir sa reddition. Ils assistent aux retrouvailles de Julia et d'Alexandre, elle à genoux voulant baiser l'anneau, lui l'obligeant à se relever, tandis qu'arrivent César, Miquel, Adriana del Milà et Orsini, qui veut emmener sa femme. A l'instant où Orsini la couvre d'un manteau, le geste possessif de Rodrigo se brise, et un défi fugace passe dans les regards croisés des deux hommes, défi inégal car, sur son œil vide, Orsini porte un bandeau. Finalement, le pape reste seul sous la lune et sous les yeux scrutateurs et peu amènes des Romains. Une voix sombre, fille de la nuit, sort comme une langue bifide, à l'adresse du maître du protocole :

– Burchard, cette nuit les Français entreront au Vatican et c'en sera fini des Borgia. On aura besoin du témoignage d'un proche tel que toi, qui les connais bien, pour qu'ils soient maîtrisés et n'échappent pas au châtiment.

Burchard a sursauté aux paroles sorties de la bouche de Della Rovere, qui, masquant son visage, est resté près de lui.

– Le parti français contrôle tout, et cette fois nous ne laisserons pas Rodrigo s'en tirer.

Burchard ne répond pas, il s'en va derrière Rodrigo, tandis que Della Rovere rejoint la suite des Orsini qui escorte le retour de Julia au foyer. Adriana a ouvert ses bras à Julia prostrée, et Della Rovere se consacre au mari, qui marche comme s'il portait le poids du monde sur ses épaules.

– C'était humiliant, cher Orsini, mais j'ai été ému par votre geste, quand vous avez pris votre femme sous votre protection au moment où le pape semblait se l'approprier définitivement. On dit que sa sainteté vous a interdit les rapports charnels. Il ne permet même pas que le mari fasse usage de son épouse. Il rompt le lien sacré établi par Dieu.

Orsini ne l'écoute pas. Pas plus qu'il n'écoute sa mère Adriana, lorsqu'elle tente de le tirer de sa mélancolie.

– Tout est terminé, mon fils.

Mais pris d'une hystérie incoercible, le mari hurle :

– Tout a été affiché plus clairement que jamais ! Je n'ai pas l'intention de rester un jour de plus à Rome. Le pape est un monstre. A Padoue où il s'est réfugié, le mari de Lucrèce dit que le pape est un ignoble incestueux, et il exige que sa femme lui soit rendue. Je partirai demain pour Jérusalem, comme pèlerin.

– Cela me semble bien loin pour toi, mon enfant.

– Aucun lieu ne sera assez loin pour y cacher ma honte.

Della Rovere oblige le jeune Orsini à s'arrêter en le prenant par les épaules.

– Ta honte ? Rodrigo Borgia, que je refuse de reconnaître comme mon souverain pontife, en a vécu et en vivra une plus grande que la tienne. Cette nuit, les soldats français ont envahi la maison de Vannozza, et ils ont fait d'elle tout ce qu'ils ont voulu.

Le mari déprimé ne trouve aucune consolation dans les malheurs d'autrui, et Della Rovere disparaît pour tenter de revenir au duo formé par le pape et Burchard, mais déjà ils entrent dans le palais, suivis de César et de ses amis, aussi Giuliano reste-t-il à distance prudente. A l'intérieur, Alexandre va vers le trône pontifical et s'y assied. A l'exception de Burchard, de ses fils, des amis de César et de Djem, nul ne l'accompagne. A mesure que se rapproche le fracas des fanfares qui précèdent la troupe française, la sérénité du groupe augmente, sans que personne quitte son poste, et quand les portes battent sous la poussée de la soldatesque, Burchard lance une ultime recommandation :

– Sainteté, chacun à sa place, et la vôtre est celle de Dieu. Si le roi de France la profane, l'excommunication le discréditera.

Assis sur le trône, Alexandre assiste à l'entrée des soldats, de leurs capitaines, qui se maintiennent à distance respectueuse, et finalement voici Charles VIII qui s'avance en boitant dans le couloir, et seul son nez en lame de couteau lui donne un air dominateur et hautain, jusqu'au moment où il ne peut éviter le face-à-face avec Alexandre VI. Tous les yeux sont fixés sur le geste qui va suivre, car c'est de lui que dépendra l'issue de la partie, organisée par Burchard. Charles VIII met genou à terre et baise la main et l'anneau que lui tend le pape, une main qui, ensuite, se lève et bénit le roi de France, ému et prêt à se soumettre en vassal spirituel, tandis que, derrière Alexandre, César et Burchard sentent qu'ils ont gagné, et que, dans la suite des Français, Giuliano della Rovere boit une pleine coupe d'amertume.

*

Charles VIII lève sa coupe en direction d'Alexandre VI, qui incline la tête en signe de remerciement.

– Que nos malentendus d'hier servent de fondations à nos accords de demain.

Avec lenteur, le pape redresse son corps puissant : le roi courbé et le pape bien droit se livrent une bataille visuelle inégale.

– Sire, on m'a donné avis qu'avec votre majesté arrivait Cyrus, le grand conquérant perse, nom par quoi vous désignent princes et poètes. En même temps que Cyrus, l'homme de guerre, j'honore en vous le talent d'un Périclès, homme d'État insigne, et la raison d'un saint Thomas, fondateur de notre logique.

L'assistance boit et l'orchestre joue. Dans l'entourage papal, le visage de Corella exprime la colère et celui de Djem un profond abattement. César s'approche.

– Qu'as-tu donc, Miquel ?

– Je ne comprends pas comment tu as pu accepter la proposition de ton père d'accompagner comme otage le roi de France dans son expédition contre Naples.

– C'est une preuve de nos bonnes intentions. Djem aussi vient comme otage.

– Ton père est fort dans sa faiblesse. Le roi de France n'a pas osé l'affronter, et le pape est finalement le seul homme d'État d'Italie qui lui a tenu tête. Mais toi, tu n'es même pas officiellement son fils.

– Ne me sous-estime pas. Je suis un cardinal. Maintenant, c'est une autre corrida qui commence, Miquel. Regarde le nez du roi de France. Cet imbécile n'a que son nez et sa vanité.

Della Rovere s'incline devant Vannozza.

– Je me réjouis de voir que l'invasion ne vous a pas affectée, madame Vannozza. Des rumeurs terribles circulaient à propos d'actes de vandalisme de la soldatesque française, actes dont vous auriez été la victime.

– La façade de ma maison a subi quelques dommages. Mais seulement la façade. Soyez assuré, Giuliano, que si j'avais été la victime de tels outrages, j'aurais été la première à m'en apercevoir.

Les traits de Della Rovere sont tout sauf réjouis, mais Vannozza se dirige vers César, qu'elle prend par le bras et conduit dans un coin de la salle.

– Comment as-tu pu permettre cet accord entre ton père et le roi ? Comment as-tu pu permettre qu'ils te donnent le pire des rôles, celui d'otage ?

– Rodrigo voit maintenant l'invasion comme une tourmente passagère et pose déjà les jalons d'une politique d'alliances pour faire rendre gorge à tous les traîtres romains qui sont passés aux Français, à commencer par Orsini et Della Rovere. Quand les Français s'en iront, ce sera le moment de solder les comptes. Je n'ai rien vu d'étrange dans l'engagement qu'il a pris.

Vannozza caresse son fils, et ses yeux n'expriment pas seulement la tendresse mais aussi une certaine crainte.

– Tu es trop confiant.

– Tu es la seule personne à Rome qui puisse croire cela. De qui te méfies-tu ? De mon père ?

– Non.

– De moi ?

– De la situation. Tu dois te trouver à l'endroit adéquat au moment opportun, sinon tu perdras toute chance.

– Ma chance, elle est là. Je regrette seulement d'avoir

à la partager avec le gros, le mélancolique, l'inutile Djem.

– Il le sait ?

– Il le craint.

Ils vont à la recherche d'un Djem qui a perdu tout appétit et s'approche d'Alexandre VI, lui parle, sollicite quelque chose sans que le pape y prête attention : le prince turc devient impertinent et un garde le retient, le repousse, l'éloigne et le dépose quasiment dans les bras de Vannozza venue à son aide.

– Calme-toi, calme-toi, Djem. Que se passe-t-il ?

– Il se passe que vous m'avez vendu. Vous m'avez cédé en prime au roi de France, pour faire bon poids dans la balance.

– C'est seulement pour six mois.

– Pourquoi pas sept ou quatre ?

– Tu reviendras. César aussi le suit comme délégué du pontife.

– Comme otage. Lui, il est un otage de valeur. Il est le fils du seigneur de la Terre et du seigneur du Ciel. Mais le pauvre Djem ? Je suis une branche qui pourrit chaque jour un peu plus, aussi bien pour mon frère que pour le pape, et je ne comprends pas pourquoi le roi de France me veut dans son butin.

– Console-toi. Tout le monde sait que les fourneaux français satisfont les appétits les plus exigeants.

Les cloches qui sonnent à toute volée interrompent la fête qui reprend de plus belle, car la joie s'est emparée de tous, à l'exception de Djem : on s'embrasse, Français et pontificaux rivalisent de grâces en louant l'accord de paix, mais Charles VIII ordonne :

– Il est temps de partir pour Naples, où j'ai l'intention de me proclamer roi de Sicile et de Jérusalem !

Il s'incline courtoisement devant Alexandre puis recule pour lui permettre d'embrasser César. Le pape dit à voix haute :

– Cardinal, accomplissez votre mission aux côtés de notre allié, et que Dieu vous accompagne.

Le roi de France chevauche, accompagné par le carillon des cloches, flanqué de César et de Djem, tandis que derrière eux les chariots transportent le butin de guerre et les cadeaux du pape. Les deux hommes ruminent des préoccupations bien différentes. Djem transpire, victime de son angoisse ou d'un mal inconnu.

– Pour un mois de janvier, tu as d'étranges sueurs, Djem.

– Je ne me sens pas bien du tout, César.

– Je ne crois pas que nous chevaucherons trop vite. Nous passerons la nuit à Velletri.

César sourit quand un messager arrive au galop.

– Majesté ! Les deux chariots qui transportaient les objets de valeur ont disparu !

– Comment est-il possible que ce soient précisément ces deux chariots-là qui aient disparu ?

César intervient :

– Il n'existe pas de voleurs capables de rivaliser avec les Romains, majesté. Certains se volent eux-mêmes quand ils ne trouvent rien à voler.

– Des têtes vont rouler !

Le roi français chevauche en gardant les sourcils froncés et observe du coin de l'œil Djem et César.

– L'un de vous deux est vêtu en Turc, et c'est normal puisqu'il est turc, mais vous, éminence, en quoi êtes-vous vêtu ?

– En moi-même.

L'habit violet et fuchsia est éclatant et, en fin de compte, ne déplaît pas au roi qui continue d'examiner, de plus en plus admiratif, la mise du cardinal. Cependant la compagnie est arrivée au lieu de la halte, les cavaliers descendent de cheval et la garde protège le roi en même temps qu'elle surveille les otages, mais personne ne s'aperçoit que Juanito Grasica s'est infiltré dans le groupe et qu'il porte les mêmes habits que César. Après un échange de regards, Grasica se joint à la suite royale tandis que César s'attarde, reste isolé et finit par s'enfoncer dans un repli de la nuit. Djem ne s'est pas rendu compte de l'opération et suit lourdement, péniblement, toujours otage, mais lorsqu'il fixe des yeux l'homme qu'il croyait être César, qui est habillé comme César, il découvre que ce n'est pas lui. Il va pousser un cri, mais Juanito Grasica lui fait signe de se taire, et sa stupéfaction se prolonge quand le roi, satisfait de l'aspect de l'entrée du palais, revient vers l'endroit où il suppose que marche César.

– J'espère que cette résidence sera digne d'un cardinal, puisqu'elle est celle d'un roi de France, de celui qu'on appelle le nouveau Cyrus de la chrétienté.

Mais il ne poursuit pas, car César n'est pas César, et tandis que Juanito Grasica accueille avec une satisfaction suspecte les perspectives qu'offre le château, la terreur déborde des yeux de Djem toujours transpirant qui se rend compte que César a disparu, à tel point qu'il tombe évanoui.

*

– Et pour couronner le tout, le misérable qui se faisait passer pour César s'est échappé à la faveur de la confusion. Je ferai ce qu'aurait fait Cyrus en pareilles circonstances, je pendrai le bourgmestre de ce triste lieu et je passerai au fil de l'épée cette population de voleurs et de comédiens.

Della Rovere n'est pas en colère, il est très sombre.

– Majesté, je me permets de vous conseiller de ne faire ni l'un ni l'autre. Vous avez été accueilli en libérateur de la tyrannie des Borgia et ces massacres empoisonneraient l'avenir. Naples vous attend et vous serez maître de l'Italie du nord au sud, de Milan à Naples : on n'a rien vu de tel depuis le temps de l'Empire romain.

– Et l'État pontifical ?

– Il sera pris en tenaille entre le nord et le sud.

– Je veux qu'on me ramène ce fils du pape enfilé sur un pieu.

Parmi les conseillers circulent des nouvelles préoccupantes que le roi veut connaître.

– Qu'est-ce que vous racontez dans mon dos ?

– Les troupes que nous avons envoyées à la recherche de César le renégat sont tombées dans des embuscades. Les détachements de nos hommes ont été attaqués à l'improviste par des groupes armés qui, une fois leur coup fait, se sont retirés. On dit que c'est César qui les dirige, depuis un repaire secret.

– Avec tout le respect que je dois à votre majesté, ce fut une erreur de ne pas avoir appliqué notre premier plan. Occuper Rome, destituer Alexandre VI, convoquer un concile pour nommer un nouveau pape et régler leur compte aux Borgia par un procès exemplaire.

– La situation n'était pas mûre pour un tel scandale, et tous vos collègues n'étaient pas d'accord sur votre candidature, Della Rovere.

– Avant toute chose, il fallait briser l'échine aux Borgia !

Della Rovere n'a guère loisir de se réfugier dans son rêve, car les mauvaises nouvelles se succèdent, et un médecin vient dire, tout essoufflé, qu'il faut se rendre sans tarder au chevet du prince Djem.

– Je ne sais si c'est sérieux ou s'il fait semblant, mais il est malade et empeste comme un égout.

– Allez-y, Della Rovere, je ne puis supporter cette boule de graisse habillée en Turc.

Djem gît à moitié nu dans ses sueurs hivernales et en proie à une agitation qui l'expulse du lit où quatre soldats le maintiennent solidement. Sa force est telle qu'un soldat s'assied sur son abdomen, et son angoisse se mue en rugissements de douleur. Della Rovere contemple le combat inégal entre l'agonisant et les soldats, et ses yeux s'arrêtent sur le médecin qui dissimule sa présence, écœuré et impuissant.

– Qu'arrive-t-il à cet homme ?

– Sa vie s'en va par le cul et par la bouche.

– Digne fin pour un pédéraste, mais je ne peux pas faire cette réponse à sa majesté.

– Joan ! Lucrèce ! Joan ! Pourquoi m'avez-vous abandonné ? Pourquoi ?

Les cris du moribond deviennent pleurs, bave et vomissure, la puanteur se répand sur ses vêtements, sur ses draps, dans la chambre, et les soldats qui le maintenaient ne peuvent résister, ni les témoins qui s'enfuient en laissant le prince Djem sur ses excréments et dans sa sueur, murmurant de plus en plus faiblement le nom de Joan Borgia. Le médecin a retenu le commentaire du cardinal Della Rovere.

– Il s'agit sans doute de quelque chose qu'il a mangé, et je soupçonne que nous avons affaire, plutôt qu'à une dysenterie naturelle, à un empoisonnement.

Della Rovere reste impavide et, tout en jetant un regard de mépris sur le peu de vie qui reste à Djem, murmure :

– La cantarèle.

– C'est une légende.

– Parmi toutes les légendes auxquelles nous croyons, combien en est-il dont la fausseté a été démontrée ? On m'a conté la formule de la cantarèle, le poison des Borgia, préparé par César dans la propriété de Vannozza à Saint-Pierre-aux-Liens : de l'arsenic, le sulfate que l'on emploie pour les vignes, de l'urine. Il n'est point de mort suspecte à Rome qu'on n'attribue à la cantarèle administrée par le sieur Canale, ou au poignard de Miquel de Corella, ou aux tueries plus massives du sinistre Ramiro de Llorca. Corella tue à l'unité et Ramiro de Llorca par centaines. Corella travaille dans le détail, Llorca en gros. Pourquoi aurait-on libéré Djem ?

– Pourquoi ?

– A quoi servait Djem, désormais ?

– Mais le prince n'est pas encore mort. J'ai ordonné des vomitifs et des saignées, aussitôt qu'il se sera calmé.

– N'ordonnez rien. Regardez-le.

Djem cherche quelque chose au plafond, tandis que de ses lèvres dégoulinent salive et noms d'ombres qui lui échappent. Della Rovere s'approche et lui demande :

– Prince, prince Djem. Vous m'entendez ?

Il l'entend et le cherche des yeux. Il reconnaît Della Rovere.

– Della Rovere ! Nous sommes vainqueurs !

– Oui, nous sommes vainqueurs.

– Le Bosphore.

– Le Bosphore ?

– Plus loin que le Bosphore.

– Plus loin que le Bosphore ?

Et Djem lâche ses derniers mots :

– Plus loin que le Bosphore, la mort.

*

Joan enfonce les lourdes portes sans que les domestiques osent s'interposer, car la férocité de son expression n'est freinée que par ses larmes, et il surgit dans la chapelle où María Enríquez fait ses dévotions.

– Ils l'ont vendu ! Ils l'ont vendu comme un goret !

La femme est déconcertée, elle pressent un drame dans l'émotion de son mari et, se laissant porter par ses sentiments, elle veut l'étreindre, mais elle se retient.

– Qu'y a-t-il ?

– Djem est mort ! Ils l'avaient livré aux Français comme si c'était une bête, et il est mort.

– Tout ce chagrin pour un infidèle ?

Maintenant c'est Joan qui est déconcerté, mais l'indignation prend vite le dessus.

– C'était mon ami.

Et sous le coup de l'indignation, il abandonne son épouse qui reste au milieu de la chapelle, son geste pour le retenir inachevé. Il court, Joan, jusqu'à la solitude de la salle du trône ducal et crie à tous les échos, comme si elle était peuplée de toute sa famille romaine :

– Vous l'avez tué !

Il n'obtient pas de réponse et, devant le mur de silence, la fureur du duc de Gandie s'accroît. Mais de quelle substance êtes-vous faits ? Djem est mort comme un chien abandonné et livré aux Français, et vous riez, et vous vous réjouissez de votre sale farce. Et le cadavre de Djem ? C'est toi que l'on accuse, César, maudit, d'avoir ourdi ce bon tour, ce détail final, la mort de Djem, pour que les Français se retrouvent les mains vides. Tu avais si peu d'estime pour lui que tu n'as pas hésité à lui ôter la vie, rien que pour un détail. Un détail, sa vie ou sa mort ?

Mais, à Rome, César est satisfait et déchire la lettre de son frère, qu'il vient de lire, imperturbable, entouré de Miquel de Corella, de Montcada, Llorca et Grasica, excités et volubiles.

– Mon frère le duc de Gandie n'a pas du tout aimé, mais alors pas du tout, la mort de Djem. Ses larmes hystériques me donnent la nausée, de même que la façon dont il a pris au sérieux les rumeurs concernant le trépas du Turc. La cantarèle dont parle Della Rovere ? Comme si Djem ne se laissait pas dorloter par le clan Della Rovere contre les Borgia ! Le pauvre gros m'était indifférent et parfois il m'amusait.

Corella lui tend une perche ironique.

– Ton frère s'aigrit à Gandie. On ne le laisse pas s'habiller en Turc et on dit que sa femme se met au lit ficelée dans une chemise avec un trou.

Juanito Grasica, qui est à la fenêtre, se retourne.

– Le cortège de Naples est arrivé. Jofré et doña Sancha saluent la foule.

– Ça, c'est une autre histoire. D'après ce qu'on m'a

conté, Sancha, la femme de Jofré, se met toujours au lit toute nue.

– Et lui, qu'est-ce qu'il en fait ?

– Mon frère est presque un enfant et elle, une méridionale de seize ans. Mauvaise affaire, les maris cornards. Pris d'une attaque de cornes à la suite des fantaisies de Julia Farnèse, le malheureux Orsini voulait aller à Jérusalem, mais il a trouvé plus commode de se réfugier dans un château familial, et il exige que sa femme l'y rejoigne. De là, il conspire pour détruire mon père et ressusciter un parti français, maintenant que Charles VIII retourne en France la queue entre les jambes. Mon père a interdit à Julia d'avoir une vie conjugale avec son mari ! A Gandie, mon frère Joan se console de la mort de Djem et de la continence chrétienne de son épouse avec toutes les putains du duché. Quant à Jofré, il se sert plus de son cul que de son dard pour se consoler des aventures de doña Sancha. Miquel, il y a trop de cornes dans cette histoire.

Les joyeux éclats de rire des compères sont accueillis d'un air complice par Alexandre qui vient d'entrer et qui, en silence, étreint longuement César, sans cacher son émotion. Il se détache de lui pour mieux le contempler.

– Magnifique, César. Ton évasion de l'armée française a été extraordinaire, et on en fait des gorges chaudes dans toutes les cours d'Europe.

– Les rires ne vont pas durer longtemps. Charles VIII se retire, mais il a mis en évidence la fragilité de la défense des États italiens. Nous sommes restés hébétés quand nous avons vu entrer l'armée française, la véritable armée moderne d'une nation : trois mille cavaliers, cinq mille cadets de Gascogne, cinq mille fantassins suisses, quatre mille archers bretons, deux cents arbalétriers et un important corps d'artillerie, suffisamment léger pour être traîné par des chevaux et non par des bœufs. Les États italiens ne peuvent continuer à ne compter, pour se défendre, que sur des mercenaires et des seigneurs féodaux irresponsables, une poignée de condottieres déchus, plus mercenaires que les mercenaires plébéiens, et qui n'obéissent qu'aux ambitions de leur propre tribu. Les temps sont révolus où certains condottieres comme Sforza arrivaient parfois à avoir le sens de l'État. Il faut créer une armée régulière et je veux que tu m'écoutes. J'ai des projets.

– J'en ferai part à ton frère Joan. Je le ferai venir de Gandie pour châtier durement les Orsini. La situation présente un immense avantage. Démasqué, Giuliano della Rovere s'est réfugié en France. Nous sommes débarrassés d'une mouche à merde.

Devant les rires des amis de César, Alexandre feint une surprise amusée.

– De quoi riez-vous ? Les Borgia ne sont-ils pas des bœufs et les mouches à merde ne font-elles pas partie de l'escorte habituelle des bœufs ? Avec toute sa force, le bœuf ne peut écraser cette mouche, et mieux vaut qu'elle se soit envolée. Pour le moment, mes projets défensifs ne sont pas militaires. Des alliances ! Des alliances par le sang ! Le lien de ta sœur avec les Sforza est rompu, mais nous avons ici Jofré et doña Sancha. Ton frère s'est conduit comme un Borgia la nuit de ses noces. Le *xiquetet** a monté trois fois doña Sancha, et elle n'a pas réussi à le désarçonner : le cardinal légat et le roi de Naples lui-même en témoignent. Ta sœur Lucrèce, nous la donnerons au frère de doña Sancha, et cela mettra un point final à la grande partie du jeu napolitain où sont impliqués la Couronne d'Aragon et le roi d'Espagne. Pour l'instant, continue de ne pas te faire trop remarquer. Le roi français a lancé contre toi un ordre de recherche et de capture, et je lui ai envoyé une lettre de regrets, en me

* Le gamin.

lamentant sur ta conduite irresponsable. Ce grand sot s'était proclamé roi de Sicile et de Jérusalem.

– Par simple décret ? C'est un titre imaginaire, mais qui sonne joliment. C'est comme se proclamer roi de la Lune.

Alexandre, réjoui, accepte la raillerie de César et le contemple avec respect et orgueil. Il s'approche à son tour de la fenêtre pour assister à l'arrivée de Jofré, de Sancha et de leur suite. Elle, c'est une jeune femme dont la rayonnante et savante finesse de méridionale resplendit, tandis que son blanc-bec de mari, bardé d'armes, regarde à droite et à gauche d'un air de défi. Chaude et sensuelle, Sancha répond avec indifférence à la révérence de Burchard et s'abandonne à l'étreinte spontanée de Vannozza et à celle, plus calculée, de Lucrèce. Elle observe tout ce qui l'entoure d'un regard de propriétaire et, en levant son visage vers la façade, elle aperçoit Alexandre et César à leur fenêtre. La Napolitaine ne baisse pas les yeux, au contraire, elle les garde bien ouverts, et son sourire s'épanouit quand elle se rend compte de la malicieuse admiration qui se lit dans ceux du pape et de son fils. Des doigts, derrière le carreau, Alexandre a esquissé un léger salut, geste qu'il réprime aussitôt pour le transformer en bénédiction onctueuse. A ce signe Sancha répond en mettant genou à terre, et le pape sourit à distance. Alexandre murmure :

– *No comprenc com el xiquetet va poder amb aquesta famella**.

*

La musique joue et, le protocole rompu, les Borgia et leurs amis se laissent emporter par la nuit et les libations.

---

* – Je ne comprends pas comment le gamin a pu avec cette femelle.

Les yeux de doña Sancha semblent occupés à repérer les signes du scandale : les lèvres trop proches des couples qui bavardent, les mains du pape qui passent de la taille de Lucrèce à celle d'Adriana del Milà, ou ses yeux d'authentique chasseur qui épient chaque disparition de Julia. Le regard de la Napolitaine s'attarde sur la puissante présence d'Ascanio Sforza. Il l'étudie. On dirait qu'il la savoure. Sancha feint de s'occuper de Jofré qui somnole, mais elle s'amuse davantage en écoutant l'insolent Corella qui fredonne une chanson à l'oreille d'une ambassadrice.

– Surprise ?

César est venu se mettre près d'elle, vêtu comme s'il portait le deuil.

– Y a-t-il quelque chose qui doive me surprendre ?

– Peut-être n'as-tu pas tout vu ?

– Je l'espère bien.

– Les Borgia t'ont déçue ?

– Leur légende est beaucoup plus intéressante.

– Tu y contribueras ?

– Le dois-je ? Vous semblez bien connaître tous ces gens. Qui est ce cardinal à l'aspect si magnifique ?

– Voyons cela. Bonne appréciation. Ascanio Sforza. Il a failli être pape.

– Il le méritait plus que mon beau-père ?

Leurs regards s'affrontent malicieusement. Doña Sancha semble découvrir l'habit noir de César.

– Vous portez le deuil ?

– Ce n'était pas mon intention. Je suis presque toujours habillé en noir.

– Qui êtes-vous ?

César est surpris qu'elle ne l'ait pas reconnu.

– Un personnage de la légende noire des Borgia. On ne vous a pas raconté les coutumes de Rome ? Particulièrement celles du pape lui-même et de son fils naturel, César.

– Si. Des deux.

– On vous a raconté l'histoire des châtaignes ?

– Non, pas celle-là.

– La coutume des orgies veut que dans ce salon, en présence du pape, une douzaine de femmes nues marchent à quatre pattes en attrapant avec la bouche les châtaignes qu'on a lancées par terre. Ferme les yeux et imagine la scène.

Sancha ferme les yeux et l'imagine, elle voit les culs roses et les seins des femmes qui rampent, les châtaignes sur les dalles, le pape qui préside, Lucrèce et Vannozza qui rient. Elle ouvre les yeux en souriant.

– Tu as vu ?

– Les châtaignes sont comestibles ?

– Tu as vu les cavaliers enfourcher les femmes nues et les chevaucher ?

– Non. Cela, je ne l'ai pas vu.

– Ferme de nouveau les yeux et fais un effort.

Elle obéit et sur la même scène s'impriment les cavaliers qui montent les femmes, et déjà Lucrèce est sur les genoux du pape. De nouveau, le vertige de l'abîme moral l'oblige à ouvrir les yeux et à les reporter sur le moindre mal des joutes érotiques plus légères du moment. Mais César s'est rapproché, trop près, il est presque collé à elle, et ses lèvres frôlent les siennes.

– Je me présente, petite sœur. Je suis César Borgia.

Le jeune Jofré s'est réveillé à temps pour voir ces travaux d'approche et s'apprête à s'interposer entre le couple, quand il se cogne à un domestique et à son plateau couvert de coupes et de bouteilles. Au fracas de la chute et à la panique du porteur des coupes, Vannozza accourt pour mettre de l'ordre et calmer l'émoi du jeune homme. L'attitude ironique de César l'alerte, et elle veut prendre Sancha dans ses bras pour la protéger, mais la Napolitaine s'échappe et part majestueusement en direction du jardin en s'ouvrant un passage au milieu des regards qui la dénudent, pour y attendre César qui converse avec des amis, lesquels se livrent à des commentaires dont elle devine être l'objet, puis elle voit César se détacher du groupe et venir à elle avec toutes les perversités du monde dans les yeux, mais au moment où elle croit arriver dans le jardin, elle se heurte au corps puissant d'Alexandre qui la retient avec bienveillance dans ses bras et la regarde avec extase.

– La fleur la plus douce, la plus belle et la plus brune de Naples !

La jeune femme se délivre du pape sans perdre le sourire et parvient enfin dans le jardin, où César la suit, fasciné, laissant le pape figé dans sa perplexité. Mais Alexandre ne reste pas longtemps paralysé, car Julia passe à côté de lui et, comme elle feint de n'avoir rien vu et se force à sourire, il veut la suivre, mais en est empêché par l'assaut de Vannozza, bien décidée à lui parler, ce à quoi le pape répond par une affabilité qui ne masque pas sa volonté d'emboîter le pas à la Farnèse.

– C'est ta nuit, Rodrigo.

– Celle de toute notre famille, Vannozza. Joan apparenté aux rois d'Espagne et Jofré à ceux de Naples, en attendant que Lucrèce suive leur chemin. J'ai continué l'œuvre de l'oncle Alfons, construire une famille puissante, et chaque fois que l'édifice s'est effondré j'ai cherché la pièce qui permettrait de poursuivre implacablement ce travail. Quand est mort ou quand on a tué mon frère Pere Lluís, j'ai fait de lui et de moi un seul, et j'ai été les deux. J'ai donné le nom de Pere Lluís à mon premier fils pour qu'il prolonge la destinée de mon frère, pour qu'il soit l'instrument de la puissance de la famille, mais lui aussi est mort : j'ai mis Joan à sa place et je l'ai marié à celle qui était promise à mon fils mort. J'ai l'instinct de la dynastie comme d'autres ont l'instinct de survie.

– Toutes les pièces sont à leur place. Et moi ?

– Tu te fais vieille, Vannozza, pas de corps certes, mais d'esprit. Tu ne t'étais jamais plainte et tu te plains trop ces derniers temps, je ne crois pas que tu aies des raisons pour cela.

– J'ai seulement été le repos du chasseur, la reproductrice qui t'a permis d'assembler les pièces pour la construction de l'édifice Borgia.

Alexandre VI feint d'être troublé par l'injustice du reproche, mais il considère qu'en tant que reproductrice Vannozza a été fort bien récompensée. Il a toujours fait en sorte de lui trouver des maris dignes d'elle et de lui-même. Un pape ou un roi qui ne caserait pas dignement ses maîtresses ne mériterait pas d'être pape ou roi. Tu as eu d'abord Domenico della Croce, le patricien, et maintenant tu as Carlo Canale, un ami de Poliziano, très respecté dans les cercles littéraires, ex-secrétaire du cardinal de Gonzague, et tu dis même qu'il écrit des poèmes. Un poète. Que veux-tu de plus ? Parlerons-nous de ton patrimoine ? Tes maisons, le palais, celui de Saint-Pierre-aux-Liens, la résidence avec les vignobles. Et tes droits sur le château de Bieda ?

– Je me plains de mon rôle, non de ma pauvreté ou de ma richesse. Tes enfants, et Julia, Julia, Julia, répétée sur tous les tableaux du Pinturicchio.

– Et toi tu ne l'es pas ?

Alexandre lui emprisonne une main et, presque avec dureté, la sort de la fête pour la traîner dans le corridor jusque devant le tableau de *L'Annonciation*.

– Ce n'est pas toi qui es là ? Ne t'ai-je pas idolâtrée et ne nous sommes-nous pas aimés de toute la force de nos corps et de notre jeunesse ?

Vannozza sanglote.

– J'ai peur, Rodrigo. Pour moi, pour les enfants. Tu as fait monter la mise trop haut. Pauvre Jofré, mort de peur devant cette femme si forte, si provocante.

– A chacun ses peurs.

– J'ai peur, Rodrigo.

Soudain Vannozza change d'attitude, soupire profondément, sèche ses larmes, sourit à Rodrigo et accepte son bras pour retourner dans la salle. Mais, devant la porte, elle recule et laisse le pape entrer seul dans la fête, dont le centre est pour l'heure Carlo Canale.

– Mes amis, nous sommes à un moment décisif du pontificat du grand Alexandre, et je sais que sa sainteté ne pensera pas que je tente de lui donner un conseil : mais le grand Pétrarque utilisa l'histoire d'Hannibal pour juger des victoires dont le vainqueur ne sait faire son profit. Si vous voulez châtier les Orsini et les Della Rovere, rappelez-vous ce poème de Pétrarque :

*Vinse Hanibal e non seppe usar poi*
*ben la vittoria sua ventura :*
*per signor mio caro, aggiate cura,*
*che similmente non avegna a voi.*

*L'orsa rabbiosa per gli orsacchi suoi*
*che trovaron di maggio aspra postura*
*rode sé dentro, e i denti e l'unghie endura*
*per vendicar suoi denni supra noi.*

*Mentre, il novo dolor dunque l'accora,*
*non riponete l'onorata spada*
*anzi seguité là dove chiama.*

*Vostra fortuna dritto per la strada*
*che vi può dar, dopo la morte anchora*
*mille e mille anni, al mondo honor et fama**.*

---

* Hannibal vainquit et ne sut ensuite / user de la victoire à son avantage : / ô mon cher seigneur, prenez garde / que pareillement cela ne vous advienne.

L'ourse enragée pour ses oursons / qui éprouvent de mai la dure position / se ronge elle-même, se mord et se déchire / et sur nous se venge de ses blessures.

Les yeux de Vannozza ont perdu leur tristesse tandis qu'elle suit la déclamation de son mari mais, fatalement, ils cherchent Alexandre et le trouvent en train de faire des grâces infantiles devant Julia, et, par-delà les portes, dans le jardin, ils découvrent la première étreinte, le premier baiser de César et de Sancha, prélude au corps à corps acharné.

---

Et donc quand vous assaille la nouvelle douleur / ne rangez pas votre glorieuse épée / mais suivez-la où elle vous appelle.

Votre fortune est sur le chemin / qui peut vous donner, après la mort encore / mille et mille ans, par le monde, honneur et renommée.

# 4

# Le dernier défilé de Joan de Gandie

Sur le socle de plâtre peint en vert, un réseau de rivières bleu indigo, des collines neigeuses, des châteaux de songe. Les yeux du pape accroupi explorent la maquette qui matérialise ses rêves de conquête et, en indiquant les châteaux, il énonce le nom de leurs propriétaires, qui est celui de ses ennemis.

– Colonna, Orsini, Orsini, Colonna, Orsini, Orsini, Orsini, Orsini !

Son regard concentré et sa colère contenue ne lui ont pas permis de voir entrer Lucrèce dans la pièce et, dans son sillage, Adriana del Milà qui est restée sur le pas de la porte, inquiète mais retenue par la prudence. Il y a de la fièvre dans les yeux de Lucrèce et de la hâte dans ses petits pieds ailés qui la mènent vers le pape accroupi, pour rester, poings serrés et lèvres tremblantes, dans l'attente que les mots viennent à son secours. Rodrigo ne lui prête pas attention, jusqu'au moment où, faisant l'inventaire d'un château plus éloigné, son regard plonge entre les seins de la jeune femme et ses yeux remontent pour découvrir d'abord son visage, puis son émotion. Silence : le pape, toujours accroupi, tente de s'emparer des mains de sa fille, des mains qui le repoussent, dans un geste qui permet aux mots d'éclater :

– Tu ne me verras plus jamais !

Le pape se relève, énorme, et se tourne maintenant vers

Adriana qui, toujours sur le seuil, lui fait signe de rester calme et de laisser passer la tempête.

– Tu t'es joué de moi ! Tu m'as promise à plusieurs reprises sans même me l'avoir demandé et, après m'avoir mariée à Giovanni Sforza, tu lui as fait quelque chose qui l'a forcé à s'enfuir à Pesaro comme un possédé. Et maintenant, dis-moi ce que cela signifie !

Elle tend à son père un parchemin que celui-ci prend avec onction et examine pour ôter toute importance à son contenu.

– De simples formules.

– De simples formules, qui font que le général des augustins se dérange pour aller à Pesaro exiger de mon mari la séparation parce que le mariage *n'a pas été consommé* ? Est-ce que quelqu'un m'a demandé, à moi, si le mariage avait été consommé ?

Rodrigo parvient à lui saisir les mains et les attire, maîtrisant de toute sa force le refus de Lucrèce.

– Comprends-moi bien. Tu es une Borgia. Avant tout, tu es une Borgia. Et les Borgia ont une finalité dont tu es l'instrument, tout comme je le suis moi-même. Je viens de rappeler Joan en lui disant de tout laisser, et il revient de Gandie. Il doit commander la campagne contre les Orsini. Un par un, ces châteaux doivent tomber. Joan m'a-t-il opposé quelque raison personnelle ? Non. Il viendra, bien qu'il lui soit né tout récemment un héritier et que sa femme María Enríquez soit de nouveau enceinte. C'est un Borgia. Et toi ? Le mariage avec Giovanni Sforza fut une erreur, et nous ne devons pas persister dans l'erreur. Les maris ne te manqueront pas. Je vois avec intérêt une alliance avec Naples, et ta belle-sœur Sancha a un frère fort bien fait, Alphonse d'Aragon. Tu serais duchesse de Bisceglia.

Lucrèce parvient à se libérer, à courir vers la porte, d'où elle se retourne pour crier :

– Vous m'avez trouvé un bâtard de Naples. A ce que

je vois, les Borgia vont de bâtard en bâtard. Devrai-je consommer ou ne pas consommer cette nouvelle union ? Je t'annonce que j'entre au couvent des dominicaines de Saint-Sixte, et je ne tiens pas à vous revoir.

Le pape est interloqué, tandis que Lucrèce sort en courant, Adriana del Milà sur ses talons pour ne pas avoir à s'excuser de sa situation inconfortable. Rodrigo reste perturbé pendant quelques instants, mais il hausse les épaules et revient à ses châteaux au moment où entrent César et sa suite pour entourer la maquette, la commenter, la louer. Autant César est bienveillant, autant Corella est méprisant, avec la volonté de donner une leçon de ce qu'il appelle *l'art du dessin.* Le Pinturicchio ne sait pas reproduire des châteaux. Il n'a pas le poids d'un grand *Artifex polytechnes*, tel que Léonard de Vinci, capable de toutes sortes d'inventions, comme son maître Verrocchio. Les artifices sont œuvre de Mercure, et dans les attributions astrales de Mercure figurent l'orfèvrerie, la sculpture, la peinture, l'astronomie, la musique et tout ce qui a quelque chose à voir avec le calcul et la technique.

– Depuis les formulations de Marsile Ficin, les artistes apparaissent comme des mercuriens, pratiquant l'unité des arts à travers le *dessin.* Savez-vous ce que c'est ? La capacité de créer matériellement à partir de ce qu'imagine l'intelligence, par le moyen de la géométrie qui est l'armature de toute chose, de l'ingénierie, de l'activité, des mains et finalement de la matière. Léonard a parlé de cette relation entre esprit et mains, sans la diviser en activités des différents arts. L'artiste est, doit être, *Le Grand Dessinateur.* C'est ce talent-là que je ne vois pas dans cette maquette.

Alexandre VI soupire et souffle, sous l'effet cumulé des imprécations de Lucrèce et de la suffisance de Corella.

– Miquel, tu es à coup sûr un grand dessinateur avec

ton *punyalet**. Ce qu'a fait le Pinturicchio me suffit. Ces châteaux tomberont entre nos mains l'un après l'autre.

– Par l'œuvre du Saint-Esprit ?

César s'est substitué à Corella qui s'est volontairement effacé.

– Par l'œuvre de ton frère et des troupes sous son commandement. J'ai donné l'ordre à Joan de revenir à Rome le plus vite possible.

Il y a de l'ironie dans les regards qu'échangent César et Miquel de Corella, mais le cardinal laisse à son lieutenant le soin de répondre.

– Sans doute votre désir de vous servir de votre fils le duc de Gandie est-il grand, mais quelle expérience a-t-il des sièges ? Quelle stratégie des attaques de places fortes a-t-il apprise ?

Alexandre se sent le détenteur d'une vérité secrète, car il sourit, énigmatique.

– Le jour venu, vous saurez quels sont les effectifs sur lesquels je compte, et d'ailleurs Joan de Gandie ne sera pas seul.

*

Juché sur son cheval, Joan de Gandie lève son regard vers la fenêtre et sa joie tombe quand il voit la gravité blessée de María Enríquez, le bébé dans ses bras, ses petites jambes qui glissent sur le ventre enflé de sa mère. Joan retient cette image dans ses yeux, comme s'il voulait la garantir contre la tentation de l'oubli, la garder pour toujours : un toujours relatif, le seul dont il soit capable. Finalement, il porte deux doigts à son front en manière d'adieu et ne rencontre que de la sécheresse dans les yeux de sa femme, après ses larmes, une séche-

* Ton poignard.

resse éclatante et furieuse, qui restera dans le sillage de son galop : il franchit un porche antique, puis traverse des forêts et gagne la mer, et une fois sur le bateau, à mesure que s'éloignent les côtes de Valence, il sent qu'il se défait avec trop de facilité des adieux pathétiques de María, des derniers mois de sa vie, attiré qu'il est comme sous l'effet d'un aimant de plus en plus puissant par les horizons de Rome et le centre magnétique du Vatican.

Le voici dans les couloirs pontificaux, il débouche au centre du tourbillon, les baisers sur les joues de son père, l'étreinte cordiale de César et une timide plaisanterie de Jofré qui ne comprend même pas pourquoi il rit. Et il ne demande pas qui est l'homme au regard perçant qui le contemple depuis un coin de la salle, car ses yeux cherchent Vannozza et la trouvent près de Canale, et ensuite Lucrèce, mais sa sœur n'est pas là.

– Et Lucrèce ?

– Nous parlerons de Lucrèce plus tard. Bon voyage ? Donne-nous des nouvelles d'Espagne. Ton fils ? Et celui qui va venir ? Bravo, Joan ! Tout se réalise suivant nos plans.

– Qu'est-il arrivé à Lucrèce ?

– Je me le demande moi-même, qu'est-il arrivé à Lucrèce ?

Rodrigo s'adresse à toute sa famille.

– Qu'est-il arrivé à Lucrèce ?

Nul ne répond dans l'assistance, mais une porte s'ouvre et Sancha fait irruption comme une flamme brune qui oblige le duc de Gandie à fermer les yeux.

– Qu'est-il arrivé à Lucrèce ? demande Sancha ironiquement, et elle fait elle-même la réponse : – Il lui est arrivé qu'elle est une sainte. A l'exception du Saint-Père, personne dans la famille n'a d'aussi profonds sentiments religieux que notre Lucrèce. Je sors de la voir dans sa tente de campagne, au monastère des dominicaines. *Ora et labora. Ora et labora.* Il y avait aussi là-bas, en train de la consoler, l'espion de la famille, Perotto. Mais peut-être que ça ne se fait pas, de dire qu'il est l'espion de la famille ? Pourtant, il n'y a pas de famille romaine qui n'ait ses espions pour surveiller les autres familles. Notre originalité, c'est d'avoir des espions pour nous surveiller nous-mêmes.

Rodrigo, toujours béat, dénie toute importance au sarcasme en hochant généreusement la tête et en offrant à Joan, comme un cadeau, la grâce de sa belle-fille. César n'a d'yeux que pour Sancha, il ne regarde même pas Joan ébloui, à qui le jeune Jofré doit donner un coup de coude.

– C'est Sancha, ma femme.

Le jeune homme affirme son droit de propriétaire sur la jeune femme en la prenant par la taille et en la conduisant vers le nouveau venu. Sancha regarde un moment César, puis Joan, pour finalement faire face ironiquement à Vannozza.

– Vannozza, qu'ils sont beaux, tes garçons ! On m'avait dit que celui-là était marié à une Castillane rigide, toujours en deuil.

Joan revoit ce qui lui reste de l'image de María Enríquez à la fenêtre, sévère, endeuillée, mais belle dans son souvenir, et il va pour la défendre, mais la chaleur qui émane de la brune Sancha lui impose le silence, tandis que César s'indigne et que Jofré, inquiet et nerveux, ne lâche pas Sancha pour bien montrer qu'il en est le propriétaire. Rodrigo a saisi la situation, aussi la rétablit-il en distribuant des tapes amicales.

– L'heure de la détente et des souvenirs sera pour plus tard. *Ara, Joan, anem per feina**. Que les femmes s'en aillent, et toi, Jofré, veille à ce que la tienne ne s'égare pas dans les couloirs. On doit toujours savoir où sont les femmes. César, reste.

---

* Maintenant, Joan, au travail.

Alexandre tourne le dos et gagne l'endroit où se trouve la maquette des châteaux. Joan remarque que dans le cortège qui suit le pape marchent non seulement César, Miquel de Corella, Juanito Grasica et Ramiro Llorca, mais aussi le personnage observateur et discret qui n'a pas été présenté et qui reste à sa place en économisant ses gestes. Le pape étend le bras sur ses futures conquêtes. D'un froncement de sourcils, il invite César à donner des explications, et le cardinal se concentre.

– Joan, voici les forteresses à prendre : il ne s'agit pas d'une simple conquête, mais d'un plan d'annexion réelle des territoires par l'État pontifical au détriment des pouvoirs féodaux. Rappelle-toi l'expansion vers Naples, si contestée par les Della Rovere; maintenant il s'agit d'entourer Rome d'un véritable territoire d'État obéissant à sa sainteté.

– Tu ne trouves pas suffisant de les menacer d'excommunion? La possession spirituelle n'est-elle pas plus puissante?

– Bien des années ont passé depuis la soumission de Canossa. Les princes modernes n'ont plus peur de se damner, et des penseurs comme Valla ont remis en question l'affirmation par Constantin de la légitimité du pouvoir temporel de l'Église. Nous ne sommes plus, comme aux temps de Marsile de Padoue ou de saint Thomas, ceux dont dépendent princes et empereurs placés au sommet de la pyramide par la grâce de Dieu et de son représentant sur Terre, le pape. Les princes modernes sont réels et doivent tout à la réalité de leur pouvoir. Ils se sont réfugiés dans un substitut de Dieu et de son Église : l'État.

La réponse de César n'était guère amicale, et Alexandre l'invite à se montrer patient et à continuer son exposé.

– Les rois d'Espagne ont obtenu l'unité par le fer et par le sang, celui de France aussi, l'empereur Maximilien est en train de s'imposer par-dessus les seigneurs féodaux.

C'est une autre période de l'Histoire. Unités nationales. Rois forts. Retour à l'idée d'Empire. Banquiers. Découvertes scientifiques. Nouveaux mondes pour s'étendre. Certains affirment même que la Terre est ronde. Que peut faire l'Italie, divisée en cités-États où nous sommes tous soumis aux caprices des familles féodales ?

Joan hausse les épaules et contemple les châteaux comme s'ils étaient des énigmes. Puis il éclate de rire.

– Je ne comprends pas pourquoi nous devons le faire, mais ça me plaît. Nous serons encore plus riches. Plus craints et donc plus beaux. Plus admirés. Magnifique !

Le regard que César adresse à Corella ne laisse apparaître aucune déception, tandis qu'il se range à côté de la maquette et laisse l'initiative à son père.

– Des milliers d'hommes sont prêts et, ce qui est plus important, tu disposeras des conseils d'un grand militaire.

– Des conseils ? Depuis quand un Borgia a-t-il besoin de conseils ?

– Même les Borgia ont besoin de conseils, Joan. Ce qui compte, c'est de savoir choisir le conseiller.

Rodrigo demande alors à l'invité silencieux d'intervenir. Celui-ci fait un pas en avant et se présente.

– Guidubaldo d'Urbino, au service de sa sainteté.

– Beaucoup de Guidubaldo pour bien peu d'Urbino.

Joan rit de sa propre plaisanterie, mais Corella, qui est resté près de César, rétorque :

– On ne rit pas du meilleur capitaine de toute l'Italie.

– Peut-être pas le meilleur, mais l'un des meilleurs, et Guidubaldo aussi bien qu'Urbino. Je suis prêt à vous le prouver.

Le sire d'Urbino a craché ses mots en serrant les mâchoires et il supporte mal le regard railleur que lui adresse Joan qui finit par se rendre, sur le ton de la moquerie, aux instances de sa famille.

– Si c'est votre choix, il doit être bon. Messire d'Urbino, je vous prie d'accepter mes excuses, et j'espère qu'il y aura entre nous une franche collaboration.

– Je le souhaite aussi.

Rodrigo est satisfait et passe un bras sur les épaules de Joan qu'il emmène en laissant Corella, César, Llorca et Urbino discuter stratégies, l'invité acquiesçant aux observations de César. Père et fils gagnent la pièce où les femmes échangent des propos complices sous l'œil apathique du jeune Jofré, mais ils ne tiennent pas compte des questions de Vannozza ni de Sancha, quoique Joan laisse son regard s'attarder sur le visage et les seins de sa belle-sœur, pendant que son père lui fait ses confidences.

– Giuliano della Rovere n'est plus un ennemi. Il est en France, où il mange la soupe du roi Charles. Il faut en finir avec les Orsini. Ils m'ont laissé seul face aux Français. Ces ordures me défient et Orsino Orsini a même réussi à me priver de la présence de Julia à Rome. Je lui ai montré que je prenais la chose au sérieux et l'ai menacé de l'excommunier, lui, et tous les Orsini avec.

Rodrigo baisse la voix et ajoute :

– Y compris Adriana.

– Excommunier Adriana ? Mais n'a-t-elle pas été ta complice pour séduire Julia ?

– Joan, n'emploie pas des paroles irrévérencieuses quand tu parles au pape. Qui a séduit qui ? Allons voir ta sœur Lucrèce, peut-être pourras-tu la convaincre de sortir de son cloître.

– Lucrèce, rebelle ?

– Ta sœur n'est plus une enfant. Elle hésite entre la fidélité à la famille et la volonté stupide d'être elle-même. De nos jours, les femmes ont acquis un pouvoir extraordinaire, Joan. Elles sont cultivées. Elles savent, et le savoir est un pouvoir. Mais tout savoir implique douleur, Joan. Rappelle-toi l'Ecclésiaste : « Beaucoup de sagesse, beaucoup de chagrin. Plus de savoir, plus de douleur. »

*

– Révérende mère, sa sainteté demande à être reçue.

La supérieure abandonne sa plume dans l'encrier et saupoudre de sable ce qu'elle écrivait. Puis elle va vers un prie-Dieu, où elle se signe et fait une prière secrète avant de prendre congé du destinataire par un nouveau signe de croix et d'aller affronter le pape accompagné de Joan de Gandie et de Burchard. La sœur s'incline pour le baisemain et reçoit la bénédiction, suivie d'une demande d'aparté que respectent Gandie et Burchard. Joan profite de l'absence de son père pour entreprendre Burchard :

– Dites-moi la vérité à propos de Djem.

– Sa sainteté a déjà couché par écrit tout ce qui s'est passé. C'est la conjonction d'une situation stratégique et de la mauvaise santé du prince, elle-même due à ses abus.

– Le seul abus a été de l'ajouter comme un lot supplémentaire dans le butin français. Djem n'était pas seulement une boule de graisse. Dans cette boule de graisse battait un cœur, un cœur solitaire et incompris.

Joan a haussé la voix, et Burchard lui fait signe de rester silencieux pour ne pas troubler la discussion qui, un peu plus loin, se déroule entre Alexandre VI et la supérieure.

– C'est un honneur d'accueillir ici madame Lucrèce, et je ne voudrais pas que votre sainteté prenne ce que je vais lui dire pour un refus ou un reproche. Lucrèce est une excellente fille et une très bonne chrétienne, mais jusqu'à ce jour sa vie a appartenu au monde et elle retournera au monde. Même si elle tente de l'éviter, le monde est entré avec elle dans ce couvent, en perturbant gravement les sœurs.

– Je comprends la situation, révérende mère, et mon vœu le plus cher est que ma fille réfléchisse bien.

Il tend une bourse que la supérieure accepte sans surprise en la faisant disparaître sous ses jupes.

– Je souhaite compenser le trouble ainsi créé par une contribution au trousseau des novices.

– Avec de la patience, on peut venir à bout de tout.

– Avec de la patience, ma sœur, bien sûr. Admirons la sainteté non canonisée de Job quand, devant les calamités que Dieu lui envoyait, il répondit : « Nu, je suis sorti du ventre maternel, nu j'y retournerai. Yahvé avait donné, Yahvé a repris : que le nom de Yahvé soit béni ! »

– Béni soit le nom de Dieu.

– *Amen.*

Ainsi apaisée, la supérieure ouvre la voie du cloître, dont le centre est occupé par une énorme tente de campagne, à l'intérieur de laquelle s'agitent les ombres de ses occupants, découpées par les lumières qui l'éclairent. Pendant un moment le pape et sa suite assistent aux évolutions de ces ombres, évolutions qui leur indiquent qu'on est en train de jouer à la poule aveugle et que la poule n'est pas une poule mais un coq, ce qui a pour résultat que Burchard ferme les yeux et que la supérieure les ouvre démesurément. Alexandre invite Joan à aller trouver sa sœur, ce qu'il fait en entrant dans la tente, surprenant et interrompant le déroulement du jeu. Les quatre jeunes femmes, dont l'une est une Lucrèce rayonnante et l'autre une Sancha haletante et plus brune que jamais, s'arrêtent, tandis que la poule poursuit le jeu toute seule, cette poule qui est un coq aveugle et qui, en tâtonnant, se heurte à Joan dont il explore le corps pour arriver à la tête qu'il découvre masculine, ce qui l'amène à ôter son bandeau pour se retrouver, interdit, devant le puissant duc de Gandie.

– Excusez-moi…

– Drôle de nonne.

– Vous avez devant vous Pere Caldes, encore que je sois mieux connu ici sous le nom de Perotto. Je suis au service de votre sœur, seigneur duc.

– C'est ce que je vois.

Mais l'affrontement est de courte durée, car Lucrèce a enlacé Joan comme un serpent au point de lui faire perdre l'équilibre et tomber à terre, où elle s'assied sur la poitrine de son frère.

– D'où sors-tu ? Tu as réussi à te libérer de ton horrible femme ? Tu n'as pas amené mon neveu ? Qu'est-ce que ça te fait d'être père ?

– Ton poids est léger, mais il ne me laisse pas respirer.

Joan se remet debout, et Lucrèce le mène jusqu'au lit sommaire où ils s'assoient, la main de l'homme dans celles de sa sœur, joyeux, pleurant, d'un bonheur aussi déchirant qu'irrésistible.

– Joan, Joan.

Lucrèce éclate ouvertement en sanglots, dans les bras de Joan, au milieu des assistants immobiles qui ne savent que faire, et quand les yeux brouillés de la jeune femme remontent au-dessus de l'épaule de son frère, elle voit, derrière la toile, les ombres de son père, de l'abbesse, de Burchard.

– Ils sont là à m'épier.

– Que peuvent-ils épier ?

– Je ne suis pas libre de disposer de ma vie, Joan.

– Moi non plus.

– On m'a laissée étudier le latin, lire les classiques, discuter philosophie, mais je ne peux pas choisir mon mari, et on ne me laisse même pas garder ceux qu'on m'impose.

– On m'a élevé comme un militaire. Je déteste le rôle qu'on me fait jouer. Il m'amuse, mais rien que d'y penser me fatigue. J'aime vivre, seulement vivre, comme l'aimait le pauvre Djem.

C'est maintenant Joan qui pleure, inconsolable, et son désespoir ravive celui de Lucrèce, tandis que Sancha contemple la scène avec une curiosité amusée.

*

Sancha nue. Sancha prend un voile et le tord avec la volonté d'en faire une corde, et elle va vers le corps de l'homme, également nu sous le drap. Elle passe la corde autour du cou de César et retourne son corps, un César que fait sursauter cette tendre menace mais que rassure son rire. L'homme se libère et monte sur la femme, d'abord comme un jeu, puis, attiré par ses provocations, la pénètre par la voie la plus courte, agit de sorte que dans les yeux féminins la surprise se mue en abandon amoureux, qu'elle lui demande de continuer, et ainsi de suite jusqu'à ce qu'ils séparent leurs humidités et cherchent au plafond des paysages qu'ils sont seuls à y voir. Sancha en détache son regard pour revenir à une conversation apaisée.

– Tu aurais dû les voir pleurer. Lucrèce pleurait comme une femme et Joan…

– Que viennent faire ici Joan et Lucrèce ?

– Je n'avais jamais vu pleurer un homme à cause d'un autre homme. Il était si tendre.

– La tendresse du jeune Jofré ne te suffit pas ?

– Mon mari est tendre, mais il manque d'assurance et de maturité. Il est tendre comme un jeune taureau. La tendresse de Joan est différente.

– Et moi, je ne suis pas tendre ?

– Non, tu n'es pas tendre. Tu as trop de cerveau. Les gens trop intelligents peuvent feindre la tendresse. Seulement la feindre.

– Et le cardinal Ascanio Sforza, il est tendre, lui aussi ?

Sancha s'alarme et cache à demi sa nudité dans les draps.

– Maintenant c'est moi qui te demande : que vient faire ici Ascanio ?

– Je sais que tu couches avec lui, moins qu'avec moi, mais enfin tu couches.

– Moi avec Ascanio Sforza ?

– Toi.

Feignant l'indignation et la dignité blessée, Sancha jaillit hors du lit à la recherche de ses vêtements qu'elle ramasse à la hâte pour se rhabiller dans un coin, tandis que César, sans bouger, contemple son agitation avec amusement.

– L'avenir des Borgia est donc si incertain que tu ailles te mettre à l'ombre des Sforza ? Tu veux laisser Rome pour Milan ? Tu aimes les brumes du nord ?

– Remercie-moi pour ce que je t'ai donné et ne me demande pas des explications sur ce que je fais du reste de mes heures.

– Tu devrais t'occuper davantage de ton gamin de mari. Comprends qu'il n'est pas à la hauteur de tes besoins. Il se soûle. Il cherche la bagarre. Il a tué stupidement, pour le plaisir de satisfaire sa supériorité, et il a bien failli être tué lui-même. A Rome, on tue très facilement.

– C'est à vous, les Borgia, de vous occuper de Jofré. Je n'ai pas demandé à être mariée à un enfant.

Habillée, Sancha va s'en aller, mais César lui barre la sortie et, dans la lutte, ils se retrouvent face à face. César lui ordonne :

– Déshabille-toi.

– Une fois suffit.

– Déshabille-toi.

Sancha se débat, mais César lui arrache ses vêtements, elle passe de la résistance farouche à l'abandon, et c'est une Sancha consentante que César jette sur le lit et s'apprête à pénétrer. L'homme se retient devant le mélange de désir et de moquerie qu'il lit dans ses yeux et ne sait plus s'il doit s'enfoncer ou se retirer, le visage couvert d'ombres, vers lesquelles vont les mains de Sancha. Des doigts elle parcourt ces ombres et finalement s'arrête sur l'une d'elles, qui est réelle, qui est une tache et non un effet de la lumière.

– Cette tache ? Est-ce vrai que tu as le mal français ? Est-ce vrai que c'est pour cela que tu as l'habitude de recevoir les gens la nuit ou dans la pénombre ? Est-ce vrai qu'il s'agit d'un secret bien gardé par votre médecin, Gaspar Torella ?

César repousse la caresse, ne répond pas, rend son visage aux ombres, quitte le corps qu'il chevauchait et se laisse tomber, irrité, à côté de la femme victorieuse. Maintenant Sancha a hâte de se revêtir pour courir ensuite par les couloirs et les jardins jusqu'à l'intérieur du Vatican, où le pape célèbre l'office de la Pentecôte, et elle cherche vite la tribune qui porte Lucrèce, les dames de sa suite, Adriana, Julia Farnèse. Couvrant les oraisons du pape, montent les rires des jeunes femmes à l'histoire que leur raconte Sancha, des rires que ne peut réprimer Adriana et auxquels elle finit par se joindre. Sancha leur raconte quelque chose de désopilant, et Lucrèce la suit, tandis que se tournent vers elles les visages graves des cardinaux et l'indignation contenue de Burchard. On perçoit aussi le sourire compréhensif du pape, sans qu'il abandonne le latin et le rituel, mais le scandale éclate lorsque Lucrèce marche vers le chœur suivie des femmes jacassantes, comme si elles partaient pour une joyeuse expédition. Burchard articule à mi-voix *« Ignominia et scandalo nostro et populi »*, mais la gaieté hystérique des femmes est irrépressible et, à l'abri des stalles du chœur, invisibles pour l'assistance courroucée, leurs rires s'élèvent au-dessus des psalmodies plus faibles du pape.

*

L'entrée de Guidubaldo d'Urbino dans la tente de campagne fait jaillir, de sous les draps de Joan de Gandie, deux femmes à demi nues qui restent foudroyées par le regard du militaire. Joan s'étire et leur ordonne de partir, tout en couvrant sa propre nudité pour affronter l'entretien.

– Tout va bien ?

– Jusqu'à maintenant tout a été facile, et les châteaux sont tombés comme s'ils n'existaient pas, mais cette fois ce sera sérieux. Le château de Bracciano est une forteresse formidable.

– Nous l'assiégeons depuis des semaines, et ma patience a des limites. Je ne trouve pas cette forteresse si formidable que cela. Hier j'ai fait un tour du côté de ses remparts, et ils me semblent accessibles.

– J'ai l'expérience des sièges et je ne risquerai pas une attaque à tort et à travers.

– Je suis las de tout cela. Depuis combien de temps n'avez-vous pas pris un bon bain de mousse et d'essences, Urbino ?

– Je n'ai pas l'habitude de prendre des bains de mousse et d'essences.

– Ces guerres sont stupides. On devrait décider de la victoire ou de la défaite par des moyens moins ennuyeux, agir comme les enfants qui jouent en faisant des bras de fer ou en mesurant leur force dans le regard de l'autre.

– Je crains que Bartolomea Orsini ne se laisse pas regarder dans les yeux.

– Et voilà bien là le pire : c'est une femme qui nous tient la dragée haute.

Joan de Gandie sort de sa tente, Guidubaldo d'Urbino sur ses talons, et il examine de loin la silhouette du château qui se découpe sur le ciel. Le duc de Gandie prend un cheval, sous le regard perplexe de son capitaine qui n'en suit pas moins son exemple et le suit en galopant vers le château. Arrivé devant les murs, Joan de Gandie se fait connaître de la sentinelle.

– Je voudrais que la châtelaine, la très admirable dame Bartolomea Orsini, se montre.

La même perplexité que celle du capitaine d'Urbino

parcourt les gardes du château, mais au bout d'un moment Bartolomea Orsini fait son apparition, et Joan de Gandie a ainsi l'occasion de contempler les rondeurs corporelles de la dame et son regard ironique, peu enclin à accepter de jouer au bras de fer à une telle distance.

– Quel honneur, que d'être assiégée par le fils du pape.

– Je crois toute résistance inutile. Pourquoi rendre plus désagréable ce qui est déjà si désagréable ?

Se retournant vers ses soldats, Bartolomea Orsini leur montre le duc de Gandie.

– Vous avez entendu ? Pour ce porc marrane et fils de marrane, un siège est agréable ou désagréable. Fatigant, peut-être.

Il y a des éclats de rire derrière les murs, éclats de rire qui se prolongent suffisamment pour parvenir aux oreilles d'Alexandre VI qui devise avec César et Miquel de Corella, et vient d'écouter le rapport d'un messager.

– Ils rient. De quoi rient-ils ?

Le messager ne s'aventure pas à énoncer une hypothèse, et c'est Miquel de Corella qui prend le risque.

– Je suppose qu'ils rient du duc de Gandie et de nous tous. Le siège de Bracciano est devenu la fable de l'Italie, et même de la France et de l'Espagne. On raconte que le roi de France est informé quotidiennement et qu'il alimente les Orsini pour qu'ils ne faiblissent pas.

Le pape semble abattu. Comme un taureau acculé, il louche en direction du paysage où il suppose que l'on doit livrer bataille.

– Que ferais-tu, Miquel ?

– César a son idée sur ce qu'il faut faire.

Rodrigo se décide à s'adresser à César.

– Parle, César ! Ai-je besoin d'intermédiaires pour savoir ce que tu penses ? Que ferait son éminence le cardinal ?

– Son éminence le cardinal conseillerait à sa sainteté le Saint-Père de se retirer d'un siège stérile et de porter n'importe quel coup plus facile pour recouvrer la confiance de ses soldats et éviter les rires.

– C'est ce que conseille Urbino, mais Joan s'y oppose.

– L'incompétence du duc n'a d'égale que sa suffisance.

– *No parlis així del teu germà !*

– *En el nom de Déu ! És que esteu cec ? És que no veieu que fins el capità d'Urbino se sent ridícul** ?

Joan chevauche à côté d'Urbino, et son expression est aussi lasse qu'écœurée, mais très vite il sort de sa méditation mélancolique car ils se voient presque rejoints par la troupe des Orsini, et Guidubaldo lui ordonne :

– Partez au galop. Je vais essayer de protéger votre fuite !

Joan hésite, puis finalement donne des éperons, mais en esquivant les coups de lance il ne peut éviter une légère blessure à la jambe qu'il contemple avec horreur sans cesser de galoper jusqu'à sa tente, où il entre en envoyant au diable toute aide et tout conseil et en se jetant sur le matelas pour hurler et blasphémer, comprimant de la main le filet de sang. En vain ses aides de camp tentent-ils de l'examiner. Il protège l'endroit comme s'il était le siège de la plus insupportable douleur, jusqu'au moment où la vue du sang le fait s'évanouir et où ils peuvent écarter le vêtement pour examiner la blessure. Quelqu'un dit : « C'est une égratignure. » Et les autres voix se transforment en rires, tandis que Joan de Gandie revient à lui. Ils lui demandent :

– Et le sire d'Urbino ?

– Il s'est laissé prendre.

*

---

* – Ne parle pas ainsi de ton frère.

– Au nom de Dieu ! Êtes-vous aveugle ? Ne voyez-vous pas que même le capitaine d'Urbino se sent ridicule ?

– S'il s'est laissé prendre, de quoi se plaint-il ?

La question d'Alexandre reste sans réponse, et le silence l'incite à poursuivre :

– Les Borgia sont des chasseurs : nous savons accepter de rentrer certains jours bredouilles et d'autres non. Nous sommes des chasseurs de Dieu, et Joan est prédestiné pour l'être. Et quand il sera remis de ses blessures, nous lui ferons une réception triomphale, car il a été un héros de Rome qui s'est battu pour la grandeur de l'Église. Quant au sire d'Urbino, il n'avait qu'à faire attention. Je ne vais pas dépenser de l'argent pour sa rançon. Pourquoi hoches-tu la tête, César ?

– Urbino a fait ce qu'il pouvait avec une armée de mercenaires qui n'ont guère envie de combattre. Il faut apprendre la leçon que nous donnent les Français et les Espagnols. Ils forment des armées nationales parfaitement entraînées.

– Ton frère aussi a fait tout ce qu'il pouvait.

– Sans doute. Mais il était impossible d'attendre mieux de lui.

– J'observe un certain ton ironique dans ce que tu dis.

– Il est préférable que le rire reste en famille plutôt que de se propager dans toute l'Italie.

Alexandre vocifère :

– Un peu de respect pour ton frère ! Il est blessé !

– La blessure passe un plus mauvais moment que mon frère. La blessure est morte de honte qu'on la considère comme une blessure, alors qu'elle sait très bien, elle, la blessure, qu'elle est à peine une égratignure.

– Où vas-tu chercher de telles idioties ? Joan a été mal conseillé par le sire d'Urbino, c'est tout. Il a besoin de s'aguerrir. Pour nos futures entreprises, j'ai trouvé un grand maître de la stratégie.

Comme s'il voulait feindre de garder le secret, Rodrigo tourne le dos à son fils et à ceux qui l'accompagnent, et César ne le questionne pas, il attend seulement.

– Cela ne t'intéresse pas de connaître son nom ?

– Certes.

– Certes quoi ? Cela t'intéresse-t-il, oui ou non ? Je vais te le dire pour que tu voies que dans la chrétienté mes désirs sont des ordres. Don Gonzalve Fernández de Cordoue, le Grand Capitaine des rois d'Espagne, a accepté que ton frère dirige avec lui la conquête d'Ostie. Della Rovere s'y est réfugié avec une garnison française.

– Je regrette de te dire que tu fais erreur en laissant Joan commander ce qu'il ne sait pas commander, et que tu te trompes en mettant l'ennemi dans la maison. Le Grand Capitaine est un vrai militaire. Il est à la tête d'une vraie armée et non d'une bande de mercenaires qui détalent à la première décharge. Le Grand Capitaine va défiler dans Rome non pour t'aider mais pour te prévenir. Rome sera occupée par des soldats de Castille et nos mercenaires catalans, valenciens, aragonais seront de peu de poids. Toi, le grand chasseur, tu pourrais bien devenir le chasseur chassé.

Hiératique, César salue son père et s'en va, suivi de son escorte. Ses compagnons observent la rage contenue de César, jusqu'au moment où celui-ci éclate d'un rire qui est repris par les autres.

– Même s'il allait chercher Jules César en personne comme condottiere, il ne ferait pas de mon frère un gagnant. Vous avez entendu ? Le voilà maintenant qui nous met les Castillans dans Rome et qui hypothèque l'autonomie de l'État.

– Ton père n'est pas fait pour les subtilités. Si Joan n'est pas vraiment blessé, pas même dans son orgueil, ton père l'est. Hier, j'ai dû mettre brutalement fin à une réunion où l'on se moquait non seulement de Joan mais de tous les Borgia.

– Comment as-tu mis fin à la réunion ?

– De la façon la plus logique. J'ai mis fin à ses assistants. Ils naviguent sur le Tibre vers Ostie et la mer Tyrrhénienne, qui est la mort, comme disait le divin Manrique dans les *Coplas a la muerte de mi padre*.

Juanito Grasica écoute Corella avec extase.

– Il n'y a que toi qui saches mêler la poésie et le crime.

– C'est plus fort que moi. Je suis un humaniste.

– Il va falloir rendre visite au blessé, il ne manquerait plus qu'il se plaigne de mon manque d'esprit fraternel.

– C'est toi qui commandes, César.

La joyeuse bande fait irruption dans la chambre où repose Joan de Gandie, la jambe en l'air, entouré des soins de Vannozza, Lucrèce et Sancha. Corella contemple le pansement d'un air contrit, tandis que ses yeux soupèsent l'ampleur du dommage.

– Ainsi sommes-nous. Un instant sépare la vie de la mort, et Virgile, déjà, parlait des mille visages de la mort. *Plurima mortis imago*. Tu lis Sénèque, Joan ?

– Je lis de moins en moins, Miquel. Sénèque ne figure pas dans mes auteurs favoris, mais je me souviens de quelque chose de lui. Beaucoup moins lugubre que ce que tu viens de citer. *Vivere militare est*.

– Vivre, c'est se battre, voilà qui n'est pas une mauvaise devise pour un guerrier comme toi, un guerrier sérieusement blessé, à ce que je vois. *Cotidie morimur*, a écrit Sénèque, et c'est vrai, nous mourons chaque jour.

– Je vous assure que je ne goûte guère de parler de la mort. Es-tu aussi sinistre que Miquel, César ? Où donc as-tu laissé le non moins sinistre Llorca ?

– Moi non plus, je n'aime pas parler de la mort.

– Les Borgia n'ont jamais aimé parler de la mort.

– Les Borgia n'aiment pas le néant.

César a lancé cette réflexion en l'air, comme s'il se parlait à lui-même, mais le regard qui la suit s'adresse à son frère.

– Entendre de la bouche d'un cardinal que la mort est le néant ne laisse pas d'être surprenant. Ton propos est suspect sur le plan religieux, frère. Ou César ou rien. C'est à ce rien que tu fais allusion ?

César ne le suit pas dans cette question philosophique. Il insiste.

– Nous n'aimons pas non plus le presque rien.

– A quoi fais-tu allusion ?

César indique le pansement.

– Ta blessure n'est presque rien, Joan. Peu de chose, à côté de l'ampleur de la défaite, même si, comme je le crois, le Grand Capitaine va venir à ton aide.

Le duc essaye de se lever, mais les femmes le contiennent, et particulièrement Sancha, charnelle, amoureuse, qui pèse de toutes ses forces sur le corps de Joan, un contact qui s'adresse à César. Le cardinal ne semble pas y prendre garde et contemple ironiquement le couple, la Vierge de Miséricorde penchée sur le Christ blessé, et Joan de Gandie ressemble au Christ du Pinturicchio, émacié et barbu. César s'en va, suivi des rires de ses amis, et le duc de Gandie reste là, crispé et livré à la patrie des femmes. Vannozza est la plus inquiète, elle court derrière César pour tenter d'arranger les choses, Lucrèce la rejoint après un instant de réflexion, Sancha reste au chevet du blessé, bonne Samaritaine, en attendant que, enfin seuls, elle puisse passer au corps à corps, et l'étreinte de Joan est suffisamment forte pour la faire tomber sur le lit à côté de lui.

– Cela doit être très beau quand tu dis à une femme : je t'aime.

– Je n'ai pas l'habitude de le dire.

– Tu pourrais me le dire, à moi ?

– Je pourrais.

– Tu es différent.

– De quoi ? De qui ?

– De tous. Y compris des Borgia. Tes rêves ne sont pas des rêves de conquête.

Le duc de Gandie se sent mal à l'aise, et il quitte le lit en boitant légèrement.

– Ne me sous-estime pas, Sancha. Je passe pour être un conquérant de femmes et un chef.

– Pour les femmes je n'en doute pas, mais tu n'es pas un chef. Je sais distinguer un chef. Ton frère César en est un. Ton père aussi. Ascanio Sforza pourrait en être un. Comme ce Grand Capitaine dont on parle tant. Ce sont des chasseurs : chasseurs de chevreuils un jour, chasseurs d'hommes un autre. Toi, Joan, ce que tu aimes, c'est partir.

– Partir ?

– Ne pas être où tu es. Partir de Gandie. Partir de Rome. Où que tu sois, tu aimerais en partir.

Sancha s'est levée, elle court vers le blessé, l'embrasse, se colle à lui jusqu'à ce qu'elle puisse lui caresser l'oreille de ses lèvres.

– Nous sommes tellement différents, Joan, toi et moi ! Je t'aime tant !

*

Vêtus de noir et l'épée au côté vont les hommes qui encadrent la marche du Grand Capitaine vers le trône du pape et, au moment où le militaire s'agenouille, Rodrigo vient à sa rencontre, le relève et l'embrasse, car, dit-il, l'homme qui a chassé le Maure de Grenade et les Français de Naples ne peut se mettre à genoux. Double victoire sur les barbares. La chrétienté a une dette envers le Grand Capitaine. Le Castillan ne semble pas troublé par tant de louanges, il insiste au contraire pour s'agenouiller et baiser l'anneau, geste qu'Alexandre VI accepte finalement avec bienveillance, car il lui permet de se ménager un aparté avec le militaire, sous l'œil inquiet d'un important personnage de l'escorte à qui le pontife adresse un regard méprisant.

– Quelle sombre mine fait l'ambassadeur d'Espagne !

Je ne peux le supporter et il me le rend bien, don Gonzalve. C'est un grossier personnage qui ne sait pas comment on parle à un pape. J'ai dû remuer ciel et terre pour obtenir qu'un Borgia fasse partie du second voyage de Colomb aux Indes occidentales et je m'étonne que l'on considère avec méfiance la présence des Borgia dans les nouveaux territoires à conquérir et à christianiser.

– Je viens d'un pays rude, sainteté, qui a guerroyé durant huit siècles.

– Moi aussi, je viens de là-bas, et je descends des plus grands chefs de l'armée du roi Jaime le Conquérant. Je sais ce qu'a été la Reconquête, capitaine. Faire la guerre et faire la sieste. Un pays de contrastes, toujours entre la guerre et la sieste.

Alexandre VI pose ses mains sur les épaules du militaire qui recule d'un pas comme pour refuser le contact physique, mais le pape ne le laisse pas faire, il le retient et même l'attire vers lui pour lui parler visage contre visage.

– Nous avons besoin du bras armé de la Castille et de l'Aragon pour écarter la barbarie française de l'Italie, et j'ai discuté avec le roi Ferdinand de la nécessité d'un État pontifical fort, capable de défendre sa force spirituelle par sa puissance politique et militaire. Mon fils sera l'instrument militaire de ce pouvoir spirituel, et il faut que vous marchiez avec vos troupes à la conquête d'Ostie.

Les yeux du Grand Capitaine ne marquent pas de défiance mais, malgré la proximité de ceux d'Alexandre VI, ils expriment une distance chargée de scepticisme.

– Je ne vous l'ordonne pas.

Le Castillan conserve distance et froideur.

– Je vous le demande.

Les regards s'aiguisent et, sans émotion perceptible, les lèvres du pape murmurent :

– Je vous le demande.

Cette fois, Gonzalve Fernández de Cordoue réagit, il ferme les yeux et remue la tête pour refuser la seule éventualité d'une supplique.

– Il n'y a pas à demander ce qui est déjà accordé.

Le pape étreint le capitaine, malgré la répugnance du Castillan pour ce contact, et ayant obtenu ce qu'il voulait, il l'exhibe comme un trophée devant la cour et l'ambassadeur indigné.

– Je vous annonce de grandes nouvelles ! Les troupes de Castille et d'Aragon marcheront contre les derniers réduits français, et au côté du Grand Capitaine, épaule contre épaule, le duc de Gandie !

Joan ainsi désigné accueille d'un simple sourire l'ovation qui éclate à la proclamation du pape, et ses yeux cherchent le réconfort de ceux de Sancha. Mais Sancha ne le regarde pas. On dirait que Sancha n'a d'yeux que pour le militaire castillan et qu'elle n'attend qu'une chose, c'est d'être présentée, avec Lucrèce, Julia et les dames de la cour, au héros de Grenade. Le pape conduit d'abord Gonzalve vers le duc de Gandie, puis vers les cardinaux, parmi lesquels se trouve César, et enfin vers les dames : échange de regards, puis de paroles, entre Fernández de Cordoue et Sancha.

– Je viens de Naples, doña Sancha, et j'ai voulu vous apporter un cadeau.

– Un écusson ? Une épée ?

– Une personne.

– Vivante ? Morte ?

Sur un geste du capitaine, le jeune Alphonse d'Aragon sort de sa suite, et frère et sœur s'embrassent, puis Alphonse prend les mains de sa sœur et la fait tourner autour de l'axe de son propre corps, et Sancha semble planer à la vitesse d'un cheval de bois sur un manège. L'assistance fait cercle, ce dont profite l'ambassadeur pour s'approcher du Grand Capitaine.

– Voyons, êtes-vous devenu fou ? Les instructions du

roi Ferdinand sont bien précises. Il faut mettre un frein aux ambitions des Borgia. Et que faites-vous ? D'abord vous dites oui à cette farce grotesque, son fils à la tête de l'armée, et maintenant vous apportez au pape sur un plateau le frère de doña Sancha pour qu'il le marie à Lucrèce. Ce n'était pas la stratégie du roi Ferdinand et encore moins celle de la reine Isabelle. Elle hait ce pape hérétique.

Le militaire ne regarde pas l'ambassadeur. Il n'a de regards que pour la brune Napolitaine, qui présente son frère à Lucrèce. Ascanio Sforza a quitté le cercle pour faire quelques pas avec César.

– Cette enfant est bien versatile. Il semble qu'elle vienne de nous laisser tous pour le capitaine espagnol.

– C'est une sibylle.

– Je ne la vois pas en Pythie, plutôt en Cassandre. Opportune association. Cassandre fut une sibylle parce que Apollon, amoureux, lui accorda le don de prophétie, mais, quand elle le repoussa, Apollon révéla que toutes ses prophéties étaient fausses. Qui d'entre nous jouera Apollon ? Toi, César ?

– Pourquoi pas ? Doña Sancha a une cervelle entre les cuisses, et c'est une cervelle très développée.

Désillusionné, Joan assiste aux jeux oculaires de Sancha et du Grand Capitaine, jusqu'au moment où le soldat, sentant le regard du duc peser sur lui, cesse de s'occuper de la jeune femme pour reporter son attention sur son futur compagnon d'armes.

– Nous devrions parler plus à fond de cette campagne, duc. Dans mes expéditions, je calcule chaque pas, chaque pain de l'intendance. Je voudrais que nous commencions par faire une critique sans concession de la campagne contre les Orsini, car je ne m'explique pas comment un militaire aussi expérimenté que Guidubaldo d'Urbino a pu échouer.

– Guidubaldo a une mentalité de condottiere classique. Aujourd'hui, la guerre est un art, mieux, une science.

Le Grand Capitaine prend son temps pour répondre et, quand il le fait, il tente d'atténuer l'ironie de son propos pour ne pas blesser la susceptibilité du duc.

– Comme vous avez raison, seigneur duc. Fini le temps des aventuriers victorieux, voici venu le temps de la science des défaites.

*

– C'est un honneur de recevoir le duc de Gandie, le conquérant du château d'Ostie, au côté du Grand Capitaine, don Gonzalve Fernández de Cordoue.

Ascanio Sforza a levé sa coupe, et cardinaux patriciens lui font chorus.

Malgré les hommages, le duc se sent mal à l'aise, à demi couché sur un divan, une couronne de lauriers sur la tête, la coupe pour la énième fois vide, et l'éclat de l'ivresse dans les yeux quand il parcourt le groupe des invités d'Ascanio qui entourent la table. Un vieux clerc que l'alcool a rendu cramoisi, portant aussi sur la tête une couronne de lauriers bachique, s'adresse au duc.

– Salut à toi, ô chef victorieux.

Ascanio le fusille du regard et reprend ses propos aimables.

– Vous devez vous demander pourquoi un Sforza, d'une famille récemment encore si maltraitée par les Borgia, organise cet hommage au duc de Gandie. Je me limiterai aujourd'hui, demain, toujours, à l'explication que je vais vous donner. En dépit du fait que mon neveu Giovanni ait été répudié comme mari de Lucrèce, et en dépit de la défiance qui existe traditionnellement entre Milan et le Saint-Siège, ma loyauté envers le pape et envers son projet d'un État du Vatican est hors de tout soupçon.

La plupart des commensaux se joignent bruyamment à l'enthousiasme d'Ascanio.

– Voilà pourquoi je bois au duc de Gandie, instrument de la politique du Saint-Père.

– Faible instrument, en vérité.

Ascanio se retourne vers l'auteur du propos narquois, qui se trouve derrière lui. Joan lui lance un regard méprisant.

– Depuis quand, dans la maison des Sforza, laisse-t-on s'exprimer les majordomes ? Pourquoi ne fais-tu pas taire ton majordome, Ascanio ?

– Tais-toi, Fabio.

– Fasse le Ciel que l'instrument du Vatican soit plus efficace que l'instrument de ton neveu, cardinal Ascanio. On dit qu'il a été fort défaillant devant la belle Lucrèce.

Les sourcils froncés du cardinal Sforza ne parviennent pas à éviter que l'hilarité le gagne, ni que Joan ne jette au discoureur un regard mauvais qui n'arrête pas pour autant ce dernier.

– Vilaine histoire, que cette histoire d'instrument. Le duc n'est pas un bon instrument militaire, et ni les charmes ni la science amoureuse de Lucrèce Borgia n'ont réussi à faire que votre neveu se serve de son instrument.

Le duc jette le contenu de sa coupe à la tête de l'importun, et les paroles suivent le vin :

– Avec la tête de capon que tu as, ton problème est clair : tu n'as pas d'instrument du tout.

Mais le discoureur ne s'émeut pas et, comme s'il s'adressait au seul Sforza, il lance :

– Est-il vrai, cardinal, que les bâtards, comme le bâtard qui est votre invité ce soir, le fils de la grande putain Vannozza Catanei, portent un stigmate violet, cardinalice en somme, sur les testicules ?

Joan s'est levé, incapable de rivaliser d'ironie, et il sort de la pièce pour gagner la rue en titubant, avançant par saccades sous l'effet de l'alcool, tombant, se relevant, suivi de ses domestiques qui hésitent à intervenir dans sa longue fuite au cœur de la nuit jusqu'aux appartements de son père. Là, Alexandre est en train de discuter avec Remulins.

– Nous ne pouvons nous permettre un faux pas avec Savonarole, et il est important que la lassitude commence à se faire sentir dans la société florentine.

– Il est devenu un tyran moral et la contestation grandit. Les commerçants se plaignent de l'interdiction du crédit à Florence et incitent à la révolte. Les Florentins ont toujours été très frondeurs, n'oublions pas que même le palais de la Seigneurie a la forme d'une forteresse pour se défendre contre la populace. Le départ des Français n'a pas non plus favorisé le moine. Mais nous devons continuer à patienter. Savonarole doit se détruire lui-même.

C'est le moment que choisit Joan de Gandie pour faire irruption dans la chambre et exhiber son hystérie incontrôlée devant son père qu'il aborde en criant :

– Je suis un bâtard ! Dois-je supporter que les sicaires de Sforza me le rappellent ? Tu n'aurais pas pu faire quelque chose de mieux qu'un bâtard ?

– De quoi parles-tu ?

– Tu m'as dit de me rendre à l'hommage que devait m'offrir Ascanio Sforza ! Toi ! Et j'ai été insulté ! Toi aussi ! Vannozza également ! Ils m'ont appelé fils de putain !

– Qui donc ? Ascanio ?

– C'est lui qui a préparé la scène, et c'est son majordome qui a fait le reste ! Un majordome ! Il s'est permis de parler !

– Il ne parlera plus longtemps.

La détermination se lit sur le visage du pape quand il quitte la pièce, en laissant Remulins se débrouiller seul avec Joan titubant, pour parcourir les couloirs en réclamant à grands cris Miquel de Corella.

*– Miquel de Corella, en el nom de Déu, per la Verge Santa de Lleida, malparit, vine, vine de seguida ! A on t'has ficat, malparit* ?*

A ses cris accourent César et Miquel de Corella, et Rodrigo va directement au lieutenant de son fils, repoussant ce dernier à coups de poing, et une fois seul avec Corella il lui vomit dans l'oreille des consignes crispées que l'autre accueille avec une froideur croissante. Corella choisit quatre hommes parmi ceux qui les entourent et retient César quand celui-ci veut intervenir.

– Ce n'est pas pour toi.

Corella sort à la tête des hommes en armes et grossit le groupe avec la soldatesque qui se trouve à la porte, pour prendre le chemin parcouru par le duc de Gandie. A mesure qu'elle s'approche du porche du palais d'Ascanio Sforza, la troupe se fait plus décidée, son pas s'accélère, souligné par sa respiration forcée. Les portes ne l'arrêtent pas, ouvertes sous la poussée des corps soudés en un seul, Corella formant la tête du bélier. Les battants choquent contre les murs et le groupe monte les escaliers pour déboucher dans la salle à manger où les convives digèrent ce qu'ils ont mangé, ce qu'ils ont bu, ce dont ils ont ri et continuent de rire, en écoutant les explications du majordome Fabio qui a agressé moralement le duc de Gandie. Corella ne dit rien. Il va droit sur Ascanio, lui applique la pointe d'un couteau sur la gorge jusqu'à ce que perle une goutte de sang, tandis que la panique s'installe chez les autres convives, et il murmure à l'oreille du cardinal terrorisé des paroles inaudibles qui ont pour effet de lui faire désigner celui qui a insulté Joan Borgia. Corella et ses hommes se dirigent vers lui, l'entourent, le sortent de force de la pièce et, dès qu'ils se retrouvent

---

* – Miquel de Corella, au nom de Dieu, par la Sainte Vierge de Lleida, vaurien, viens, viens tout de suite ! Où t'es-tu donc fourré, vaurien !

dans l'obscurité de la nuit, un poignard trace un rai d'argent sur la gorge du malheureux Fabio : l'argent devient sang, les yeux de l'agonisant qui tentent inutilement de voir la blessure ne comprennent pas, jusqu'à ce que la mort les voile de son évidence et que le corps sans vie tombe comme un pantin sur le sol de la rue, tandis que s'éloignent les pas, que l'on dirait cadencés, des assassins.

*

– Il n'est rien de tel qu'une bonne table pour une réconciliation, si tant est qu'il y ait eu brouille.

Heureuse, Vannozza quitte le balcon d'où l'on peut contempler les vignobles et montre la table couverte de trop de mets pour si peu de convives. Elle prend le bras de César et celui de Joan, et les invite à s'asseoir face à face, flanqués de Canale et de l'aîné des Borgia, le cardinal.

– Nous pouvons parler à notre aise, on peut même dire que l'absence de Rodrigo nous rend plus libres, que dis-je de Rodrigo, du Saint-Père. Pour moi, il sera toujours Rodrigo. Nous devons glorifier Joan le vainqueur et César qui part à Naples comme légat pontifical.

Joan touche à peine aux aliments, en revanche César mange de bon appétit.

– J'aime t'inviter à manger, César, parce que tu fais honneur à ce que tu manges. Ton père n'a jamais beaucoup apprécié ces choses. Il dit qu'il se nourrit pour vivre. Je crois que manger est un plaisir. Il ne faut pas se fermer à la tentation des sens. Tu me ressembles. Toi, Joan, tu es un rabat-joie.

– La gloire le fatigue.

– César !

– Je sais ce que je dis, mère. Joan vit entouré de batailles, militaires et galantes.

– Raconte ! Raconte !

– Que puis-je raconter que tout Rome ne sache déjà ? On dit que ton fils préféré…

– César !

– Il n'est pas votre fils préféré ? De toi et de Rodrigo ? On prétend qu'il partage la belle Sancha avec le Grand Capitaine, d'autres disent en revanche que non, que l'amour du Grand Capitaine pour doña Sancha est platonique, comme ce serait logique en ces temps de platonisme. Il paraît aussi qu'il court après la fille du comte de la Mirandole.

– Tout cela est-il vrai, Joan ?

– Si César te le dit. Il dispose du service d'espions le plus efficace de Rome, et je ne m'explique pas le pourquoi de cette réunion si nous en sommes déjà aux sarcasmes.

– Ton frère a raison, César. N'est-ce pas, Carlo ?

– Oui, Vannozza.

César semble admettre que la réunion a mal commencé, il boit, il gagne du temps et s'adresse à son frère.

– Toi et moi, nous devrions arriver à passer un accord.

– La nuit sera assez longue pour cela.

– Il n'échappe à personne que tu aimes Rome et qu'elle t'asphyxie : tu l'aimes parce que tu y vis la nuit comme une chauve-souris, et elle t'asphyxie parce que notre père t'a préparé un destin qui ne te plaît pas. Je te propose un échange.

– De quel échange s'agit-il ?

– Je te donne la nuit et tu me donnes ton destin.

– Belle métaphore, César, mon fils. Mais un peu nocturne, obscure, n'est-ce pas, Carlo ?

– Oui, Vannozza.

– Je veux être le capitaine des Borgia et, en échange, je te donne la liberté de vivre ta vie.

Il y a de l'ironie dans les yeux de Joan, mais celle-ci se transforme peu à peu en intérêt.

– Comment peut-on obtenir cette alchimie ? Tu as consulté ton astrologue, Beheim ?

– Les astrologues ne servent qu'à faire observer des rites, comme les cardinaux. Beheim attribue mon destin à un fait aussi aléatoire qu'au moment de ma naissance le Soleil se trouvait dans la maison ascendante, la Lune dans la septième, Mars dans la dixième, Jupiter dans la quatrième. C'est très joli, mais stérile. Ce qui conditionne ma vie, c'est que je suis né dans la maison de Vannozza et que mon père était un cardinal. Et même cette explication ne me satisfait pas entièrement. La vérité n'existe pas. La nécessité d'agir, si. J'ai cette alchimie, et elle n'est rien d'autre que la nécessité de convaincre notre père de l'évidence : et il n'y a que toi qui puisses le faire.

– J'ai donc un rôle, à part celui d'animal nocturne.

– Ton rôle est de convaincre le pape que je dois être le capitaine et que toi tu feras… de la politique, par exemple. Tu es bien placé à Gandie, entre la Castille et Rome. Tu peux créer un triangle de pouvoir et de jupons entre la Castille, Gandie et Rome.

– En Castille, il n'y a pas d'autres jupons que ceux de la reine Isabelle et de son confesseur, Cisneros. Et on dit que la reine Isabelle n'a pas changé de chemise pendant tout le temps qu'a duré le siège de Grenade.

– Une stratégie pour venir à bout des Maures par l'odeur, je suppose. Je ne parle pas en l'air, Joan. Je suis convaincu que ma proposition t'intéresse. J'ai des idées militaires et je crois que la guerre est une science. Toi, tu la vois comme un beau défilé final en l'honneur du triomphateur.

Vannozza caresse les cheveux de Joan, le profil de son visage.

– Les défilés sont très beaux, Joan. Les guerres n'auraient pas de sens sans le défilé final. Mais il faut savoir être là au moment où passe son véritable destin, Joan. Ce que te propose ton frère ne me semble pas du tout idiot.

– J'allais dire la même chose, Vannozza.

C'est Canale qui vient de s'exprimer, mais un domestique entre, il s'approche de la maîtresse de maison et lui chuchote une mystérieuse nouvelle qui semble frapper Vannozza d'étonnement.

– Quels étranges amis tu as, Joan ! On me dit qu'un gentilhomme est venu te chercher. Un cavalier sans cheval et masqué !

– Plus masqué que nous ?

Joan sourit de sa propre ironie et doit comprendre de quoi il s'agit, puisque, d'un geste, il demande que l'on introduise le personnage masqué. En le voyant, il le regarde attentivement, se lève, légèrement excité, contemple les plats comme un obstacle obscène, ne sait comment dire ce qu'il va dire, mais finalement le dit.

– Excusez-moi. César a sans doute raison. Je suis un animal nocturne. La nuit m'appelle. La nuit m'est accueillante et elle me réclame. Nous reparlerons de tout cela, César. Je ne mets pas mon mouchoir dessus. Tu pourras gagner des batailles, mais me laisseras-tu les défilés ?

Il embrasse sa mère déconcertée, prend congé des autres d'un geste et sort, suivi de l'inconnu masqué. Vannozza domine sa stupeur et court au balcon juste à temps pour voir Joan enfourcher son cheval et inviter l'inconnu à monter en croupe. Éperonné, le coursier part au galop et Vannozza redevient rêveuse, inquiète, repliée sur elle-même au fond de la nuit. Et c'est la nuit qui s'empare des lieux, de la silhouette de Rome, du cours du Tibre sur la rive duquel galope le cheval portant sa double charge.

*

Le visage de Vannozza occupe tout l'horizon que peut voir Alexandre VI, et les lèvres de la femme emplissent ses oreilles de questions déchirantes qu'il ne veut pas entendre.

– Où est Joan ? Pourquoi toute Rome est-elle pleine de rumeurs de son assassinat ?

Cette question, Vannozza la pose dramatiquement à son fils César, à Corella, à Llorca, à Juanito, aux hommes armés qui les entourent.

– Où est Joan ? Il est sorti de chez moi vivant, voilà deux jours, et il a disparu. Pourquoi toutes ces patrouilles en armes dans les rues ? Les nôtres, celles des Colonna, celles des Orsini ?

Vannozza pressent qu'on lui cache quelque chose, car César et son père échangent des regards entendus.

– Qu'est-ce que vous savez et que vous ne voulez pas me dire ?

César prend sa mère par les épaules et lui parle en la regardant dans les yeux. Le cheval de Joan est revenu. Son garde du corps aussi. Avec une vilaine blessure, certes, et sans pouvoir donner d'information cohérente. Toutes les troupes fidèles au pape sillonnent les rues de Rome et ratissent les rives du Tibre. Tous les ambassadeurs étrangers sont là, offrant leur collaboration. Vannozza prend chaque nouvelle précision comme un coup de massue, et elle découvre alors que la salle est pleine de cardinaux et d'ambassadeurs venus affirmer leur solidarité. Elle se retourne vers Alexandre et lui demande de nier, de lui permettre de reprendre espoir. Mais le pape paraît effondré, comme si, en dépit de sa force et de sa puissance, son trône pouvait l'engloutir, et, du fond de sa mélancolie, il voit partir Vannozza entourée de Lucrèce et de Sancha. Une fois les femmes disparues, César fait son rapport à son père.

– Le Tibre est plein de plongeurs. Un gardien des scieries a vu jeter un corps à l'eau. On l'avait fait tomber d'un cheval blanc. Tout cela a été vu par le dénommé Giorgio Schavino, qui, sur le moment, n'y a pas attaché plus d'importance, vu que chaque nuit on jette des douzaines de cadavres dans le fleuve. Le

Tibre est le déversoir de tous les crimes de Rome. Il est possible que…

Le pape s'est couvert la figure d'une main tout en balbutiant d'une voix angoissée : « Pas dans l'eau… pas dans l'eau… Un homme doit mourir les pieds sur la terre. » Il se lève pour se libérer de cette angoisse qui fait éclater sa poitrine, et il tombe à genoux pour dire en catalan l'Ave Maria dédié à la Vierge de Lleida qui lui sert de talisman. Mais il ne peut prier longtemps. On entend des bruits qui se rapprochent, et les portes s'ouvrent pour donner passage à quatre soldats qui portent le corps d'un homme sur un brancard. Quand ils déposent leur charge sur le sol, un rugissement sort de la gorge d'Alexandre qui se précipite pour découvrir son fils mort. Joan de Gandie a le visage noir et strié de traces de boue, et sur son corps son père compte de ses doigts tremblants huit coups de poignard, il pousse un gémissement d'horreur quand il arrive au neuvième, à la gorge, une entaille si profonde qu'elle sépare presque la tête du corps. Le pape se relève et recule, pour abandonner finalement la salle d'audience et refermer derrière lui avec fureur la porte qui le sépare de l'évidence. Maintenant c'est Vannozza qui entre en courant, qui crie, qui pleure devant son fils mort, l'enlace, serre son corps contre son sein. L'assistance est bouleversée, l'ambassadeur français pleure à chaudes larmes, et même l'ambassadeur espagnol, près de lui, a les yeux humides. Les femmes de la famille arrivent enfin et parviennent à détacher Vannozza du corps de son fils et à l'emmener. Les soldats remettent le corps sur le brancard et parcourent les dépendances du palais jusqu'à une pièce au centre de laquelle les attend une table de marbre, avec, à côté, une tablette de bois qui porte les instruments de chirurgie gardés par deux médecins impavides. César ordonne que tout le monde quitte la salle, à l'exception des deux praticiens, et contemple son frère, les yeux pleins de pitié, sinon de tristesse.

– Tâchez de recoller la tête au corps. Il doit être enterré tel qu'il aura vécu.

Aussitôt les chirurgiens s'affairent sur le cadavre, qu'ils dénudent, pour le baigner ensuite d'eau aromatisée, tandis que César les laisse à leur travail et regagne la salle du trône pour tenter de gagner les appartements de son père. Mais deux gardes lui barrent le passage et Burchard lui annonce :

– Sa sainteté a donné des ordres stricts. Il ne veut voir personne.

De l'autre côté de la porte, Alexandre VI, agenouillé, récite une, deux, cinq, dix fois son Ave Maria. Totalement livré à sa douleur, il émet une plainte, un hurlement guttural de désespoir, qui rampe sur les dalles et monte jusqu'aux toits. Puis, soudain, il arrête les prières et les cris, et récite avec dévotion quelques vers :

*– Quan ve la nit i expandeix ses tenebres,*
*pocs animals no cloen les palpebres*
*il los malalts creixen en llur dolor**.

Mais il revient aux gémissements, aux imprécations qu'il adresse aux quatre points cardinaux de la chambre. Dehors, César entend les hurlements et les supporte sans perdre son sang-froid. Ce qui l'intéresse, c'est l'impassibilité de Burchard, penché sur une table, qui écrit des notes sur un parchemin.

– Même aujourd'hui, vous écrivez votre journal ?

– J'écris les instructions pour les funérailles. Sa sainteté voudrait que l'on s'en souvienne comme de l'enterrement d'un des plus grands princes de la chrétienté.

– Il faudra mettre sa femme au courant le plus vite possible.

---

* Quand la nuit vient et répand ses ténèbres, / peu d'animaux ne ferment leurs paupières / et des malades augmente la douleur.

*

María Enríquez est en grand deuil quand elle prend la lettre de son beau-père que lui tend un ambassadeur spécialement envoyé de Rome. Elle la lit en gardant les yeux aussi secs que si elle disait simplement au revoir à son mari, mais il est évident que leur sécheresse ne vient que d'avoir trop pleuré. Sa grossesse arrive à terme, et elle se déplace avec difficulté pour s'approcher du cercle de bois au centre duquel son premier-né joue à quatre pattes. Près du cercle, elle termine sa lecture et lève les yeux vers l'ambassadeur.

– Messire Remulins, je ne vois pas ici le nom de l'assassin.

– On ne le connaît pas, doña María. On a fait beaucoup de recherches. Les soupçons se sont dirigés vers le cardinal Ascanio Sforza, qui a été blessé dans une malheureuse querelle à l'origine de laquelle se trouvait son majordome ; on a aussi soupçonné la famille De la Mirandole, Guidubaldo d'Urbino qui aurait pu se venger d'une rencontre militaire ambiguë, les Orsini qui n'ont pas pardonné les affronts répétés dont ils ont été l'objet, mais ce ne sont là que des spéculations. Il y avait tant d'assassins potentiels !

– Vous oubliez plusieurs noms sur la liste des assassins possibles.

– Je ne puis oublier ce qui n'a pas été écrit. On a dit aussi que le duc aurait pu être victime de sicaires envoyés par les rois d'Espagne, par votre oncle et votre tante, doña María, et, par prudence, je n'ai pas voulu faire usage de cette information.

– Il est curieux qu'ici, à Gandie, si loin de Rome, la liste s'agrandisse et inclue des parents de Joan aussi proches que ses frères Jofré et César.

– Quelle folie ! La légende des Borgia ne respecte même

pas l'un de leurs enfants les plus précieux. Il faut se rappeler, madame, que les ennemis des Borgia inondent l'Italie de leurs calomnies, et que le poète Sannazaro a même tiré un parti satirique de cette tragédie. Il est logique, a-t-il écrit, puisque sa sainteté est un pêcheur d'hommes, que l'on ait pêché son fils dans le Tibre.

– On dit de Jofré qu'il s'est vengé des cornes que lui a plantées mon mari avec Sancha de Naples, et de César que son ambition ne s'arrête devant rien. Je connais la vie que Joan menait à Rome. Je savais ce qui allait arriver. Je l'ai pressenti dès le moment où Joan m'a quittée pour aller dans cette Babylone pleine de prostituées et de marchands de paradis. J'ai confiance en Dieu justicier et terrible, qui enverra son feu sur les villes corrompues. Pour moi, ce sont les Borgia qui ont tué Joan. Tous. Leur monde dissolu. Leur absence de crainte de Dieu. Dites à sa sainteté que j'exige qu'il me rende le corps de mon mari et que j'inculquerai à mes enfants la haine éternelle de tout ce que les Borgia représentent. Et maintenant, partez ! Vous avez fait entrer avec vous dans Gandie la puanteur de Rome !

*

Devant les cardinaux réunis en consistoire, Alexandre termine son discours.

– Je crois que Dieu m'a châtié pour mes péchés et j'accepte une bonne part des critiques que des consciences chrétiennes, dans leur rectitude, m'ont adressées pour ma manière de mener les affaires de Dieu. C'est l'heure de la réconciliation dans le sein de l'Église, et la lettre du cardinal Della Rovere n'est pas seulement pleine de compassion pour le père meurtri, elle affirme aussi sa solidarité avec la réforme de nos mœurs. Je donnerai sept pontificats, sept, en échange de la vie du duc de Gandie…

Un sanglot interrompt son discours, un instant seulement, car sa voix redevient ferme pour annoncer :

– Je proclame une réforme complète des comportements du Vatican, une diligence scrupuleuse dans les offices sacrés, une vigilance sévère pour que les choses du monde ne pénètrent pas dans cette enceinte sacrée et que tout trafic de prébendes soit désormais banni. Dorénavant, il ne sera concédé des bénéfices qu'à ceux qui les méritent, et au premier rang de mes réformes figurera le rejet de toute forme de népotisme et de simonie.

Le pape bénit l'assistance agenouillée et sort par la porte latérale pour alléger le poids de ses vêtements avec l'aide de Burchard. Son pas s'est fait plus lourd, le temps et la résignation ont creusé les rides de son visage. Dans la sacristie l'attend Remulins, qui ne dit rien tant que Burchard n'a pas terminé sa tâche de le rhabiller. Une fois celle-ci achevée et le chef du protocole parti en les laissant seuls, Remulins et le pape renouent le fil d'une conversation commencée plus tôt.

– Ainsi, doña María Enríquez m'a excommunié.

– Ce n'est pas le mot.

– Elle a maudit Rome. Elle a juré d'inculquer à mes petits-enfants la haine éternelle des Borgia. Elle réclame le cadavre de mon fils parce qu'à Rome c'est comme s'il était en Enfer ou déposé provisoirement dans un bordel. En un moment où mes ennemis les plus acharnés m'envoient leurs condoléances, cette Castillane montre la dureté d'un vrai nœud de chêne. Vois, Remulins, même Savonarole m'a envoyé une lettre pleine d'affection dans laquelle il me présente des condoléances qui me semblent sincères.

Il tend la lettre de Savonarole à Remulins. Celui-ci la lit et approuve.

– Il est sincèrement ému.

– Si sincèrement ému qu'il m'émeut.

L'émotion du pape paraît sincère et de nouvelles larmes perlent à ses paupières.

– Si vous jugez que cela en vaut la peine, changeons de stratégie à l'égard de Savonarole. Relâchons la pression que nous exercions sur lui.

Les larmes coulent sur les joues d'Alexandre, mais son expression se fait dure et sa voix devient brusque :

– Ne sois pas stupide, Remulins. Il faut continuer avec Savonarole. Une chose est la compassion, une autre est la géométrie.

Remulins accepte le verdict et laisse le pape seul. Le pontife marche avec sa solitude et sa tristesse jusqu'à la salle où l'attend la maquette des châteaux qu'il espérait voir conquérir par son fils Joan. La miniature d'une guerre qui aurait pu être et n'a pas été a déjà un autre visiteur. César l'étudie en expert, calcule les distances, prend des notes et, même s'il recule prudemment à l'arrivée de son père, ne lâche pas sa proie. Il ne dit rien. Peu à peu Rodrigo reprend goût à son vieux rêve et, dans son excitation, s'agenouille pour contempler de nouveau l'horizon de ses conquêtes, au ras du terrain construit en plâtre verdoyant. La voix de César résonne dans son dos, et il est surpris par la froide assurance de son argumentation. Il faut changer d'alliés et rééquilibrer l'alliance avec l'Espagne. Le roi de France doit être notre protecteur et nous devons l'avoir de notre côté pour créer un espace pontifical. J'ai parlé avec l'ambassadeur français. Souviens-toi de son émotion le jour où l'on a trouvé le corps de Joan. Il m'a fait comprendre que nous pouvions compter sur la compréhension du nouveau roi Louis XII, et il a commandé à Michel-Ange une sculpture commémorant la mort de Joan.

Alexandre est peiné que la voix de César soit si neutre quand il parle de son frère.

– Tu n'as pas pleuré ton frère, César ?

– Qu'est-ce que cela vient faire ici ?

– Non. Tu n'as pas suffisamment pleuré ton frère. Il m'est revenu aux oreilles le terrible soupçon que tu...

– Qu'avais-je à gagner à la mort de mon frère ?

– Mes rêves se sont écroulés. D'abord il y a eu la mort de votre demi-frère Pere Lluís, qui avait un grand talent militaire, trempé dans les combats de la Reconquête en Espagne. J'ai tout préparé pour que Joan remplisse ce vide. Et voici de nouveau le vide. Mort dans l'eau, quelle horreur, les yeux de Joan noyés dans la boue éternelle.

La voix de César a baissé d'un ton. Elle essaye d'être persuasive.

– *Recorda lo que et vaig dir : no guanyaràs aquest joc si jo no jugue amb tu**.

– C'est la pire des morts. La mort dans l'eau. Les ténèbres de l'eau. Secours-moi, ô mon Dieu, car les eaux sont entrées dans mon âme, je me noie dans la boue…

– *Encara està tot per fer, pare***.

Alexandre semble enfin revenir à la réalité et à la proposition de son fils.

– *Què vols, Cèsar ?*

– *Ocupar el lloc del meu germà****.

Il s'agenouille près de son père, et son regard se joint au sien pour contempler au ras du sol les perspectives de conquêtes.

– Désormais, ce sera moi le chasseur de Dieu.

– Je veux que demeure éternellement la mémoire de ce qu'a signifié Joan de Gandie dans le projet des Borgia.

Dans une dépendance du Vatican, un jeune sculpteur contemple la *Pietà*, la Vierge soutenant le corps de son fils décloué de la croix. Le sculpteur est en compagnie de l'ambassadeur français, ému par ce duo sculptural, et à mesure qu'ils reculent pour gagner de la perspective,

---

* – Souviens-toi de ce que je t'ai dit : tu ne gagneras pas à ce jeu si je ne joue pas avec toi.

** – Tout reste encore à faire, père.

*** – Que veux-tu, César ?
– Occuper la place de mon frère.

ils se rapprochent de Vannozza, qui s'appuie contre le mur comme pour lui demander de la soutenir dans sa détresse.

– La mère et le fils, madame Vannozza. Tels que je les ai vus en ce triste jour de la découverte du cadavre. Pour toujours, cette sculpture de Michel-Ange rappellera votre histoire, une des histoires les plus cruelles auxquelles il m'ait été donné d'assister. Je veux que vous l'acceptiez comme une preuve de bonne volonté du roi de France Louis XII et de son humble ambassadeur, Jean Villers de la Grolaye.

Vannozza s'avance vers le couple de marbre. Un éclair d'orgueil illumine le visage de Michel-Ange pendant que Vannozza caresse les traits, le corps du Christ gisant.

– La haine t'a tué. Cette haine qui entoure les Borgia et qui a fait de ce Savonarole maudit le fléau de Dieu.

Les yeux de Vannozza, rougis, sont maintenant terrifiants.

– Maudit ! Maudit soit Savonarole, s'il a été l'instigateur de la colère divine !

# 5

# Le prophète désarmé

Remulins s'est mêlé au public qui attend la parole de Savonarole. Près de lui, Machiavel semble plus intéressé par l'observation des gens que par l'apparition imminente du prédicateur.

– Des femmes. Il ne lui reste que des femmes riches.

Remulins médite cette remarque de Machiavel, mais pas très longtemps, car le prophète a fait son apparition et un silence total accueille le moine qui domine ses ouailles comme un faucon prêt à fondre sur leurs têtes.

– Le pape m'a excommunié ! Non content de m'empêcher de prêcher, il m'a excommunié ! Trahison ! Trahison, peuple chrétien, tel est le mot qui explique ce qui m'arrive : le couteau du Malin veut égorger le porte-parole de Dieu ! Les forces du Mal ont réussi à se joindre à mes ennemis et à effrayer mes amis en me laissant sur ce même Gethsémani où le Christ a triomphé du trouble de son âme.

Soudain, Savonarole entre en fureur parce que arrive dans l'église un groupe de femmes mené par une dame importante, imbue d'une naissance qui lui donne le droit d'arriver en retard aux sermons, y compris ceux de Savonarole. Mais cette fois le moine brandit au-dessus de la foule un doigt accusateur qui désigne la nouvelle venue.

– Le voilà, le démon ! Le voilà, le démon qui vient troubler la parole de Dieu !

La dame réagit d'abord à l'agression par la stupéfaction, puis par la colère, et enfin par la peur devant les faces réprobatrices qui se sont tournées vers elle, des faces qui l'obligent à battre en retraite en même temps que sa suite, qui sort affolée de l'église.

– Mes ennemis se disent prêts à affronter la preuve de Dieu, à marcher sur le feu, afin, s'ils en sortent indemnes, de pouvoir exiger que je fasse de même et démontrer que je suis un hérétique. Ils disent : ce sera le jugement de Dieu ! Le complot de mes ennemis m'oblige à m'en remettre à Dieu ? J'accepte le défi ! Moi et mes disciples, nous marcherons sur des braises pour démontrer que Dieu guide mes pas et les protège !

Machiavel ne partage pas l'enthousiasme produit par ces paroles, il hoche ironiquement la tête et fait signe à Remulins de le suivre.

– Partons. Il a déjà dit l'essentiel.

Ils cheminent sans dire mot, mais chacun espérant que l'autre ouvrira le dialogue.

– Quoi de neuf, messire Machiavel ?

Nicolas rit franchement, et son rire arrête Remulins.

– De quoi riez-vous ?

– Admettez qu'il est réjouissant que ce soit vous qui me demandiez ce qu'il y a de neuf, quand il est notoire et public que vous êtes venu à Florence pour liquider définitivement Savonarole.

– On dit cela ?

Remulins semble attristé, et il explique sur un ton mélancolique :

– Savonarole est en train de se passer tout seul la corde au cou. La Seigneurie de Florence est dominée par les *arrabbiati*, hostiles au moine, et ils ne lâcheront pas prise avant de l'avoir détruit.

– Permettez-moi, Remulins, d'émettre une hypothèse sur la situation. Savonarole a vociféré contre la corruption de l'Église et des princes complices, et, au départ, il a été utilisé par une fraction des Médicis contre d'autres Médicis. C'est ce qui a permis au mythe Savonarole de se développer, et le peuple s'en est emparé, ainsi que les évêques scandalisés par l'état de l'Église, tel Caraffa, et que ces secteurs des classes puissantes qui aiment de temps à autre, et pour un bref moment, demander pardon de leur puissance. Ensuite la lutte contre les Médicis a signifié l'appel aux Français, pour qu'ils nous envahissent en détruisant la république et, avec elle, le mouvement de la renaissance italienne. Savonarole a proclamé que Charles VIII était le nouveau Cyrus, le constructeur de Jérusalem et du Temple, contre le destructeur de la chrétienté, Alexandre VI. Depuis le Vatican, vous vous employez à organiser la rupture du front des partisans de Savonarole et, lentement, vous parvenez à les isoler. Pour couronner le tout, le pape essaye de traiter avec les Français et laisse Savonarole privé de ses protecteurs. Il ne lui reste plus que quelques femmes riches qui continuent à demander pardon de l'être. Elles sont de moins en moins nombreuses. La mauvaise conscience des riches est toujours éphémère. Après l'agression d'aujourd'hui contre l'épouse de Bentivoglio, l'un des citoyens les plus importants de Florence, descendant d'une lignée de condottieri dangereux et sanglants, ce chœur d'admiratrices va rester coi. Ajoutons à cela que le pape a menacé les marchands florentins d'un embargo sur leurs marchandises s'ils soutiennent encore Savonarole, et que l'évêque Caraffa lui a retiré son appui. Plus que quiconque, les commerçants sont en prise avec la réalité, ils savent ce qu'est la réalité et ils veulent en rester les propriétaires. Ils ont commencé comme colporteurs, allant de marché en marché, de foire en foire, et ils ont fini par avoir de l'argent, un argent qu'ils ont accumulé. Travail et argent. Voilà le nouveau pouvoir réel, et il n'a rien à voir avec ces moines mystiques qui sèment le désordre.

Savonarole insiste sur la nécessité d'un concile, mais il n'a pour soutien que Dieu, il le dit lui-même. L'épreuve du feu est un piège qu'on lui a tendu. L'idée est-elle venue de vous, Remulins ?

Remulins réfléchit et Machiavel attend patiemment qu'il sorte de son silence. Finalement, Remulins parle.

– Ma main droite a aidé à tisser tout cela. Ma main gauche a essayé de l'empêcher, de profiter des moments de calme de Savonarole pour relâcher l'encerclement. Vous croyez à la nécessité de réformer l'Église ?

– Pour quoi faire ?

– Vous ne préféreriez pas une Église fondée sur la Vertu ?

– Pour moi, Vertu égale Raison, messire Remulins. L'Église peut-elle être fondée sur la Raison ? Je ne me mêle pas de questions théologiques. Alexandre VI fait ce que je crois inévitable, ni bon ni mauvais, inévitable. Tout pape intelligent ayant le sens de l'Histoire ferait de même. Savonarole est en dehors de l'Histoire, et si ses thèses rédemptoristes triomphaient, l'obscurantisme le plus fanatique s'abattrait sur nous tous. La corruption est plus tolérable que le fanatisme.

– Faut-il choisir entre obscurantisme et corruption ? Ce choix est-il inévitable ?

Surpris, Machiavel retient la marche de Remulins en le prenant par le bras.

– Vous hésitez ! Vous, l'instrument de la politique d'Alexandre, vous ne croyez pas en ce que vous faites ! Au fond de vous-même, vous *comprenez* Savonarole !

Remulins parvient à poursuivre sa marche et laisse derrière lui un Machiavel stupéfait, qui finit par rejoindre à grandes enjambées le délégué pontifical et à rester à sa hauteur.

– J'insiste. Est-il vrai que c'est vous qui avez suggéré l'épreuve du feu ?

Remulins ferme les yeux, son menton tremble, il serre

les poings. Et, en proie à une profonde émotion, il répond :

– Non.

*

Alexandre VI est satisfait et brandit une liasse de documents pour justifier sa bonne humeur.

– J'ai là le texte des banquiers qui demandent à la Seigneurie de Florence de protéger leur commerce des effets des prédications de Savonarole. Quand on touche à la bourse des Florentins, il n'y a plus de prophète Isaïe qui vaille. Ou bien notre cher Savonarole en est-il déjà à Ezéchiel ? N'es-tu pas d'accord avec moi, Remulins ?

Le conseiller acquiesce d'un air légèrement écœuré qui n'échappe pas au pape.

– Quelque chose ne va pas ?

– Si. Tout va comme prévu. Notre moine n'a pas accepté l'interdiction de prêcher, il l'a violée, là-dessus tu l'as excommunié et il a réagi en désobéissant, en proclamant sa vérité, en administrant l'eucharistie. Il n'avait pas d'autre issue. Maintenant, on pourra former un tribunal ecclésiastique, si la Seigneurie de Florence ne lui règle pas son compte avant. Mais cette épreuve du feu n'est pas ce qu'il nous faut. Elle a été proposée, sur le mode prophétique, par un prédicateur inspiré par les *arrabbiati*, le parti des Florentins opposés à Savonarole.

– Cette épreuve ne nous sert pas ?

– Elle est rétrograde. Elle sera un motif de dérision dans la bouche des humanistes. C'était un piège. Un prédicateur franciscain a déclaré qu'il était prêt à marcher sur des braises pour démontrer que Savonarole est un imposteur, et Savonarole n'a pas eu d'autre solution que d'accepter le défi.

– Pauvre diable ! Son sort est scellé, et le moment va venir où c'est la société florentine elle-même qui se chargera du reste. Mais tu as raison. Nous ne pouvons faire renaître les autodafés, les preuves de Dieu. Tout cet obscurantisme ne doit pas revenir. Même si je pense qu'il y a une autre raison, plus pratique, pour nous opposer à la preuve de Dieu.

– Quelle est cette raison ?

– Imagine qu'il sorte vainqueur de l'épreuve. Qu'aura-t-elle démontré aux yeux de la populace ? Que Savonarole a raison et que ceux qui l'ont excommunié ont tort.

– Dans ce cas, que faisons-nous ?

– Demande à la Seigneurie de Florence de nous livrer Savonarole pour qu'il soit soumis à un procès ecclésiastique, ici, à Rome. Ta position de juriste, de conseiller du gouvernement de Rome justifie une telle démarche.

– Nous n'avons pas parlé de la fin de cette histoire. Savonarole doit-il mourir ?

– S'il se rend, on peut être magnanime avec un ennemi vaincu. Mais le mieux est de laisser la décision aux Florentins et à Savonarole lui-même. Il faut suivre les événements de près. C'est tout. Savonarole a cessé d'être un danger. Tu as fait du bon travail, Remulins. Maintenant, je vais rejoindre César.

C'est une invitation à clore l'entretien, et Remulins sort de la pièce pensif, il ne voit pas César qui le salue, mais, une fois dans le couloir, il ne peut manquer de se heurter à Burchard et à Michel-Ange qui sortent d'une conversation secrète, et le chef du protocole insiste pour que l'artiste aborde le juriste. Michel-Ange presse le pas pour rejoindre Remulins et doit poser une main sur son bras pour que celui-ci lui prête attention.

– J'aimerais que vous m'accordiez un moment. Juste un moment.

– Ce n'est jamais perdre son temps que de parler avec Michel-Ange Buonarroti.

– Mais je voudrais que nous parlions dans un endroit plus tranquille.

Remulins se laisse mener dans l'atelier où travaille Michel-Ange, occupé par des disciples affairés que le peintre congédie d'un simple claquement des paumes. Une fois seuls, l'artiste s'assure que les portes sont bien fermées et aborde Remulins.

– Je parle à la personne qui est la mieux informée de ce qui se passe à Florence, et je voudrais vous exprimer mon inquiétude pour le sort de frère Girolamo Savonarole.

Remulins observe l'expression angoissée de Buonarroti, mais il ne répond pas et le laisse, après un silence, poursuivre ses explications.

– Lorsque frère Girolamo a commencé à prêcher, j'étais à Florence au service des Médicis, et c'est bien souvent qu'il s'est adressé expressément aux artistes, humanistes, écrivains, Botticelli, Della Robbia, Pic de la Mirandole, moi-même, et il nous a beaucoup impressionnés.

Remulins écoute, mais en même temps il distrait mécaniquement son corps et ses mains en parcourant dessins et ébauches.

– Frère Girolamo nous a transmis toute sa spiritualité, et chacun de nous l'a accueillie de façon différente. Chacun de nous a assumé son message selon ses propres préoccupations.

– Botticelli a changé le sens de son œuvre et a cessé de peindre ses maîtresses et celles des autres dans des sujets clairement païens. Mais je ne vois pas dans vos propres œuvres, Michel-Ange, le même effet de la spiritualité.

– La peinture est fille de la peinture, Remulins, non de la spiritualité. Ma peinture, ce sont Masaccio et Léonard qui l'éclairent, oui, même Léonard, cet insupportable bâtard. Savonarole ne peut influencer la peinture. Mais en revanche j'ai été impressionné par ce que le frère disait de la relation entre spiritualité et société, sur la pauvreté par exemple, sur la simplicité de la vie chrétienne. Cet homme est un innocent, Remulins.

Remulins sort un moment de son absence.

– Un innocent n'est pas toujours innocent.

Michel-Ange ne semble pas comprendre.

– Il arrive que l'innocence la plus angélique puisse provoquer le chaos.

– Le désordre ?

– Le désordre.

– Faut-il toujours refuser le désordre ? Peut-on transformer la vie, peut-on espérer, sans désordre ? Je pars du sens de l'ordre pictural que m'ont laissé mes maîtres, mais j'introduis le désordre dans cet ordre, et c'est ainsi que se sont développés les arts, dans notre siècle en quête de l'Age d'Or gréco-latin perdu.

– Il n'y a pas d'âges d'or, Michel-Ange. Il n'y en a jamais eu.

– Pas même au Paradis ?

Remulins est peut-être déconcerté, mais il est surtout prudent, et ses yeux regardent de tous côtés comme si même les statues et les portraits pouvaient l'entendre.

– C'est Burchard qui vous envoie ?

– J'ai discuté avec Burchard de l'affaire Savonarole, et lui aussi ressent un profond respect pour la finalité qui anime le moine.

– Pourquoi n'a-t-il pas intercédé auprès de sa sainteté ?

– Burchard croit que sa sainteté le prend très au sérieux comme chef du protocole mais pas comme théologien.

– Que demandez-vous pour Savonarole ?

– Raison et pitié.

– Les deux à la fois, c'est trop. Choisissez. Raison ou pitié.

– Pitié.

– J'éprouve pour Savonarole autant de pitié que vous pouvez en éprouver vous-même, mais la pitié ne suffit pas pour que je puisse, pour que je doive le sauver.

– Alors je vous demande d'appliquer la raison : que gagne-t-on à liquider Savonarole ?

Remulins sourit tristement.

– Je crois que votre demande arrive trop tard. Désormais, il faudrait la formuler ainsi : que perd-on à condamner Savonarole ?

*

– De quoi t'a parlé Remulins ? De Savonarole ? Tu continues d'être obsédé par l'histoire de Savonarole ? Tu vois donc tant de danger dans ce moine halluciné ? Cela me paraît absurde. Il affaiblit les Florentins et cela nous arrange plutôt.

– Il réclame un concile pour réformer l'Église et me déposer.

– Vous allez détruire un fantôme et, du coup, vous le rendrez éternel. Même le roi de France ne s'occupe plus de Savonarole. Il est évident que nous devons revoir notre position antifrançaise. Cette Sainte Ligue contre les Français pouvait sembler de notre intérêt, mais elle ne l'est pas.

– Sainte ? Qui lui donne cette sainteté ?

Alexandre a posé la question à César tout en étant sûr de connaître déjà la réponse. Le ton de César n'est pas celui d'une simple conversation, il est comminatoire. C'est à toi, à toi, de voir ce qu'est cette Sainte Ligue. Sainte ! Vois qui sont tes alliés contre la France. Les rois d'Espagne, Ludovic le More dans le Milanais, la République de Venise, l'empereur Maximilien d'Autriche.

– Sa sainteté, c'est évidemment toi qui la fais. Et les troupes ?

– Naturellement, ce sont eux qui fournissent les troupes, mais depuis l'expérience de l'invasion de Charles VIII je me méfie de Venise comme de Milan, et les embrassades des rois d'Espagne sont comme celles de l'ours. Ils empêchent notre famille de s'étendre vers Naples, alors que nous y avons tant travaillé. Le mariage de Jofré avec

Sancha. Maintenant celui de Lucrèce avec Alphonse de Bisceglia. Tu persistes dans ton projet d'abandonner le cardinalat ?

– Je persiste. Après la mort de Joan tu n'as pas besoin d'un fils cardinal. Tu as besoin d'un fils soldat.

Le cerveau dynastique d'Alexandre VI s'est mis en marche et l'aide à regarder son fils avec d'autres yeux.

– Si tu abandonnais le cardinalat, on pourrait penser à te faire épouser une princesse napolitaine. On m'a parlé de Charlotte d'Aragon.

– Au préalable, nous avons un problème à résoudre.

Le pape ne voit pas quel est ce problème et prend à témoin l'impassible Burchard de ce que, pour lui, il n'y a aucun problème à résoudre au préalable.

– Tu veux parler de ton titre de cardinal de Valence ? Ou peut-être des manifestations hystériques de María Enríquez qui exige le corps de Joan et répand des ignominies sur les Borgia à travers l'ambassadeur espagnol ?

– Je veux parler de Lucrèce.

Burchard prétexte une affaire urgente pour se retirer, mais César, d'un geste, lui ordonne de rester, sans tenir compte de l'assentiment d'Alexandre. César marche à grandes enjambées vers la porte et livre passage à quelqu'un qui attendait derrière, un jeune homme qui se découvre devant le pape et met genou à terre.

– Pere, Pere Caldes, si je ne me trompe. Que fais-tu ici ? Je t'avais donné l'ordre de ne pas quitter Lucrèce d'un pas.

– J'obéis aux ordres de César. Il m'a commandé de venir.

Le Valentinois tourne autour du trio que forment Pere agenouillé, Burchard, Alexandre silencieux et plus soucieux de comprendre la situation que de continuer son propos.

– César, peut-on savoir ce qui se passe ou ce qui va se passer ? Que diable fait Pere ici ? Il devrait être en train de veiller sur ta sœur.

– Tu l'as dit. Il devrait être en train de veiller sur ma sœur. De jouer avec elle à la poule aveugle. Pas vrai, Burchard ? Est-ce qu'on n'a pas vu Pere jouer à la poule aveugle avec les dames ? Tu t'appelles Pere ou Perotto ?

– Les Valenciens et les Catalans m'appellent Pere, et ceux d'ici Perotto.

– Perotto te va mieux. Tu as une tête à t'appeler Perotto, pas Pere. En tout cas, puisque tu veilles si bien sur ma sœur, tu vas pouvoir donner quelques explications à sa sainteté et à moi-même, cardinal de Valence.

César observe un silence calculé, puis s'approche de Pere toujours agenouillé pour lui poser la question :

– Pourras-tu nous expliquer comment Lucrèce est tombée enceinte, et de qui ?

Pere a baissé la tête et sa pomme d'Adam monte et descend follement comme si elle voulait s'échapper de sa gorge, tandis que César expose ses déductions. Burchard baisse les yeux, scandalisé, et Alexandre reste bouche bée.

– Comment elle est tombée enceinte, on peut le déduire facilement. Qui l'a engrossée est plus difficile à trouver. Du point de vue légal, si l'on s'en tient à la sentence de doctes ecclésiastiques et juristes, son ancien mari Giovanni Sforza n'a pas daigné faire usage de son droit conjugal, pas plus qu'il n'a accepté de prouver en public qu'il n'est pas impuissant, comme le lui avaient demandé sa sainteté et son oncle lui-même, Ludovic le More. Ou bien la semence de Giovanni Sforza circule avec la lenteur d'un escargot malade par les chemins secrets qui mènent à la fertilité, ou bien Giovanni Sforza ne peut pas, vraiment pas, être le père.

– Moi…

– Toi ?

– Je voudrais expliquer que dans la situation…

– Tu veux nous expliquer que c'est toi le père…

Alexandre passe de la stupeur à l'incrédulité et éloigne

le soupçon d'un geste large, sans que Burchard se risque à relever la tête.

– Allons, César, ne tire pas de conclusions stupides.

– Si Pere, *Perotto*, n'est pas l'heureux papa, il faut en déduire soit que nous sommes devant un cas d'immaculée conception qui relève de la sorcellerie, soit que ma sœur est une prostituée prête à mettre dans son lit tout ce qui frappe à la porte du couvent des dominicaines.

Pere s'est relevé, dans une attitude de défi, et il affronte César tous crocs dehors.

– Je ne tolère pas que l'on insulte ma dame ainsi. C'est moi le responsable de tout.

– Votre sainteté a entendu ?

Sa sainteté a entendu et s'écroule sur le siège pontifical, pendant que César s'approche de Perotto et lui parle presque bouche contre bouche, en l'obligeant à reculer devant l'avance de son corps.

– Des nations entières spéculent sur l'identité du prochain mari de Lucrèce. Ce sera Alphonse de Naples, Perotto, pour ton information. Des raisons d'État et de sécurité sont en jeu, qui affectent Italiens, Français, Espagnols, Autrichiens, et toi tu joues à la poule aveugle avec ma sœur, et pfuit ! un bébé. Fruit de l'amour. Je suppose.

– Il n'y a rien eu d'autre que de l'amour. Un amour partagé.

César semble ému et passe une main dans les cheveux de Perotto.

– Quel heureux homme tu as été. Un amour partagé. Amour et solitude. Solitude et amour. La solitude de Lucrèce Borgia et l'amour de Pere Caldes.

Dans l'autre main de César, maintenant furieux, brille une dague, et aussi rapidement qu'elle est apparue, la dague s'enfonce dans le cou de Perotto, mais, en détournant la tête, l'homme a réussi à éviter la mort et ne reçoit qu'une profonde blessure. Le blessé a la force de parcourir la distance qui le sépare du siège de Pierre et de tomber à genoux devant le pape debout, dont les mains n'ont pas le courage suffisant pour faire ce qu'elles devraient faire, et qui doit essuyer les éclaboussures de sang qui ont atteint son visage, tandis que monte de sa gorge un cri qui expulse César de la salle.

– César !

Pendant ce temps, Burchard essaye d'étancher le sang du blessé, les yeux aussi impavides qu'est dur le geste par lequel il applique un mouchoir sur la plaie avec une cruauté purificatrice, sans se soucier des hurlements de Perotto.

*

Savonarole prie dans la pénombre, le visage seul éclairé par le rai de lumière des élus qui tombe de la lucarne, les yeux pleins des larmes d'une folle angoisse. Il prie en silence, un silence qui est vite rompu par l'irruption autour de lui des cris de la foule qui manifeste à l'extérieur du couvent.

– Imposteur !

– Tu es le fléau de Florence !

– La ruine de Florence !

Il entend les cris qui envahissent ses oreilles, assiègent son esprit, il essaye de les comprendre, mais la logique des mots lui échappe.

Entre un moine bouleversé.

– Frère Girolamo. Il n'est pas prudent de sortir maintenant.

– Ils ont déjà dû allumer les feux et il y aura bientôt des braises.

– Le couvent est entouré de groupes menaçants.

– Qui sont-ils ?

– Les commerçants ont mobilisé la plèbe et d'anciens forçats comme agitateurs. Ils vous accusent d'être la cause du blocus économique de la ville, de la ruine de Florence.

D'entre les manifestants jaillit un homme important qui monte sur une borne de la place et proclame :

– Savonarole nous a ruinés ! Il faut revenir aux temps où le talent de nos banquiers faisait de Florence la capitale de la splendeur et de l'humanisme. Ceux qui ont été trompés par Savonarole doivent s'unir contre lui avec ceux qui l'ont toujours combattu, afin que Florence redevienne un empire financier !

Hurlements d'enthousiasme. Savonarole a écouté le discours en se mettant derrière une fenêtre protégée par une jalousie, et les ténèbres extérieures et intérieures se mêlent sur son visage.

– Finalement, ce seront les commerçants qui me chasseront, et non le pape. Y a-t-il une réponse du roi de France ? Il refuse la convocation d'un concile ?

Les moines qui l'entourent se regardent entre eux, et l'un d'eux réplique :

– Nous lui avons envoyé un messager, et il n'a pas obtenu de réponse. On dit que Charles VIII est très malade.

– Il faudra affronter l'épreuve des charbons ardents, si nos ennemis insistent et donnent l'exemple.

Savonarole se déchausse et contemple ses pieds.

– Mes pauvres pieds.

Mais il refuse de s'apitoyer davantage sur lui-même.

– Inutile de souffrir avant la vraie souffrance.

Un jeune moine se jette à ses pieds et les caresse amoureusement.

– Dieu ne permettra pas que ces pieds s'embrasent. Dieu ne permettra pas sa propre défaite.

– Dieu a permis sa propre défaite au Sinaï, mais il a transformé cette défaite en victoire de la Résurrection.

Savonarole l'invite à se relever et retourne regarder ce qui se passe au-dehors à travers le grillage de la jalousie.

L'orateur a formé un petit groupe de patriciens qui le félicitent pour ce qu'il a dit.

– On m'a raconté l'humiliation qu'a subie ta femme l'autre jour, par la bouche de cet illuminé. Tout Florence a fait sienne cette offense.

– Je vous remercie, mais ce n'est pas le ressentiment qui m'a poussé à parler, c'est l'angoisse de tous les Florentins devant la ruine qui nous menace.

– Que pouvons-nous faire, Bentivoglio ?

– Que pouvons-nous faire ? C'est à moi que vous le demandez ? N'êtes-vous pas les responsables de la Seigneurie de Florence ?

Bentivoglio a lancé un regard ironique à ceux qui l'entourent et s'adresse particulièrement à plusieurs d'entre eux.

– Canigiani, Giugni, Canacci, n'êtes-vous pas les principaux adversaires de Savonarole ? Les *arrabbiati* n'ont-ils pas désormais la majorité dans le gouvernement de la cité ? Cet illuminé a porté au-delà du supportable cet esprit de réforme qui, dans un premier temps, nous avait tous attirés. Les changements excessifs sont toujours annonciateurs de catastrophes.

– Nous devons nous libérer de Savonarole.

– Dans ce cas, mettons-le en prison.

– Nous ne pouvons pas créer un martyr.

– Il a administré l'eucharistie alors qu'il était excommunié. C'est au pape de le mettre derrière les barreaux. Ne nous a-t-il pas demandé de l'envoyer à Rome ?

– Allons-nous nous transformer en instrument du Vatican ? Veux-tu que cela soit utilisé contre nous par les partisans de Savonarole ? Rendons-nous à la Seigneurie et débattons de la situation !

Ces messieurs ne se font pas prier et quittent en toute hâte les abords du couvent pour gagner la salle de réunion du gouvernement de Florence, où Canacci prend la parole.

– Nous savons que Savonarole a cessé d'être un problème, et pourtant il continue d'en être un. Plus tôt nous le mettrons hors du jeu, plus vite nous pourrons nous occuper des problèmes réels de la cité.

– La guerre et l'argent.

– C'est une simplification, Canigiani.

– C'est la réalité. Tant qu'il n'aura pas disparu de nos vies et de notre ville, Savonarole sera un facteur de trouble. Nous devons récupérer la maîtrise des événements, et l'initiative politique et économique.

Les trois principales figures de la polémique ont réussi à faire en sorte qu'elle se généralise et que les membres de la Seigneurie interviennent avec de plus en plus d'assurance.

– Il s'est tendu un guet-apens à lui-même, avec l'épreuve du feu.

– Ce n'est pas forcément un guet-apens. Il peut l'éluder si ses ennemis, ceux qui l'ont proposé, l'éludent.

– Nous devons rédiger une décision par laquelle, épreuve ou pas épreuve, Savonarole doit perdre et être expulsé de Florence.

– S'il est expulsé, il pourra revenir.

– Que faire de lui ?

– Faisons-lui un procès.

– Qu'il confesse qu'il a été un faux prophète. Il faut qu'il cesse d'être un héros pour la populace.

Les portes du couvent de San Marco se sont ouvertes et Savonarole prend la tête d'une procession de moines qui le suivent jusqu'au lieu de l'épreuve du feu. Ils débouchent sur la place où attendent déjà la partie adverse et les membres les plus distingués de la Seigneurie, toutes les issues fermées par des madriers. Les hommes d'armes étouffent les flammes et dessinent un couloir de braises qui font briller les yeux de Savonarole quand il proclame :

– Me voici ! J'entrerai dans le feu pour Ta plus grande Gloire, Seigneur !

Moines adversaires et partisans de Savonarole contemplent le tapis de feu et s'invitent mutuellement à commencer l'épreuve. Mais Savonarole est catégorique.

– C'est à ceux qui ont provoqué cette situation de commencer.

Canigiani s'adresse aux franciscains.

– Où sont Rondinelli et Francesco d'Apulia ?

– Ils refusent de venir parce qu'ils disent que Savonarole va jeter un charme sur eux et que l'on peut déjà voir que leurs vêtements sont ensorcelés.

– Qu'ils changent de vêtements.

– Ils disent aussi que le crucifix est également ensorcelé.

– Que l'on change le crucifix !

On s'occupe de changer le crucifix, mais les ennemis de Savonarole ne se montrent pas pour autant. Canigiani et ses compagnons de la Seigneurie laissent passer les heures, et, à mesure que le temps coule, Savonarole se sent de plus en plus sûr de lui. Finalement, Canigiani s'adresse à lui.

– Frère Girolamo, si votre confiance en Dieu est si grande, pourquoi ne passez-vous pas l'épreuve ? Il s'agit de démontrer que vous êtes un véritable prophète.

– Vous voulez me tenter comme le Diable a tenté Jésus-Christ. Ce serait répondre à une provocation dont je ne suis pas responsable.

Les moines qui ont convoqué l'épreuve n'émettent que des refus, les responsables de la Seigneurie parlementent à voix basse, et Canigiani finit par déclarer :

– L'épreuve est suspendue !

Il a commencé à pleuvoir et l'eau, en atténuant le rougeoiement des braises, augmente l'irritation de la foule frustrée. Les membres de la Seigneurie se sont dispersés dans l'assistance et incitent un groupe d'agitateurs à donner un cours nouveau aux événements. L'un d'eux lance un premier cri.

– Imposteur ! Il a annoncé qu'il marcherait sur les

flammes et il fuit avec la queue de Belzébuth entre les jambes !

– Savonarole, imposteur !

Le cri et les insultes se généralisent, tandis que Savonarole tente d'imposer sa voix sans y parvenir et recule, trempé par la pluie, protégeant ses frères de ses bras, avant de passer de la stupéfaction attristée à l'alarme et à la fuite pure et simple qui l'amène à se réfugier dans le couvent des moines, dont les uns barricadent les portes et les autres sortent des armes pour la défense, tandis que Savonarole tombe à genoux, entrant dans un isolement mystique. Dehors, parmi les badauds qui font cercle, Machiavel, transpercé jusqu'aux os, reste à distance respectueuse du couvent et murmure :

– Pauvre prophète inutilement armé.

*

Sur la rive du Tibre les bateliers traînent deux cadavres et, en roulant sur le talus, l'un laisse à découvert la tête désarticulée de Perotto, et l'autre celle d'une fille dont les cheveux épars semblent former des rayons autour de ses yeux vides. Un marinier tourne les corps vers le ciel, et Burchard les examine. Il ne montre aucune émotion durant son inspection.

– Je les connais. Mettez-les dans un entrepôt et vous recevrez des instructions.

Sans se départir de sa gravité, Burchard court informer Alexandre VI de ce qu'il a vu.

– Perotto et Pantalisea. Le garde de Lucrèce et sa femme de chambre.

Le pape pousse un soupir de soulagement, libéré de son angoisse.

– Lui, c'était un chenapan, mais pourquoi elle ?

– Je ne suis pas la personne la mieux placée pour répondre à cette question.

Alexandre VI se plonge dans ses réflexions, et il en sort pour répéter la question, mais cette fois seul à seul avec Corella.

– Pourquoi la femme de chambre de Lucrèce a-t-elle été assassinée ?

Corella hausse les épaules et attend en silence que le pape considère qu'il a donné une réponse suffisante. Alexandre tourne autour de lui et poursuit son manège comme s'il se parlait à voix haute.

– Tu ne tueras point. C'est là un commandement de Dieu qui a une casuistique complexe. Parfois, il faut tuer pour défendre des valeurs supérieures. Il y a des guerres justes, par exemple. Mais pourquoi Pantalisea ?

– A qui s'adresse cette question ?

– Nous te la posons à toi, Miquel de Corella.

– En qualité d'assassin présumé, ou d'universitaire gradué en études humanistes ?

– Tu me plais beaucoup en humaniste, Miquel.

– Votre sainteté a demandé pourquoi Pantalisea ? Et elle n'a pas demandé pourquoi Pere Caldes ? Qui méritait le plus la mort, le garde de Lucrèce ou sa femme de chambre ? Ou ne serait-il pas plus honnête de nous demander ce qu'ils avaient fait pour mériter la mort ?

– En fait, c'est bien ce que je te demande, Miquel.

– Que votre sainteté me permette de faire effectuer une petite promenade à sa question, dans une autre cité, par exemple. Partons en imagination à Florence, où, en ce moment, Savonarole est en prison et subit la torture. Il a été traqué dans son couvent comme une bête nuisible, sans opposer de résistance, bien que quelques-uns de ses moines aient essayé, en particulier le frère allemand Heinrich qui a coupé beaucoup de têtes d'assaillants pendant que Savonarole priait et implorait l'aide divine. Pour l'heure on le soumet à la question, afin qu'il confesse qu'il est un imposteur, et un ennemi du pape et de la chrétienté. Pourquoi ?

– Les corps sociaux doivent se défendre contre leurs destructeurs et la torture a été légitimée intellectuellement par Ulpien dans son définitif *Tractatus de turmentis*.

– Je connais le *Tractatus*, je connais l'alibi. Mais ma question ne reflétait pas mon innocence scandalisée, sainteté, elle concernait la cause politique de l'assassinat ou de la torture. La cause est l'effet. La terreur comme auxiliaire du pouvoir. D'après mes informations, Savonarole, qui est de complexion délicate, est un homme brisé et a perdu l'usage d'un bras. Tout cela pour que le diable sorte de son corps. C'est un service que l'on rend à ce pauvre Savonarole et à ceux qui ont cru en lui. N'est-ce pas ainsi ?

Alexandre étudie l'expression neutre de Corella.

– Je n'ai pas demandé qu'on lui applique la question. J'ai demandé qu'on l'amène à Rome où il aurait reçu sans aucun doute un traitement moins inquisitorial.

– Moins inquisitorial ? Pourquoi ? Votre sainteté a cité Ulpien qui, si ma mémoire ne me trahit pas, dit que la torture n'est rien d'autre que le tourment et la souffrance du corps pour obtenir la vérité. Louable fin que, parfois, n'atteint pas la sérénité de la philosophie. Nous aurions peut-être approché la vérité de beaucoup plus près si Platon, par exemple, au lieu de converser avec Socrate, l'avait torturé !

– C'est un sarcasme.

– C'est un excès d'imagination, sainteté. Effectivement, la torture fait partie de l'*inquisitio specialis*, qui permet d'utiliser tous les moyens possibles pour parvenir à la vérité. Le droit pénal moderne – et votre sainteté est un grand homme de loi – légitime la torture, et ne l'applique pas seulement à des plébéiens et à des mendiants, mais à des gens de qualité. L'ordre établi a besoin d'être défendu.

Mal à l'aise, Alexandre lui signifie, d'un geste, de s'en aller, mais au moment où Corella quitte les lieux, il entend le pape ajouter :

– Je te fais remarquer que tu n'as pas répondu à ma question : pourquoi était-il nécessaire d'assassiner Pere Caldes et Pantalisea ?

– Je crois vous avoir suffisamment répondu, sainteté. Pere Caldes et la malheureuse Pantalisea représentaient le désordre ou sa tolérance. En temps de révolte, il faut être implacable avec les rebelles et leurs complices.

Burchard est resté en retrait et il observe Alexandre qui, dans son trouble, arpente la salle comme s'il craignait que ses limites ne rétrécissent, et parle sans regarder son chef du protocole. Burchard, qui est au courant de la découverte des cadavres ? Les bateliers, sainteté, Miquel de Corella, et votre humble serviteur.

– Il faut que Lucrèce reçoive la nouvelle calmement, sans scandale. La voici qui vient.

Et arrive une Lucrèce enceinte, sereine, blanche, couronnée de roses, qui court dans les bras de son père et prend plaisir à ses caresses, comme une enfant avide d'une tendresse dont elle a été trop longtemps privée. Elle se retrouve assise sur les genoux pontificaux, et Alexandre lui parle en la tenant enlacée pour lui interdire toute tentative de fuite.

– Lucrèce, il fallait que je te parle, de père à fille, avec la sincérité que nous avons toujours eue. Avant toute autre considération, je veux te dire que tu dois attendre avec confiance le fruit de ton ventre, il sera béni par mes mains et traité avec charité.

Lucrèce se serre plus fort contre la poitrine paternelle et des larmes de bonheur coulent sur son visage.

– Cet enfant, en fin de compte, est le fruit de la Providence. Dieu donne et Dieu reprend, il récompense et châtie, Dieu enseigne toujours.

La pédagogie de Dieu agrée à Lucrèce.

– Parfois la pédagogie de Dieu est terrible.

Lucrèce continue d'être d'accord avec le caractère terrible de la pédagogie de Dieu.

– Dans la conception de ce fruit que je touche en ce moment de mes mains, tu es intervenue, toi, mais aussi Pere Caldes et ta femme de chambre Pantalisea qui était au courant de la nature de vos rencontres.

Lucrèce ne sourit plus, elle ne pleure plus, mais elle se laisse complaisamment bercer.

– Dieu a sanctionné cette complicité, Lucrèce.

Les yeux de Lucrèce réfléchissent, mais son corps est toujours tout entier livré à l'amour paternel.

– Le Tibre a rejeté les corps sans vie de Pere et de Pantalisea.

C'est l'horreur qu'expriment maintenant les yeux de la jeune femme, une horreur que son père ne voit pas, tandis qu'il continue à bercer sa fille, mais il veut vérifier l'effet de ses paroles et prend le visage d'une main pour le tourner vers lui et le regarder en face. Du plus neutre des regards, Lucrèce passe à une expression douce et à un commentaire léger.

– Le Tibre a toujours été un danger.

– La mort peut venir de tant de causes !

– Je pense toujours à la mort. Je ne crois pas que je vivrai très longtemps.

– Tais-toi, Lucrèce ! J'entends en moi la maxime latine : *« Vive memor Leti, fugit hora. »* Le temps fuit, c'est vrai, mais on doit laisser la vie, la mort, le temps dans les mains de Dieu. Pense à cette main de Dieu si tu essayes de te demander pourquoi Pere et Pantalisea sont morts.

Lucrèce ferme les yeux en acquiesçant, et son sourire demeure quand son père la libère de son étreinte.

– Et pense au projet de mariage avec Alphonse de Naples. Il doit te plaire autant que te plaît ton amitié avec sa sœur Sancha.

– Il me plaît beaucoup. Il me plaît, murmure la jeune femme qui se retire en souriant doucement.

Et c'est seulement quand elle a franchi la porte que

revient l'horreur dans ses yeux, accompagnée d'un râle d'angoisse, à quoi succède une respiration entrecoupée, qui se calme progressivement pour laisser enfin place à un sourire énigmatique, tandis qu'elle remet de l'ordre dans sa couronne de roses.

*

La couronne d'épines de la Crucifixion domine la salle presque nue, avec en son centre le chevalet qui tend les muscles d'un Savonarole aussi nu que la salle. Sur la peau les traces atroces de la torture, sur le visage le rictus de toutes les douleurs accumulées et dans les yeux la quête de la face du Christ – mais celui-ci ne se soucie que de sa propre crucifixion. Les bourreaux corrigent la tension de la machine, tout en interrogeant du regard les inquisiteurs assis derrière une table, parmi lesquels se trouvent les plus hauts dignitaires de la Seigneurie, mais dominés par l'autorité du notaire Francesco Barone, dit Ceccone. Ceccone est en train de terminer la lecture d'un papier et hoche la tête négativement.

– Nous ne pouvons accepter cette confession. Elle ridiculise la procédure et ne nous donne pas d'arguments pour la condamnation.

– Que faire, alors ?

– Il faut encore une fois lui proposer de signer l'acte que nous avons nous-mêmes rédigé.

Canacci acquiesce, et les bourreaux reçoivent l'ordre de détacher Savonarole. Libéré de ses liens et du chevalet, celui-ci doit être soutenu par quatre hommes pour pouvoir s'asseoir, avec douleur, une douleur qui se transforme en hurlement quand l'un d'eux lui prend brusquement le bras gauche. Ceccone lui tend les feuilles et explique :

– Votre obstination est l'unique cause de vos maux. Vous avez vu ce que vous nous obligez à faire ? Votre déclaration est inacceptable. Celle que nous vous proposons est conforme à la réalité des faits tels qu'on les connaît.

Frère Girolamo la lit péniblement et la refuse. Il contemple gravement Ceccone.

– Tu es Barone, on t'appelle *Ceccone**, connu pour tes escroqueries et tes séjours en prison. Comment peux-tu être le notaire d'une telle infamie ? Quelle qualité morale as-tu pour cela ?

– Vous n'êtes pas en situation de décerner des qualités morales. Signez cet acte et vos tourments seront terminés.

– Non. Et si tu le publies comme si je l'avais signé, avant six mois tu mourras.

– Vos seigneuries ont entendu les menaces.

Leurs seigneuries décrètent d'un simple geste de la main que le moine doit être remis sur le chevalet, et il y retourne en poussant des gémissements qui deviennent des hurlements quand s'enroule la corde qui tend son corps. Sur fond de cris du supplicié, l'assistance délibère.

– Cette situation ne peut se prolonger éternellement. Nous devrions peut-être arriver à un compromis, un texte condamnatoire mais ambigu, que nous pourrions ensuite compléter par des apostilles écrites en marge.

– Je ne vois pas d'issue. Il eût peut-être été plus sensé de le livrer au pape.

– Cela, jamais. Nous lui avons écrit en lui exprimant notre désir d'extirper au plus tôt cette ivraie du bon grain de l'Église et en lui offrant d'envoyer des délégués, Remulins, s'il le veut, pour l'interroger ici. Seulement ici. A Florence. Savonarole doit être détruit ici, et par nous.

Un signe du noble Ceccone suffit pour que la corde du chevalet soit tendue à l'extrême et que Savonarole passe des hurlements à l'évanouissement. On s'assure que le

---

* La pie voleuse.

moine a vraiment perdu connaissance, on le détache et on le traîne jusqu'à sa cellule, où son corps est abandonné au pied du lit. Savonarole sort lentement de l'inconscience et, à grand-peine, parvient à boire l'eau d'une cruche sans pouvoir se servir de son bras invalide, puis passe une main sur son visage tuméfié pour le rafraîchir. Un geôlier entre furtivement, mort de peur, en s'assurant qu'il n'est pas espionné de l'extérieur. Il apporte une chandelle et une écritoire, et dès lors tous les mouvements maladroits, les regards, les inquiétudes de Savonarole seront pour demander au geôlier de lui passer les feuilles, l'encrier, la plume, d'allumer la chandelle dont la lueur révèle chaque grimace de douleur que le moindre geste cause au prisonnier.

– Je joue ma vie, frère Girolamo, je joue ma vie.

– Rien de ce que j'écris ne peut t'être dommageable.

– Avant, je vous haïssais, frère Girolamo, mais je ne peux pas supporter ce qu'ils vous font. C'est peut être juste, mais mes yeux ne peuvent pas résister. Je vous aide comme je peux, mais ils ont peur de ce que vous pouvez dire, écrire.

– Tu n'as rien à craindre. S'ils trouvent mes papiers, je dirai qu'ils sont arrivés par sorcellerie. J'écris une *Règle de la bonne vie*, afin que les générations futures héritent de mes idées.

Le geôlier a tiré de ses poches des onguents et des morceaux de toile fine, et il panse les plaies du moine, mais celui-ci est tellement impatient d'écrire qu'il l'arrête et lui demande de le laisser seul avec les mots. Une fois le geôlier parti, il s'applique dans sa rédaction. A un moment il sourit, comme s'il redevenait heureux, et tout en traçant les mots les uns derrière les autres, il dit à haute voix :

– Si Dieu m'a pris mon esprit, priez pour moi. Je doute de moi-même parce que Dieu ne m'envoie pas ses signes comme jadis. Serais-je un imposteur, ou bien est-il possible, comme disait saint Isidore, que la torture détruise l'esprit ?

Un autre moine aussi torturé que Savonarole est introduit dans la cellule et se précipite pour baiser ses mains et attendre sa bénédiction. Savonarole voit son visage couvert de blessures, ses paupières rongées par les larmes.

– Ils ont fait de toi l'*Ecce homo*, mon pauvre frère Dominique.

– Je n'ai voulu signer aucune condamnation, je n'ai pas voulu reconnaître que j'ai menti. Je peux résister, mais vous, vous êtes très fragile, mon père, et ils sont en train de vous déchiqueter.

– Si tu ne me renies pas, comment pourrai-je me renier moi-même ? Ces gens me haïssent parce qu'ils haïssent la vérité, et ma vérité signifie que cet ordre qui leur a permis d'être riches, puissants et luxurieux, changerait. Je suis seulement disposé à admettre que je me suis trompé dans mes dons prophétiques, que j'ai mal interprété les signes de Dieu, que le Seigneur n'avait nullement confiance en moi.

– N'acceptez même pas cela. Cela leur suffirait pour justifier la condamnation.

– Moi aussi, j'ai une limite. De plus, je doute de moi. Et si c'était vrai ? Si Dieu ne m'avait pas concédé le don de prophétie ?

Savonarole s'est levé, il tombe à genoux, seul paroissien de ce terrible Miserere.

– Malheureux. Abandonné de tous, après avoir offensé le Ciel et la Terre, où aller ? Qui aura pitié de moi ? Je n'ose pas lever les yeux vers le Ciel car j'ai péché contre lui. Sur la Terre, je n'ai aucun refuge et j'y ai été un objet de scandale. Que faire ? Me laisser sombrer dans le désespoir ? Non, en vérité, Dieu est miséricordieux ; mon Sauveur est plein de pitié. C'est à Toi, donc, Seigneur, que je recours, et j'arrive débordant de tristesse et de douleur, car il n'y a que Toi qui sois l'espérance, et c'est en Toi qu'est mon refuge. Mais que Te dire ? Puisque je ne me sens pas le courage de lever les yeux, je laisserai se répandre des paroles de douleur, en implorant Ta miséricorde, et je dirai : *Miserere mei Deus secundam magnam, misericordiam tuam.*

*

Les huit mandataires de la Seigneurie sont réunis autour de Ceccone, et l'acte d'inculpation de Savonarole est au centre de la table et de leurs spéculations.

– Deux procès n'auront pas suffi pour obtenir une déclaration qui prouve suffisamment sa culpabilité.

– Un troisième sera donc nécessaire.

Celui qui vient de parler est un nouveau venu qui concentre sur lui toute l'attention de l'assistance : Remulins va vers les mandataires, traverse leurs rangs et examine l'acte.

– Nous en avons commenté une copie avec sa sainteté, et il n'y a rien dans cet acte qui nous aide pour les fins que nous nous étions proposées.

– Quel est le message de sa sainteté ?

– Ce procès est un scandale et doit se terminer. Ni les déclarations de frère Girolamo, ni celles de ses deux principaux adjoints n'impliquent une culpabilité suffisante. Amenez-le-moi.

Savonarole est traîné entre deux geôliers et, en apercevant Remulins, il s'incline.

– Chancelier, je voudrais que vous transmettiez au Saint-Père le témoignage de mon obéissance.

– Bon principe. Soyez fidèle à cette évidence et déclarez votre culpabilité dans les supercheries que vous avez commises comme faux prophète, et dans vos activités de conspirateur contre l'Église et de calomniateur de sa sainteté, en étroite collaboration avec des personnages aussi malveillants que le cardinal Della Rovere.

– Je ne peux pas avouer ce que je n'ai pas dit ou ce qui ne m'a été dicté que par mon zèle apostolique.

Remulins contemple d'un air morose tous les ravages qu'a subis Savonarole, en particulier ce bras qui pend le long de son corps. Il y a de la pitié dans le regard du chancelier, mais pas dans ses paroles.

– Appliquez-lui de nouveau le chevalet.

Le moine s'effondre et arrache ses vêtements pour exhiber ses lacérations.

– N'ai-je pas été suffisamment tourmenté ? N'est-ce pas une preuve que Dieu m'a empêché de mentir malgré la torture ?

Remulins marque une légère hésitation, mais il insiste et son ordre est exécuté. Pendant qu'on l'étend sur le chevalet et qu'on lui met les courroies, Savonarole proclame d'une voix douce et terrifiée :

– Écoute-moi, mon Dieu. Toi qui T'es emparé de moi…

Il ne peut poursuivre car le chevalet le désarticule, et aux paroles succèdent les hurlements que Remulins entend les yeux fermés, les mâchoires serrées, qu'il entrouvre pour dire :

– Plus fort ! Plus fort ! Par Dieu ! Qu'on en finisse !

Savonarole est vaincu. Il gémit. Il crie :

– J'avoue que j'ai renié le Christ ! J'avoue que j'ai menti !

On arrête l'action du chevalet. Ceccone accourt, les feuilles dans une main, la plume dans l'autre. Remulins le retient avec énergie et donne l'ordre d'un geste que l'on détache le moine en pleurs, l'esprit perdu. On l'assied à la table et on met devant lui les papiers qui détaillent ses fautes. Il lance un regard pénétrant et misérable à Remulins, que celui-ci soutient, et, finalement, il signe. On entend un soupir de soulagement général tandis que Savonarole est emporté évanoui, et on lit du respect dans les yeux des hommes qui entourent un Remulins silencieux.

– Maintenant qu'il a reconnu sa culpabilité, qu'allons-nous faire ?

Remulins revient à l'instant présent et sort de son silence.

– La seule consigne que j'ai reçue est la suivante : ce sont les seigneurs de Florence qui doivent décider. Messieurs !

Après ce salut, Remulins quitte la salle, et les membres de l'assistance confrontent leurs mutuelles perplexités sans oser parler, jusqu'à ce que l'un d'eux propose timidement :

– La mort ?

Le visage d'Agnolo Niccolini exprime la répugnance :

– Il est déjà détruit. Enfermons-le à vie et laissons-le écrire ses fantaisies. Je suis sûr qu'il pourra écrire de belles œuvres en hommage à Dieu.

Ceccone s'y oppose hystériquement :

– Après tout le mal que nous nous sommes donné ? Seul un homme mort cesse d'être une menace.

Un autre mandataire approuve :

– Notre intention était qu'il ne sorte pas vivant, et pour que cela n'apparaisse pas comme une vengeance personnelle, il doit être accompagné des frères Dominique et Sylvestre. Qu'importe un moine de plus ou de moins ?

Remulins marche dans la rue. Il transpire, et l'angoisse qui remplit sa poitrine éclate en râles dans sa gorge. Machiavel, qui l'attendait, vient à sa rencontre.

– Alors ?

– Condamné.

Remulins ne s'arrête pas à la hauteur de Machiavel. Il poursuit son chemin sans tenir compte de Nicolas, mais déjà les cloches répandent le message d'allégresse qui monte dans le ciel de Florence.

*

Dans ce même ciel, quelques jours plus tard, sonnent les cloches qui annoncent la mort. Savonarole, vêtu d'une tunique blanche, dit adieu à son geôlier et lui remet un manuscrit.

– Prends la *Règle de la bonne vie*. Les hommes de l'avenir en feront meilleur usage que ceux du présent.

Le geôlier, bouleversé, accepte le manuscrit, mais déjà Savonarole est dans la file des prisonniers, avec ses deux frères de congrégation. Sur la place de la Seigneurie arrivent trois âmes blanches, en présence des huit mandataires, des évêques et des cardinaux, de Remulins qui siège à part, tandis que les yeux de Savonarole s'attardent sur les instruments de son exécution. Les croix de bois. Les fagots amoncelés pour le bûcher. Un évêque s'avance vers la victime et proclame :

– Par mandat spécial du Saint-Père, je te retranche de l'Église militante et triomphante.

Il y a de la sérénité dans la voix de Savonarole quand il répond :

– De l'Église militante, soit. De l'autre, tu ne peux répondre.

L'inquisiteur corrige ses paroles :

– Je te retranche de l'Église militante.

Les frères passent devant les juges ecclésiastiques et s'arrêtent devant Remulins.

– Justice va être faite. Au nom de Notre-Seigneur, il a plu à sa sainteté de vous libérer des peines du Purgatoire en vous accordant l'indulgence plénière pour vos péchés et en vous rendant à l'innocence originelle. L'acceptez-vous ?

Savonarole accepte, suivi de Dominique et de Sylvestre. Ils passent ensuite devant le tribunal civil, et Ceccone proclame :

– Connaissance prise et examen fait de vos crimes infâmes, nous vous condamnons à être pendus. Après quoi, vos corps seront brûlés.

Ils parcourent la dernière distance qui les sépare de l'échafaud, insultés par la plèbe, tandis que, d'en bas, les gamins déchiquettent le plancher de l'estrade pour blesser la plante de leurs pieds nus. Machiavel contemple le spectacle avec gravité, mais il n'est pas ému, c'est comme s'il assistait à un épisode inévitable de l'Histoire. Sous les yeux de Savonarole en prière se déroulent les exécutions successives de frère Dominique et de frère Sylvestre, et quand vient son tour il livre son cou à la corde et à la fureur du bourreau. Le bûcher brûle et, dans ses flammes immenses, les trois corps. Le bourreau essuie sa sueur et contemple son œuvre avec satisfaction, agréablement surpris quand le jeune Machiavel fait l'éloge de son travail.

– Magnifique exécution, maître.

– Vous l'avez remarqué ? Il y a une grande différence entre faire bien ce travail et le faire mal. Il ne reste plus maintenant qu'à jeter les cendres de ces ordures dans l'Arno.

– J'ai observé que, tout de suite après avoir pendu Savonarole, vous avez décroché son corps pour le lancer dans les flammes. Remarquable célérité.

Le bourreau éclate de rire.

– Vous êtes bon observateur ! Je me suis dit : mets-le dans les flammes au cas où il conserverait un souffle de vie, comme ça il sentira déjà la chaleur de l'Enfer.

Les rires du bourreau montent vers le ciel, où résonnent à nouveau les cloches de gloire.

*

Burchard agenouillé, en pleurs, un chapelet à la main, invoque Dieu :

– Accueille en ton sein le frère Girolamo Savonarole, qui fut plus saint que pécheur et pardonne à ceux qui l'ont détruit car ils ne savaient pas ce qu'ils faisaient.

L'émotion de Burchard est si forte qu'il finit par éclater en sanglots. Il les réprime immédiatement, recouvre sa respiration, se passe les mains sur la figure et exhale sa peine contenue. Il redevient le Burchard impassible qui sait se maîtriser, et il se relève, guettant les pas et les bruits des hallebardiers qui lui confirmeront l'arrivée d'Alexandre VI. Le pape entre, sourcils froncés, et son chef de protocole reprend clairement conscience de ses devoirs.

– Je suis bien heureux de te trouver ici, Burchard. J'ai une tâche précise à te confier. Nous allons avoir un mariage.

Comme Burchard se contente d'acquiescer, Alexandre lui demande :

– Cela ne t'intéresse pas de savoir qui se marie ?

– Sans doute, sainteté, mais à l'évidence tout indique que l'épousée sera madame Lucrèce et l'heureux mari le duc de Bisceglia, Alphonse d'Aragon.

– Tu es bien informé. Et je voudrais t'expliquer le caractère que doivent avoir ces noces. Je ne les vois pas comme un événement fastueux à la manière du mariage précédent avec Giovanni de Pesaro. Il faudrait adopter une certaine discrétion, sans pour autant que nous paraissions vouloir rien cacher.

– Si votre sainteté me permet, j'ai déjà réfléchi à la façon dont on pourrait célébrer cet hymen. Je le vois comme une noce intime, en famille, en tenant compte du caractère affectueux et réservé que l'on prête au jeune prince. Les Borgia qui vivent au Vatican, les cardinaux Borgia et Llopis, l'évêque Joan Marrades.

– Ajoute Ascanio Sforza.

– Le cardinal n'est pas de la famille.

– Mais c'est un allié des Napolitains, et il appréciera

d'être invité. Je compenserai ultérieurement cette austérité initiale, à laquelle je souscris, par un splendide banquet nuptial. Que t'en semble ?

– Très raisonnable, sainteté.

– C'est donc entendu. A toi de jouer, Burchard.

Burchard s'incline en signe d'acceptation et de départ, mais il est retenu par une dernière question d'Alexandre VI.

– Tu es au courant des événements de Florence ?

– De quoi votre sainteté parle-t-elle ?

– De l'exécution de Savonarole.

– J'en ai entendu parler.

– Qu'en dit-on ?

– Je n'ai pas entendu de commentaires.

– Allons, Burchard. Une nouvelle comme celle-là ne circule pas sans commentaires.

– Je n'ai pas l'habitude de prêter attention aux commentaires, sainteté. Pour revenir à la cérémonie du mariage, que pensez-vous de Joan de Cervelló pour porter l'épée au-dessus de la tête des mariés ?

– Excellente idée !

A peine Burchard parti, le pape va à la porte masquée qui relie ses appartements au salon secret et, quand il entre dans ce dernier, il y trouve Julia Farnèse qui l'attend, raide et revêche.

– Julia ! En te voyant, je retrouve la vue !

– Des mots, rien que des mots.

– Comment peux-tu me parler ainsi ?

– Voilà des semaines que tu ne m'as pas demandé de venir. Et je n'ai pas seulement dû supporter cette humiliation, mais il y a des preuves évidentes qu'il reste peu de chose de notre ancienne affection.

– Des preuves ?

– On dit que d'autres femmes défilent dans le lit du pape.

– La légende.

– On dit que ces relations ont donné des fruits.

– On m'attribue des enfants naturels par douzaines.

– Et puis ma famille a été humiliée. Un Orsini prétendait à la main de Lucrèce et il a été évincé. Francesco Orsini, duc de Gravina.

Alexandre a réussi à prendre la main de Julia, qui continue de ne pas le regarder.

– Tout a une explication, ma méchante colombe. Comment peux-tu supposer que je ne t'aime plus ? Si j'ai fui nos rencontres, c'est à cause de la commotion que j'ai ressentie à la suite de la mort de mon fils. J'ai fait le vœu solennel d'adopter de nouvelles mœurs, mais ma chair est faible, et devant toi, ce sont ma chair et mon esprit qui sont faibles. Je ne pouvais pas non plus soulever un scandale au moment où j'en terminais avec Savonarole. Le malheureux moine m'accusait de lascivité et, tant que durait son procès, la prudence était de mise.

– Je comprends ces raisons, mais pourquoi ce refus du frère de mon mari ? Ce refus de Francesco Orsini comme mari de Lucrèce ?

– Raisons d'État, ma colombe. Je trouvais intéressant le mariage avec un Orsini car il faisait taire les rumeurs sur la participation de la famille de ton mari dans l'assassinat de mon fils, mais tu connais la nécessité de nous lier à Naples.

Julia pleurniche :

– Je me sentais tellement abandonnée !

– C'est moi qui me sens abandonné chaque fois que je te sais dans les bras de ton mari, dans les bras rancuniers de cet estropié qui doit se venger de moi sur toi.

– Mon mari ne m'humilie pas.

– C'est moi qu'il humilie, en ta personne. Je parlerai à Adriana et nous reprendrons nos rendez-vous.

Alexandre tente de parvenir au corps à corps, mais Julia le repousse doucement.

– Non. Pas encore.

– Quand ?

– Très bientôt.

La quasi-fuite de la femme laisse le pape à la fois triste et soulagé, et c'est dans cet état d'esprit qu'il revient dans la salle du trône où César l'attend.

– Je te trouve étrange. Tu as l'air content, mais tu ne l'es pas vraiment.

– Quel est celui qui ne serait pas triste à l'idée de perdre ce que, pourtant, il n'aime plus ?

– Profonde réflexion.

– Des sentiments opposés se bousculent dans mon esprit : le soulagement que me cause la mort de Savonarole et la tristesse que m'inspire le caractère inévitable de sa mort.

– Encore cette histoire ? Encore ce fantôme ? C'est à ce crétin de Savonarole que tu appliques cette délicate observation sur la tristesse de perdre ce que l'on n'aime plus ? Est-ce Savonarole la cause de ta mélancolie, ou faut-il lui chercher d'autres raisons moins spirituelles ?

Le pape va répondre mais l'huissier annonce que l'ambassadeur espagnol attend, et César ébauche sa retraite.

– Reste si tu veux.

– Je ne supporte pas cet imbécile avec ses manières de châtreur de cochons.

– Fais mieux. Cache-toi là-bas derrière, et juge de notre entrevue. Il m'est impossible de m'entendre avec ce vieux bouc.

César se cache, et l'ambassadeur antipathique entre en réduisant au minimum la présentation de ses respects : il se borne à baiser l'anneau papal et à reculer de deux pas pour expédier son message sans autres formalités.

– Je souhaite vous faire savoir au nom de mes maîtres, les rois Isabelle et Ferdinand, qu'une grande consternation règne dans nos royaumes à la suite des événements qui se sont produits dans la ville de Florence avec la participation directe du chancelier Remulins en qualité d'auditeur ecclésiastique du procès contre le frère Girolamo Savonarole.

– Je ne comprends pas cette consternation, monsieur l'ambassadeur, puisque Savonarole était un allié du roi de France et donc un ennemi de leurs Majestés Catholiques.

– Peut-être ai-je employé le mot consternation de façon inadéquate.

– Je le crains.

– Il serait plus adéquat de parler de préoccupation. Il n'y a rien à objecter à l'élimination d'un ennemi politique et d'un intrigant, d'un prophète aux paroles trompeuses. Au contraire. Dans mon pays, cela ferait longtemps qu'on l'aurait expédié cinq pieds sous terre.

– Alors ?

– Leurs Majestés considèrent les événements de Florence comme le signe général de certaines stratégies peu amicales, car elles n'ont pas été tenues informées des intentions de votre sainteté.

– Je n'ai eu d'autre intention que de faire justice, et surtout de la laisser faire par les Florentins.

– Rien de ce qui peut se passer dans la péninsule italienne ne doit rester ignoré du royaume d'Espagne. Et dans le même ordre d'idées, leurs Majestés Catholiques regrettent de ne pas avoir été suffisamment informées de la politique d'alliances matrimoniales du Vatican et du projet de César Borgia d'abandonner le cardinalat pour embrasser la carrière des armes.

– Burchard !

L'appel d'Alexandre VI déconcerte l'ambassadeur, et plus encore quand Burchard pénètre dans la salle.

– Avec tout le respect que je vous dois, sainteté, je ne vois pas ce que vient faire un chef du protocole dans cet échange de points de vue.

– C'est précisément en sa qualité de chef du protocole qu'il va m'aider à vous respecter malgré la colère que je sens monter en moi.

– Surtout que votre sainteté ne se prive pas de se mettre en colère.

– Cela me regarde, et vous pouvez maintenant continuer à débiter le chapelet d'insanités que, paraît-il, vous devez me communiquer. Des insanités telles, que je les crois davantage issues de votre propre imagination que du précieux bon sens du roi Ferdinand d'Aragon.

– Je suis le loyal représentant des directives de mes maîtres, et ce sont les rois d'Espagne qui parlent par ma bouche !

– Et qui se taisent, car l'audience est terminée.

L'ambassadeur ne sait pas s'il doit éclater, mais Burchard lui indique cérémonieusement le chemin de la sortie et l'accompagne, pour laisser réapparaître un César hilare qui imite les manières et les propos de l'ambassadeur.

– « Mes Majestés Catholiques m'ont dit… » Quel veau prétentieux !

– Ferdinand d'Aragon est malin et s'il me lance ce veau dans les jambes, c'est pour me faire parvenir des messages qu'il lui faudrait formuler autrement. Mais ils se défient de nous, et surtout de toi. C'est étrange, César. Pourquoi avons-nous tous, au fond, un peu peur de toi ?

## 6

# Le prince

César contemple son épée. Il parcourt du bout des doigts les inscriptions gravées et les lit pour l'édification de Corella, Llorca, Juanito, Montcada.

– Ici, il y a César Borgia, cardinal de Valence, à côté du bœuf, emblème de la famille. Ici, vous pouvez voir un sacrifice votif. Là, des motifs païens, canéphores et prêtresses aux corps nus, et la devise *Cum Nomine Caesaris Omen*, pour que nul ne doute que je suis guidé par la même passion que le grand Jules César. Un Cupidon aux yeux bandés mais armé, et enfin le passage du Rubicon et la légende *Jacta alea est*.

– *Alea jacta est*. Le sort en est jeté. Tes rêves sont réalisés.

– Pas encore, Miquel.

La porte s'est ouverte et Burchard invite César à le suivre. César remet son épée à Corella.

– Prends, Miquel. Garde-la, il ne faut pas que leurs éminences s'imaginent que je vais leur couper le cou. Elle me servira bientôt à autre chose qu'à faire le beau.

Il passe la porte pour gagner à grandes enjambées un consistoire auquel n'assistent qu'une douzaine de cardinaux sans enthousiasme sous la présidence d'Alexandre VI. A côté du pape, Ascanio Sforza observe d'un œil calculateur la manière dont César s'installe, et tous attendent qu'Alexandre prenne la parole.

– L'urgence dictée par la situation, l'ardente volonté du cardinal de Valence et les circonstances que chacun garde à l'esprit me conseillent d'accepter la proposition du cardinal d'abandonner son rang religieux pour revenir à la vie séculaire et prendre l'épée afin de défendre notre État, de défendre notre Église. Je sollicite les avis de vos éminences révérendissimes pour avaliser sa décision d'abandonner la pourpre. Votes pour et votes contre.

Alexandre ne se donne pas la peine de compter les votes, et d'ailleurs les cardinaux ne se donnent pas la peine de lever le bras : déjà Ascanio s'avance pour étreindre silencieusement César, étreinte répétée par l'assistance clairsemée qui se retire aussitôt, à la suite d'Ascanio. A peine sortis de la salle, les cardinaux essayent d'obtenir des informations de ce dernier qui feint de les distancer en courant.

– Nous diras-tu ce qui se trame, Ascanio ? Quel pacte avez-vous passé, le pape et toi ?

– Tout a obéi au principe héracléien.

– Qu'est-ce qu'Héraclès vient faire dans cette histoire ?

– Héraclite, pas Héraclès, cardinal. Tout est fluide, rien n'est fixe, et les Borgia ont besoin d'un soldat, d'un prince, pas d'un cardinal. Sa sainteté m'a garanti que le nouvel état de César ne signifiera aucune spoliation pour nos familles.

– Il ne manquerait plus que cela.

– Mais s'il se conduit vraiment ainsi, il faudra donner une bonne note au nouveau capitaine du Vatican, car il ne trouvera pas de princesse qui voudra l'épouser, or sa sainteté vise haut : Charlotte d'Aragon, fille du roi de Naples. Tandis qu'en tant que cardinal de Valence, il était bien pourvu économiquement.

– Charlotte d'Aragon, la fille du roi de Naples, l'a refusé en disant qu'elle ne voulait pas être *madame la cardinale*.

– Qui sait, maintenant, si le cardinal ne sera pas Jofré

et si César ne se mettra pas définitivement dans le lit de doña Sancha comme mari et propriétaire de ses possessions napolitaines ? Qui le sait ? Ce qui est sûr, c'est que l'homme est redoutable et que le Tibre vient encore de rendre de nouveaux cadavres. Il suffit que quelqu'un regarde César de travers, et Miquel de Corella fait le reste. Sur les terres qu'ils usurpent, c'est Ramiro de Llorca qui administre les biens et les vassaux, et il est tellement despotique que les gens regrettent Corella, et même César.

Les voix se font chuchotements et les têtes se rapprochent pour entendre des lèvres de Sforza ce que, à quelques pas de là, Alexandre crie haut et fort dans la solitude de la salle où il est resté avec César :

– Depuis l'apparition des corps de Pere Caldes et de Pantalisea, le Tibre n'a pas assez d'eau pour charrier tous les cadavres de nos ennemis politiques. Cela me semble exagéré. Comme m'a semblé exagérée la mort de Perotto et de Pantalisea. Le gardien de ta sœur et sa femme de chambre assassinés, jetés dans le fleuve pieds et mains liés.

– Perotto a bien mal gardé ma sœur, et sa femme de chambre plus mal encore, car elle s'est conduite en maquerelle. Et je n'ai ordonné aucun assassinat. J'ai seulement ordonné à mes hommes de ne pas se laisser assassiner.

– César, lorsque mon frère et moi sommes arrivés à Rome, il fallait se défendre parce que chaque famille avait ses sicaires, et le choix était clair : ou bien on acceptait la même logique, ou bien on était bon pour le Tibre. Aujourd'hui, la situation est différente. Que faut-il faire ? Répondre aux coups de poignard, ou les devancer ?

– Les devancer. Aujourd'hui, nous sommes au centre d'une charge de poudre dont nous ne contrôlons pas la mèche. Mais si nous la contrôlons, la charge de poudre est à nous. Au sud, l'Espagne nous menace, au nord, la France, et probablement l'Autriche. Rien ni personne ne peut s'opposer à la logique des événements. Qu'est-ce qui est le plus cruel, laisser éclater la cruauté insatiable des autres, ou être forts, et, par cette force, imposer un nouvel ordre ? Tu maries discrètement ta fille au prince napolitain, et nous tranquillisons l'Espagne. Je me rends à la cour de France où réside Charlotte d'Aragon qui est dame d'honneur d'Anne de Bretagne, et je prends femme. Tu fais cardinal le conseiller du roi de France, Georges d'Amboise, et tu accordes le divorce au roi pour qu'il puisse se marier avec sa nièce Anne de Bretagne.

– Tu ne crains pas Dieu ? Tu ne crains pas qu'il ne te châtie aussi durement qu'il m'a châtié en m'enlevant Joan ?

– Je ne crois pas au sort, ni même à la chance, bien que j'utilise un astrologue aussi renommé que Lorenz Beheim. Il n'y a pas d'autres mobiles que l'énergie créatrice de l'homme, c'est-à-dire de la raison, et l'évidence de la nécessité. Je ne me mêle pas des affaires de Dieu et j'espère qu'il me rend la pareille. Je lui laisse la liberté de me sauver ou de me damner.

Au sortir de l'audience, l'épée que gardait Corella revient dans les mains de César, et il la lève comme s'il attendait d'elle la révélation de ses énigmes. Mais l'épée reste silencieuse, et l'ombre de l'inquiétude passe sur le visage de César. Une ombre fugace.

– Nous devons arriver en France habillés en princes de contes orientaux. Nous devons leur montrer que nous sommes les plus grands, les plus riches et les plus beaux.

Corella lui désigne sa tonsure.

– Comment dissimuler ta vieille marque de cardinal ?

César et sa suite envahissent les boutiques de tissus, mobilisent les bijoutiers, les orfèvres, les tailleurs, les dessinateurs qui, sur leurs pupitres, tracent non seulement leurs vêtements, mais aussi les harnachements des chevaux. Les artisans s'affairent sous la pression implacable de l'ex-cardinal qui s'est déjà débarrassé de tout signe de sa condition ecclésiastique. Militaires et diplomates essayent leurs habits et assistent à la présentation des modèles pour la parure des chevaux. Tout est presque fini quand, en observant son visage dans le miroir, César change soudain d'expression. Il se rapproche de la glace et découvre que l'éruption de la syphilis y a étendu son ombre.

– Il va falloir retarder le voyage.

Juanito Grasica ne comprend pas la gravité de la chose, car César l'a annoncée sur le ton le plus naturel.

Corella marque sa surprise.

– Le retarder ? Pourquoi ?

César lui montre la tache sur son visage.

– Il faut attendre que l'éruption disparaisse. Il serait impoli d'aller en France avec le mal français sur la figure. Appelle Gaspar Torella, le seul médecin en qui j'ai confiance.

Puis il passe les doigts sur sa couronne de cheveux.

– Mes cheveux mettent du temps à pousser. Charlotte risque de trouver déplaisant de voir ma tonsure quand je m'inclinerai devant elle.

Mais Corella lui tend une perruque.

*

– La papauté est donc si riche que les chevaux du Vatican portent des harnachements d'argent ? Les Borgia ont prospéré. Maintenant, ils habillent même leurs chevaux. Soixante-dix mules chargées de cadeaux et couvertes de satin rouge et or, trente-six pur-sang caparaçonnés d'or et de velours, conduits par des pages portant les mêmes couleurs, des musiciens déguisés en musiciens. Les chevaux avec des étriers d'argent.

Della Rovere contemple le cortège de César et ne

répond pas sur-le-champ à la question de son compagnon, le cardinal d'Amboise. Soudain, il part d'un éclat de rire qui cesse d'être une énigme quand il explique :

– Pour les étriers d'argent, tout ce que je peux vous dire, c'est que c'est une habitude, chez César, d'étonner par son faste, mais ce qui me fait rire, c'est la perruque par laquelle il cache sa tonsure. Il n'a pas laissé au temps le soin de masquer la marque du cardinalat. On peut aussi voir la couche de maquillage qui tente de couvrir les taches du mal français.

Della Rovere descend rapidement les marches pour recevoir César dans le vestibule, l'étreint avec fougue, pour s'écarter ensuite de lui comme s'il tentait de reconnaître son meilleur ami de toujours.

– Tout ce temps, cher ami ! Tout ce temps !

Si César ne laisse pas voir sa surprise, Corella manifeste la sienne et tourne autour du couple dont l'étreinte ressemble à celle du serpent. Mais Giuliano proclame devant les deux cortèges la raison de son enthousiasme.

– Je ne vous cacherai pas que, dans le passé, de graves différends nous ont opposés, César et moi, différends qui m'ont conduit à m'exiler, loin de ma chère Rome, de ma chère Italie. Mais l'Histoire nous a donné également raison à tous deux, et aujourd'hui nous nous retrouvons dans le même camp, sous la bannière du roi de France qui nous offre l'hospitalité. Vive le pape ! Vive le roi !

C'est Della Rovere qui présente César au roi de France. César s'incline respectueusement, mais cela ne suffit pas pour effacer l'étonnement des courtisans qui entourent Louis XII devant la somptuosité de la mise du fils du pape et de sa suite. César salue l'assistance et s'arrête devant Charlotte d'Aragon qui esquive son regard comme s'il pouvait, à lui seul, la blesser ; mais lorsque César, toujours conduit par Della Rovere, doit concentrer son attention sur le roi, elle examine le nouveau venu avec une curiosité ironique, dénuée pourtant d'hostilité.

– C'est avec une double gratitude que je reçois l'envoyé du pape. Parce que le pape m'a accordé la bulle de dispense conjugale qui me permet d'épouser la plus belle dame de la chrétienté ; et parce qu'il a également accordé l'élévation du saint évêque de Rouen, Georges d'Amboise, au rang de cardinal.

Anne de Bretagne, à qui il vient de décerner le titre de plus belle dame de la chrétienté, lui répond par un sourire plein de reconnaissance, tandis que César réplique :

– Sa sainteté dit souvent qu'elle est un chasseur de Dieu, et toutes ses décisions n'ont d'autre finalité que le bien de la chrétienté.

Pendant cet échange de courtoisies, Corella observe le chassé-croisé des regards de César et de Charlotte d'Aragon, sans que la jeune fille quitte sa place près d'Anne de Bretagne. Mais il est évident que la future reine s'amuse de sa gêne et que les deux femmes font des plaisanteries sur César qui, pris en aparté par le roi, le suit vers les jardins.

– Je dois vous exprimer ma reconnaissance pour le titre de duc de Valentinois que vous m'avez octroyé.

– Vous étiez cardinal de Valence en Espagne, vous voici donc duc de Valence en France. Mais parlons du plus urgent. Je ne veux pas juger trop vite, mais je vous préviens que la dame résiste. Ma future épouse l'a sondée, et Charlotte ne se montre guère disposée au mariage. J'ai reçu des missives de plusieurs monarques qui me demandent de ne pas mêler le sang royal de Charlotte à... enfin. Vous connaissez fort bien les légendes qui courent sur votre famille. Demeurez à la cour tout le temps qu'il faudra pour mener à bonne fin le siège de la dame.

César écoute comme s'il recevait les conseils les plus touchants, les plus attentionnés, et se borne à hocher la tête en signe de compréhension quand le roi se risque à rappeler un passé difficile.

– De toute manière, il serait vain de cacher que nous considérons comme une marque, sinon d'hostilité, du moins de méfiance, les tentatives répétées d'apparenter des membres de votre famille aux infants de la Couronne d'Aragon. Mes conseillers interprètent cela comme une alliance implicite avec les futurs intérêts de l'Espagne contre les intérêts de la France.

– Le mariage de Lucrèce et d'Alphonse de Bisceglia n'a pas été vu d'un bon œil ?

– Comment pourrait-il en être autrement ?

– Même ma venue ici ne peut effacer cet effet ? Ne suis-je pas, comme otage consentant et reconnaissant, la preuve de notre respect des intérêts de la France ?

– Nous avons oublié l'insulte sanglante infligée à notre prédécesseur, Charles VIII, durant son expédition en Italie. Je ne veux pas d'un otage, César. Je veux un allié. J'ai besoin d'un chef de guerre qui ait l'âme d'un prince, pour m'aider à faire plier les cités italiennes qui refusent d'accepter le nouveau signe des temps. Que peut faire l'État-cité face à l'État-nation ? Le pouvoir du prince doit être absolu, mon conseiller d'Amboise m'a recommandé de percevoir les impôts sans jamais les négocier. L'État moderne a besoin d'argent, parce qu'il lui faut s'étendre, et de soldats pour y parvenir.

Le roi, toujours suivi d'Amboise et de Della Rovere, quitte César qui, libre, va se faire présenter à Charlotte d'Aragon. Une présentation en peu de mots, perdus dans le brouhaha de l'assistance, Charlotte toujours réfugiée au milieu des autres dames et protégée par la présence imposante d'Anne de Bretagne. Le roi, Amboise et Della Rovere observent les efforts de César.

– C'est une place qu'il ne pourra conquérir.

Della Rovere n'est pas convaincu.

– Il ne faut pas sous-estimer le Valentinois. Si on le laisse agir et parler, la place peut être prise, et le pape offre une dot considérable.

– Je crois que Lucrèce, avant de se marier avec Alphonse de Naples, a eu un enfant de père inconnu, mais l'on dit aussi que le père a été repêché dans le Tibre criblé de coups de poignard, et que l'enfant, soit est parti pour un monde meilleur, soit a été remis à des parents inconnus.

– Vous êtes bien informé, majesté. Après la naissance et l'adoption de l'enfant dont le père de Lucrèce, c'est-à-dire Alexandre VI, s'est chargé lui-même, le pape a organisé pour sa fille un mariage intime, dans l'enceinte du Vatican, avec le duc de Bisceglia. Mariage fertile. Aux dernières nouvelles, Lucrèce est de nouveau enceinte du jeune prince napolitain, bien que l'on dise aussi que l'enfant pourrait être d'Alexandre VI : ainsi Lucrèce parviendrait-elle à être à la fois la fille, la femme et la bru de son père, si l'on en croit ce qu'on lit sur les libelles de la statue de Pasquin. En alliant le lit et la politique, Alexandre VI remporte des succès diplomatiques considérables.

– Il va un peu loin.

– C'est son affaire.

– Oui. C'est son affaire.

*

Alexandre parcourt les couloirs, le visage satisfait, en brandissant une lettre. Il annonce aux soldats, aux clercs et aux fonctionnaires le motif de son contentement pour qu'ils le partagent.

– Une lettre de France !

Il entre dans la pièce où Lucrèce essaye une robe de grossesse avec l'aide de Sancha et de ses suivantes, en présence de son mari ravi et d'un groupe de courtisans, parmi lesquels se dresse le poète Serafino Aquilano pour déclamer un poème qu'il lui a dédié :

*– Ne refusez pas, madame,*
*de donner la main*
*à celui qui vous quitte,*
*ne refusez pas, madame.*
*Un doux regard*
*peut faire échec à la douleur*
*et cette âme triste*
*pour vous soupire toujours.*
*Ne refusez pas, madame…*

Le pape l'interrompt et brandit la lettre pour justifier son enthousiasme :

– Une lettre de France ! Les choses vont à merveille pour César. Il est de nouveau duc de Valence et le roi l'a pris comme conseiller militaire.

– Et ses amours ?

– Sancha, on ne peut tout avoir, mais le fruit tombera de l'arbre quand il sera mûr. Je vais offrir une dot à César comme s'il était une princesse de Samarcande sur le point de se marier avec le Grand Mogol. J'espère que Charlotte de Naples, si elle n'est pas sensible à César, le sera à l'or. Lucrèce, prends soin de cet enfant que tu portes dans le ventre. Et toi, Alphonse, prends soin de ce ventre.

Il serre sa fille dans ses bras, la baise doucement sur les lèvres, la palpe avec une sensualité qui trouble l'assistance, à part Sancha. Il embrasse également sur les joues Alphonse de Bisceglia, sans tenir compte du mouvement de recul du jeune homme. Rodrigo soupire et laisse la petite cour : Alphonse de Naples qu'enlacent tendrement sa sœur, comme pour le protéger, et une Lucrèce amoureuse. Alexandre va retrouver Remulins, en présence de Burchard, et son expression s'est rembrunie tandis qu'il lui tend la lettre et l'invite à la lire. Remulins s'exécute, et le pape attend son verdict en faisant les cent pas.

– On peut la lire de diverses manières.

– Exactement. De diverses manières.

– Il y a motif à certaines illusions.

– Ce que je comprends, c'est qu'à Paris ils sont en train de gagner du temps : Charlotte d'Aragon joue le rôle du lièvre, le chien César court après elle, jusqu'au moment où il sera fatigué et où ils lui présenteront un lapin. César ne peut revenir en Italie les mains vides.

– Il y a un deuxième élément à considérer. J'arrive de Florence et la ville est pleine de rumeurs très insistantes sur une campagne imminente du roi de France en Italie.

– Voilà qui m'éclaire. Pour Louis XII, il est de la plus haute importance que César soit à son côté quand commencera cette campagne. Cela montrera de façon irréfutable que la Sainte Ligue est rompue. Quelle est la situation, à Florence ?

– Après la disparition de Savonarole, la Seigneurie essaye de trouver quelque chose qui enthousiasme la ville. Florence est une ville prostrée. D'abord, elle ne supportait pas les Médicis. Ensuite, Savonarole. Aujourd'hui, elle ne se supporte pas elle-même. Les villes italiennes ne comprennent pas que les temps changent et que seuls Venise et le Vatican sont prêts à résister à la tornade des nouvelles nations hégémoniques. L'utopie de la régénération a disparu avec Savonarole.

– Remulins, je continue à observer chez toi une certaine inclination pour ce prédicateur. Il était notre ennemi.

– Un ennemi trop naïf. Un prophète désarmé, comme l'appelait Nicolas Machiavel.

– Ce Machiavel ne te semble-t-il pas un peu cynique ? Est-ce un autre prophète désarmé ?

– Juste un pessimiste. Un pessimiste actif. Il se méfie de l'instinct de l'homme et de la protection de Dieu. Il ne croit qu'à la raison qui s'allie à la force et, ensuite, aux lois.

– Oublions Savonarole et voyons où en est notre politique d'alliances. Ascanio Sforza est nerveux, car il craint que nous ne brisions la Sainte Ligue et laissions son frère Ludovic le More seul face aux Français. César prétend que nous pouvons nous joindre aux Français sans rompre avec les Espagnols. Comment réaliser cela ?

– Peut-être César a-t-il la réponse.

– J'ai besoin de César. Il voit les choses de ce monde plus clairement que moi. L'ambassadeur espagnol attend, et il va me poser des questions embarrassantes.

– Il faut gagner du temps.

Les yeux du pape acquiescent et Remulins se met en retrait tandis que Burchard introduit l'ambassadeur espagnol. Le diplomate entre d'un pas martial et réduit à presque rien ses gestes de salutation, pour passer tout de suite à son discours agressif :

– Si votre sainteté voulait mettre hors d'elles leurs majestés très catholiques, Isabelle et Ferdinand, elle est parvenue à ses fins.

– J'imagine mal le calme roi Ferdinand hors de lui. Ni son éminence l'archevêque de Tolède, Jiménez de Cisneros, que j'ai chargé de la pieuse réforme des ordres mendiants.

– Inutile de nous perdre en vaines paroles, sainteté. C'est à l'homme d'État que je parle, pas au pape. Le pape, représentant de Dieu sur la Terre, je le respecte. Je suis castillan de vieille souche et j'ai le parler franc.

– *Aequam memento rebus in arduis servare mentem*, dit le grand Horace.

– Le grand Horace pouvait applaudir ou se mettre les doigts dans le nez si cela lui plaisait, mais ce n'est pas le moment de garder l'esprit serein, c'est celui de cesser d'avaler des couleuvres, même si ce sont des couleuvres vaticanes. Telle est l'opinion de leurs Majestés Catholiques…

– Majestés Catholiques, c'est un titre qu'elles portent parce que je le leur ai octroyé…

– Un titre qu'elles portent parce qu'elles l'ont gagné, par Dieu ! Et que votre sainteté ne me coupe pas mon raisonnement, car je suis plus habile à manier l'épée que la langue ! Leurs Majestés Catholiques ne tolèrent pas la politique de rapprochement du Vatican avec le roi de France, politique qui va à l'encontre des accords de la Sainte Ligue et met en danger l'existence du royaume de Naples. Leurs Majestés Catholiques n'admettent pas que du jour au lendemain un membre de la famille de votre sainteté tel que César dit le Valentinois continue d'être de Valence par un tour de passe-passe, en troquant le titre de cardinal en Espagne contre celui de duc en France.

Burchard et Remulins se sont rapprochés pour tenter de contenir, par leur présence, l'irascibilité de l'ambassadeur, mais le pape les arrête d'un geste et déclare, avec toute la majesté qu'il est capable de conserver :

– Partez, monsieur l'ambassadeur, prenez la porte, le successeur de Pierre n'occupe pas ce siège pour supporter les insultes d'un malappris !

– Malappris ou pas, sainteté, nous ne sommes pas ici aux jeux floraux, avec des poètes efféminés qui pincent la lyre et jouent de la clarine. Nous sommes ici pour parler d'affaires d'État, et je représente la première puissance au monde, une puissance qui rend plus de services à la chrétienté qu'un pontificat corrompu et rejeté moralement par toutes les consciences chrétiennes.

– Dehors ! *Fora d'ací! Fora de Roma! Malparit! El dia que vas néixer, la teva mare t'hauria d'haver escanyat** !

– Parlez chrétien, par les clous du Christ ! Représentant de Dieu sur Terre ? Alors il est bien mal représenté, Dieu ! Nous allons convoquer un concile pour rétablir

* – Hors d'ici ! Hors de Rome ! Canaille ! Le jour où tu es né, ta mère aurait dû t'étrangler !

l'ordre chrétien dans cette Babylone. Je pars, mais un jour votre sainteté me suivra, enchaînée dans la cale d'un bateau qui la mènera en Espagne, et nous la mettrons dans le château le plus sombre où son visage disparaîtra à jamais, mais non la sinistre mémoire de ses péchés !

Debout, ivre de rage, le pape poursuit de ses cris la retraite de l'ambassadeur.

– *Malparit ! Pou de merda* !*

L'ambassadeur sort à reculons, continuant à faire face.

– Hérétique ! Antéchrist !

*

Miquel de Corella boit lentement, et hoche la tête :

– Tu es mal parti, César. Cette renarde napolitaine se joue de nous, et son père le roi Frédéric dit partout qu'il ne mariera pas sa fille au bâtard d'un prêtre.

– L'alliance avec le père m'intéresse plus que le mariage avec la fille. Mais il faut lui trouver une remplaçante.

Entre un Louis XII désolé, suivi d'Amboise, de Della Rovere et d'un troisième homme inconnu, à l'air fruste et méfiant, dont on ne sait s'il est un paysan déguisé en noble ou un noble déguisé en paysan. Le roi tend une main molle à baiser et pose l'autre, ouverte, sur son cœur.

– Comment un roi peut-il lutter contre le cœur d'une femme ? César, permettez-moi de vous considérer comme un fils, et sachez que je vis le refus de la dame comme un père qui se sentirait lui aussi rejeté.

– Tant d'amitié m'honore, et il ne me reste qu'à me conformer à votre bon plaisir, majesté. Nous envisagions un mariage politique dont l'intérêt serait plus important que tous les autres possibles.

---

* – Canaille ! Trou à merde !

– La seule solution est de prendre une autre Charlotte, Charlotte d'Albret, de la très noble famille qui règne sur la Navarre. Voici son père, Alain d'Albret, père aussi du roi Jean de Navarre. Nous avons apporté un portrait, qui n'est pas à la hauteur de la grande beauté de la dame, afin que vous puissiez juger de vos propres yeux.

Amboise et Della Rovere présentent le portrait de Charlotte d'Albret et Corella chuchote à l'oreille de César :

– *Cara llarga, nas encara més llarg i figa llarga, suposo.*

– *El que menys compte és la figa. El pitjor és el nas**.

Le roi et ses acolytes attendent que Miquel et César terminent leur colloque. César, déclare, un peu à contre-cœur :

– J'apprécie cette beauté à sa juste valeur. Les mois ont passé, et je dois mettre un terme à mon séjour en France. Retourner à Rome. Peut-être aussi aller à Gandie et être ainsi auprès de mes neveux, les enfants de l'infortuné duc de Gandie, soumis par leur mère, María Enríquez, à une éducation rigide et obscurantiste. Je ne voudrais pas réduire la question de mon mariage à un expédient imposé par le temps.

– Excellente disposition. Amboise lira la liste des éléments les plus importants de la dot que le duc offre à la famille d'Albret.

– Avec votre permission, majesté, je souhaite voir la bulle par laquelle sa sainteté a autorisé le seigneur César à ne plus être cardinal. Je ne voudrais pas voir ma fille excommuniée.

– Je t'ai déjà confirmé que tout était en ordre, Alain.

– Je souhaite la voir.

---

* – Long visage, nez encore plus long, et figue longue, je suppose.
– La figue, ce n'est rien. Le pire, c'est le nez.

– Tu as ma parole de roi.

– Je souhaite la voir.

Corella ouvre le portefeuille qui est posé sur une table, en extrait le parchemin et le met sous le nez d'Alain d'Albret. L'homme le parcourt des yeux en remuant laborieusement les lèvres, et tout de suite son regard méfiant se reporte sur ceux qui l'entourent.

– C'est en latin !

Amboise se montre patient.

– Je l'ai lue, Alain, et elle dit ce qu'elle doit dire. César le Valentinois est aussi laïc que toi.

– Je n'apprécie guère non plus que ma fille soit considérée comme un plat de deuxième choix. La Napolitaine ne veut pas ? Prenons l'autre ! Dans quel état moral ma pauvre fille va-t-elle se marier ? C'est une enfant très sensible.

Louis XII fait preuve, lui aussi, de patience :

– Tu as lu l'inventaire de la dot, Alain, et celle-ci est généreuse.

– Tout cela est bien peu pour ma fille chérie.

– Tout cela est bien peu pour la beauté de la dame, c'est vrai, beau-père. Me permettez-vous de vous appeler beau-père ? Je suis prêt à augmenter la dot.

Les yeux rhombiformes d'Alain d'Albret tentent de lire sur le visage de César la valeur exacte de l'augmentation.

– Ce n'est pas une mauvaise idée, mais dans quelle mesure ? J'exige d'avoir l'administration de la dot, et aussi que la pourpre cardinalice soit octroyée à mon fils Amanieu.

D'Amboise éclate :

– Amanieu cardinal ? Quels mérites ce freluquet s'est-il acquis pour être cardinal ?

– Regarde-toi d'abord. Tu veux que je t'explique pourquoi tu es cardinal ? Si tu es cardinal, pourquoi mon Amanieu ne pourrait-il pas l'être ?

Alain d'Albret et le cardinal Georges d'Amboise s'affrontent visage contre visage, corps arqués, et le roi s'interpose.

– Alain ! L'important est ce qui nous unit, et je ne doute pas que sa sainteté octroiera la pourpre à ton fils, ce cher Amanieu, ni que Georges votera pour lui de tout son cœur. Sans réserves.

Le coriace vieillard se rassied et relit la liste de la dot que, non sans réticences, lui a tendue Amboise.

– Pour l'argent que propose le pape, je veux des espèces sonnantes et trébuchantes. En fin de compte, ce mariage est important pour votre majesté, car il renforce la Couronne de Navarre face aux appétits expansionnistes des royaumes de Castille et d'Aragon. Par ce mariage, le duc César devient le cousin de votre majesté, et cela vaut son pesant d'or. Pour quelle somme sa majesté se porte-t-elle personnellement garante ?

Le monarque s'assombrit et il est sur le point de se mettre en colère, quand César intervient sur un ton conciliant :

– Je comprends toutes vos réserves, cher beau-père, j'insiste pour vous appeler ainsi, et le roi doit pouvoir se porter garant de la totalité, si l'on considère que par ce mariage je deviens un parent du roi de France et que, duc de Valence, je participerai au rayonnement de sa cour.

Le vieillard n'est pas encore convaincu et repousse le parchemin, l'encrier et la plume que Della Rovere a disposés devant lui.

– Il faudra attendre. Je dois réfléchir et en parler à ma Charlotte.

César accueille ironiquement la réserve d'Alain d'Albret, et l'ironie ne l'a pas quitté quand, quelques semaines plus tard, il s'avance, la mise plus somptueuse que jamais, au milieu d'une double haie de gentilshommes, au côté de Charlotte d'Albret, toute rougissante, son long visage baissé, le menton sur la poitrine, pour fuir le regard de son mari. Le cardinal d'Amboise débite les formules de la cérémonie, mais les pensées de César sont loin et ses yeux errent, jusqu'au moment où ils rencontrent Charlotte de Naples, pleine de trouble. Elle croit que le Valentinois la regarde, mais César ne voit que la distance la plus courte entre lui et le lit. Ses lèvres, son corps participent à la cérémonie, puis vient le long chemin vers le banquet et son allégresse conventionnelle, ensuite vers la chambre à coucher, où les accompagnent Amboise et le vieil Alain. Le couple y entre. Les témoins aussi, qui s'assoient dans l'ombre la plus éloignée du lit éclairé. La mariée ne se met pas complètement nue, mais César, lui, exhibe sans pudeur sa nudité à sa femme, abasourdie de ce qu'elle découvre, et aux deux spectateurs qui ferment les yeux, mais les rouvrent aussitôt quand César, sans plus attendre, monte la dame en lui disant de sa voix la plus douce :

– *Veurem si tens la figa tan llarga com el nas**.

Elle croit qu'il s'agit d'un compliment délicat et bat des paupières, avant d'être brutalement et douloureusement pénétrée. Son père et le cardinal se regardent, surpris par la rapidité et la dextérité de César, et, quelques heures plus tard, en sortant de la chambre, Amboise, admiratif, annonce à ceux qui attendent derrière la porte :

– Quatre. Quatre assauts, et tous victorieux.

*

Le cardinal baptise le nouveau-né dans les bras de son père Alphonse de Bisceglia, doña Sancha près de lui, et Jofré, Burchard, Remulins, Adriana del Milà, Julia, Vannozza et Alexandre VI penchés sur le baptistère pour admirer le prodige. Le bébé passe dans les bras de doña Sancha puis dans ceux du pape, qui le regarde avec extase.

---

* – Nous allons voir si tu as la figue aussi longue que le nez.

– Rodrigo. Tu portes mon nom, et que Dieu t'accorde un destin aussi heureux que le mien. S'il n'y avait pas la mort de mon Joan !

Les yeux du pape sont humides, il embrasse le bébé, le remet délicatement à son père rayonnant et sort, en compagnie de doña Sancha.

– Est-ce vrai, ce que l'on dit ? Que le roi de France a envahi la Lombardie et marche sur Milan ? Que César commande un corps de l'armée au service du roi français ? Dans quelle situation se trouve mon oncle Frédéric, le roi de Naples ? Les soldats du Grand Capitaine vont-ils le protéger, ou le renverser ?

– Cela fait trop de questions à la fois.

– Je n'ai peut-être pas posé la plus importante. Est-il vrai qu'il existe un protocole entre Louis XII et votre sainteté, qui prévoit d'intervenir à Naples ?

– Il ne s'agit pas d'un protocole. Il s'agit de propositions qui accompagnaient le mariage projeté de César avec Charlotte de Naples, mais César a épousé Charlotte d'Albret. L'une de ces propositions était que le roi de France ne prenne aucune décision à propos de Naples sans me consulter.

– Et que répondrait votre sainteté si elle était ainsi consultée ?

Alexandre prend le menton de Sancha entre le pouce et l'index, et lève vers lui le visage de la jeune femme.

– Tu crois que moi et ma famille, nous serions capables de faire le moindre mal au royaume dont vous venez, toi, la femme de mon fils Jofré, et le mari de Lucrèce, le père de mon joli Rodrigo ? Dans quelle tête a pu germer une telle idée ? Dans cette petite tête-là ?

Il n'entend pas la réponse de Sancha, car il hâte le pas.

– Dans cette petite tête-là, il y a bien d'autres idées encore.

Alexandre est pressé d'arriver le plus tôt possible à son rendez-vous. Il traverse ses appartements et gagne le passage par lequel il accède à la chambre secrète et obscure, lorsque quelqu'un l'éclaire soudain et, à la lumière de la torche, apparaît César, habillé en grand capitaine des armées françaises. Corella tient la torche et, derrière lui, Llorca a la main posée sur le pommeau de son épée. Le père et le fils s'étreignent puissamment, mais froidement.

– Était-il nécessaire de te cacher ainsi ?

– On me croit dans le nord avec les troupes de Louis XII, mais il était capital que je puisse te parler. Les lettres tombent facilement aux mains des espions espagnols et des Napolitains.

– Quel message si important as-tu à me délivrer en personne ?

– Nos troupes avancent dans tout le Milanais, la Toscane sera bientôt à elles, et elles respecteront les territoires qui doivent devenir pontificaux pour marcher sur Naples. Ce que le roi de Naples ne sait pas, c'est que la France et l'Espagne sont d'accord pour le renverser et conclure ensuite un pacte de souveraineté.

– J'ai bien interprété tes messages chiffrés et je savais déjà tout cela.

– Tu sais que le roi de France, en échange de ce service, appuiera mes campagnes pour nous emparer de la Romagne et asseoir les bases d'un véritable État pontifical. Et celles-ci serviront elles-mêmes de base pour une Italie unifiée, capable de tenir tête aux luttes de la France et de l'Espagne pour l'hégémonie.

– Voilà que nous entrons dans le royaume des rêves, mais tu continues de m'expliquer ce que je sais déjà.

– C'est vrai. Tu connais le grand jeu, mais tu ignores le petit jeu auquel on se livre dans ton dos. Ici. A Rome.

Le pape cherche un endroit où s'asseoir, mais il ne voit que des murs nus et doit rester debout dans la lumière de la torche, face à un César dominateur qui sait comment l'interrogatoire se terminera.

– Ne profite pas de ce que tu sais des choses que je ne sais pas. Parle.

– Dans le Vatican même, il y a une conjuration napolitaine dirigée par Sancha et son frère Alphonse, appuyés par tous les ennemis des Borgia, y compris Ascanio Sforza. Les Orsini s'abstiennent, car ils sont profrançais, mais les Colonna préparent un soulèvement populaire à Rome. Ils sont en train d'agiter la population et comptent sur l'aide d'agents napolitains et sur l'action des espions de Ferdinand le Catholique. Ces derniers jouent sur les deux tableaux, et le Grand Capitaine attend le résultat pour intervenir.

– Tu exagères le rôle de l'espionnage napolitain. Les intérêts de Sancha et d'Alphonse sont transparents, de même que leur position.

– Les Colonna sont derrière, et le lien entre Lucrèce et Alphonse de Naples s'est transformé en obstacle pour notre stratégie.

– Je le vois bien, mais que faire ?

– Rien.

– Rien ?

– Rien. Ton rôle est de laisser faire et de bénir les résultats en louant les mystérieux desseins de la Providence divine.

– Et le tien ?

– Je retourne sur l'heure dans le camp français, et j'entrerai bientôt dans Rome en triomphateur. J'espère que tu m'auras préparé une bonne réception.

– Burchard ne pense qu'à cela. Est-ce là tout ce que tu avais à me dire ? Pourquoi toute cette mise en scène ? Tu ne me demandes pas de nouvelles de ton neveu ? De ta sœur ?

– Je te demande des nouvelles de Julia Farnèse. Comment prend-elle sa condition de veuve ?

– Julia ? Je la vois peu. L'Orsini borgne n'a pas eu de chance. Le toit lui est tombé sur la tête et le peu de cervelle qui lui restait a été mis en bouillie. Mais pourquoi me parles-tu de Julia ?

– Il faut te distraire. Chasse. Aime. Repose-toi. Laisse agir les autres.

Alexandre ne peut faire autrement que d'accepter le baiser d'adieu de son fils et de rester dans l'ombre qui revient à mesure que Miquel de Corella s'éloigne avec sa torche. Dans l'obscurité lui parvient la dernière recommandation de César.

– Tu ne fais rien. Tu laisses faire. Tu ne t'étonnes de rien, quoi qu'il advienne.

Alexandre VI se retrouve seul, la respiration oppressée, la main comprimant son cœur, la tête pleine de questions.

*

La foule crie sa joie, et ses cris accentuent l'équivoque de la situation.

– César ! César !

Au milieu d'elle, cachant leur visage de leur cape, marchent Ascanio Sforza et Della Rovere, tandis qu'Alexandre remet à César la rose d'or et l'épée constellée de diamants.

– Je te proclame capitaine général et gonfalonier du Vatican ! Que ta gloire soit la gloire de toute la chrétienté !

Ascanio Sforza murmure :

– Que ta gloire soit la gloire de toute la chrétienté et le butin des Borgia.

– C'est une imprudence de te promener dans la rue un jour pareil.

– N'es-tu pas avec moi, Della Rovere ? N'es-tu pas, toi aussi, un triomphateur ? Le roi de France a vaincu et le Milanais n'appartient plus à ma famille. Ma vie est en danger dans cette Rome livrée aux Borgia.

– Mon pouvoir de protection a des limites.

– Et un prix, je suppose.

– Celui de toujours. Un jour, toi et moi, nous devrons détruire cette race de marranes qui infecte Rome depuis le temps de Calixte III. J'ai besoin de toi, vivant et loin d'ici, Ascanio. On dit que tu as déjà emballé tes biens et tes tableaux.

– Il ne me reste plus qu'à dire adieu.

Ascanio se faufile dans la multitude vociférante et il voit, par instants, César qui joue avec le taureau, à cheval, à pied, l'épée à la main, et montre les têtes sanglantes des six bêtes déjà tuées. La pomme d'Adam d'Ascanio Sforza monte et descend au rythme de son pas rapide, tandis qu'il gravit les marches trois par trois pour se rendre au rendez-vous de doña Sancha. La Napolitaine accepte l'étreinte du cardinal, mais elle repousse les mains avides qui parcourent son corps, pour lui faire face :

– Tu me quittes, ou tu ne me quittes pas ? Pourquoi veux-tu me posséder, si tu me quittes ?

– Sancha, à quoi joues-tu ? Je t'ai demandé de me suivre. Toi aussi tu as perdu cette bataille, mais nous pouvons en gagner d'autres. Les Borgia ne pourront pas contrôler d'une main les Français et de l'autre les Espagnols. Pour le moment, ils se sont mis d'accord pour en finir avec la noblesse italienne et le roi de Naples. Mais demain…

– Je n'aime pas les vaincus. Je suis fatiguée des vaincus.

– C'est pour cela que tu préfères César ou le Grand Capitaine.

– Que me reproches-tu ? Comment puis-je me défendre ? Une femme de ma condition peut former une cour et avoir ses poètes et ses amants, platoniques ou non, mais sa vie et son ventre dépendent des hommes, comme toujours. Je fais ce que je peux pour protéger mon frère. Il est le seul vaincu qui mérite ma compassion.

Ascanio lui prend les mains et passe du sarcasme à la tendresse.

– Un jour je reviendrai et nos ennemis n'existeront plus.

– Nous ne nous reverrons plus, Ascanio, et nos ennemis jouissent d'une excellente santé.

Les coups de tonnerre et les éclairs ébranlent et illuminent le ciel de Rome et, à leur lumière, Sforza regagne la rue, tandis que Sancha court pour revenir le plus vite possible au palais. Au moment exact où elle entre dans le vestibule, un coup de tonnerre plus fort que les autres ébranle les murs de l'édifice et, des appartements du bas, monte le bruit des pierres qui s'écroulent tandis qu'un nuage de poussière et d'étincelles redescend par l'escalier et vient à sa rencontre. Dominant sa surprise, elle gravit les marches et court en compagnie des hallebardiers et des courtisans affolés. Leurs pas les mènent dans la salle du trône dont le plafond s'est effondré et transformé en un amas de décombres. Un domestique hurle :

– Sa sainteté est dessous !

Tous les habitants du palais se précipitent pour aider au déblaiement, Sancha, Lucrèce, son mari, Adriana del Milà, et ils finissent par arriver au pontife évanoui, pâle sous son masque de poussière noire. Ils le mettent au lit, et les femmes le lavent avec des mouchoirs de baptiste trempés dans de l'eau de rose, pendant que le médecin Torella examine ses articulations et le sang dans ses yeux. Il a de la fièvre toute la nuit, veillé par le médecin et les femmes, et aussi par un César perplexe devant l'ampleur des dégâts subis par le plafond, et qui en discute avec ses acolytes.

– Étrange coïncidence. Orso Orsini meurt en recevant un écroulement opportun sur la tête, et sa sainteté en reçoit un autre.

– On construit sans règles. Il faudra pendre l'architecte ou en changer. Ton père n'a-t-il pas fait venir Bramante à Rome ?

– C'est une plaisanterie, Corella ?

– C'est une déduction. Quelle autre cause pouvons-nous chercher ? Un duel entre les Borgia et les Orsini à coups d'écroulements ? Dans Rome, on parle de la malédiction de Savonarole.

Corella se tait car il voit passer Remulins qui se dirige, presque furtivement, vers les appartements papaux.

– Mais qui peut nous dire, mieux que Remulins, si Savonarole est en condition de maudire quelqu'un ? Remulins ! Savonarole est-il en condition de maudire le Saint-Père du fond de l'Enfer ?

– Savonarole n'est pas en Enfer. C'est moi-même qui lui ai transmis l'indulgence plénière de la part de sa sainteté, quelques minutes avant sa mort. On peut supposer qu'il est au Purgatoire, peut-être même au Paradis.

– Quelle générosité ! Il est monté au Ciel, et de là-haut il intrigue contre nous ?

Remulins a un mince sourire.

– Savonarole était trop innocent.

– Innocent ou idiot ?

Remulins répond sèchement :

– Innocent.

– Qu'il ait été innocent, ou qu'il ait été un innocent, cela revient au même. Pourquoi l'a-t-on condamné ?

– Il constituait un danger.

Remulins salue avec froideur et continue son chemin, poursuivi par le sourire sarcastique de César.

– Écoute ce que je te dis, Corella. Remulins aimait Savonarole. Ces vieilles tortues, lui ou mon père, ont toujours peur de perdre ce qu'elles n'aiment pas.

*

De la chambre voisine parviennent des rires et une agitation qui font sursauter Adriana del Milà. Elle contemple le doux sommeil d'Alexandre convalescent, quitte les chambres papales et va vers le lieu d'où viennent ces bruits joyeux, pour y découvrir Alphonse, Lucrèce et Sancha vautrés et jouant à de feintes agressions, des insultes légères, toutes choses indiquant le début d'une joute amoureuse, dans laquelle Sancha est l'alliée de Lucrèce, et Alphonse entre les deux, par terre.

– Rends-toi !

– Jamais !

Sancha prend une voix masculine.

– Tu paieras cher ton audace !

Et elle provoque chez Lucrèce une crise de fou rire qui lui fait perdre l'équilibre et permet à Alphonse de se libérer.

– Vous êtes redoutables. Je n'ai jamais vu de crocodiles, mais on dirait deux crocodiles.

– Miam ! Miam !

Les femmes le menacent de leur bouche ouverte comme sont supposés le faire les crocodiles, mais Alphonse redevient sérieux et annonce :

– Assez joué pour aujourd'hui. Des devoirs propres à mon sexe me réclament.

– Blonde ou brune ?

Lucrèce fait semblant de battre Sancha pour ce qu'elle a dit, mais la Napolitaine a couru embrasser son frère.

– N'est-ce pas que nous sommes heureux ? Les nuages des premiers jours se sont dissipés. Vous vous souvenez des batailles rangées du banquet de noces ? Nous n'arrêtions pas de nous lancer des insultes ! Bâtard ! C'était notre mot préféré.

Lucrèce se joint au frère et à la sœur pour former un triangle de bonheur qui semble submerger le jeune homme, mais il réagit et déclare :

– Je m'en vais. Les femmes sont plus collantes que le miel.

– Ne sois pas imprudent. Ne sors pas seul dans la rue.

– L'Albanais et deux ou trois autres m'accompagnent. Soyez tranquilles.

Alphonse donne un baiser à Lucrèce, salue de la main Adriana del Milà silencieuse, et va dans le coin de la chambre où son fils Rodrigo dort dans son berceau.

Il se penche pour embrasser le front du bébé et met un terme aux tendres adieux des femmes pour gagner l'extérieur du palais et oublier l'euphorie de Lucrèce qui a pris les mains de Sancha et lui dit :

– Je suis si heureuse !

Alphonse est dans la rue, suivi de ses gardes du corps qui bavardent et le laissent prendre de la distance sans remarquer que quatre hommes masqués, poignards pointés, ont jailli sur le passage du prince. Alphonse a le temps de tirer son épée, mais deux poignards se plantent dans son torse et dans sa jambe, il tombe à terre et ses agresseurs tentent d'entraîner son corps.

– A l'aide ! Secourez-moi !

Les gardes ont enfin compris et courent vers l'endroit où gît le corps ensanglanté du duc. Les épées se croisent, mais les assaillants prennent la fuite, laissant sur le champ de bataille Alphonse baignant dans son sang, et ses gardiens stupéfaits et consternés. L'Albanais le prend dans ses bras et gagne péniblement le porche d'où ils sont sortis, en laissant sur le pavé des étoiles sanglantes. C'est l'Albanais, encore, qui fait irruption dans la pièce où Lucrèce et Sancha échangeaient des confidences, interrompues par la vue du corps exsangue du prince, sa face livide, le sang qui coule sur le sol et teint leurs mains, leurs robes, quand elles le prennent dans leurs bras.

*

– J'ai apporté avec moi la terreur. N'est-ce pas une simplification, messire Machiavel ?

– Je n'ai pas élaboré de théorie satisfaisante à ce sujet. Pas encore. Mais j'observe chacun de vos pas, César, et je n'y vois que des actions logiques, si nous tenons compte de ce à quoi elles prétendent : la finalité d'une entreprise. La violence est nécessaire pour construire la société, et nous sommes dans un temps de violence. La violence doit être l'apanage du pouvoir, sinon elle n'est que désordre. Ou vous l'appliquez, ou on vous l'applique. On parle de la terreur des Borgia, mais à côté de la terreur de condottieri comme les Bentivoglio, les Malatesta ou les Baglione, les Borgia ont été angéliques. La terreur, comme toute chose, a sa mesure.

– Elle ne doit pas être excessive.

– Elle ne doit pas être inefficace, gratuite. Ce qui est véritablement néfaste, c'est la terreur inutile.

– J'ai besoin de vous avoir près de moi.

– Comme philosophe ou comme philologue ?

– Comme expert dans la science militaire.

– C'est très flatteur, mais un expert en science est peu de chose s'il n'est pas accompagné d'un technicien.

– Vous avez un nom en tête ?

– Léonard. Léonard de Vinci. Il a un cerveau immense capable d'aller plus loin en peinture que Masaccio et Botticelli, et d'imaginer les machines de l'avenir. Pour le siège des forteresses, il y a désormais un avant et un après Léonard de Vinci.

– J'ai carte blanche pour conquérir la Romagne. Un premier pas vers cette unification de l'Italie dont vous m'avez parlé.

– Plus que de l'unifier, il s'agirait de la rendre cohérente et de créer un système qui la mette à l'abri des barbares. Malheureusement, le pouvoir des papes n'a pas aidé à fortifier l'Italie mais à l'affaiblir. Peut-être pouvez-vous inverser ce mauvais signe. L'Italie vit un moment de splendeur culturelle qui ne correspond pas à sa pauvreté politique. Vous pouvez changer cela. Vous êtes en très bonne posture. L'épée et l'Église. Vous avez compris l'Histoire, vous êtes un politique, vous vous êtes rendu compte que nous vivons une véritable révolution qui enterre le vieux et ouvre la voie au neuf, et dont les princes sont la charpente. Il n'y a qu'un impondérable à surveiller.

– La fortune ?

– Non. Je ne crois pas à la fortune dans l'Histoire, mais à l'efficacité de la raison, à la fermeté face au hasard. Le risque ne peut venir de la fortune ou de la Providence, mais de la tendance qu'ont les hommes à craindre ce qui est trop neuf. C'est pourquoi, entre le vieux et le neuf, l'affrontement est inévitable. L'homme est un très mauvais agent de l'Histoire. Et c'est aussi pourquoi je n'écris pas pour les hommes mais pour les princes et pour les amis.

– J'ai besoin de vous à Rome, de vous et de Léonard.

– Je réfléchirai à la proposition. La condition humaine est étrange. La seule chose qui me plaise vraiment, c'est de jouer aux cartes dans ma maison de Toscane et de manger des noix ou de la *finocchiona* en buvant du vin de Trévise. Mais ce qui m'attire, c'est de vivre de près l'exercice du pouvoir.

– Auprès de moi, vous serez servi.

– Que pense sa sainteté de tout cela ?

– Elle se remet de son accident.

– Elle a eu de la chance. Son gendre le prince Alphonse a eu de la chance, lui aussi, de ne pas mourir de la main des sicaires.

– La chance, voilà un mot que je n'aurais jamais imaginé dans votre bouche.

– Il y a parfois des mots inutiles qui sont inévitables tant que nous n'en aurons pas trouvé d'autres pour les remplacer.

Machiavel se retire, pensif, et Miquel émerge du fond de la salle pour écouter le commentaire de César.

– Machiavel est le seul savant que je connaisse qui ne dise jamais de bêtises.

– Il est singulier.

– Singulier ? Miquel, cet adjectif dans ta bouche est un immense éloge.

– Les temps de la rhétorique sont terminés, commencent ceux du risque de penser, d'imaginer, d'écrire en se libérant de la protection contraignante des modèles, même si tout le monde feint de reproduire les canons classiques, gréco-latins. Machiavel pense par lui-même, et il cite Tite-Live et d'autres savants de l'Antiquité pour dissimuler qu'il pense par lui-même. Tu remarqueras qu'il ne cite jamais les Pères de l'Église.

– Retiens son observation sur la terreur inutile.

– Je ne pense qu'à cela depuis l'attentat manqué contre ton beau-frère.

– Il faudrait y remédier.

– Je m'y emploie.

– Si tu veux, je peux te fournir une raison morale.

– Je n'en ai pas besoin, mais dis quand même.

– Ce matin, en passant sous les fenêtres des appartements de Lucrèce et d'Alphonse, quelqu'un m'a décoché un trait d'arbalète.

César tend le trait à Corella.

– Utilise-le comme preuve si c'est nécessaire.

– Tu as vu qui l'a lancé ?

– J'ai cru voir Alphonse.

– Tu en es sûr ?

– J'ai cru voir Alphonse.

Corella laisse César et se rend dans les appartements où Sancha et Lucrèce soignent le blessé. L'arrivée de Corella est accueillie avec méfiance par Sancha, sans que Lucrèce réussisse à sortir de l'abattement avec lequel elle contemple ce second mari qui est passé si près de la mort. Corella examine le gisant et fait une grimace, tandis qu'Alphonse le contemple, yeux mi-clos, et s'agite, inquiet.

– Il a mauvais aspect, mesdames. J'ai pensé que nous

pourrions peut-être obtenir du Saint-Père une autorisation que je juge importante pour le rétablissement de don Alphonse.

– Le rétablissement de mon frère vous préoccupe ?

– Il nous préoccupe beaucoup, car de ce rétablissement dépend l'ordre des choses. J'ai pensé que le blessé gagnerait en tranquillité et en capacité de guérison s'il était hors de Rome.

– Où cela ? demande Sancha, soupçonneuse.

– A Naples.

Le visage de Sancha s'illumine et elle s'exclame :

– Je ne pensais qu'à cela ! Tu te souviens de ce que je t'ai dit, Lucrèce ?

Lucrèce acquiesce, passant peu à peu de la prostration à l'espoir.

– Il faut le proposer à sa sainteté dès que possible !

– Pourquoi pas tout de suite ? Les idées, comme les humeurs, doivent être évacuées sans tarder.

– C'est vrai, Lucrèce, pourquoi pas tout de suite ?

Sancha prend Lucrèce par une main, l'attire à elle pour l'arracher à son mari, et les deux femmes volent loin de la chambre où Corella contemple leur fuite avec sympathie, pour se retourner ensuite vers le prince qui semble de plus en plus inquiet. Il y a de la compassion dans les yeux de Corella, mais pas dans la main qui cherche le poignard, tandis que les deux femmes courent toujours et que s'effacent devant elles les obstacles qui les séparent des pieds d'un Alexandre VI assis sur son lit, rouge de colère, apostrophant ceux qui l'entourent, César, Remulins et divers cardinaux.

– Ainsi nous sommes responsables de la chute de Savonarole ! Il n'avait rien fait pour mériter la mort ! Il me semble, Remulins, que tu as besoin de te reposer.

Remulins essaye de s'expliquer et Alexandre de l'en empêcher, mais les deux femmes mettent fin à la querelle en composant, l'une relayant l'autre, un discours complet.

– Corella a eu une idée excellente !

– Envoyer Alphonse à Naples pour qu'il se remette.

– Nous pourrions partir dans quelques heures !

– Il suffit que votre sainteté donne sa permission.

Alexandre VI tonne :

– Je ne tolérerai pas que Lucrèce bouge de Rome.

Lucrèce pleure, ses sanglots sont les plus insupportables que son père ait jamais eus à supporter.

– Ne me brise pas le cœur, ma fille. Je suis convalescent, moi aussi. Tu veux m'abandonner ? Que ton mari s'en aille, et nous verrons si tu peux le suivre et quand.

Cela suffit à Sancha, pas à Lucrèce, mais l'enthousiasme de sa belle-sœur l'empêche de persister dans ses protestations, et elle la suit sur le chemin du retour à la chambre.

– Que penses-tu de ma décision, César ?

– Elle est sage.

– Seulement sage ? Quand tu deviens énigmatique, tu bats Burchard. Et à propos de Savonarole ? Que faire ? Il ne se passe pas un jour sans que les pasquinades m'accusent d'être un assassin.

– Que faire, avec un mort ? Avec n'importe quel mort ?

Remulins répond d'un ton sentencieux, sans rien changer de la froideur de sa voix :

– L'enterrer. C'est-à-dire, l'oublier.

Les deux femmes poursuivent leur course et arrivent de nouveau aux portes des appartements où elles ont laissé Alphonse. Mais leur marche est brusquement arrêtée, car sur le seuil il y a des gens d'armes et, devant, Corella, jambes écartées, les bras ouverts pour contenir l'élan des femmes qui pressentent le pire.

– Je ne vous conseille pas d'entrer.

– Alphonse !

– Qu'est-il arrivé à mon mari ?

Corella sent que la douceur de son regard et de son attitude ne touche pas Lucrèce. C'est à peine s'il peut balbutier :

– Un déplorable accident.

Prise d'une rage démente, doña Sancha tente d'atteindre avec ses ongles la figure de Corella. La poigne puissante de l'homme enferme la petite main de la jeune femme et l'arrête.

– Assassin !

Lucrèce est passée du désespoir à l'orgueil bafoué.

– Réponds-moi, Miquel ! Je te le demande, et mon rang t'oblige à me répondre ! Qu'est-il arrivé à mon mari ?

– Un accident. Lorsque vous êtes parties il a essayé de se lever, et la malchance a voulu qu'il tombe du lit, une infortune plus grande encore a fait qu'il a chu sur le côté où se trouvaient ses plus graves blessures. Je me suis précipité pour l'aider, mais le sang s'échappait de la terrible plaie et l'on n'a rien pu faire pour le contenir.

– Qui ? Qui est le médecin qui est intervenu ?

– Torella, toujours le même, je suppose.

– Tu supposes seulement ?

– Je suis sorti pour donner l'alerte, et j'ai été ensuite arrêté par la nouvelle du rapide dénouement.

– Laisse-nous passer. Nous voulons le voir.

– On l'a emporté.

– Où ?

– Je l'ignore.

Les deux femmes contemplent Corella comme s'il était un mur infranchissable, posé devant un autre mur encore plus inaccessible. Sa froideur, Miquel la conserve encore quand, quelques heures plus tard, il présente devant le pape, César, Remulins, Burchard, des membres de la suite pontificale, sa version des événements. Sa sainteté garde les yeux mi-clos et ne les ouvre que lorsque Miquel a terminé. Les autres attendent inutilement qu'il dise quelque chose, mais comme il continue de se taire, César prend l'initiative de leur demander de partir pour le laisser seul avec son père. L'un des présents résiste. Il rassemble toute la capacité d'indignation qui lui reste et affronte Alexandre et César.

– En qualité d'ambassadeur de Naples, je demande : quelle explication y a-t-il à cet assassinat ? Que faites-vous pour découvrir les assassins ?

Alexandre a refermé les yeux, mais César répond :

– C'est avec la plus grande douleur, seigneur ambassadeur, que je vous informe que don Alphonse est mort à cause de sa maladresse. Il n'a pas su tomber convenablement de son lit.

Le regard de César est si dur que l'ambassadeur recule pour rejoindre la file de ceux qui prennent congé, partagés entre la stupeur et le besoin de s'éloigner au plus vite de ce lieu où l'on respire la mort. Une fois qu'ils se sont dispersés, Alexandre ouvre les yeux, regarde à gauche et à droite pour s'assurer que personne n'est resté.

– Merci de m'avoir tiré de ce mauvais pas. Que pouvais-je leur dire ?

– Rien. Tu as fait exactement ce qu'il fallait.

– Tu as agi pour le bien, César ?

– Il n'y a plus d'obstacle, et les Français en seront aussi heureux que les Espagnols. Le Grand Capitaine va renverser le roi Frédéric, et l'indépendance du royaume de Naples appartiendra au passé, comme un rêve stupide et inutile. Le roi Frédéric regrettera toute sa vie de ne pas m'avoir accordé la main de sa fille.

Il y a de la mélancolie mais aussi de l'admiration dans les yeux d'Alexandre.

– Et Lucrèce ? Il va falloir la remarier, et j'ai déjà le prétendant. Alphonse d'Este, le futur héritier du duché de Ferrare : que t'en semble ?

– Un garçon sain, si l'on entend par sain qu'il ne lit pas, ne pense pas, chasse, fornique vingt fois par jour avec n'importe quelle femme ou le premier animal pas trop poilu qui passe à sa portée, et qu'il aurait aimé être fondeur. Il passera plus de temps à foutre dans d'autres lits et à se démener dans les forges qu'à fréquenter la cour. Bon parti. J'y ai pensé, quand tu as nommé son frère Hippolyte cardinal.

– Tu y as vraiment pensé ?

– J'en ai discuté avec Corella.

Le regard du pape se fait encore plus admiratif.

– Je me fais vieux, César, mais je sens en toi un prince. Que dis-je, un prince ? Un césar.

# 7

# La vie privée de Lucrèce

Lucrèce pleure, étendue sur son lit, son seul refuge, et doña Sancha qui a pleuré tout ce qu'elle pouvait pleurer est assise près d'elle dans la ruelle, très droite, les yeux perdus dans un rêve secret et revenant de temps en temps à Lucrèce sans que l'on puisse y lire un quelconque jugement. Elle trouve naturel que Lucrèce pleure, aussi naturel que de ne plus pouvoir en être capable, elle, pour avoir versé trop de larmes. Par la porte entrebâillée Alexandre VI jette un œil, perplexe, puis il interroge Adriana del Milà qui se tient près de lui.

– Est-ce normal qu'une veuve pleure autant ?

– Cela dépend du mari mort.

– Ils se connaissaient à peine.

– Lucrèce a été amoureuse de tous les maris possibles, supposés ou réels. Lucrèce pleure maintenant tous ses maris morts. Elle est elle-même tous ses maris morts.

– C'est une Borgia et elle se doit à la raison de famille. La famille est au-dessus de tous ! Y compris de moi-même ! Ces pleurs m'impressionnent. Ils me déconcertent. L'hygiène des larmes pendant un jour, ou deux, ou trois, d'accord. Mais des semaines et des semaines, cela devient de la faiblesse de caractère. Occupe-toi sérieusement d'elle, Adriana. Il faut la séparer de Sancha et lui fournir de nouveaux stimulants.

– Lucrèce a demandé la permission de se retirer dans

ses propriétés de Nepi. Je crois que tu devrais la laisser partir.

– Qu'elle parte. Là-bas, elle pourra pleurer tout son soûl. Mais surtout que doña Sancha retourne à Naples le plus tôt possible. En attendant, mettez-la dans le château Saint-Ange, et qu'elle ne voie plus Lucrèce. Sa compagnie est pernicieuse.

La dureté qui accompagne l'autorisation papale disparaît pendant qu'il se dirige vers une poignée de cardinaux qui l'attendent respectueusement. Il bénit les membres de la curie.

– Je veux vous dire combien me réjouit l'argent que vous avez prêté pour que César lève la plus formidable armée qu'ait eue Rome depuis l'époque de l'Empire romain. Sans votre contribution, c'était impossible. Les nobles vaincus par l'armée de César sont en train de se rassembler à Mantoue, à la cour de François de Gonzague et d'Isabelle d'Este, pour panser leurs blessures et conspirer.

– Ce sont des ennemis redoutables, risque un cardinal.

– Nous ne craignons personne, nous avons pour nous le soutien du roi de France et l'immobilité intéressée des rois d'Espagne. Quand donc vos éminences révérendissimes seront-elles capables de faire preuve d'imagination historique ?

Sa sainteté renouvelle sa bénédiction et se retire, mais à peine sortie de la salle elle se cache derrière la porte et écoute avec jubilation les commentaires du chœur des cardinaux.

– Je suis indigné de la désinvolture avec laquelle il dispose ainsi de notre argent !

– Et cela, pour que son fils puisse jouer à la guerre ! C'est ce népotisme qu'il nomme imagination historique ?

– César se fait appeler roi d'Italie.

Alexandre se frotte les mains, et c'est dans cette attitude satisfaite que le surprend Burchard. Alexandre l'invite à écouter avec lui les propos des cardinaux.

– Tout l'argent laissé par les pèlerins du jubilé a été dépensé pour payer les troupes de César. Et maintenant il prépare les noces de sa fille Lucrèce. Qui les paiera ?

– Nous tous.

– Nous tous, mais chaque fois il choisit un malheureux qu'il peut intimider. Ou tu sors l'argent, ou je te confisque tes propriétés et je t'excommunie. L'armée du Vatican a épuisé la fortune d'Ascanio Sforza : elle n'a pas hésité à prendre d'assaut le monastère où il avait mis ses biens à l'abri.

– Si on m'avait dit qu'être cardinal impliquait de tels risques !

– Le pire risque, pour un cardinal, est le climat qui règne dans ces murs : à l'intérieur du Vatican, tous les voleurs deviennent des gens respectables.

La satisfaction d'Alexandre se change en gravité, et c'est plein de cette gravité qu'il rejoint la réunion des cardinaux où, aussitôt, les fronts plissés cèdent la place aux sourires, et l'indignation à la soumission.

– Nous avons débattu des propositions de votre sainteté et nous ferons tout pour la servir. Ce rêve de César couronné roi d'Italie au service de la chrétienté doit être le fruit d'une révélation divine.

– C'est le rêve que doivent faire tous les Italiens. Nous sommes d'origine valencienne et on nous appelait les Catalans. Mais nous nous considérons d'ici, romains, et nous voulons être italiens. Si ma fermeté vous surprend, sachez qu'elle m'est dictée par la certitude.

– Une révélation divine ? Sa sainteté est le seul d'entre nous qui puisse communiquer directement avec Dieu.

– De quelles voies la Providence se sert-elle pour communiquer avec les humains ? D'une gitane. Une gitane m'a dit : Un de tes proches sera roi d'Italie.

Consternation générale, déguisée en surprise admirative.

– Une gitane ?

– Peu de temps après mon arrivée à Rome. Je sortais d'une audience que m'avait accordée mon oncle, Calixte III, et la gitane m'a dit la bonne aventure. Dieu peut s'exprimer à travers la plus imprévue de ses créatures. Il l'a bien fait à travers quelque chose d'aussi aveuglant et d'aussi stérile qu'un buisson ardent. Remulins se mettra en relation avec vous pour préciser les contributions que j'attends.

C'est une invitation à lever la séance, et les cardinaux s'exécutent avec la plus totale soumission. Le pape s'adresse à l'un d'eux, le plus vieux :

– Giorgio, reste ici. J'ai à te parler.

Seul Burchard assiste à la conversation entre le pape et le lent, le laconique cardinal Giorgio Costa.

– Giorgio, il me semble que les cardinaux n'ont guère envie de contribuer par leur argent à la gloire de l'État vatican.

– Votre sainteté sait comment nous sommes, nous les cardinaux.

– Comment êtes-vous ?

– Si peu attachés aux biens de la Terre que nous n'aimons pas les dépenser.

– N'y a-t-il pas contradiction dans ce que tu dis là ?

– Où donc n'y a-t-il pas contradiction, sainteté ? Et ce qui n'est pas contradiction est ironie.

Le pape éclate de rire et donne une tape protectrice sur le dos fragile du vieillard.

– Giorgio, tu seras toujours le même ! Je t'aime ainsi. Écoute, Giorgio. J'ai quelques difficultés avec Lucrèce, la pauvre, accablée par les malheurs qui ont frappé ses mariages. Je vais lui laisser le temps de se rasséréner, mais je pense à de nouveaux projets d'union et, quand elle aura retrouvé sa sérénité, je veux lui déléguer certains pouvoirs. Peut-être la nommerai-je gouverneur de Rome à l'occasion des voyages que je dois entreprendre, et dans ce cas je te fais confiance pour que tu lui donnes un coup de main.

Burchard ne peut masquer son inquiétude, et cela n'échappe pas à Costa qui regarde le chef du protocole :

– Vous ne vous sentez pas bien, Burchard ?

– Mais si, éminence révérendissime.

Le pape s'amuse de voir Burchard si mal à l'aise, et il insiste malicieusement :

– Lucrèce est une femme, et je veux faire d'elle un personnage politique, pas seulement du fait du mariage, mais du fait de sa compétence réelle. Je voyage. César est en campagne. Qui mieux que Lucrèce peut gouverner Rome ?

Burchard ne peut se contenir.

– Y compris pour les affaires ecclésiastiques ?

– Pourquoi pas pour les affaires ecclésiastiques d'ordre administratif ? Costa, ce n'est pas pour tout de suite, mais, le moment venu, je compte sur toi.

– Dans ma longue vie, il ne me manquait que d'être la gouvernante d'une femme gouverneur.

Les rires d'Alexandre et le sourire crispé de Burchard suivent le vieux cardinal qui chemine lentement et peut observer le rituel des gardes, le paysage des fenêtres qui donnent sur le jardin et percevoir le bruit des armes des soldats que les officiers passent en revue, les cris lointains, parfois les voix rauques qui montent des marchés de la rue. Mais, parmi tous ces bruits, le vieux Costa perçoit aussi les sanglots d'une femme, et il s'approche de la pièce d'où ils émanent. La porte s'ouvre, encadrant une Adriana del Milà soucieuse qui ne prend pas garde à sa présence et laisse la porte ouverte en s'en allant. Le cardinal n'hésite pas. Il entre et se trouve en présence de Lucrèce, effondrée sur un sofa et inconsolable.

– Madame Lucrèce, puis-je vous être de quelque utilité ?

Lucrèce alarmée lève les yeux, se redresse, essuie précipitamment ses larmes.

– Vous pouvez continuer à pleurer. A mon âge on ne pleure plus, et j'aime me rappeler l'émotion des larmes.

– Je me sens si malheureuse.

– Qui ne se sentirait malheureux devant une telle épreuve ? Madame Del Milà est peut-être partie chercher un médecin ?

– Je ne crois pas.

– Il me semble que vous ne perdriez pas votre temps si vous vouliez bien m'écouter.

Lucrèce hausse les épaules, et Giorgio ferme la porte. Il s'assied et invite Lucrèce à s'asseoir près de lui.

– Sur quoi versez-vous tant de larmes ?

– Sur moi-même. Je ne serai jamais heureuse, je ne réaliserai jamais mes rêves. Tous les hommes qui m'approchent meurent. Je ne veux pas entendre parler d'un nouveau prétendant. Ce serait un homme mort.

– Rodrigo, pardon, sa sainteté, ne supporte pas les larmes. César non plus. Les Borgia n'ont pas le temps de pleurer, ni de lieu où le faire. C'est pour cela qu'il me semble important que vous quittiez Rome pendant quelque temps.

– Pour quoi faire ?

– Pour pleurer. Pour pleurer à loisir.

Lucrèce est déconcertée, un peu irritée même.

– Et ensuite ?

Le vieux cardinal sourit et ne peut s'empêcher de donner une tape sur le genou de la jeune femme.

– Voilà la question que j'attendais !

*

Miquel de Corella lève l'épée de César et proclame :

– Sous le signe de Jules César, César Borgia ! Deux mille cavaliers et quatre mille gens d'armes à pied ! Le Vatican n'a jamais eu semblable armée !

Près des lieutenants de César d'autres gentilshommes écoutent la harangue légèrement éthylique de Miquel, tolérée par un César occupé à caresser les cheveux d'une fille à demi vêtue plus qu'à demi nue, au milieu d'autres filles à demi nues plus qu'à demi vêtues. Les caresses du Valentinois sont tendres, il est de bonne humeur, ce qui lui permet de supporter le lyrisme de Corella.

– Jamais Rome n'a compté de capitaines tels que ceux d'aujourd'hui, Vitellozzo Vitelli, Paolo Orsini, Giampaolo Baglione… et moi-même, Miquel de Corella, bien que ce ne soit pas à moi de le dire, et Montcada, et Juanito… Viens ici, Juanito, nous t'aimons tous, Juanito !

Mais Juanito Grasica n'est pas disposé à passer des bras de la fille qui l'enlace à ceux de Corella, et César intervient pour proposer :

– Poètes et musiciens n'ont-ils rien à dire ?

Les musiciens s'emparent précipitamment de leurs instruments et les poètes se préparent à déclamer.

– Non. Pas séparément. Toi, Cimino dell'Aquila, je veux que tu composes un poème, qui sera mis en musique, sur… je vais réfléchir au sujet.

– Je le ferai dès que possible.

– Tu le feras tout de suite. Ne t'appelle-t-on pas le divin Aquilano ?

– Dans ce cas, que votre auguste personne me donne un sujet facile.

– Ce ne serait pas digne de toi. Je veux te proposer un sujet qui me poursuit : l'hydre. Tu sais ce qu'est une hydre ?

– Un serpent monstrueux.

– Un serpent à sept ou neuf têtes qui se reproduisent. De ton épée tu coupes les têtes, et elles repoussent. Les hydres sont partout, autour et dans chacun de nous, Aquilano, mais les pires sont les hydres intérieures, elles sont le symbole de l'ambition, de la vanité. Je t'avoue que je me sens dominé par mon hydre intérieure.

– Quel beau thème ! Héraclès tue l'hydre et plonge ses flèches dans le sang de la bête, car ce sang est du poison. Le grand César nous dit : je ne domine pas mon hydre intérieure ! Mon sang est du poison ! commente théâtralement Corella tout en continuant à boire, sans que César semble prêter attention à ses paroles.

– T'en crois-tu capable, Aquilano ?

Le poète fait signe que oui, se concentre, empoigne son luth, l'accorde, et, les yeux perdus dans la source de son inspiration, déclame, accompagné par la musique :

*– Sept sont les dons du Ciel qui subjuguent l'amant :*
*Le regard, le sourire, et les pieds, et le front,*
*Et la bouche et les seins de la divine aimée.*
*Mais sept fouets aussi sont les têtes de l'hydre*
*Pour mordre et déchirer et dévorer l'amant.*
*Le feu de la passion donne vie à ces charmes*
*Au lieu de les détruire. Un autre feu fatal,*
*S'emparant de l'amant, lui donnera la mort.*

Tous regardent César pour savoir s'il a aimé le chant, et celui-ci frappe la table de son verre, signifiant ainsi son approbation à l'assistance. Fier, Aquilano souligne les louanges qui fusent par des accords de luth, mais César lui ordonne d'arrêter.

– J'applaudis ta rapidité et ta dextérité, mais je me méfie de tes intentions. Qu'as-tu voulu dire en soupçonnant l'amour de cacher une hydre ?

Corella détourne l'attention générale en approchant son visage tout près de la fille couchée avec César.

– Fiammetta, es-tu une hydre, une hydre vénéneuse déguisée en vierge mal nourrie ?

La fille pousse des cris théâtraux et hystériques, mais c'est désormais Corella qui est au centre de tous les regards.

– César, le divin Aquilano a voulu te libérer de ton sentiment de la faute. Ne te sens pas rongé par l'acide de l'ambition, et n'essaye pas de lui couper la tête, car tu ne contrôles pas les sources de son action, et la pire des hydres est celle qui, du dehors, se glisse dans nos sentiments. N'est-ce pas cela, Aquilano ?

– C'est cela, Michelotto.

– Le deuxième des travaux d'Hercule fut de tuer l'hydre, César. Celui-là est déjà derrière toi. Pourquoi t'obstines-tu à vouloir tuer une hydre morte ? Le troisième travail n'est-il pas plus plaisant, tenir dans tes bras la biche aux pieds d'airain ? Es-tu la biche aux pieds d'airain, Fiammetta ?

La fille reprend ses cris faussement hystériques, et César s'amuse de l'esprit provocateur de Corella. Ce n'est pas le cas des autres gentilshommes, qui ne peuvent dissimuler leur ennui et leur fatigue, jusqu'à ce que l'un d'eux s'avance.

– César, une dure campagne nous attend, et le corps demande à se reposer.

– Fais comme tu voudras, Vitellozzo. Tes compagnons sont du même avis ?

– Je le crois.

Les gentilshommes se retirent, certains accompagnés de leurs dames, et César reste seul avec ses inconditionnels.

– Je ne comprends pas pourquoi Vitellozzo va se reposer. Il ne dort pas. Il ne pense qu'à une chose, prendre Florence un jour ou l'autre, pour se venger de l'assassinat de son frère. Il est aussi bon soldat que mauvais courtisan. Quand les guerres seront finies, je ne sais pas ce qu'ils vont devenir.

– Miquel, les guerres ne finiront jamais.

– Non ? Nous avons déjà conquis Rimini, Pesaro, la Romagne entière. Ici, à Pesaro, nous sommes dans le palais qui sera celui de Lucrèce, et le pauvre duc Giovanni Sforza s'est réfugié à Mantoue pour pleurer dans le giron des Gonzague. A propos, j'ai quelque chose de très réconfortant à te raconter.

– Raconte.

– Mais à toi seul.

César ordonne que partent les femmes, les poètes, les musiciens, et aussi ses lieutenants. Il reste seul avec Corella.

– Ce soir, Ramiro de Llorca et moi avons reçu la visite de Colenuccio, un émissaire d'Hercule d'Este. Il venait te présenter ses hommages, car Pesaro est tout près de Ferrare, et ils voudraient que tu ne franchisses pas la frontière. Tu les as impressionnés, César, et je crois que c'est le bon moment pour parler du mariage de Lucrèce avec Alphonse d'Este.

– On me dit que Lucrèce est triste, qu'on ne peut pas l'aborder.

– Elle finira par accepter. Lucrèce veut fuir de Rome, César.

– Fuir ? Tu as une étrange connaissance de ma sœur. Pourquoi te fais-tu tant de souci pour elle ?

– Nous l'avons poussée à bout. Pauvre fille, elle s'attachait à des maris insuffisants, et nous les envoyions promener, parfois dans l'éternité.

– Un mari est comme un coffre fermé. Tant qu'on ne l'a pas ouvert, on ne sait pas ce qu'il y a à l'intérieur. Ce sera pareil pour Alphonse d'Este, si Lucrèce finit par l'épouser.

– En revanche, la femme non. A l'intérieur, une femme n'a que des enfants. Des petits Borgia qui doivent perpétuer votre famille au-delà des siècles et des frontières. Qui est la femme qui a le plus de prestige, dans toute la chrétienté ? Isabelle la Catholique ? De quoi est-elle maîtresse ? De sa cour ? Elle n'est même pas maîtresse de son corps. Quelle est la femme qui a le plus de prestige dans toute l'Italie ? Catherine Sforza ? Isabelle de Gonzague ? Même chose pour elles. Des abeilles pondeuses dont la vie est suspendue à un fil chaque fois qu'elles pondent. Mais Lucrèce veut avoir sa cour. Être elle-même. Lucrèce veut s'évader.

– Le pouvoir de Lucrèce, c'est le pouvoir de la

famille. Mon pouvoir, c'est le pouvoir de la famille. J'ai souvent pensé à ce que je deviendrais si mon père disparaissait. Le sol s'ouvrirait sous mes pieds. Je dois obtenir qu'il me nomme gouverneur à vie de Rome, ou toute autre charge qui me permette de conserver le pouvoir quand il aura disparu et que nous aurons de nouveau sur le dos toute cette vermine aujourd'hui humiliée et vaincue.

César se réfugie dans une rêverie inquiète et repousse du bras la coupe pleine de vin que lui tend Miquel.

– La première coupe étanche la soif, la deuxième donne la joie, la troisième du plaisir, la quatrième rend fou. Le grand Apulée savait ce qu'il disait : « Pourquoi chercher l'inquiétude quand elle ne t'est pas nécessaire ? »

– Tu as raison, Miquel. Je ne comprends pas ces fureurs abstraites qui me prennent de temps en temps. Tes fureurs sont concrètes, les miennes sont abstraites. Oublie Lucrèce. Les temps qui viennent seront passionnants. J'ai invité à Rome Léonard de Vinci et Machiavel. Je veux que le premier me dessine des machines de guerre et que le second me justifie les guerres. Mais avant, je veux m'occuper de Lucrèce.

Miquel de Corella s'attriste.

– Traite-la affectueusement, César.

– Tu pourrais bien lui avoir dit un jour que tu l'aimes.

– Avant ou après lui avoir tué ses maris ?

Corella s'en va en sifflant une mélodie lugubre, et une fois seul, il laisse libre cours à sa mélancolie. Il récite :

*– No us negareu, senyora,*
*donar-li la mà*
*a qui de vós s'en va,*
*no us negareu, senyora.*
*Una piadosa vista*
*al dol pot resistir*

*i aquesta ànima trista*
*sempre de vós s'enyora.*
*No us negareu, senyora**.

*

Giovanni Sforza termine son exposé.

– Les troupes de César se reposent à Pesaro. J'ai perdu mon fief, mais ils ne vont pas s'arrêter là, ils vont marcher sur Bologne, sur Mantoue ou sur Ferrare. Oui, pourquoi pas Mantoue ou Ferrare ?

Le regard de Giovanni s'adresse surtout au couple formé par Isabelle d'Este et François de Gonzague, qui président la réunion.

– Avant tout, Isabelle, cher François, je vous remercie de m'avoir accueilli dans cette réunion. Je peux me considérer comme un exilé et, je vous en préviens, César viendra chez vous, ici, à Mantoue : ce bâtard a besoin du sang des Gonzague pour se sentir fort, et ensuite il ira chez toi, Isabelle, car sa bâtardise a aussi besoin du sang de la noble maison d'Este.

Sur le visage de madone perpétuellement renfrogné d'Isabelle se lit une froide préoccupation, et sur celui de François de Gonzague une ironie dont le sens n'échappe pas à Giovanni Sforza.

– Je lis dans tes pensées, François.

– Tu as toujours lu dans mes pensées, Giovanni. Y compris quand je n'avais pas de telles pensées.

– A quoi fais-tu allusion ?

– Ne sois pas si soupçonneux. Lorsque tu as quitté ta femme, Lucrèce Borgia, tu as dit qu'elle serait bientôt la cause de maux terribles.

---

* Ne refusez pas, madame, / de donner la main / à celui qui vous quitte, / ne refusez pas, madame. / Un doux regard / peut faire échec à la douleur / et cette âme triste / pour vous soupire toujours. / Ne refusez pas, madame.

– Tu connais la force des familles italiennes : les Sforza, les Este, les Gonzague… Mais imagine Rome, une seule ville, pleine de familles qui luttent pour l'hégémonie, avec chacune son territoire, comme des bandits sans scrupules, et au milieu les Borgia qui ont appris à être les plus durs, ceux qui savent toujours survivre. J'aimais Lucrèce, mais pas au point d'être un cocu, et encore moins un cocu impliqué dans un inceste.

Les yeux de François restent sceptiques, et sa femme s'irrite.

– Tu ne me crois pas ?

– Je n'ignore pas les excès criminels des Borgia, si communs par ailleurs aux autres cours d'Italie, d'Espagne, de France. Mais je n'ignore pas non plus comment se fabriquent les légendes.

– Les légendes ? Tu parles de légendes quand il est évident que ce ramassis de marranes et de Catalans a perverti le Vatican et détruit la stabilité de toute l'Italie ?

François ne fait pas cas de l'irritation de son épouse et va vers Giovanni pour le serrer dans ses bras.

– Considère-toi comme l'invité d'honneur de Mantoue.

– Je t'en remercie, mais me donner asile ne règle pas la question. César est diabolique. Il rallie ses ennemis à son armée par la terreur ou par l'argent. Il a pris Rimini avec l'aide de ses propres habitants, qui haïssaient le tyran Pandolfo Malatesta.

– Curieux personnage. Un sanguinaire, mais qui, en partant pour l'exil, s'est aperçu qu'il avait oublié son chien et a écrit à César pour qu'on le lui rende. Mais dis-moi, Giovanni, je m'étais laissé dire que tu avais abandonné Pesaro sans même tirer l'épée du fourreau.

– Quel est, aujourd'hui, le seigneur d'Italie qui peut compter sur ses sujets pour tenter de sauver son fief ? Les valeurs traditionnelles se sont effondrées, et la populace accueille le premier venu comme un libérateur. De quoi les libère-t-il ? Tout reste pareil. Nous sommes dans une époque d'iconoclastes qui ont perdu le sens commun. César a désigné Ramiro de Llorca comme administrateur de ses nouveaux domaines. Le résultat ? Les vassaux haïssent Ramiro de Llorca, et pas César qui lui donne des ordres.

La discussion devient générale entre les gentilshommes, sur l'évidence de la perte des valeurs, l'absence de respect de l'autorité, qui vont de pair avec la disparition de la crainte de Dieu, mais Isabelle fait signe à son mari de la suivre. François de Gonzague s'exécute en étudiant l'expression d'Isabelle comme s'il essayait de deviner ce qui l'attend, et quand ils se retrouvent seuls dans leurs appartements, il prend les devants :

– J'ignore ce qu'on a bien pu encore te raconter.

– Raconter ? Est-ce qu'on me raconte jamais quoi que ce soit ?

– Ne commençons pas, Isabelle. Tu disposes du meilleur service d'espionnage de Mantoue, de Florence et même de Rome. Si on t'a raconté que je…

– Tais-toi donc ! Cette fois, il ne s'agit pas de tes histoires de jupons. Ce qu'on m'a raconté est bien plus humiliant encore, et intolérable.

– Cela me concerne ?

– Cela me concerne, et cela concerne les miens ! Voici que le pape est en train de négocier avec mon frère, le cardinal Hippolyte, et mon père le mariage de Lucrèce Borgia et de mon frère Alphonse, le futur duc d'Este et seigneur de Ferrare. Ces bâtards ! Cette putain bâtarde, duchesse de Ferrare ! Qu'est-ce que tu penses de cela ?

François semble n'en rien penser, si l'on en juge par son silence et par la mélancolie ironique avec laquelle il contemple sa femme.

– Ton regard me rend nerveuse ! Tu t'en moques, n'est-ce pas ? Tu n'as aucune morale ?

– Isabelle.

– Ou peut-être cette prostituée est-elle à ton goût ? Je sais quel effet elle t'a fait, quand tu l'as vue à… à Rome ?

– Je ne me rappelle pas quand je l'ai vue.

– Elle t'a impressionné.

– C'était une enfant.

– Qu'est-ce que cela veut dire, une enfant ?

– Tu le sais bien.

– Je n'accepterai pas de voir cette répugnante bâtarde s'asseoir sur le trône de Ferrare, le trône de ma mère. Tu te souviendras un jour de ce que je te dis là.

– J'admire ton orgueil, l'orgueil d'être une Este. J'ai celui d'être un Gonzague, mais pouvons-nous légitimement prétendre que les Borgia sont des bâtards et que nous-mêmes n'avons pas tout autant une origine bâtarde, ou que nous ne descendons pas de condottieri qui ont acquis leur légitimité par la force ?

– Les Este sont la dynastie la plus transparente. De plus, la force et le courage sont sources de légitimité. Mais pas l'égorgement et le poison systématiques, qui sont les armes des Borgia.

– Une bonne part des vieilles familles armées et puissantes se sont transformées en courtisanes. Leurs seuls duels sont des duels poétiques. Mais presque toutes se sont maintenues par la dague et le poison.

– Tout cela est en train de disparaître, c'est vrai. Mais il nous revient de faire les nouveaux princes, et seuls ceux qui sauront se garder des contaminations auront le droit légitime de l'être.

– Légitime ? Les nouveaux princes dépendront des banquiers pour payer leurs troupes et leurs nouvelles armes, des cardinaux pour bénir leurs machines de guerre, de la plèbe urbaine et paysanne pour former leur armée et des poètes pour chanter leurs exploits.

– Et que fais-tu dans tout cela de l'esprit d'initiative et du courage ?

François de Gonzague regarde sa femme avec admiration.

– Tu as le visage d'une madone et l'âme du plus redoutable condottiere.

– Je suis une Este.

*

C'est aussi l'opinion du cardinal Hippolyte d'Este tandis qu'il répond aux questions que lui pose Remulins, devant une table bien servie. Le cardinal se sert abondamment, Remulins reste sobre. Le cardinal a encore la bouche pleine quand il conclut :

– Je suis un Este.

Remulins assure qu'il n'en doute pas, mais il rétorque :

– Vous êtes aussi un cardinal. Et, aussi bien comme membre d'une des plus illustres familles d'Italie que comme cardinal, vous reconnaîtrez que ce mariage est une bénédiction.

– Ce mariage sert davantage les intérêts de la famille Borgia que ceux de la chrétienté.

– Peut-on les séparer ? César est devenu le plus grand guerrier de l'Italie et il est une pièce essentielle pour les intérêts de toutes, absolument toutes les familles italiennes. Louis XII le soutient et Ferdinand le Catholique le laisse faire. La conquête de Faenza a été un spectacle militaire, un brillant spectacle que beaucoup de seigneurs italiens ont regardé avec admiration. Vous-même avez été invité à y assister. La Romagne conquise, tout est désormais possible. César est aujourd'hui le prince de l'Italie.

– Remulins, je ne puis croire ce que vous dites.

– Pourquoi, alors, êtes-vous venu à la table des négociations ? Cardinal Hippolyte, sa sainteté vous a distingué pour le cardinalat, et maintenant elle vous fait une offre substantielle pour que votre père, l'honorable duc Hercule, accepte les épousailles de Lucrèce avec son aîné Alphonse.

– Substantielle, substantielle… Vous autres, vous n'avez que ce mot à la bouche.

– Votre éminence révérendissime n'a-t-elle pas hérité du sens bien connu de l'argent qui fait le charme de son père ? Voulez-vous que je vous remémore l'inventaire ? Cent mille ducats.

– Ça commence déjà mal. Deux cent mille.

– Nous avons déjà annulé le cens que Ferrare doit payer chaque année au Vatican. Et votre promotion au rang d'archiprêtre de Saint-Pierre du Vatican n'est pas une proposition en l'air.

– S'il n'y avait que moi, il n'y aurait pas de problème, mon cher chancelier. Et je serais fort soulagé de ne plus avoir à négocier avec vous. Mais il y a trop de flou dans les propositions de sa sainteté. La dot peut être discutée, mais il reste le trousseau de la mariée, qui devrait être porté à la même hauteur que la dot. Ensuite, il y aura la dépense à Ferrare. Lucrèce voudra avoir sa cour.

– Toutes les duchesses et les comtesses ont leur cour, que ce soit à Ferrare, à Mantoue ou à Milan.

– Les cours des Borgia coûtent très cher, et mon père…

– Et votre père est fort économe de son argent.

– C'est le mot. Économe.

– Je n'en ai pas employé d'autre. Et dans quel état d'esprit est votre frère, le duc Alphonse ?

– Mon frère sera dans l'état d'esprit que lui dictera notre père, il obéira aux intérêts dynastiques. Nous avons eu une conversation avant mon départ, et je vous ai apporté une preuve de ses dispositions.

Le cardinal Hippolyte d'Este se lève et va dans un coin de la pièce où l'attend un paquet. Il retire les attaches et les toiles qui couvrent un tableau et, devant Remulins intrigué, apparaît le portrait à l'huile d'Alphonse d'Este.

– Mon frère. Il me l'a remis pour que madame Lucrèce puisse déjà avoir une idée de lui.

Le cardinal revoit les conditions dans lesquelles lui a

été remis le portrait, pendant que d'une bouche mensongère il en donne une version plaisante et galante. La réalité, c'est un Alphonse tournant comme un lion en cage pendant que son père essayait de lui dorer la pilule et que lui-même, le cardinal, gardait le plus profond silence pour éviter d'avoir à se prononcer.

– Je refuse de me marier avec cette prostituée ! Je serais la fable de toute l'Italie !

– En Italie, personne ne rit de celui qui épouse une prostituée. Tout dépend de la dot. Tout dépend des relations de pouvoir. Crois-tu que ce mariage m'enchante ? Depuis toujours j'ai été un admirateur du frère Girolamo Savonarole, et le piège qui lui a coûté la vie m'a profondément atteint. Entre la piété des Este et la concupiscence des Borgia, il y a le même abîme que celui qui sépare le Ciel de l'Enfer. Mais César a pris la Romagne et le roi Louis XII le soutient. Après la Romagne il ira à Mantoue, puis à Bologne, et pourquoi pas à Ferrare ? Réponds à cette question. Pourquoi pas à Ferrare ?

– Je n'aime pas les questions. Et encore moins y répondre.

– Toi, la seule chose que tu aimes, c'est de fondre des canons et de culbuter des catins sur les matelas les plus sordides de Ferrare. César Borgia veut ce mariage parce que, désormais, ses territoires s'arrêtent à Ferrare. Si sa sœur t'épouse, un pacte de famille l'obligera à aller ailleurs.

– Qu'il aille où il veut. Je ne suis pas un cornard.

– Je te l'ai déjà dit : les espions que j'ai à Rome m'ont garanti que Lucrèce est victime d'une légende, que tout cela n'est pas aussi grave qu'on raconte.

– Ce qui signifie que, grave ou pas grave, il y a du vrai dans ce qu'on raconte. Giovanni Sforza affirme que le propre père de Lucrèce commet l'inceste avec elle.

– Giovanni Sforza est incapable d'accrocher son cerveau quelque part.

Alphonse a fait semblant de réfléchir, puis il a eu cette remarque ironique :

– Le cerveau ne s'accroche pas, père.

A bout d'arguments, Hercule a renoncé à discuter, et il a pris sur une table le portrait à l'huile de son fils, pour le tendre au cardinal.

– Emporte ce portrait à Rome pour le donner à Lucrèce et négocie, négocie sans tarder. Si Alexandre a envie de marier sa fille, il faudra qu'il en paye le prix.

Pris de fureur, Alphonse d'Este a quitté la salle et couru à perdre haleine jusqu'à son atelier de fonderie, une forge de Vulcain où les ouvriers suants s'affairaient autour des métaux incandescents. Il a aussitôt retrouvé la paix et s'est déshabillé pour ne garder qu'un simple tablier, comme les autres forgerons. Il s'est appliqué la visière avec une expression de plaisir et a remué le métal en fusion. Une expression de plaisir ancestrale, familiale, car en ce moment même, à Rome, elle apparaît sur le visage du cardinal Hippolyte, tandis qu'il met fin à son évocation secrète et donne le portrait à Remulins.

– Alphonse d'Este. La franchise de ses traits traduit la franchise des dispositions de ma famille. Si nous parvenons à un accord, Alphonse débordera de bonheur.

Remulins ferme les yeux pour qu'Hippolyte ne voie pas son mépris ou son scepticisme.

*

– Combien de batailles as-tu gagnées ce matin ? Et cette après-midi ? Après avoir vaincu et séduit ou violé, oui, plutôt violé Catherine Sforza, quels autres exploits brigues-tu ? Tu es venu jusqu'à Nepi sans gens d'armes ? Où est ton sicaire Miquel de Corella ? Où sont les assassins de mes amants, de ceux que j'aimais ?

César ne répond pas à Lucrèce. Il essaye d'englober

dans le même regard la pièce et le jardin sur lesquels se projette la présence endeuillée de Lucrèce.

– Bel endroit pour tant de solitude.

– On m'a aussi privée de la compagnie de Sancha. Il paraît que c'est une mauvaise compagnie. Ils l'ont enfermée dans le château Saint-Ange, pour sa sécurité, disent-ils. Mais quelle naïve je fais ! Comme si tu ne le savais pas ! C'est toi qui as tout manigancé, avec notre père.

– Saint-Ange est un lieu sûr. Si elle était allée à Naples, elle serait en danger. Naples n'est pas sûre. Il y aura bientôt une intervention de la France et de l'Espagne contre le roi Frédéric. Ses jours sont comptés.

– Et Sancha ?

– Je participerai à la campagne. Je ferai tout pour la protéger. Le capitaine général espagnol, Fernández de Cordoue, aussi. Sancha sait se défendre. Toi, non. Tu nous inquiètes beaucoup.

– Ce qui veut dire qu'il serait temps que je m'inquiète moi aussi, non ? Quand Miquel de Corella viendra-t-il pour moi ?

César la prend par les épaules.

– Sors de ton rêve de veuve inconsolable. C'est un rêve inutile. Ton premier mari continue d'être un imbécile, et le deuxième, paix à son âme, était un inutile. Tu ne vois donc pas ce que nous jouons, ce que tu joues ? Dans notre situation, nous ne pouvons permettre à nos sentiments d'être un obstacle. Notre vie a un sens qui est au-dessus des émotions et de la morale conventionnelle.

– La vôtre, oui. Celle de notre père, la tienne, surtout la tienne, César. Mais pas la mienne, pas celle du pauvre Joan, et il l'a payé cher, ni celle de Jofré, une caricature de mari à côté de Sancha, si forte.

– Ne dissimule pas ta force. Tu es aussi forte que mon père et que moi. Tu dois te joindre à nous. Aller dans le même sens que nous.

– De quel sens parles-tu ?

César réfléchit, ses vêtements lilas rougissant peu à peu dans le crépuscule qui souligne aussi les angles de son visage, et Lucrèce le voit comme une présence démoniaque, qui pourtant la séduit.

– Il y a bien des années, notre père a quitté son village, Xàtiva, pour parcourir un long chemin vers le pouvoir et la gloire. Il aurait pu tomber mille fois sur ce chemin comme une fourmi écrasée par la colère de l'Histoire.

– La colère de Dieu.

– Restons-en à l'Histoire. J'ai étudié chaque pas de ce chemin et je n'y ai vu aucune intervention d'une quelconque Providence. C'est le triomphe de la connaissance et de l'intelligence individuelle. La fortune s'est bornée à sanctionner ces évidences. Et Rodrigo y est parvenu entouré d'ennemis, en attendant le moment où une grande famille le rendrait fort. Aujourd'hui cette famille existe, malgré ses pertes. Et notre famille, c'est aussi le fragile duc de Gandie, le fils de Joan à qui sa mère María Enríquez inculque la haine éternelle des Borgia. Sais-tu à combien de maisons royales et nobles nous sommes apparentés ? Sais-tu que nous avons des parents dans la conquête des nouvelles Indes découvertes par Colomb ? Cela ne te tente pas, de participer à ce grand projet ?

– Avec quoi ? Avec mon vagin ? C'est mon vagin qui va contribuer à la splendeur des Borgia ?

César sourit.

– Qui sait où se trouve vraiment le siège de l'intelligence ? Dans le cerveau, ou ailleurs ? Pense ce que tu veux, l'essentiel c'est que tu penses.

Lucrèce contemple l'air satisfait de son frère.

– Je voudrais te parler en femme, en femme que les circonstances ont déjà mûrie et qui est veuve. Une femme au veuvage de qui tu as contribué. Je le peux ?

D'un geste, César l'invite à poursuivre.

– Je vois bien que vous êtes en train de construire un monde guidé par l'argent, le sexe et la force. Mais vous traînez toujours dans votre suite des musiciens et des poètes comme vous traînez derrière vos batailles des putains qui prennent votre syphilis et des infirmiers qui sectionnent les gangrènes et enterrent les morts. Quelles relations as-tu avec ta femme ? On dit partout que tu forniquais avec elle jusqu'à trois fois par nuit.

– Quatre.

– Tu l'as revue ?

– Non.

– Elle t'a fait une fille. Tu la connais ?

– Non.

– On dit que tu as une maîtresse attitrée du nom de Fiammetta, on dit que tu as séduit de force une jeune noble, Dorotea, que tu emmènes dans tes campagnes, on dit que tu t'es servi de Catherine Sforza comme d'un butin de guerre.

– Est-ce une liste mirifique de ma vie sexuelle ou un acte d'accusation ?

– Tout ce que j'ai dit là reste très banal. Ne te fais pas pire que les autres. C'est normal. Je le comprends. Je le comprends, César, mais je suis écœurée. Je ne veux pas être le vagin des Borgia, le vagin perpétuellement en deuil des Borgia.

César semble ému et va vers sa sœur pour l'embrasser, la caresser, lui baiser le front, les cheveux.

– Nous pensons comme nous vivons. Parfois nous nous rendons compte qu'il n'est plus possible de faire comme avant et que nous devons changer, et puis peu à peu nous nous rendons compte aussi de ce qu'il faut changer. Tu n'es pas le vagin des Borgia. Tu as désormais des responsabilités dynastiques. Tu as un enfant naturel. Et un autre, de ton mariage avec Alphonse de Bisceglia. Ce sont des racines pour l'avenir. Les tiennes. Ne leur dois-tu rien ? Ne font-elles pas partie de l'entreprise Borgia ? Tu ne peux avoir la mentalité d'une femme de commerçant.

– Et moi ?

– Et moi ? Que veut dire ce moi que tu me lances comme une accusation ?

– Toi, tu es un homme. Un conquérant. Un prince. Un césar.

Il y a une certaine amertume dans la voix de César.

– Je ne suis qu'une pièce dans le jeu. La dernière pièce qui restait à notre père pour son dernier pari : ou César ou rien. Ce n'est pas seulement ma devise, c'est aussi celle de Rodrigo, quoi qu'il en dise.

Il soupire, comme pour expulser les idées noires.

– Aide-nous, Lucrèce.

– A quoi faire ?

– A ne pas échouer.

*

Lucrèce en deuil médite devant le portrait d'Alphonse d'Este. Le soir semble s'accorder à sa mélancolie. Elle est seule, elle parle à voix haute, elle pose des questions à Adriana del Milà et y répond en imitant la voix calme de sa tutrice.

– Je vais te poser une question, Adriana.

– Dis-moi, Lucrèce.

– Pourquoi dois-je me marier avec cet homme ?

– Une femme ne peut poser cette question, et encore moins une Borgia, Lucrèce.

– On m'a dit que c'était un coureur de jupons et qu'il pensait de moi des choses abominables.

– Qui peut penser des choses abominables de ma petite fille ?

Lucrèce éclate de rire en se moquant de l'expression « ma petite fille » qui ridiculise Adriana, qui la ridiculise elle-même. Les éclats de rire tournent aux sanglots, puis elle redevient sérieuse, grave, se lève, remet de l'ordre dans sa coiffure, tire le cordon pour appeler la gouvernante. Maintenant sa voix est neutre, distante, mais ferme.

– Ce soir, je dîne avec ma tutrice. Sors la vaisselle d'argent.

– D'argent ?

– Oui. D'argent.

La femme court transmettre l'ordre au reste de la domesticité.

– La vaisselle d'argent !

La nouvelle se répand et l'agitation qu'elle provoque parvient jusqu'à Adriana del Milà, qui se maquille dans son boudoir, et même si la couche de blanc qui couvre son visage masque sa réaction, ses yeux se sont agrandis, ses gestes se sont accélérés car elle veut être prête au plus vite. C'est une Adriana del Milà dans tout son éclat qui se dirige vers la salle à manger privée, observe d'un œil expert et critique la disposition des couverts et des assiettes, les lumières trop violentes, si violentes qu'elle fait enlever un candélabre. Elle va à la porte pour vérifier l'effet général de l'éclairage, et son attention est détournée par l'arrivée de Lucrèce dans la salle à manger. Celle-ci n'est plus en deuil, elle porte une couronne de fleurs sur ses cheveux blonds et ondoyants, et elle tient le portrait d'Alphonse d'Este. Adriana l'embrasse sur les joues, et Lucrèce lui rend la pareille avec l'application d'une fille bien élevée.

– C'est un des plus beaux soirs de ma vie, Lucrèce !

– Pourquoi ?

– L'argenterie ! Cela veut dire que tu quittes le deuil. Et ta robe. Et ces roses. C'est merveilleux, ma fille !

Lucrèce met tout son charme dans son sourire et dans ses gestes pour chercher une console où poser le portrait d'Alphonse d'Este.

– Comment le trouves-tu, Adriana ?

– Un superbe gentilhomme.

– On m'a dit que c'est un rustre.

– Un rustre, le duc de Ferrare ?

– On m'a dit que je dois me marier avec lui, et je ne veux pas.

– Une Borgia ne peut faire cette réponse.

Lucrèce ne dit rien, et Adriana est intriguée par son air concentré, mais elle s'assied à la table et observe le service, tout en étudiant sa pupille du coin de l'œil.

– Je suis heureuse que tu aies surmonté ton état de prostration…

– Tu m'aimes, Adriana ?

La question a surpris Adriana del Milà, et elle tente de gagner du temps en portant un mouchoir à ses yeux pour y essuyer des larmes.

– Ta question me blesse. Je t'ai consacré ma vie.

Lucrèce se lève, s'agenouille devant Adriana sans se soucier de son air fâché. Elle prend le visage de la femme dans ses mains et l'oblige à la regarder.

– Tu ne m'as pas consacré ta vie, Adriana. Ne me mens pas. Ne me mens pas. Ta vie, tu l'as consacrée à mon père, et je ne te demande pas pourquoi. Mon père a décidé que je grandirais près de toi, et non près de Vannozza, et tu lui as obéi. Pourquoi ? Parce que tu pouvais ainsi obtenir qu'il favorise ton mari, la famille de ton mari, les Orsini ? Est-ce aussi pour cette raison que tu lui as livré ta bru Julia, au mépris des sentiments de ton fils Orso, le pauvre Orso ?

Adriana s'est levée, le masque tragique, et elle vérifie si la tragédie qu'elle joue émeut Lucrèce. Non. Elle ne l'émeut pas. Il n'y a que de la curiosité dans les yeux de la jeune femme agenouillée. La tutrice fait tomber le masque, et regarde pour la première fois Lucrèce dans les yeux.

– Tu as grandi, Lucrèce. Je le vois bien, maintenant. Tu poses des questions auxquelles tu devrais répondre toi-même, surtout si tu te considères comme une Borgia.

– Tu as fait tout cela pour les Borgia ?

La gravité de l'expression d'Adriana se charge de fureur contrôlée, ce qui ne l'empêche pas de se pencher vers Lucrèce, de la prendre dans ses bras et de l'obliger à se relever.

– Nous allons parler à cœur ouvert.

L'expression de Lucrèce est presque amusée, celle d'Adriana est sévère et le restera tout le temps qu'elle parlera.

– Que sais-tu, toi, de ce que signifie survivre dans cette ville ? Toute petite, j'ai vu les Milà et les Borgia traqués par tous les tueurs à gages de Rome. J'ai entendu les cris qui demandaient qu'on égorge tous les Catalans, et si ces cris ont disparu, c'est parce que ton père s'est fait respecter et a obtenu qu'on nous respecte. Ton père et ton frère César.

– Au prix de la vie de Joan, de celle de mon mari, de celle de tous les cadavres charriés par le Tibre ? Y compris les cadavres des Orsini ! De ta famille !

– Tu aurais préféré que ces cadavres soient les nôtres ? Dans quel monde vis-tu ? Seule la force peut nous protéger, et notre cause a été, grâce à ton père, celle de la famille et celle de la chrétienté. Tu vis comme une princesse irresponsable pendant que les autres tuent et meurent pour toi ! Nous faisons la sale besogne, et Lucrèce se promène couronnée de fleurs blanches !

Le ton emphatique d'Adriana del Milà ne modifie pas l'attitude de Lucrèce. Elle s'écarte et se tourne vers le portrait d'Alphonse d'Este.

– S'il se marie avec moi, tu lui donnes combien de temps à vivre, Adriana ?

– Est-ce si important ?

– Je suis devenue la mariée sanglante et j'ai envie de vivre comme toutes les femmes, heureuses ou malheureuses. Chez moi, entourée de mes amis, de mes poètes, de mes courtisans, loin de toute cette angoisse qui nous cerne. Un jour après l'autre. J'aimerais ajuster ma vie à un sablier, lent, le plus lent des sabliers, où coulerait le plus lent des sables lents. Et parler, soir après soir, de mes morts et de mes disparus. Cela sera-t-il possible ?

Adriana est déconcertée, et plus encore quand Lucrèce conclut après un soupir :

– Demain je rentrerai à Rome. Je veux dire personnellement à mon père que j'accepte.

Adriana, soulagée, veut embrasser Lucrèce, mais d'un geste celle-ci la retient :

– Tu ne te libéreras pas de moi, Adriana. Je veux t'avoir près de moi à Ferrare quand je serai la femme d'Alphonse.

Et comme elle lit de l'incompréhension dans les yeux d'Adriana, elle ajoute :

– Tu dois terminer ton travail.

*

Alexandre embrasse tendrement sa fille, puis l'éloigne de son corps pour que leurs regards se rencontrent.

– Je n'en attendais pas moins de toi.

Il la prend par la main et la conduit devant un auditoire restreint de cardinaux et de courtisans.

– Je vous ai déjà annoncé que je pars pour cueillir le fruit des conquêtes de César et, en mon absence, personne ne peut mieux me représenter que Lucrèce. Considérez-la comme le gouverneur de Rome et obéissez à ses décisions comme si elles étaient les miennes.

Il ne prend pas le temps d'écouter questions ou dithyrambes, il entraîne Lucrèce par la main dans une course que le vieux cardinal Costa et Burchard ont du mal à suivre. Quand ils sont seuls tous les quatre, le pape couvre de nouveau Lucrèce de caresses.

– Je n'ai pas de mots pour t'exprimer ma joie. Tu seras une grande dame de Ferrare. Regarde. Lis ces lettres que j'ai interceptées. Elles viennent des espions d'Hercule d'Este et de sa fille Isabelle de Gonzague. Ils les renseignent sur toi, lis… lis à voix haute…

Lucrèce hésite, et finalement se décide à lire.

– Les passages soulignés, Lucrèce, juste les passages soulignés.

– « … dame enchanteresse et des plus gracieuses… elle est d'une beauté indiscutable, accentuée encore par ses manières et, pour résumer, elle semble si douce que l'on ne peut ni ne doit la soupçonner d'être capable d'actes sinistres… » De qui parlent-ils ?

– C'est une lettre adressée à ton futur beau-père, Hercule d'Este, que l'on appelle le duc mais que l'on ferait mieux d'appeler le tenancier de Ferrare. Il a le commerce dans le sang. Un authentique avare. Celui qui a écrit la lettre est son espion en chef, Gianluca Castellini. Niccolò de Coreggio s'exprime dans les mêmes termes dans la lettre qu'il adresse à Isabelle de Gonzague, ta future belle-sœur. Le mariage est conclu, et ton rôle à la tête du gouvernement de Rome sera la dernière épreuve. Nous négocions durement. Ton futur beau-père est d'une pingrerie atroce, mais il ne peut refuser tout ce que je lui offre.

– Je vois là que je ne dois pas être soupçonnée d'être capable d'actes sinistres…

– Cela ne te suffit pas ? Tu dois bien être la seule, de tous les Borgia, qu'on ne soupçonne pas d'actes sinistres. Giorgio, promets-moi que tu assisteras ma fille pendant mon absence.

– Je voudrais que toi aussi, tu me promettes quelque chose, père.

– Tu as choisi le meilleur moment pour le demander.

– Mes enfants. Je veux savoir s'ils sont à l'abri, protégés de toute épée et de tout poison, et protégés économiquement.

Alexandre fait signe à Burchard et à Giorgio Costa de sortir de la pièce, mais Lucrèce, d'un geste autoritaire, leur donne l'ordre de rester.

– Je préfère qu'ils soient là.

– Mais Lucrèce, comment peux-tu penser que tes enfants ne sont pas protégés ? J'ai adopté ton premier enfant, comme s'il était le mien. Remulins peut tout te dire à son sujet. Quant à Rodrigo, le fils légitime que tu as eu avec Alphonse de Naples, il est à ta disposition, tu es sa mère avec tout ce que cela comporte. Tu veux l'emmener avec toi à Ferrare ?

– Je veux d'abord savoir comment il sera reçu. S'il était mal accueilli, quelles garanties me donnes-tu ?

– Chacun de mes petits-enfants recevra une part des biens que nous avons acquis par nos conquêtes. César est d'accord. Giovanni recevra le duché de Nepi et Rodrigo le duché de Sermoneta. Cela te semble convenable ? Tout sera légal. Tu achèteras fictivement les biens expropriés, à un prix très bas, et ce sera toi qui les transmettras, ce qui te donne la meilleure des garanties. Tout est parfaitement en règle, Lucrèce, et avec l'accord de César. Je te laisse en bonne compagnie, avec le cardinal Costa, mais c'est à toi qu'appartient la plume, tu as le pouvoir de signer.

Il embrasse tendrement sa fille et la laisse avec Burchard et le cardinal Costa. Non loin de là, sur une écritoire, est posée la plume pontificale, à côté de son encrier. Lucrèce la contemple sans oser la toucher.

– C'est la plume.

Costa confirme :

– C'est la plume.

Lucrèce va la prendre, mais Burchard ne peut se contenir et s'interpose.

– Il faut beaucoup réfléchir avant de signer, madame. La plume est une affaire d'hommes.

Lucrèce semble étonnée. Burchard fait obstacle, il est nerveux mais il s'obstine. Lucrèce sourit et prend le vieux cardinal à témoin.

– Messire Burchard ne veut pas me donner la plume.

– Ce n'est pas cela, madame.

Costa va vers l'écritoire, il extrait la plume de son étui et la montre.

– Elle ne pèse pas aussi lourd que l'épée Excalibur. Prenez-la.

– Je saurai m'en servir.

– Messire Burchard a réagi en homme. Il croit que les hommes sont les seuls à savoir tremper leur plume.

Burchard est devenu tout rouge en entendant le commentaire de Costa et en voyant son clin d'œil à Lucrèce.

– Quelle grossièreté ! Je ne voulais pas... Je parlais de la plume au sens strict du terme. Excusez-moi, madame. Excellence révérendissime...

Burchard s'en va, la honte lui donne des ailes, le sourire sarcastique de Lucrèce et celui plein de commisération de Costa le poursuivent. Mais dès qu'ils sont seuls, Lucrèce reprend l'initiative.

– Je veux voir Remulins, dites-lui de m'apporter tous les papiers concernant l'avenir de mes enfants.

Burchard, les joues en feu, gagne ses austères appartements privés et parle aux murs, à l'air.

– Faut-il que nous soyons tombés bas ! Un esprit impur qui tient les rênes du destrier de la chrétienté ! Dieu les a condamnées à être mères, nonnes ou pécheresses ! Saint Paul a dit que l'homme est la tête et que la femme a introduit le péché originel dans le Paradis terrestre. Qui sommes-nous pour renier la parole de saint Paul ?

Personne ne répond à ses questions angoissées, et il tombe à genoux pour prier, les yeux au ciel. Quand son regard redescend, il voit par la porte entrouverte de la salle voisine le cardinal Hippolyte d'Este, également agenouillé, tandis que Remulins, debout près de lui, l'observe. Hippolyte achève son oraison et revient à la table des négociations couverte de papiers et de chiffres.

– J'ai demandé à Dieu de m'inspirer pour cette ultime négociation.

– Je crois qu'il vous a bien inspiré, éminence. Voyez les dernières concessions de sa sainteté : la dévolution à Ferrare des villes de Cento et de Piave de Cento, des bénéfices ecclésiastiques pour votre frère Giulio, le chapeau de cardinal pour Gianluca Castellini, le conseiller du duc d'Este. Je regrette, mais il est impossible de faire plus.

– Impossible ?

– Impossible.

Triste mais résigné, le cardinal soupire.

– Dieu veuille que le duc montre autant de compréhension que moi.

La compréhension s'est muée en silence. Remulins lance un ultimatum pour l'obliger à répondre :

– Oui, ou non ?

– Amen !

Remulins sourit, satisfait. Il sort sur le balcon et fait un signe en direction de la cour. Presque aussitôt éclatent des feux d'artifice qui montent dans le ciel de Rome. Leurs lueurs éclairent le visage impassible de Remulins, celui fatigué d'Hippolyte d'Este, celui ravagé de Burchard, et sur un autre balcon Lucrèce, Adriana et le vieux cardinal Costa reçoivent en pleine figure le message qui explose sur Rome. Lucrèce demande :

– Que célébrons-nous ?

Adriana ne lui répond pas, mais le vieux cardinal s'en charge :

– L'annonce de votre mariage avec Alphonse d'Este.

*

Le pape se réveille en sueur, tremblant, et met du temps à retrouver le sens du monde de sa chambre. Il éponge sa transpiration et va à la fenêtre pour contempler une Rome qui bourdonne des préparatifs de la fête. C'est dans un état identique que Lucrèce ouvre les yeux et qu'une secrète prémonition la jette hors du lit pour courir jusqu'à celui où dort son fils Rodrigo. Près de lui somnole la gouvernante. Lucrèce prend son enfant dans ses bras.

C'est de la gravité, encore, que l'on lit sur la figure d'Alexandre VI quand il entre dans la salle du trône, où toute la famille attend le départ de Lucrèce : elle-même, à la tête de sa suite, les envoyés de Ferrare menés par le cardinal Hippolyte, Burchard, Remulins, César et ses hommes, Vannozza et Carlo Canale, Adriana, Julia Farnèse. Alexandre bénit Lucrèce agenouillée, puis la relève, l'embrasse sur les joues. Les yeux du pape sont pleins de larmes, ceux de Lucrèce indifférents, les lèvres du pape tremblent de tendresse.

– C'est le cœur triste mais l'esprit joyeux que je t'envoie à la cour de Ferrare où t'attend celui qui est ton époux légitime, puisque vous êtes déjà mariés par procuration, Alphonse d'Este.

Et après un sanglot contenu qui coupe court au discours officiel, Alexandre dit :

– *Adéu, floreta meva, adéu. No et deixes ferir, colometa, i si et fereixen torna a aquest niu**.

Les yeux clairs de Lucrèce accueillent l'adieu de son père et, avant de partir, elle se laisse embrasser par une Vannozza dramatique qui répète avec insistance : Ma fille, ma fille. Lucrèce ferme les yeux pour l'étreinte de César et le baiser sur les joues de Julia Farnèse. Son regard cherche un enfant près de sa gouvernante et lui envoie toute la tendresse qu'elle ne peut lui manifester autrement ; en revanche, elle peut embrasser son autre fils, Rodrigo, paralysé par les démonstrations d'amour de sa mère, qui le rend finalement à celle qui le garde. Les yeux de Lucrèce tardent à se détacher des deux

* – Adieu, ma petite fleur, adieu. Ne te laisse pas blesser, et si on te blesse, reviens dans ce nid.

enfants, puis se reportent, comme si c'était pour la dernière fois, sur cette frise d'hommes et de femmes qui l'ont faite telle qu'elle est. Passant de l'un à l'autre, de l'une à l'autre, le regard de Lucrèce les embrasse tous et pour toujours.

– Adieu pour toujours, murmurent ses lèvres, et elle se détache avec un sourire des bras tendus de son père pour lui tourner le dos et donner le signal du départ pour Ferrare.

*

Ces bras tendus, elle s'en souvient durant les heures, les jours de son voyage comme d'une dernière tentative de Rome pour la retenir, plus que comme d'un au revoir. Ses yeux sont saturés de chevaux, de relais, de carrosses. C'est dans un carrosse qu'Adriana lui confie sa lassitude.

– Un si long voyage, Lucrèce. Ils l'ont transformé en spectacle. Partout où nous nous arrêtons nous attendent une réception, un banquet, des fastes. Je n'en peux plus.

– Il est encore plus long que tu ne le crois, Adriana. Je ne reviendrai jamais à Rome.

– Que dis-tu, ma petite fille ? Tu ne reviendras jamais à Rome ? Tu mets tellement d'espoir dans ce mariage ?

– C'est en moi-même que je mets tout mon espoir. Je n'ai jamais été si seule avec moi-même. Mon mari est un accident. D'ailleurs il pense que je ne suis qu'une vulgaire prostituée vaticane parmi d'autres.

– Je ne veux pas t'entendre dire de telles obscénités. Qui peut penser cela de ma petite fille ?

Deux jeunes dames qui complètent la population du carrosse se sont signées, et elles contemplent avec inquiétude une Lucrèce sereine dont le visage reflète les paysages successifs qui la rapprochent de son destin. Puis on arrive au fleuve, la suite de dames et des délégués se rassemble dans le bateau qui la conduit paisiblement au fil du courant jusqu'à Ferrare, jusqu'au pied des fenêtres derrière lesquelles la famille d'Este épie le débarquement de la nouvelle bru.

Isabelle de Gonzague commente :

– Elle est moins bien que je ne le pensais. Je m'attendais à une chatte blonde, c'est tout juste une lapine blonde.

Hercule d'Este se plaint, et son fils le cardinal fait chorus :

– Cette suite fera ma ruine. Il faudra tout faire pour l'alléger de cette multitude de Romains et de Romaines. Ici, à Ferrare, on peut lui constituer une cour beaucoup moins chère.

Plus loin Alphonse se distrait en pétrissant de la mie de pain, et François de Gonzague a trouvé une fenêtre pour lui seul, afin d'assister à l'arrivée de Lucrèce pendant que tonnent les canons. Ses yeux la cherchent et prennent plaisir à la contempler, jusqu'au moment où la famille se met en marche pour sortir à la rencontre des arrivants et où il se fond dans sa masse tandis qu'Hercule serre sa belle-fille dans ses bras. Isabelle voudrait l'embrasser sur les joues sans la toucher des lèvres ni la quitter des yeux. Lucrèce n'accorde pas beaucoup d'importance à sa belle-sœur et garde ses distances, mais elle cherche Alphonse qui, le regard ironique mais l'attitude courtoise, lui présente ses hommages. Elle a pris la main de son beau-frère François, et le regard qu'ils échangent exprime une sympathie que prolonge le contact de leurs paumes. Mais il n'y a pas de temps à perdre, et le cortège conduit Lucrèce à ses appartements, immenses et froids, où l'accompagne Adriana qui ne dit mot, même quand sur le seuil apparaît la puissante et silencieuse silhouette d'Alphonse d'Este, invitation muette à quitter les lieux, ce qu'elle fait sans tarder. Entre les lèvres d'Alphonse danse une brindille mâchée et, du pied, il ferme la porte qu'Adriana a laissée ouverte. Lucrèce attend son mari près du lit et il s'avance vers elle, mais il s'arrête et ses yeux cherchent au sol un point qui l'aide à commencer son discours. Il ne le trouve pas, et c'est Lucrèce qui parle.

– C'était une belle réception.

Le regard d'Alphonse se promène sur le corps de sa femme et, enfin, ses lèvres prononcent :

– Il paraît que nous sommes mariés.

– Mariés par procuration.

– Dans ce cas, allons-y.

Et, sans ajouter un mot, Alphonse se déshabille. Tout nu, il semble un intrus dans cette chambre garnie de tapis et de coussins, face à la mariée tout de rose vêtue, des roses sur le front, du rose autour des yeux qui regardent ceux de l'homme, seule chose chez lui qui semble être restée habillée tant ils n'expriment pas le moindre sentiment, tant ils ne semblent contempler qu'un incident passager.

– Tu préfères faire ça tout habillée ? Tu préfères que je te déshabille ? Je ne suis pas habitué aux galanteries.

Lucrèce ferme les yeux et se dévêt, pour s'étendre ensuite sur le lit, les yeux au plafond, une main sur chaque sein, les jambes d'abord serrées, puis s'ouvrant à mesure que l'homme avance vers elle. Il saute plus qu'il ne monte sur elle, la pénètre en s'aidant d'une main qui a tout de suite trouvé la cible, puis part pour une chevauchée haletante, violente, méprisant sa monture, la possédant à pleines mains qui pressent le visage, les épaules, les seins, les fesses de Lucrèce, tandis qu'Alphonse murmure :

– Dis-moi qui est en train de te foutre ! Dis mon nom ! Je veux que tu dises mon nom ! Qui te fout ? Qui te fout ?

Lucrèce lui répond d'une voix presque naturelle :

– Toi, Alphonse.

– Alphonse comment ? Combien d'Alphonse t'ont foutue ? Alphonse comment ?

– Alphonse d'Este.

– D'Este ! C'est ça ! D'Este… ! D'Este ! D'Este !

Et chaque fois qu'il prononce son nom, Alphonse donne un coup de boutoir, s'enfonce comme pour lui envoyer ses dernières estocades, jusqu'au moment où il tombe, vidé, sur le corps de Lucrèce, dont les yeux conservent une étrange liberté et errent dans des ciels qu'elle seule peut voir. Alphonse se déprend de sa monture et saute du lit sans un regard pour sa femme qui, elle, le suit des yeux tandis qu'il quitte la chambre pour prendre des couloirs qui le mènent à la forge dont le feu perpétuellement allumé éclaire son visage. Les mains d'Alphonse s'activent, pendant que ses yeux étudient amoureusement la maquette du canon qu'il essaye de reproduire.

*

Hercule d'Este arpente nerveusement la salle. Lucrèce est assise, appuyée contre Adriana debout, et les deux femmes sont aussi sereines que les allées et venues du duc sont agitées.

– Je ne trouve nul plaisir à te parler ainsi. Mais des mois ont passé, un temps suffisant pour que je puisse t'exprimer mes soucis, et pas seulement mes satisfactions. Il est impossible de garder ta suite ici. Même avec les subsides importants de sa sainteté. Je ne vois d'ailleurs pas la nécessité d'une cour étrangère. Il y a à Ferrare des dames, des poètes, des musiciens qui pourraient composer une cour brillante, comme celle que ma fille Isabelle tient à Mantoue. Enfin je n'aime pas le traitement froid, distant, nullement familial, que tu as réservé à Isabelle.

– Froid ? Distant ?

Les questions de Lucrèce et d'Adriana se sont croisées.

– Elle s'en plaint.

De nouveau les questions des femmes se croisent, et déconcertent le duc.

– Isabelle de Gonzague se plaint ?

– Comment est-il possible qu'une dame qui se satisfait ordinairement de si peu se plaigne ?

– Je reconnais que ma fille à un fort caractère, mais je suis sûr qu'elle est pleine de bonne volonté et qu'il suffirait d'un petit geste… je ne sais pas…

– Je ferai le geste, duc. J'ai l'intention de lui demander conseil à propos d'une question qui aura la plus grande importance pour les prochains mois. Je vais réfléchir à la réforme de ma cour, j'ai déjà suffisamment de poètes et de musiciens. Hercule Strozzi m'a beaucoup aidée et m'a promis la venue imminente d'un grand poète vénitien, Pietro Bembo, un poète savant aux aspirations ecclésiastiques.

– J'ai entendu parler de Bembo. Quant à Hercule Strozzi, très bien, très bien, mais le fait qu'il soit infirme le rend particulièrement aigri. Je doute qu'il aime beaucoup les Este. Il appartient à une famille princière. Orgueilleuse. Loyale aux Este, certes, mais Hercule est différent. Quoi qu'il en soit, les poètes et les musiciens ne sont jamais un problème.

– Les problèmes sont toujours économiques.

– Presque toujours. C'est vrai. Ils sont à la base des relations humaines, ma chère fille. Réfléchis à ce que je te dis.

Et il est sur le point de partir, quand il se souvient qu'il n'a pas encore tout dit.

– Est-il exact que tu attendes un heureux événement ?

– C'est exact.

– Excellente nouvelle, excellente. A propos, je ne crois pas opportun de réaliser ton désir d'avoir ton fils Rodrigo à Ferrare. Je crois qu'il sera mieux à Rome que nulle part ailleurs.

– Je suis du même avis.

– Tu es du même avis ?

Hercule paraît surpris de la soumission de sa bru, et, après son départ, Adriana explose, alors que Lucrèce reste sereine.

– Je ne resterai pas un jour de plus dans cette cour sordide. A côté, Rome semble un paradis.

– Tu peux partir quand tu veux. Je dois changer ma stratégie et m'entourer d'une cour ferraraise. Strozzi m'y aidera.

– Strozzi ! S'il n'était pas infirme, j'aurais des soupçons. Quel être charmant ! Le voilà devenu ton paladin, Lucrèce. Tu as de la chance, s'il te dédommage de ton rustre de mari. Car tu avais raison. C'est un rustre.

Lucrèce ne relève pas le commentaire et charge une femme de chambre de prévenir Isabelle de Gonzague qu'elle voudrait lui parler. Isabelle d'Este arrive sans tarder, et Adriana en profite pour se retirer en les laissant seules.

– Je te croyais déjà sur le chemin du retour à Mantoue.

– Tout est prêt pour le départ.

– Je ne voulais pas que tu t'en ailles sans que je t'aie demandé un conseil.

– Tu sais que tu peux compter sur moi.

– Je suis enceinte, et bien que j'aie déjà une certaine expérience, tu en as plus que moi. Les astrologues m'ont dit que la couleur crème favorisait l'afflux du lait dans les seins maternels. Tu porterais des vêtements crème, toi ?

Isabelle écarquille les yeux.

– C'était cela, le conseil ?

– Je t'assure que je n'en dors plus.

Isabelle soupire profondément, mais elle se contient. Elle essaye de répondre quelque chose, mais la colère qui se lit dans ses yeux ne franchit pas ses lèvres. Finalement, elle s'incline, rigide, et quitte la salle, en croisant Strozzi qui claudique sur ses béquilles. Le poète imite les sourcils froncés d'Isabelle.

– Elle est aussi belle que grincheuse.

Strozzi ne comprend pas le fou rire qui secoue Lucrèce et demande des explications.

– J'ai demandé à la fière Isabelle de me donner un conseil de la plus haute importance : la couleur crème est-elle bénéfique, tant dans l'entourage que dans l'habillement d'une mère enceinte, pour remplir de lait les outres maternelles ?

– La question vous préoccupe ?

– Je crois que j'attends un heureux événement, Hercule.

Strozzi fait une moue qui demeure sur son visage et que ni le regard compréhensif de Lucrèce ni même la main qu'elle pose sur son bras ne peuvent effacer.

– Hercule, je suis venue à Ferrare pour faire des enfants. Les femmes ne servent qu'à faire des enfants.

– Ce n'est pas toujours leur seule fonction. Je crois qu'elles sont faites aussi pour être aimées pour elles-mêmes, en elles-mêmes.

– Le culte de Pétrarque et de Platon n'entre pas dans les alcôves. Il est réservé aux poètes et aux femmes, jusqu'à ce qu'arrive la nuit et que les maris entrent dans les alcôves. Alphonse a fait aménager un passage direct entre sa chambre à coucher et la mienne. Ainsi peut-il arriver à n'importe quel moment, toujours à l'improviste. Je suis enceinte. Réjouis-toi de la nouvelle, Hercule. Je te le demande.

– Si vous me le demandez… Je venais vous présenter mon ami Bembo. Il débarque de Venise et a hâte de vous connaître.

Le boiteux Strozzi va à la porte et invite Bembo à entrer. L'impressionnante stature de celui-ci domine Strozzi, elle domine aussi Lucrèce, ce qui n'empêche pas Bembo d'être frappé par le soudain face-à-face, sentiment que, de son côté, Lucrèce éprouve aussi dès qu'elle sent les lèvres du Vénitien se poser sur le dos de sa main.

– Pietro est bien meilleur poète que moi et il vous a dédié un de ses poèmes.

– Lisez-le ! Tout de suite !

L'air suffisant mais la langue prudente, Bembo explique :

– Pour cette première rencontre, je n'ai rien apporté de personnel. Mais j'ai appris par cœur un poème espagnol, de Lope de Zuñiga. Ses vers chanteront comme s'ils étaient les miens.

*Yo pienso que si muriese*
*y con mis males finase*
*desear.*
*Tan grande amor fenesciese*
*que todo el mundo quedase*
*sin amar.*
*Mas esto considerando*
*mi tarde morir es luego*
*tanto bueno.*
*Que debo razón usando*
*gloria sentir en el fuego*
*donde peno**.

Adriana et les deux jeunes suivantes sont entrées dans la pièce pendant que Bembo récitait, et elles se joignent aux applaudissements puérils par lesquels Lucrèce a accueilli l'hommage. Si puérils qu'elle prend Bembo par le bras et l'emmène à la fenêtre où ils conversent sans être entendus. Strozzi soupire devant l'évidence du choc et Adriana perçoit son soupir.

– Chagrin d'amour ?

---

* Je pense que si je mourais / avec mes maux finirait / tout désir.
Si tout grand amour périt / tout le monde doit-il rester / sans aimer ?
Aussi considérant cela / je préfère tout autant / mourir tard.
Et je dois usant de raison / sentir gloire dans le feu / où je souffre.

– Volontaire. Contrôlé. Nécessaire. Pétrarquien. Je ne serais rien ni personne sans chagrin d'amour.

– A part d'être poète, qu'est Pietro Bembo ?

– Beau et ambitieux.

– C'est beaucoup.

Mais ils n'ont pas le temps de poursuivre cet échange de vues car François de Gonzague apparaît sur le seuil, cherchant Lucrèce des yeux, et, quand il la trouve en si bonne compagnie, son regard se ternit, il retient le mouvement qu'il avait esquissé et fait mine de reculer. Il ne le peut, car Lucrèce l'a vu et court à lui pour le retenir et lui faire ses adieux.

– Vous partez déjà.

– Oui. Nous partons. Mais, tu le sais, je reste. Je reste près de toi bien que je m'en aille. Laisse-moi rester, même si je ne suis qu'une ombre, une ombre infime, au dernier rang des ombres.

Lucrèce scelle ses paroles en lui posant un doigt sur les lèvres.

– Nous échangerons beaucoup de lettres. Nous nous retrouverons souvent ainsi.

– Aussi souvent que possible.

– Hercule Strozzi nous servira de messager et de boîte à lettres.

– Il y est disposé ?

Lucrèce acquiesce en fermant les yeux, mais elle les rouvre quand, du couloir, parvient l'appel impérieux d'Isabelle.

– François ! Qu'attends-tu ?

Crispé, François de Gonzague a fermé les yeux à son tour, et il se retire sans lâcher les mains de Lucrèce, fixant les lèvres pâles de la jeune femme qui répètent doucement l'appel impérieux d'Isabelle :

– François ! Qu'attends-tu ? Et qu'espères-tu ?

Les lèvres de François disent quelque chose que seule Lucrèce entend, et elle y répond par un sourire serein, qu'elle garde quand elle se retourne pour retrouver les autres. Pietro Bembo et Hercule Strozzi, frustrés mais haletants, semblent attendre un verdict. Adriana s'amuse comme si elle dansait seule. Lucrèce va vers Bembo et Strozzi, les prend tous deux par la main et s'exclame :

– Mes poètes !

Pour Adriana, il n'en faut pas plus pour que les choses soient claires, elle se dirige vers la porte. Lucrèce la retient.

– Pourquoi t'en vas-tu ?

– Je dois faire mes bagages. Je retourne à Rome.

– Finalement, tu me quittes.

– Tu as besoin de moi ?

Lucrèce réfléchit.

– Je ne sais si j'ai besoin de toi, mais je t'aime.

Adriana, les yeux humides, lui caresse les joues.

– Moi aussi je t'aime, mais tu n'as pas besoin de moi.

La tendresse fait place à l'ironie.

– Tu as un mari étalon, un beau-frère amoureux, un confident boiteux et un beau poète vénitien, que peut-on demander de plus ? Te voilà avec une vie privée.

Un dernier silence partagé par les deux femmes. Adriana tourne le dos pour gagner le couloir, suivie par le regard affectueux de Lucrèce, qui porte les doigts à ses lèvres et lui envoie un baiser ailé.

# 8
# Le piège superbe

– Le seigneur César a tant de monde pour goûter les plats qu'ils sont froids avant d'arriver sur les assiettes. Mauvaise chose, la nourriture froide. Votre sainteté doit mettre son fils en garde contre la nourriture froide.

Alexandre VI ne prête pas attention aux propos d'un Léonard qui s'affaire autour de ses fourneaux et de ses casseroles, non loin de la table où sont posées des maquettes de machines de guerre, mais Machiavel, lui, ne perd pas un détail des manipulations de l'artiste.

– De la soupe de cheval ? Vous qui aimez tant les animaux, et surtout les chevaux, vous allez manger de la soupe de cheval ?

– C'est un plat que je prépare en l'honneur de sa sainteté, car la viande de cheval a peu de graisse et je crains que sa sainteté n'ait les sangs un peu épaissis. Après cela je propose un plat très facile à digérer et solide, si nous l'accompagnons de polenta. C'était le plat préféré de Ludovic le More. Ah, la belle époque ! Les Sforza étaient les Sforza, les Médicis les Médicis, et le seul désagrément de Florence était qu'on ait à y rencontrer de temps en temps le malheureux Michel-Ange, ou un Botticelli repentant, converti au savonarolisme et obligé d'illustrer *La Divine Comédie* en guise d'expiation.

– Pourquoi le malheureux Michel-Ange ? demande le pape, fasciné par l'assurance méprisante du cuisinier.

– C'est un rustre et un vaurien. Un jour, dans la rue, je lui ai posé une question à propos de *La Divine Comédie*, et il m'a envoyé paître. Il lui manque l'harmonie. La sérénité. On ne peut se contenter, dans une vie, de chercher le mouvement des corps en ne le trouvant que dans les muscles et les échines des hommes. Avec la rigidité morale de Buonarroti, on tue la peinture, on fait de la sculpture et non de la peinture. Botticelli a été un peintre sublime jusqu'au moment où il a croisé Savonarole sur son chemin et s'est transformé en pécheur. Un excellent pécheur et un peintre timoré, pour ne pas dire un mauvais peintre. Mauvaise chose que l'humanisme, quand il est aux mains d'illuminés, béats d'admiration devant l'homme, comme Pic de la Mirandole qui a trouvé le moyen d'écrire une *Oraison sur la dignité de l'homme*, même si je suis d'accord avec sa vision de l'être humain comme un éternel Protée, qui se fait constamment lui-même. En Castille on nomme humanisme ce que prône le cardinal Cisneros, mais Cisneros ne croit pas en l'homme, il ne croit qu'en Dieu. Et je n'irais pas en Espagne pour un empire.

Léonard surveille du coin de l'œil un de ses aides, un éphèbe flamboyant à la démarche chaloupée, qui tripote les maquettes inachevées de ses machines de guerre. Il jette la louche avec laquelle il remuait la soupe et crie :

– Giacomo ! Fils et petit-fils de putain ! Laisse mes maquettes !

Giacomo se rebiffe et passe de l'amour-propre blessé au mépris en lançant une des maquettes sur la table. Léonard court et lui assène un coup de poing sur le dos qui précipite le jeune homme sur la planche à dessin. Il se retourne et, à son tour, Léonard reçoit un coup sur le nez. Stupéfait, Alexandre VI cherche de l'aide du regard, mais Machiavel, flegmatique, l'invite à s'abstenir.

– Ne nous mêlons pas des querelles d'amoureux.

Il y a encore quelques échanges musclés entre Léonard

et le dénommé Giacomo, mais ils finissent par arrêter, se dévisagent, éclatent de rire, et Léonard sèche les larmes du garçon avant de revenir à ses fourneaux.

– La beauté du corps ne traduit pas toujours celle de l'âme. Ce beau bâtard est un gredin. Giacomo Salai. Il a posé des milliers de fois pour moi et m'a volé comme dans un bois. Mille fois j'ai été sur le point de le livrer à la justice. Mais comment peut-on mettre ce corps-là en prison ? Comment peut-on condamner à l'obscurité ces yeux ourlés de soie ? Je suis même allé jusqu'à lui dédier une recette, les œufs à la Salai, à base d'œufs durs.

La voix étranglée de Giacomo s'élève d'un coin de l'atelier.

– Ce plat est à moi ! C'est moi qui l'ai inventé et tu me l'as pris ! Tu me prends toujours tout.

– C'est la vie que je devrais te prendre, imbécile ! Bon, la soupe est prête.

– J'admire cette capacité qu'ont les esprits modernes de passer d'un savoir à un autre : de la peinture à la mécanique militaire, des plans de ville aux outils les plus quotidiens.

– Sens de la jouissance, revendication de la jouissance, et ensuite imagination et mathématiques, Saint-Père. Quand on ne peut appliquer les mathématiques, toute réussite est incertaine, que ce soit dans les sciences ou dans le plaisir.

– Même en peinture ?

– Pourquoi pas ?

– Peut-on appliquer les mathématiques, par exemple, à l'interprétation des peintures du Pinturicchio ?

– Pour celui-là, il suffit d'appliquer la rétine. Je connais et j'apprécie ce que votre sainteté détient de son œuvre, mais il est surtout un bon coloriste. Votre sainteté doit parvenir à faire la distinction entre une peinture décorative et une peinture qui participe de la philosophie.

– De la philosophie ? Vous avez entendu ça, Machiavel ?

– Je le lui ai entendu dire souvent.

– La peinture est une connaissance en soi. Elle ne se borne pas à reproduire la réalité, mais elle la réorganise selon des clefs harmoniques nouvelles. Réorganiser la réalité, existe-t-il une autre explication de la philosophie ? Certains philosophes prétendent la dévoiler. C'est trop de travail. La réorganiser suffit. Notre territoire est la nature, c'est là que doit s'installer la mesure humaine. L'humanisme, puisqu'on parle tant d'humanisme et d'humanistes, n'est rien d'autre que ressusciter le principe que l'homme est la mesure de toutes choses. Qui contrôle mieux la mesure des choses que cet observateur par excellence, le peintre ? C'est pour cela, votre sainteté me pardonnera, que le peintre est si pareil à Dieu. Certains vont trop loin. Récemment, j'ai vu une *Annonciation* si mal ajustée que l'ange semblait vouloir expulser la Vierge à coups de bâton plutôt que lui annoncer son heureux état. La peinture est l'art supérieur, même si l'on dit que la poésie est au-dessus et si les poètes ont plus de prestige que les peintres. Les mains font ce que conçoit l'esprit, quoi qu'en puisse dire ce crétin de Michel-Ange, ce garnement mal élevé qui prétend que l'on peint avec les mains et pas avec le cerveau. Il veut se faire passer pour un savant, avoir le statut de philologue, et c'est pour cette raison que cet arriviste s'est mis à écrire des sonnets comme un *literato*.

– La peinture est supérieure à l'architecture, par exemple ?

– La polémique est vive. J'ai justement passé la soirée d'hier à lire la copie d'un traité d'architecture destiné à Luciano Laurana, signé par Federigo de Montefeltro : on n'a jamais rien écrit d'aussi outrancier sur l'hégémonie de l'architecture. Pour lui, les hommes qui méritent le plus de louanges et d'honneurs sont les architectes, car ils sont pleins de génie et de vertu. Quel sens a le mot vertu dans cette assertion, messire Machiavel, je vous le demande, à vous qui n'avez que le mot vertu à la bouche ? Il s'agit de la vertu de l'architecture qui se fonde sur l'art de l'arithmétique et de la géométrie, lesquels sont les deux principaux arts libéraux, par leur grande exactitude, leur grande science, leur grande intelligence. Intelligence et vertu, les clefs de la modernité, certes. Mais la peinture exige autant de vertu ou autant d'intelligence que l'architecture, et elle est plus libre, car le peintre peut façonner ses rêves à sa guise, tandis que l'architecte est tributaire de la manière dont veulent ou doivent vivre les autres.

– Le peintre ou le sculpteur ne sont-ils pas tributaires du goût de ceux qui leur ont commandé l'œuvre ?

– Oui, si le mécène est un crétin.

– Je pourrais prendre cela pour moi.

– Mais si le mécène est, comme votre sainteté, un esprit libre qui aime les arts, il laissera faire l'artiste. Je ne reproche nullement à votre sainteté d'être un mécène mêle-tout, au contraire, je lui reprocherais plutôt d'être un mécène trop tolérant qui ne choisit pas toujours les artistes les plus qualifiés.

– J'ai laissé faire des humanistes comme Pomponio Leto, Pietro Gravina, Aldo Manuzio. Je n'exerce presque aucune surveillance sur les imprimeries qui multiplient les exemplaires des livres. Tous les humanistes glosent sur ma générosité en matière d'art ornemental, monumental.

– Certes, certes. Excessive, parfois, si vous me permettez.

– Combien d'églises de Rome me doivent la vie ? Tous louent la splendeur de nos salles vaticanes.

– Trop de couleur ! Beaucoup trop de couleur ! Votre sainteté ne peut nier qu'elle a l'œil méditerranéen.

– Et classique. J'adore l'harmonie des styles classiques. Nous vivons une époque où nous nous rapprochons des prodiges de l'architecture de l'Empire, et cela précisément parce que nous l'admirons, que nous recevons quotidiennement une leçon du passé.

– Tout est fluide, rien n'est fixe, sainteté. Nous ne répéterons jamais le passé, et nous ne l'aimons pas non plus autant que le prônent les humanistes. Une bonne part des palais des princes actuels célébrés en latin par les poètes a été construite grâce à la démolition des grandes demeures et des œuvres somptuaires de l'Antiquité. Combien de marbres de l'Empire ne doivent-ils pas endurer d'être incorporés dans les maisons des nouveaux maîtres, ceux-là mêmes qui s'arrachent les cheveux chaque fois que disparaît une trace de l'Antiquité, de cet Age d'Or supposé ?

– Vous prétendez que l'humanisme a été édifié sur l'hypocrisie et non sur le passé ?

– Tout est fluide. Rien n'est fixe. Les choses ne se répètent jamais. Les mathématiques permettent que la réalité soit moins fugitive. Toutes les mathématiques sont des spéculations philosophiques, et la peinture est philosophie parce qu'elle se consacre aux mouvements des corps en action, que cette action soit un simple sourire ou un crime. Quiconque méprise la peinture méprise la philosophie et, de ce fait, la réalité. Il ne peut comprendre la réalité.

César fait bruyamment irruption dans les ateliers-cuisines de Léonard, suivi de ses capitaines, et, après avoir constaté que les maquettes n'ont guère progressé, pose des questions à Léonard qui y répond distraitement.

– Je reconnais le retard, mais je me suis diverti à cuisiner des plats pour sa sainteté et messire Machiavel. J'ai mes idées personnelles sur la cuisine, et voyez ces ustensiles que j'ai dessinés : celui-ci, c'est pour soutenir l'œuf au moment de la ponte. Avec une telle machine nous pourrions fixer la taille exacte des œufs. Et voyez cet admirable dessin d'une machine à fabriquer les spaghettis en série.

Corella et César se regardent, abasourdis.

– Mais ce dont nous avons besoin, c'est de machines militaires.

– Je ne l'ai pas oublié, et voici les prémices de ce qui sera de merveilleuses nouveautés. Mais, chez moi, c'est ainsi que se passe la création. J'ai besoin de divaguer pour que, soudain, jaillissent les idées utiles.

– Pour le moment, je me contenterai de vos machines conventionnelles. Je veux seulement que nous les essayions demain sur le champ de bataille.

Corella intervient et propose au peintre :

– A cette occasion, vous pourriez peindre quelque chose, par exemple César devant les remparts, tenant à la main une machine à faire les spaghettis.

– Ne méprisez pas, capitaine, les ustensiles les plus communs, car ils sont parfois précieux pour arriver à des engins plus complexes. Le plus grand architecte militaire fut Francesco de Giorgio, nous l'avons tous copié et bien rarement amélioré. Mes meilleures machines sont celles de l'avenir, et elles ne sont pas encore faites.

– Je dois livrer combat demain, après-demain et la semaine prochaine. Je ne puis attendre de tels prodiges. Vous voudrez bien me doter de machines plus immédiatement utilisables ?

– Naturellement, je le ferai !

Machiavel se glisse dans la conversation.

– Demain, probablement, les troupes partiront vers la Toscane et cet objectif me surprend. Pourquoi pas Bologne, César ?

– La logique serait de marcher sur Bologne, et nous avons déjà châtié plusieurs cités sous son influence, mais le roi de France tient cette cité sous sa protection. La Toscane ? Peut-être. Va pour la Toscane.

Alexandre VI fait la moue.

– Ni moi ni le roi de France ne voulons que tu touches à la Toscane. Louis XII parce qu'il craint que tu ne t'agrandisses démesurément, au détriment d'une ville qui lui a été fidèle, et moi parce que je crois qu'il y a d'autres façons de dominer Florence. Les Florentins devront payer leur impunité un bon prix.

– Nous reparlerons de Florence. Pour l'instant, il est urgent que nous nous consolidions à Naples pour en finir avec la famille d'Aragon qui y a régné jusqu'aujourd'hui, ce qui nous est possible grâce à l'accord entre la France et l'Espagne.

Machiavel veut intervenir, et il y parvient en profitant d'un couloir de silence créé par l'expression soucieuse d'Alexandre.

– J'aimerais exposer certaines de mes théories sur l'utilisation de l'infanterie, et cela quelle que soit la nature de la bataille.

César l'y autorise, mais Léonard est réticent.

– Seigneur Machiavel, vous théorisez fort bien, mais devant les murs des châteaux les théories s'écroulent, de même que les murs des châteaux s'écrouleront bientôt car ils n'auront plus de sens. On ne construira plus de châteaux. Toute la machinerie de guerre tend à rendre les châteaux inutiles. Je crois davantage en l'infanterie. J'ai toujours cru davantage en l'infanterie.

– L'infanterie se compose de cadavres, grogne Machiavel.

Léonard a un sourire protecteur pour l'ingénuité de Machiavel et indique un étrange cône posé sur la table.

– Voici l'avenir. Un véhicule autonome et cuirassé contre n'importe quel genre de feu. Il peut avancer rempli de fantassins, et surtout il peut ouvrir le chemin aux fantassins. Finies les boucheries de chevaux ! C'est l'avenir militaire, avec le vol.

– Vous voulez parler du vol de millions d'étourneaux qui obscurcissent le ciel et jettent la panique chez l'ennemi, comme dans la Bible ?

– Ne soyez pas si sarcastique, messire Machiavel. Notre maître César va penser que je suis un imbécile. Un jour l'homme volera, et les hommes volant au-dessus de l'ennemi seront supérieurs à n'importe quelle puissance de feu. Je vous donne rendez-vous pour un essai de vol. Quant au menu que je vous propose, n'y voyez aucune allusion à vos personnes. Pour vous, messire Corella, je verrais bien des intestins bouillis au gingembre et au safran, et pour vous, seigneur César, des testicules de bélier au miel et à la crème.

Le seigneur César ne prête pas attention à la proposition de Léonard, et Corella pas davantage, car tous deux discutent. César fait part de ce qui semble être les ultimes informations secrètes. Corella lui résume la situation.

– Florence s'est déjà rendue de fait en acceptant tes quatre points, surtout ceux qui me nomment capitaine de son armée et permettent le retour des Médicis, qui seront nos hommes de paille.

– Ils ont cédé aux exigences de Vitellozzo ?

Corella bafouille que c'est chose faite, bien que cette tête de cochon soit imprévisible. Tantôt il se transforme si bien en ombre qu'on pourrait marcher dessus, tantôt il se met en colère pour n'importe quelle broutille. C'est un tyranneau sanglant et arbitraire. Les Florentins ont accepté de lui livrer six otages, choisis parmi ceux qui ont été mêlés à l'assassinat de son frère. Mais déjà César n'est plus à Florence, et pendant que Corella continue de parler, ses pensées volent vers Naples et, pourquoi pas, vers Gênes.

*

Giuliano della Rovere a ordonné au sommelier de verser du vin dans la coupe du cardinal d'Amboise, et tous deux se saluent à distance en levant leurs coupes avant de boire.

– Voilà donc Louis XII roi de Jérusalem, du simple fait de la conquête de Naples.

– Ce n'est pas parce que le titre est symbolique qu'il en est moins grandiose.

– Mais, mon cher Georges, j'ai l'impression que le véritable vainqueur de Naples n'est pas Louis XII, ni Ferdinand le Catholique, mais bien…

– César.

– César.

– C'est vrai. Sa conquête de Capoue a été spectaculaire.

– Et sanglante.

– Quelle conquête n'est pas sanglante ?

– Et l'épisode des quarante jeunes filles enlevées par la troupe ?

– Je croyais qu'elles n'étaient que trente.

– Le pape garde doña Sancha, mais il lui permettra de revenir à Naples avec son demi-mari, Jofré. Quelle pitié de voir ce jeune homme ! Querelleur. Rendu fou par le dévergondage de sa femme. Ce garçon est un danger.

– Le seul danger est César.

– Et le roi de France continue de ne pas considérer comme un danger les succès militaires de César. Qui sera le maître de l'Italie ? Louis XII ? Ferdinand le Catholique ? Non. César. Les Borgia.

– C'est un allié *malgré lui*. Nous savons bien que César hait les Français, mais qu'il n'a pas d'autre solution que d'être notre allié.

– Jusqu'à ce qu'il soit roi d'Italie.

– Cela n'arrivera jamais si nous agitons suffisamment les flots pour qu'il soit obligé d'y naviguer avec prudence. Ta politique consistant à maintenir le feu sacré des familles romaines est très intéressante.

– Pauvres familles ! Elles ont été ligotées. La dernière défaite des Colonna et des Savelli a permis aux Borgia de s'approprier tous leurs biens. Les riches Borgia sont redoutables non par ce qu'ils possèdent mais par ce qu'ils achètent.

– Et César ?

– Il se repose. Quand il ne fait pas la guerre, il passe sa journée au lit, mélancolique, et il suit la progression de la tache de la syphilis sur son visage. De temps à autre il met Fiammetta dans son lit, ou d'autres, comme cette jeune Dorotea, d'abord enlevée contre son gré et aujourd'hui ravie des excès de César. Il est comme un serpent en période de léthargie. On m'a dit qu'il existe dans les Indes des serpents énormes que l'on nomme boas, capables d'avaler un bœuf. Mais ensuite ils doivent le digérer. Longtemps. Patiemment.

– Je suis resté seul dans l'opposition. Les ennemis des Borgia à la curie ne comptent plus. Il faut avoir plus de patience que les Borgia. Cela semble un projet de titans.

– Je dois vous laisser, Della Rovere. Une audience m'attend.

– Avec le pape ?

– Avec le pape ? Pourquoi ? Avec César. Avec le tout-puissant César.

César à demi couché sur son lit écoute les élucubrations de Machiavel qui marche de long en large, mais la voix lui parvient de très loin, il ne perçoit pas le sens total des phrases jusqu'au moment où il entend le mot féodalisme… Paysans et marchands, voilà les secteurs sociaux ascendants parce qu'ils ont un sens réaliste de ce qu'ils font. La défaite du féodalisme est inévitable et il faut donc faire en sorte de ne pas devenir un seigneur féodal comme les autres. La défaite du féodalisme. Elle est évidente. Ou bien les seigneurs féodaux deviennent des courtisans, c'est-à-dire des animaux dont le milieu naturel est la cour, ou bien ils agonisent en défendant leurs fiefs : trente ans, quarante ans au plus ? Il faut se ménager une situation privilégiée pour pouvoir rivaliser avec les rois modernes, Louis XII ou Ferdinand le Catholique. César intervient parce que le soliloque de Machiavel, qui n'en finit pas de tourner en rond, le gêne.

– Ferdinand le Catholique ou Louis XII ?

– Ce sont là les modèles, plus Ferdinand le Catholique que Louis XII. Les voyages coloniaux, la victoire sur l'Islam, la soumission des seigneurs féodaux de Castille et d'Aragon, les nettoyages ethniques et religieux du cardinal Cisneros, et l'or, les galions chargés d'or qui arrivent d'Amérique, l'or avec quoi les Espagnols peuvent tout acheter. Voilà les bases d'une possible hégémonie espagnole dans les prochaines années.

– Le choc sera inévitable avec la France, avec l'Autriche.

– Pas avec l'Autriche. Le mariage de la fille de Ferdinand et d'Isabelle avec un fils de Maximilien d'Autriche évite cette confrontation, même si Maximilien s'agite à la frontière pour dissuader d'une éventuelle attaque contre Florence. Le choc se produira avec la France, et ce sera la prochaine génération qui le verra.

– Je le verrai ?

– Sans doute.

– Si je suis vivant, je le verrai. Ces derniers temps, je ne consulte plus les astrologues. Je paye ce pauvre Lorenz Beheim, mais je ne le consulte pas. Ce qu'ils disent me fait peur, je rêve que je passe dans un couloir formé par les épées de mes ennemis et que je cours, je cours, je cours, à la merci de la dernière épée qui me poursuit. Et je me réveille sans savoir si j'ai réussi à sortir du couloir.

– Il faut rêver éveillé. Nous sommes dans une époque de rêveurs, mais éveillés. Nous imitons les modèles antiques, mais rien n'est semblable à l'Antiquité. Copernic se protège en affirmant que ses théories planétaires sont fondées sur le savoir des Anciens, mais ce n'est pas le cas. On se justifie par le savoir des Anciens, parce que la superstition, ou une interprétation secrète des Saintes Écritures, est encore très puissante. Tous les jours apparaissent de nouvelles machines, de nouvelles découvertes, Copernic prétend non seulement que la Terre est ronde mais qu'elle tourne autour du Soleil. Les inventions se multiplient, et aucune invention n'égale l'imprimerie qui permet aux libertins de reproduire des livres qui ne sont pas toujours convenables. Et la mécanique ? On l'applique aux arts militaires, et ensuite les découvertes passent au génie civil et au commerce. Il est logique que les mœurs s'en ressentent. Des vertus sacrées en d'autres temps se révèlent caduques, à côté du rôle de l'argent, par exemple. A-t-on jamais vu tant de pouvoir dans les mains des banquiers et des commerçants ? L'expansion géographique est encore contrôlée par les aventuriers, mais déjà y participent l'Église et l'Argent, l'Argent avec une majuscule, César, de l'argent mobile et non des biens féodaux, de l'or, de l'or, des fleuves d'or nécessaires pour acheter et contrôler. C'est cela, la marque de ce temps. Le changement. Et le changement fait peur. Seule une minorité de savants et d'audacieux ne craint pas le changement. Les autres sont d'abord séduits, puis ils prennent peur, et ils finissent par s'y opposer.

– Messire Machiavel, vous avez une vocation d'augure.

– Les augures ont perdu leur temps à fouiller dans les viscères des animaux sacrifiés. Ce qu'il faut observer, c'est la nature sociale, les conduites sociales. Pourquoi ? Pour quoi faire ? Surtout, pour quoi faire ? La finalité. Les religions s'étaient emparées de l'idée de finalité, mais aujourd'hui cette idée s'est humanisée et il n'est pas possible d'être un prince, ou un banquier, ou un guerrier, sans finalité.

– Le pouvoir personnel. La famille ?

– La famille est un moyen, seulement un moyen, et ce moyen ne restera pas éternellement valable. Supposez que vous ayez un pacte de famille avec le roi de France, par exemple comme cousin, ou celui d'Espagne, comme cousin de la veuve de votre frère Joan. Combien cela coûterait-il de rompre ce pacte ? Les rapports de forces, voilà la question qui guide les alliances, et la finalité est le pouvoir comme instinct de l'individu ou de chaque secteur social, mais aussi pour construire un ordre, l'imposer à ceux qui en ont besoin et ne le comprennent pas, un ordre fait à la mesure des intérêts les moins illégitimes.

– Les moins illégitimes ? Pourquoi pas légitimes ?

– Je ne peux répondre à cette question. Restons-en aux moins illégitimes.

Miquel de Corella entre dans la pièce.

– Désolé de vous interrompre, mais la salle est pleine d'ambassadeurs qui veulent te parler.

– Qu'ils attendent.

– Il y a le Français et l'Espagnol.

– Qu'ils attendent.

– Je te préviens que le Français est accompagné du cardinal d'Amboise.

– Qu'ils attendent.

– Très bien. Qu'ils attendent.

César reprend le fil de la conversation.

– Corrélation de forces. Si je mesure les miennes à celles des Français et à celles des Espagnols, elles sont perdantes.

– C'est pour cela que vous avez œuvré magistralement en les ajoutant, et non en les mesurant. Pour le moment !

César observe froidement la véhémence que Machiavel a mise dans ses dernières paroles.

– Je me dis parfois, Nicolas, que vous êtes plus enthousiaste de ma finalité que moi-même. Je me dis parfois que je pose pour vous, que je suis comme ces animaux que les médecins éventrent pour étudier l'anatomie ou le cheminement du sang. Ou peut-être comme un modèle dans un atelier de peintre, tel que ceux qu'utilise Léonard. A vrai dire, je n'avais jamais rencontré un esprit aussi universel.

– Léonard, c'est notre époque. Il faudrait le conserver

vivant pour les siècles et les siècles, afin de pouvoir dire aux générations futures : regardez, voici l'homme de l'époque de l'humanisme. Il incarne l'union entre l'artisan et le savant, entre la sorcellerie et la science. Il m'a laissé voir ses cahiers, et ceux-ci sont pleins d'observations sur le travail des artisans. Les changements exigent des hommes nouveaux et universels. Il n'y en a jamais suffisamment.

– Mais il ne me fabrique pas de nouvelles machines de guerre.

– Pour l'instant, il les rêve.

– Un humaniste qui ne croit pas en l'homme. Je vous ai entendu dire que le genre humain est un cloaque pestilentiel, et qu'il a besoin d'une poigne de fer. Vous dites que l'homme est fondamentalement mauvais.

– Ce n'est pas si mal comme base pour la connaissance. A partir de cette prévention, tout est possible. Le Bien n'existe pas, César, le Mal, oui.

– Dieu n'existe pas ? Seul existe le diable ? C'est là ce que vous croyez, vous et Léonard ?

Corella réapparaît, en montrant une timidité qui ne lui est pas coutumière.

– L'ambassadeur français en est aux blasphèmes, et le cardinal n'est pas loin de le suivre.

– Et l'Espagnol ?

– Il blasphème en catalan. Contre toi.

– C'est bon signe. Qu'ils continuent à se damner.

Corella hausse les épaules et repart, pour la plus grande inquiétude de Machiavel.

– Je ne voudrais pas vous prendre un temps précieux.

– Je veux que vous me le preniez. Les ambassadeurs sont plus faciles à digérer quand ils sont *faisandés*. Je vous demandais : Dieu existe-t-il ? Ou seulement le diable ?

– Je ne suis pas féru de théologie, mais de quel Dieu parlez-vous ? Celui de l'Ancien Testament, vengeur, cruel, puissant, le Dieu de pouvoir ? Ou du Christ plein d'amour pour les hommes et sacrifié par eux ? En fait, nous utilisons l'un ou l'autre modèle à notre convenance. La religion et l'Église ne sont utiles que comme instruments de cohésion sociale, et ce n'est pas toujours le cas. Les moines austères ont permis que le peuple ne se rebelle pas contre le clergé lascif et voleur. Quand je parle de Bien et de Mal, je me place à l'échelle humaine. Je parle de l'homme en tant que mesure de la bonté et de la méchanceté, et je suis pessimiste. Je ne crois pas en l'humanisme séraphique de l'Académie néo-platonicienne de Florence. Le grand miracle, c'est l'homme ! disent-ils. Quel homme ? Les hommes normaux sont conservateurs et lâches. Je préfère influencer les princes, le pouvoir, parce que c'est le pouvoir qui peut imprimer dans le cerveau des masses les mots nécessaires, qui peut remplir ces cerveaux de Vertu.

– Dans ce cas, Léonard a raison.

– Il a ses raisons. Comme il le dirait lui-même, dans la perception du Bien et du Mal aussi tout est fluide et rien n'est figé.

Cette fois, Corella ne s'arrête pas sur le seuil et se précipite vers César pour lui chuchoter quelque chose à l'oreille.

– Vitellozzo aussi ?

– Aussi.

– Et Ramiro de Llorca ?

– Pareil.

César s'est levé, soudain énergique, muscles tendus et poings serrés.

– Quelque chose ne va pas ?

César revient peu à peu à la situation présente, acceptant, sourcils froncés, que Machiavel le suive aussi sur ce terrain.

– L'homme, Nicolas. L'homme comme mesure de la stupidité, et, pis encore, comme mesure de la méchanceté.

*

Hercule d'Este s'apprête à écouter et le cardinal Hippolyte à lui faire son rapport.

– César a sans nul doute subi là un revers important, encore qu'il puisse toujours retourner la situation. La chose vient de loin. Le pape avait donné l'ordre exprès de ne pas toucher à la Toscane, et César respectait cet ordre dans la mesure du possible, car il avait réussi à effrayer suffisamment les Florentins pour qu'ils le nomment leur capitaine. Aux côtés de César combattaient Vitellozzo Vitelli et d'autres chefs, comme Orsini et Gravina, et tu sais que Vitellozzo hait les Florentins, les Toscans, parce qu'ils ont exécuté son frère. On dit aussi que Vitellozzo est trop fier pour n'être que le second de César et que les Orsini, tout en se battant dans son camp, ne peuvent oublier les affronts que leur ont infligés les Borgia. Bien. Tout d'un coup, les notables d'Arezzo offrent la ville au Valentinois, et Vitellozzo et ses capitaines acceptent, entrent dans Arezzo et s'emparent de toute la Valdichiana. Le roi de France se fâche. Alexandre demande des excuses, et César déclare que Vitellozzo a agi de sa propre initiative. Tu me suis, père ?

– Jusqu'à maintenant, oui.

– Ensuite est venue l'explication : César a joué sur deux tableaux. D'un côté il a manifesté ses regrets pour les décisions de ses condottieres, de l'autre il semble qu'il leur ait donné son accord pour cette provocation. Cette histoire d'Arezzo était déjà presque oubliée quand les chefs de César se sont mutinés de nouveau, à l'occasion de la campagne de Bologne : ils ont refusé d'attaquer la place. On parle d'une rencontre dans la résidence de Mafione, appartenant au cardinal Giambattista Orsini, où a été préparé le plan destiné à abattre César. Des accrochages se sont produits entre eux. Miquel de Corella tue tous ceux qu'il peut et, de leur côté, Vitellozzo, les Orsini font de même. On dit aussi que Ramiro de Llorca est passé dans le camp des rebelles.

– Il a toujours été le protégé de César, l'homme qui étranglait le peuple collectivement, tandis que Corella étranglait les gens un à un. Et la troupe mercenaire ?

– César a recruté des mercenaires suisses, mais il est de plus en plus convaincu par les thèses du Florentin Machiavel, qui prône la nécessité d'une armée régulière, formée par le recrutement des jeunes gens. Une armée au service de la raison de chaque communauté, de chaque État.

– Il faudrait sonder Lucrèce. Peut-être ignore-t-elle ce qui arrive à sa famille. Elle passe ses journées entourée de poètes parasites, le boiteux Strozzi, qui n'est pas vraiment un ami de notre maison, et ce Vénitien, Pietro Bembo, qui a refusé de figurer à la cour de ma fille. Ils plaisantent, ils jouent aux charades. François m'a dit qu'ils étaient insupportables.

Sur le chemin du palais de son fils, Hercule se creuse la cervelle, et son expression est tour à tour sombre et joyeuse, jusqu'au moment où, mis en présence de Lucrèce accompagnée de Strozzi et de Bembo, il se voit obligé d'adopter un air soucieux.

– Ma chère fille. Je t'ai déjà témoigné ma douleur pour la fausse couche qui t'a frappée et ma joie pour le nouvel état dans lequel tu te trouves.

– Tout le mérite de l'un et de l'autre revient à votre fils.

– Je ne voudrais pas que les nouvelles qui circulent sur les mésaventures de César, sur ses problèmes, sans doute passagers, avec ses condottieres, puissent troubler ton esprit, accentuer ta mélancolie.

– Ma mélancolie ? Les philosophes disent que la mélancolie est le mal moderne. Elle est fruit de la distance entre ce que nous savons et ce que nous voulons, une maladie de l'homme d'aujourd'hui qui ne s'en remet plus entièrement à la Providence. De l'homme d'aujourd'hui, certes. Mais ils n'ont jamais dit qu'elle affectait la femme d'aujourd'hui, et je ne vois donc pas comment je pourrais être mélancolique.

Lucrèce prend Strozzi et Bembo à témoin.

– Vous avez constaté ma mélancolie ?

Surpris, Strozzi et Bembo se regardent, chacun attendant que l'autre réponde, et finalement c'est Bembo qui prend l'initiative.

– Si l'on appelle mélancolie ce que ressent Lucrèce, alors je voudrais contracter cette mélancolie, et pour toute la vie. La mélancolie est l'équivalent de la *divine manie* de Platon et l'antichambre de la folie.

Hercule s'impatiente.

– Poètes ! Poètes ! Gardez vos sornettes pour quand je serai parti. As-tu appris, Lucrèce, les problèmes de César, oui ou non ?

– J'ai appris qu'il n'avait pas de problèmes.

– Depuis quand ?

– Depuis hier, je suppose. Depuis que je sais que Ramiro de Llorca a été capturé et que les condottieres ont accepté de négocier avec César.

– Comment est-il possible que tu saches ce que je ne sais pas ?

– Voilà justement une chose que vous savez et que je ne sais pas : à savoir que vous ne savez pas ce que je sais.

Bembo accentue le jeu de mots.

– Et comment l'honorable duc pourrait-il savoir que tu ne sais pas ce qu'il considère que tu devrais savoir ?

Et Strozzi complète :

– Et comment notre gente dame Lucrèce pourrait-elle savoir que le duc ne sait pas qu'elle ne sait pas ce qu'elle devrait savoir ?

Hercule réprime sa fureur et décide de se retirer, mais il n'a pas épuisé toutes ses munitions et lance :

– Mes comptables sont scandalisés par tes dépenses.

Ni les subsides de sa sainteté ni mes bonnes intentions ne peuvent les couvrir. Il faut retrancher le superflu, Lucrèce. Souviens-toi d'Horace : *Vivitur parvo bene.*

– On peut vivre avec peu, oui, mais ce que vous me demandez est de vivre avec moins, non avec peu. N'est-ce pas cela ?

– C'est bien cela.

– Je vous échange Horace contre Sénèque, qui est, m'a-t-on dit, votre philosophe préféré.

– C'est bien cela aussi.

– Sénèque a écrit : *Malum est in necessitate vivere, sed in necessitate vivere necessitas nulla est.* Il est mauvais de vivre dans la nécessité, mais il n'est nullement nécessaire de vivre dans la nécessité. Serions-nous pauvres, par hasard ?

La colère est décidément toute proche, et Hercule quitte la pièce, non sans avoir lancé un regard accusateur aux poètes.

– Poètes ! Poètes !

Sur le visage de Lucrèce les sourires aimables se sont changés en expression alarmée. Elle prend Strozzi par le bras et exige de lui une réponse.

– François t'a confirmé l'arrestation de Ramiro de Llorca ?

– Je connais mon rôle de courrier. Les dernières nouvelles venues de Mantoue étaient celles-là.

– Mais Ramiro de Llorca était, après Michelotto, le principal lieutenant de César !

– Les temps sont à la trahison, et si le pouvoir de César provoque la terreur, il provoque aussi l'envie et l'ambition.

– Que Rome reste où elle est ! Je ne voudrais pas que de telles choses arrivent jusqu'ici, n'est-ce pas, Pietro ?

Oui, dit Pietro en hochant la tête, et il baise la main de Lucrèce, mais celle-ci aperçoit la tristesse théâtrale que le baiser a peinte sur le visage de Strozzi et elle retire la main que retient Bembo. De cette même main elle choisit une rose dans un vase, lui donne un baiser et l'offre à Strozzi. Le *chevalier servant* se contente de la fleur, se retire en clopinant sur sa béquille, tandis que Bembo et Lucrèce s'en vont vers une terrasse en se tenant par la taille. Leurs silhouettes sont déjà loin quand Strozzi, les yeux fixés sur la rose qu'il fait rouler entre ses doigts, récite :

*Éclose en terre du plaisir,*
*ô rose qu'a choisie sa main*
*d'où te vient si rouge éclat ?*
*Est-ce Vénus, qui, de ses lèvres,*
*t'a donné ce pourpre nouveau ?*

Mais Strozzi laisse tomber la rose et exhale un gémissement, tout en cherchant la goutte de sang qui a perlé à l'un de ses doigts.

*

C'est un sang épais et poisseux qui dégouline des cheveux de Ramiro de Llorca sur ses yeux privés de lumière, son corps recroquevillé et ligoté dans une pénombre confuse, essayant d'évaluer la distance qui le sépare de ses bourreaux, des mains qui le torturent.

– Miquel, tu es là ?

– Je suis là, Ramiro.

– Pourquoi me fais-tu ça ?

– Parce que tu nous as trahis.

– Je me suis borné à les écouter.

– Ce n'est pas vrai. Tu sais qu'ils préparent quelque chose contre César.

Le silence s'installe comme une ombre sur le visage flamboyant de la douleur.

– Si je te le dis, ce n'est pas pour sauver ma vie, c'est pour avoir la conscience tranquille : je ne suis pas sûr que César mérite de perdre.

– C'est une bonne chose que la conscience, Ramiro. La conscience peut être un chuchotement, elle peut être aussi tout un sonnet. Je vais te faire une faveur. Je te permets de transformer le chuchotement en sonnet.

– Je suis si fatigué, Miquel.

– Tu te reposeras quand tu auras parlé.

– Vous avez prévu une rencontre à Sinigaglia pour parvenir à un accord. Cette rencontre est un piège. César est en danger de mort. César doit être sur ses gardes.

– Qui dirige l'opération ?

– Vitellozzo, Baglione, Paolo et Francesco Orsini, Olivaretto de Fermo.

– Et tout a été préparé dans les réunions de Mafione, convoquées par le cardinal Giambattista Orsini.

– Tu le sais aussi bien que moi. César a demandé que les condottieres entrent dans la ville sans leurs soldats, qu'ils les laissent cantonnés à l'extérieur. Mais des archers seront secrètement introduits pour assassiner César et, s'ils échouent, ce sera probablement Vitellozzo lui-même qui le tuera. Les troupes de Vitellozzo, d'Olivaretto et des Orsini attendront le signal de la mort de César. Ils savent que les soldats du Valentinois ne sont pas assez nombreux pour leur tenir tête.

– Ils ne savent pas tout !

– Tu vas me tuer. Pourquoi ?

– César est un stratège génial. Il a recruté de nouvelles troupes et a joué sur le discrédit des conjurés. César est un tyran, mais eux sont de méprisables tyranneaux aux cruautés gratuites, haïs par le peuple. César s'est appliqué à être généreux avec les foules, les foules préfèrent un tyran à une bande de tyranneaux parasites. Comprends-tu ton rôle, Ramiro ?

– Non.

– Le peuple te hait. Tu as été implacable pour lever les impôts, un instrument d'oppression.

– Sur votre ordre !

– Nos ordres te plaisaient trop. Aux yeux du peuple, tu étais le pervers, et lorsque, demain, les gens verront ton cadavre exposé sur la place, ils diront : César est juste ! Et ils se mettront de notre côté.

Le silence revient entre les deux hommes. Ramiro essaye d'ouvrir les yeux en dominant la douleur et l'angoisse, mais deux mains assurées lui passent une chaîne autour du cou, un geste savant lui disloque les vertèbres et transforme sa langue en une vipère morte qui pend dans le vide. La mort éteint toute lumière sur son visage et, derrière, émerge Miquel de Corella tenant encore la chaîne dans ses mains. La voix de César parvient des hauteurs.

– C'est fait ?

– C'est fait.

– Nous devons partir pour Sinigaglia. Divise la troupe en plusieurs corps pour qu'ils ne nous voient pas arriver à la tête d'une armée aussi formidable.

Mais Corella l'écoute d'une oreille distraite, il contemple la dépouille de Llorca que traînent les geôliers.

– Je me demande pourquoi je te reste loyal, César.

La réponse arrive de l'ombre.

– Peut-être parce que tu ne sais pas être déloyal.

*

Du haut d'une tour Vitellozzo Vitelli observe la campagne qui entoure Sinigaglia. Il descend les deux marches et se tient devant ses compagnons de conjuration, Baglione, les deux Orsini et Olivaretto.

– Les troupes de César occupent les quatre points cardinaux. Il n'y a rien à faire.

– Il a recruté tant de mercenaires suisses que nous ne pouvons pas déplacer nos propres troupes. Corella nous a obligés à camper dans un ravin et mes soldats sont occupés à boire et à piller, car Corella leur a donné quartier libre. Nous ne pouvons pas les regrouper. Que faire ?

– Rien, Olivaretto, rien. César est venu avec une cuirasse spéciale que toutes les flèches n'arriveraient pas à percer. Rien. Aujourd'hui, nous ne pouvons rien faire. Jouissons de l'hospitalité de César. Je suis passé devant son palais et j'ai vu qu'on y avait dressé une table fort bien garnie.

Les gentilshommes descendent et se prêtent aux amabilités de César et de Miquel qui les attendent au pied de l'escalier.

– Une splendide soirée pour une discussion paisible.

– Sur le passé et l'avenir.

– Vitellozzo, le passé importe peu. Ce qui compte, c'est l'avenir. Une chère abondante et délicate nous attend au palais que Corella m'a choisi, et après le dîner la conversation sera meilleure encore. Le menu m'a été dicté par mon conseiller Léonard de Vinci, et je puis vous jurer qu'il ne perd rien de son imagination quand il s'occupe des casseroles. Que diriez-vous d'une longe de porc garnie de polenta ? Et d'oiseaux marinés et farcis, d'un serpent rôti, de massepains ?

Les gentilshommes manifestent leur approbation, et César ouvre la marche, suivi de Miquel, qui leur tourne le dos. Les autres se consultent du regard, se demandant s'ils doivent profiter de l'occasion. César et Michelotto avancent en feignant l'insouciance, sûrs que leur étoile les guidera à bon port jusqu'au porche du palais, jusque dans l'entrée, où, soudain, le cri de « Trahison ! » fait se retourner César pour voir ses invités entourés de soldats et d'épées. C'est Olivaretto qui a crié, et il répète :

– Trahison !

Mais il ne criera pas une troisième fois car la pointe de l'épée de Corella s'enfonce dans sa gorge. La poitrine cernée par quatre lames, Vitellozzo affronte César :

– Où nous as-tu menés, César ? Ne s'agissait-il pas

d'un dîner paisible, suivi d'une conversation meilleure encore ?

– Le dîner sera paisible et la conversation imprévisible. Mais d'abord vous serez jugés pour trahison et conspiration.

Le plus jeune des Orsini, Paolo, demande :

– César ! Je t'ai aidé à organiser cette rencontre. C'est moi qui les ai convaincus de venir. C'est ainsi que tu me payes ?

– Tu as raison. Je ne t'ai pas encore payé.

Traînés, ou poussés par les épées, les gentilshommes passent dans la salle où les attend un tribunal militaire retranché derrière une longue table qui porte encore les plats du dîner. Les prisonniers sont déconcertés par le contraste entre l'air sévère des juges et la gaîté des mets, ils ne savent ce qu'ils doivent regarder, des uns ou des autres. Mais la voix d'un des militaires les domine.

– Vous allez être jugés pour délit de trahison et projets criminels contre notre gonfalonier, César Borgia. La quantité de preuves accumulées est suffisante et déterminante pour que soit prononcée une sentence de mort dont seule peut vous sauver la générosité de notre chef.

– Chef et hôte, précise César.

Vitellozzo bombe le torse et fait face à César.

– La farce a assez duré. Je suppose que la sentence est : la mort.

– La mort.

La mine féroce de Vitellozzo se décompose, et il pleurniche :

– Je demande seulement que l'on me donne le temps nécessaire pour que le pape m'envoie une indulgence plénière !

César ne répond pas, et Vitellozzo attend la suite. Les Orsini, blêmes, oscillent entre les sanglots et l'indignation. Baglione a baissé la tête. Olivaretto s'adresse à Corella.

– Toi qui sais si bien te servir du poignard, prête-m'en un. Je préfère me donner la mort que la recevoir.

Corella lui tend un poignard, et Olivaretto le regarde avec surprise, puis le prend. Il réunit tout son courage, pousse un gémissement et s'enfonce le poignard dans la région du cœur. Le sang gicle et l'homme vacille, mais il ne tombe pas et comprend que le poignard n'a pas pénétré assez profondément. Corella s'approche et le prend par la poignée sans le retirer.

– Tu n'es pas assez courageux, ou pas assez fort. Tu t'es tout juste fait une blessure dont tu pourrais guérir, Olivaretto.

– Toi qui es un assassin, enfonce le poignard. Je veux choisir le lieu de ma mort.

– Imbécile prétentieux. C'est ainsi que tu veux détruire l'intelligence et l'œuvre de Dieu ? Tu ne sais pas que seul Dieu choisit le moment et le lieu ? Qu'est-ce que je fais, César ?

– Tu ne devais pas lui prêter le poignard. Arrache-le, et qu'on exécute la sentence. Les autres n'ont rien à dire ?

– C'est une erreur monstrueuse !

– César, on t'a menti !

– Jamais nous ne nous sommes dressés contre toi !

Mais César s'éloigne, suivi de Corella, à la recherche de solitude, pour pouvoir délibérer.

– Comme convenu, sauf pour les Orsini.

– Tu vas pardonner à ces rats ?

– Non. Mais si nous les exécutons, nous permettons à leur oncle, le cardinal Giambattista, de soulever ses clients romains. Respectons notre plan : mon père doit couper la tête au chef de la famille, Giulio Orsini, et au cardinal, et ensuite nous nous occuperons des neveux. J'attends un message de Rome qui me confirme le démantèlement de la famille Orsini. Pour le moment, exécute Vitellozzo et Olivaretto, et fais enchaîner les Orsini. Je pars disperser les escortes.

Corella revient dans la salle du procès et César sort en souriant, soulagé, pour gagner le porche qui donne sur la rue où attendent les chefs des escortes des invités.

– Ce n'est pas la peine d'attendre. Le dîner a commencé et vos chefs désirent que vous passiez le temps de la manière la plus agréable possible. Nous avons disposé pour vous de quoi manger et boire dans les écuries.

– Merci, César !

Les remerciements enthousiastes se répètent et décroissent tandis que César laisse l'air nocturne rafraîchir son visage empourpré par l'infection. Le long de la rue monte une silhouette reconnaissable à son nez aquilin, et César regarde arriver Machiavel inquiet, pressé de lui poser des questions.

– Comment cela s'est-il passé ?

– Comme convenu.

Il y a tant d'admiration dans les yeux de Machiavel que les questions deviennent inutiles.

– Les traîtres sont jugés. A mon père, maintenant, de jouer sa partie.

César met du temps à se décider à rentrer dans le palais, par le couloir obscur, mais au fond des ténèbres il imagine les têtes d'Olivaretto et de Vitellozzo enchaînés, leurs cous tordus l'un après l'autre par la main experte en strangulations de Michelotto. Dans une cellule, les Orsini balbutient des prières. Dans ses appartements, César goûte à peine aux aliments posés sur un plat immense, Machiavel écrit sans répit, et Corella pince les cordes d'une guitare.

– Il n'y a plus qu'à attendre l'écho des événements.

Pendant que Corella égrène ses accords, Machiavel formule à voix haute ce qu'il écrit.

« Il faut comprendre que le nouveau prince ne peut répondre au modèle conventionnel d'un homme bon. Il doit parfois, pour défendre l'État, œuvrer à l'encontre de la charité, de l'humanité et de la religion. Le nouveau prince, pour ne pouvoir se séparer du Bien, doit savoir en cas de nécessité entrer dans le Mal… »

Étranger à ce que déclame Machiavel, Corella accentue ses accords et poursuit son propre raisonnement.

– C'était un acte de légitime défense. Quelles réactions t'intéressent, César ?

– Tu ferais mieux de me demander quelles réactions j'espère.

Les réactions arrivent par l'intermédiaire d'un Miquel de Corella enthousiasmé par le résultat. Ton père a dit : « César est un génie, invite le cardinal Orsini aux fêtes pour la prise de Sinigaglia, et fais en sorte qu'il ne sache rien de l'incarcération de ses neveux ; quand il arrivera, vous le ferez entrer dans la salle du Perroquet, vous l'enchaînerez et vous le jetterez dans une oubliette du château Saint-Ange. » Les Orsini sont déjà du passé. Voyons maintenant comment réagit Louis XII. Fierté de père, sans doute, mais c'est bien ainsi qu'il faut interpréter ce qu'il a dit au cardinal d'Amboise et à Charlotte d'Albret : « Tu dois être fière de ton mari. Ce qu'a fait le Valentinois est un exploit digne d'un Romain. » C'est le coup final. Toutes les familles italiennes sont consternées.

– Qu'a dit Charlotte ?

– « Tout ce sang ! Tout ce sang ! » Mais attends, même Isabelle d'Este a capitulé et, à la cour de Mantoue, alors que François de Gonzague manifestait son inquiétude en écoutant les nouvelles que lui apportait notre émissaire, elle était ravie : « Quel coup magnifique ! Je vais envoyer une lettre à César pour lui proposer de venir se reposer ici après tant de travaux, et je vais lui expédier cent masques. Je crois qu'il adore se déguiser. » Son mari disait qu'il fallait t'écraser et elle : « Non, pas du tout. L'écraser ? Pourquoi ? Il faut s'allier avec lui. Il m'a proposé sa fille comme future épouse pour notre aîné. – Si tôt ? Un peu plus, et nous les marions dans ton ventre. »

– Et Lucrèce ? Qu'a dit Lucrèce ?

Sur la terrasse des platonismes et des étreintes furtives, Lucrèce se promène avec Bembo en lisant la lettre qu'elle vient de recevoir de François.

– François est inquiet, mais il me dit que sa femme est enthousiasmée par les événements de Sinigaglia.

– La partie a été jouée superbement.

– Que va-t-il arriver maintenant aux Orsini ?

– Tu en doutes ?

Cependant Corella poursuit devant César le bilan des échos triomphaux et ne s'étonne pas quand le Valentinois lui demande de lui dire comment Léonard a pris la chose. Michelotto le sait de bonne source, car c'est Machiavel qui lui a raconté sa rencontre avec l'artiste dans son atelier plein de recettes de cuisine et d'engins de guerre.

– Que pensez-vous de l'affaire Sinigaglia ?

– Trop laborieuse, messire Nicolas, trop laborieuse. Examinez cette machine. C'est un répétiteur de tirs : il suffit d'appuyer, et des douzaines de tirs en sortent et se succèdent continuellement. Avec cette machine, un seul tireur peut éliminer en quelques minutes toutes les troupes conjurées.

– César est las d'attendre. Il n'a pas besoin de machines aussi ambitieuses.

– Je lui ai préparé des balistes mécaniques, des catapultes telles qu'on n'en a jamais employé, des plates-formes qui permettent d'escalader les remparts les plus hauts. Les prochaines batailles de César passeront à l'histoire du génie militaire. C'est pourquoi cette affaire Sinigaglia, si réussie soit-elle, reste finalement très primitive.

– Voilà trois mois que je suis presque chaque jour auprès de César, et, chaque jour, il parvient à me surprendre. Je suis arrivé à Sinigaglia au moment où la grande représentation venait de commencer et tout s'est passé comme il l'avait prévu dans son plan. Cette fois, il fallait agir en se servant d'artifices grossiers et surtout de l'intelligence d'un homme hors du commun, mais je reconnais que c'était un piège superbe.

L'expression a plu à Léonard.

– Piège superbe ! Piège superbe ! Certes, Nicolas. Sans aucun doute, vous êtes bon homme de lettres ! Un piège superbe ! Quand vous parlez ainsi, il devient impossible, n'est-ce pas, qu'il y ait eu des strangulations et que César ait fini par pendre les Orsini après les avoir gardés en prison ? On m'a dit que la vieille mère des Orsini errait dans les rues de Rome en demandant asile, sans autre compagnie que deux domestiques. Piège superbe ! Merci, messire Machiavel, je viens de découvrir combien le langage peut être plein de compassion quand il masque la réalité, cette réalité que vous aimez tant. Je continue à préférer les rêves, qui sont comme les étoiles du firmament intérieur. Celui qui regarde fixement une étoile ne se perdra jamais, Nicolas.

*

– Je n'avais jamais rêvé pareille situation, César. Les familles sont vaincues. Nous dominons le cœur de l'Italie. Tu vas aller à Naples sceller une alliance avec le Grand Capitaine qui nous permettra de tenir tête aux Français si cela devient nécessaire. Je suis heureux, mon fils. Je suis heureux. On parle de la manière dont tu administres les anciens fiefs de la Romagne, et tes sujets ne regrettent pas leurs anciens maîtres. Au contraire. Nous avons l'armée la plus puissante de la péninsule. Le moment est proche. Il est proche.

– Le moment arrivera quand la Toscane sera à nous. Alors nous pourrons traiter d'égal à égal avec Maximilien, avec les rois d'Espagne, avec Louis XII. Ne sois pas surpris si je signe à Naples avec le Grand Capitaine une nouvelle alliance contre les Français. L'Église, l'Espagne, Venise, et, pendant ce temps, nous grandissons, grandissons, grandissons.

Alexandre contemple le paysage des vignes dans le soir et s'amuse à observer du coin de l'œil la sérénité méditative de César. Ils sont seuls. En regardant son fils, le pape se souvient, il pense à sa famille, à sa dynastie. Il dit, avec déférence :

– César.

Et il n'ajoute rien, bien que son fils se soit tourné vers lui en attendant la suite.

– César, répète-t-il.

Puis il reprend :

– Cela me semble magique. Je dis ton nom, et aujourd'hui dire César, c'est comme nommer en même temps que toi le grand Jules César. Tu ne peux savoir combien je suis fier. Nous avons besoin que tu aies un fils. Cette fille que t'a donnée la Française ne nous sert à rien. Nous devons assurer la continuité ! Un fils ! Pourquoi ta femme n'est-elle pas près de toi ?

– Je ne sais pas vraiment. Parfois j'ai envie de la voir, et je l'ai demandée au roi de France, mais il la retient parce qu'il croit faire ainsi pression sur moi. D'autres fois je ne me souviens même plus d'elle. Je regrette peut-être ma fille. En tout cas, j'ai pris langue avec Isabelle d'Este pour la marier à son aîné. Quant à ma femme, elle m'a semblé une petite fille très impressionnable.

– Toutes les cours ont fait des gorges chaudes de son ingénuité. Elle a proclamé aux quatre vents tout le bien que tu lui as fait au lit. Pourquoi ne recommences-tu pas ? Nous avons besoin d'un héritier.

– Joan a eu un héritier. C'est lui, le futur duc de Gandie.

– Il est sous l'emprise de sa mère, une folle, blessée dans son orgueil, qui ne cesse de réclamer le cadavre de Joan et de vitupérer en nous attribuant sa mort. Elle a juré d'inculquer à son fils la haine des Borgia.

– Nous pourrions réclamer ton petit-fils.

– Nous le pourrons, si nous faisons alliance avec le Roi Catholique, c'est pour cela aussi que ton voyage de demain à Naples est si important. Deux grands chefs face à face, un grand chef de guerre et un futur roi d'Italie. Mais qu'est-ce que cela ?

La nuit est venue et, aux pieds d'Alexandre, vient choir une masse qu'il examine sans le toucher. César se penche.

– C'est un hibou mort.

Il prend le cadavre de l'oiseau entre le pouce et l'index et le lève. Alexandre recule, avec un haut-le-cœur.

– Un hibou mort est un signe néfaste ! Il est le symbole d'Atropos, la Parque qui coupe le fil du destin. Quand le hibou chante, c'est que quelqu'un est mort ou va mourir.

– Celui-là n'a pas eu le temps de chanter.

César lance le corps de l'oiseau vers les vignes, et le pape suit son dernier vol avec dégoût.

– Allons dîner.

Les domestiques servent des vins raffinés, des hors-d'œuvre de fruits frais et secs, et la liturgie des plats et des boissons se déroule tandis qu'Alexandre veut parler de leurs projets et César seulement l'informer de ses forces.

– Les nouvelles machines de Léonard sont extraordinaires. La plate-forme inclinée m'a permis d'entrer dans Ceri sans presque subir de pertes. Quant aux dernières machines qu'il rêve…

– Qu'il rêve ! J'apprécie mais je n'aime pas sa manière de parler. Léonard ne croit pas en l'homme.

– Non. Il ne croit pas en l'homme. Machiavel, qui ne rêve jamais, ne croit pas non plus en l'homme. Et moi pas davantage.

– En quoi pouvons-nous croire, sinon en l'homme ?

– Nous avons bien rarement, toi et moi, parlé de croyance.

– Il ne serait guère convenable de parler de croyance avec un pape.

– Tu as raison.

Le pape transpire et la tête lui tourne. Il porte une main à son front et tente de capter le regard de son fils.

– César, y a-t-il du brouillard dans cette pièce ? De la fumée ?

– Non.

– J'ai des nausées et tout tourne autour de moi.

Alexandre VI s'est levé lourdement, il ne peut tenir debout, et il s'écroule sur la table avant que César ait eu le temps de se précipiter à son aide. César essaye d'arriver au corps de son père avant les serviteurs, mais il sent, lui aussi, que la salle tourne autour de lui, il ne peut faire un pas, c'est à peine s'il parvient à tendre les bras dans l'espace qui les sépare. Il est sur le point de tomber à son tour, quand Miquel de Corella arrive à temps pour le soutenir. Confusément, il se sent protégé, trop protégé, honteusement protégé, il voit Corella s'agiter et l'entend crier des ordres.

– Emmenez sa sainteté au Vatican et César dans son palais. Ensemble, ils font une cible trop facile. Montez la garde aux portes de chaque palais. Prévenez les médecins.

Et César voit les plafonds des appartements qu'il traverse, se sent absorbé par la blancheur du lit, ses mains tentant maladroitement de contenir sa sueur, la fièvre dans les yeux et la question aux lèvres :

– Miquel, qu'est-ce que j'ai ? Et mon père ?

Et il voit encore Corella au fond d'un long couloir, trop long pour son regard frappé de stupeur.

– Que se passe-t-il, Miquel ? Miquel ! Du poison ? Une conjuration ?

– La fièvre tierce.

Tout ce qui l'entoure sombre dans le noir, et quand il revient à lui il voit le visage de Vannozza penché sur le sien et, derrière, Corella et Jofré.

– Et mon père ?

– Il lutte toujours.
– Contre qui ?
– Contre la fièvre.
Et César passe entre les parois d'un défilé d'où jaillissent des épées à mesure qu'il tente d'en trouver la fin, la fin qu'il n'atteint jamais parce qu'il se réveille.
– Et mon père ?
Cette fois, il n'y a aucune réponse sur les lèvres de Corella, ni sur celles de Vannozza, tandis que leurs yeux rencontrent ceux de César.
– Il peut mourir ?
Corella fait signe que oui.
– Mais il n'est pas encore mort, n'est-ce pas ? Il ne peut pas mourir pendant que je suis ainsi. Mets-moi debout ! Il faut que je me mette debout ! Ne comprends-tu pas que si mon père meurt ils viendront me chercher ? Je dois paraître fort !
Vannozza lave César nu avec des éponges savonneuses et l'aide à s'habiller, à se déplacer dans la chambre, à sortir dans le midi sans soleil du jardin embrumé. Corella n'est plus seul à côté de lui, Machiavel est là, haletant, qui observe l'attitude du Valentinois.
– Et maintenant dites-moi ce qui se passe.
– Les choses vont mal, César. Les ennemis des Borgia sont dans la rue et poursuivent les plus faibles de la famille. La garde protège l'agonie de ton père.
– L'agonie.
– L'agonie. Les ambassadeurs envoient des messagers pour porter la bonne nouvelle que tu es mourant.
– L'agonie. Vous avez entendu, Machiavel ? J'ai bien souvent pensé à ce que je devrais faire si mon père mourait, mais je ne m'attendais pas à ce que cela se produise au moment où je suis moi-même prostré, sans pouvoir riposter.
Corella se rebelle.
– Tu es encore toi-même, César.

Et César est encore lui-même quand, sur le pas de la porte, apparaît Burchard en deuil, et il n'a pas besoin de parler pour que tous comprennent, mais il dit :

– La fin approche.

Miquel de Corella occupe tout l'horizon devant les yeux rougis de César.

– Il faut agir vite, et je vais le faire.

Dans son délire, Alexandre croit voir Corella faire brutalement irruption dans ses appartements, à la tête de soldats et de porteurs qui entassent trésors et documents, sans que nul ne discute les ordres qu'il donne avec assurance. C'est Miquel qui le salue et dit :

– Soyez tranquille. César gardera tout en lieu sûr.

Ensuite, l'évanouissement. Le délire qui tourne autour de son angoisse pour son fils : que fait César ? Un Alexandre VI aux traits émaciés, au corps gonflé, entouré de Burchard, de son médecin et de deux servantes, mal protégé par une soldatesque indifférente qui boit tant qu'elle peut et guette les menaces qui s'amoncellent derrière les fenêtres. Burchard, yeux baissés, écoute ce que dit la soldatesque.

– S'ils viennent le chercher, je file par la porte du fond.

– Que les autres se débrouillent. Je ne vais pas me faire tuer pour ce moribond !

– Tu ferais mieux de te taire. César est encore vivant.

– César est mourant.

– Mais Corella vit.

– Ils ne le laisseront pas vivre longtemps.

Dans les yeux d'Alexandre VI passent lentement des paysages incertains qu'il croyait avoir oubliés, paysages de Xàtiva, la silhouette imprécise de sa mère, des fragments de vie avec son oncle et son frère Pere Lluís, la cérémonie du couronnement, la peau de Julia Farnèse nue sous ses doigts, et ses lèvres émettent les noms et les désirs.

– *Pere Lluís, a on t'has ficat ? Què has trobat al Joan ?*

*Joan! Fill meu! Mare! Mare meua! Quina foscor! Oncle, quina foscor* !*

Une main de marbre lui tend l'eucharistie et ses lèvres ne parviennent pas à la trouver. Quelqu'un doit lui ouvrir la bouche pour l'y glisser et, quand il l'a avalée, les lèvres de Rodrigo bougent pour prier plus que pour réciter :

*Quan ve la nit i expandeix ses tenebres,*
*pocs animals no cloen les palpebres*
*i los malalts creixen en llur dolor**.*

L'évidence de sa mort est telle que tous reculent devant la menace, et quelqu'un donne l'alarme :

– Fuyons avant qu'ils n'attaquent le château !

– Fuyons !

Seuls restent Burchard, le prêtre et les deux religieuses, mais ils finissent par partir à leur tour, en laissant le cadavre gonflé à la solitude absolue de la chambre funèbre.

*

Les cloches sonnent le glas, mais Léonard de Vinci ne les entend pas, penché sur ses maquettes, quand il voit entrer un Machiavel aussi décomposé que désenchanté. Il ne dit rien, mais l'artiste devine de lui-même :

- Ils sont morts ?

– Pour le moment, Alexandre VI est mort. César lutte contre la mort et prend des décisions qui ne semblent pas de César. Il n'a qu'une issue : retourner en Romagne,

* – Pere Lluís, où es-tu ? As-tu trouvé Joan ? Joan ! Mon fils ! Mère ! Ma mère ! Comme il fait noir ! Oncle, comme il fait noir !

** Quand la nuit vient et répand ses ténèbres, / Peu d'animaux ne ferment leurs paupières / et des malades augmente la douleur.

rassembler ses troupes et imposer ses conditions au futur pape. César est toujours le gonfalonier du Vatican, et la papauté sans les troupes de César n'existe pas.

Léonard de Vinci renverse les maquettes les plus proches. Il les observe avec mélancolie.

– Ces machines viendront trop tard. Léonard, Léonard, te voilà redevenu un pauvre vagabond. Je crois que je vais aller en France, en suivant mon étoile, car tant que j'aurai un rêve je vivrai. Je poursuivrai mon projet. Pénétrer jusqu'au fond de la réalité naturelle, scruter la caverne qui nous a été donnée pour résidence, interroger les étoiles, faire l'anatomie de toute la matière vivante, organiser les cités, énoncer leurs lois, et, hélas, soigner la mélancolie et la folie. La mélancolie est la conséquence de la conscience de la fragilité des hommes dans leur relation avec le monde et la Providence. Bienvenue à la mélancolie ! J'essaierai de nouveau, en France. Le cardinal d'Amboise m'a fait des offres très alléchantes. A propos de choses alléchantes, savez-vous que j'étudie un gâteau de mûres ?

– Je vous en prie, ce n'est pas le moment.

– Je ne m'occuperai plus des machines de guerre. Il y a un temps pour la guerre et un temps pour le loisir.

De Vinci contemple les maquettes et, soudain, en choisit une, celle du char cuirassé, la prend entre le pouce et l'index, la porte à sa bouche et la dévore à belles dents.

– Mais que faites-vous ?

– Vous voyez, je la mange. Je l'ai créée, je la mange. Je fais toujours mes maquettes en massepain, mon cher Nicolas.

Il prend la maquette de la machine à tirs multiples et la lui tend.

– Vous voulez goûter ?

*

Le cardinal Della Rovere tend une boîte en marqueterie à un César Borgia qui sourit, hiératique, assis sur un fauteuil, étroitement entouré de Corella armé, de Vannozza qui vient d'apporter une tisane. Burchard, concentré, se tient près de Giuliano della Rovere.

– Je t'ai apporté les meilleures pâtes de fruits des couvents romains.

– Rome existe encore ? On m'a parlé de pillages et d'attaques des propriétés des Borgia qui ne sont pas défendues par mes soldats.

– Vous aviez trop de propriétés. Il n'y a pas assez de soldats pour les défendre toutes. Il faut faire quelque chose, et je suis venu t'offrir ma collaboration. Avant tout, que faisons-nous du cadavre de ton père ?

– Il est mort pape et doit être enterré en pape.

– Le climat actuel de Rome ne se prête pas à un enterrement tel que sa sainteté le mériterait, mais tu as raison, il faut l'enterrer. C'est pour cela que je suis venu avec Burchard, afin qu'il choisisse un cérémonial suffisant, mais pas ostentatoire. J'ajoute que ton état de santé t'empêche d'assister aux obsèques, mais il ne t'a pas empêché de t'assurer de toutes les archives et de tous les trésors personnels de sa sainteté.

Della Rovere désigne ironiquement Corella.

– Ton lieutenant est passé à Saint-Pierre et s'est chargé de tout. Il a même menacé un cardinal de lui couper le cou s'il ne le laissait pas agir à sa guise.

– Tout est en lieu sûr.

Et sans laisser le temps à Corella d'intervenir, César poursuit :

– Le moment n'est pas bien choisi pour nous affronter. Il faut élire un pape et je tiens plus de la moitié des cardinaux. Veux-tu être pape ? Nous pouvons nous entendre.

– Non, ce n'est pas non plus le moment. Nous avons tous deux intérêt à l'élection d'un pape de transition.

– Un vieillard moribond. Costa ? Piccolomini ?

– Piccolomini.

– Il n'est pas un peu trop moribond ?

– Dieu seul le sait.

– Soit : Piccolomini. Mais je veux des obsèques dignes pour mon père. Dès que possible, nous parlerons de la stratégie politique et du pouvoir militaire. Corella part pour la Romagne s'occuper de mes troupes.

César se lève pour indiquer que l'audience est terminée, et Corella et Vannozza tremblent pour sa stabilité, ce qui n'échappe pas à Della Rovere, même si César marche vers lui et tente de le serrer vigoureusement dans ses bras. On lit dans les yeux de Della Rovere la satisfaction de constater la faiblesse de César, mais il se retire en redoublant ses protestations de bonne volonté. Dès que le cardinal est parti, César vacille et a besoin d'aide pour atteindre son lit. De nouveau il tremble et transpire. Corella et Vannozza se regardent avec inquiétude. Burchard se borne à noter mentalement tout ce qu'il voit à travers ses paupières mi-closes. César l'appelle du regard.

– Burchard. Va habiller mon père. Il n'est pas convenable qu'un pape soit enterré nu.

– Il n'est pas nu, duc.

– Habille-le comme un pape.

Burchard sort tandis que César s'adresse à Corella.

– Ne perds pas une minute. Pars pour la Romagne et occupe-toi des troupes. Que l'on ferme les portes des villes. Qu'on ne laisse entrer aucun homme armé s'il ne connaît pas le mot de passe. Toutes les familles se sont soulevées. Giovanni Sforza est revenu à Pesaro, les Colonna ont récupéré leurs propriétés, les Orsini… tout est en train de s'écrouler.

Tandis que César continue de parler, Burchard est sorti définitivement du palais et se hâte vers les appartements du Vatican où le pape mort gît sur sa couche, à peine vêtu et seul. Burchard recouvre d'un linceul le cadavre qui commence à se putréfier. Puis il arrose le mort avec un gros flacon de parfum. Burchard transpire en contemplant son travail, se signe, s'agenouille et prie. C'est dans cette position que le surprend Della Rovere en entrant dans la chambre mortuaire. Il est accompagné de deux cardinaux, Amboise et Piccolomini, qui tournent autour du corps ; ils flairent comme des animaux, ils veulent sentir l'odeur de la mort sous les essences grasses. Burchard s'est levé et attend que leurs éminences se prononcent, mais le cardinal français et le vieillard, le futur pape, continuent à renifler, tandis que Della Rovere s'est approché de Burchard et le regarde avec curiosité.

– Cela vous intéresserait de garder votre charge ?

– Non.

– Vous pouvez continuer pour nous.

– C'est suffisant comme cela.

– Il serait d'un grand intérêt que vous nous disiez tout ce que vous savez. Maintenant. C'est le moment décisif pour couper la tête de l'hydre Borgia.

– Éminence. Ce n'est pas la seule hydre.

– Mais vous savez tout. Vous avez l'obligation morale de dire ce que vous savez.

Les lèvres de Burchard restent silencieuses et son regard neutre. Della Rovere hausse les épaules et, voyant son geste, les deux cardinaux s'arrêtent de flairer le pape et viennent se placer dans son sillage. Mais avant de quitter la salle, Della Rovere ordonne froidement à Burchard :

– Mettez-le au plus vite dans le cercueil. Malgré le parfum, il pue. C'est le plus répugnant, le plus horrible, le plus monstrueux mort qu'on n'ait jamais vu.

Resté seul avec le cadavre, le chef du protocole pousse un soupir d'impuissance et sort pour revenir un instant plus tard suivi de soldats qui portent un énorme cercueil. Les commentaires des soldats ne sont guère stimulants.

– Il empeste !

– Il va falloir mettre ce porc là-dedans ?

– Il n'y a aucun cercueil à Rome qui puisse le contenir.

En vain le regard de Burchard tente-t-il d'imposer le respect. Finalement, découragé, il donne un dernier ordre et s'en va.

– Allons, mettons-le dedans tout de suite.

Les soldats soulèvent le mort, en essayant de tenir le corps d'une main et de se boucher le nez de l'autre. Ils le mettent sur le cercueil, mais il n'y entre pas, non tant du fait de sa corpulence naturelle que du gonflement dû aux fièvres mortelles.

– Il ne peut pas tenir. Je vous l'avais bien dit.

– Et il pue, le gros cochon ! Qu'est-ce qu'il bouffait, quand il était vivant ?

– Un tas de sucreries, à ce qu'on dit.

– Mais il ne pue pas le sucre, il pue la merde et le pus.

– Eh ! Giorgio, toi qui es le plus lourd ! Assieds-toi dessus jusqu'à ce qu'il s'enfonce. Mais ne t'assieds pas sur le ventre, il pourrait exploser.

– Et pourquoi moi ?

– Parce que tu es aussi gros que lui.

Giorgio s'apprête à s'exécuter, quand un autre soldat le retient. Il lui tend la tiare pontificale et la lui pose sur la tête.

– Puisque tu vas t'asseoir sur un pape, fais-le avec la tiare, sinon sa sainteté pourrait se vexer.

Au milieu des éclats de rire, Giorgio, coiffé de la tiare, s'assied sur Alexandre VI et appuie de toutes ses forces pour que le cadavre entre dans le cercueil, encouragé par les cris de ses compagnons.

– Dis donc ! Tu pousses comme si tu étais en train de chier !

Finalement, il faut que deux autres viennent à la rescousse de Giorgio pour que le corps accepte d'entrer. Un soldat vomit, mais les autres clouent le couvercle. Soulagés, ils respirent et abandonnent le corps du pape à la solitude du cercueil.

Les cloches sonnent.

Burchard sort du Vatican par la porte de derrière, entouré de serviteurs qui portent ses bagages. Il tient à la main un portefeuille et, avant de monter dans la voiture qui l'emmènera loin du lieu où il a si longtemps œuvré, il regarde une dernière fois autour de lui. Une fois installé, il médite, et quand il reporte ses yeux sur la Rome qu'il abandonne, il voit soudain le visage souriant de Della Rovere qui accompagne un vieux cardinal dont les yeux errent aux frontières de la mort et dont les pas sont si mal assurés que Giuliano della Rovere doit le tenir sous les aisselles pendant qu'il annonce :

– *Habemus papam !*

# 9

# Ou César ou rien

Machiavel retourne la clepsydre et prend un chandelier pour l'approcher de l'endroit où il croit que somnole Juanito Grasica. Mais Juanito ne somnole pas. Il paraît perdu dans une rêverie.

– Tu es là, Juanito ?

– Je suis là, messire Machiavel. Quand je me rappelle toutes ces histoires, elles me semblent si loin. Le cadavre de César occupe toute la place. Il était comme ma ligne d'horizon. Ah ! si j'étais arrivé à temps pour l'aider !

– En sortant de Rome, César était déjà un homme mort. Il s'est trompé en faisant confiance à Della Rovere et aux Rois Catholiques. Il a cru en la parole du Grand Capitaine, qui n'était qu'un militaire obéissant aux ordres de ses rois. Je me souviens que je suis allé voir César quand il était convalescent et que le nouveau pape, le fugace Piccolomini, était déjà mort. Il fallait élire un nouveau pontife et on disait que César allait donner les votes des cardinaux inféodés aux Borgia à Della Rovere. C'est en vain que j'ai essayé de l'en dissuader.

Machiavel évoque les efforts de César pour se mettre debout, si pâle qu'on ne lui voit même plus les taches du mal français. Le vieux cardinal Costa se tient discrètement en retrait pendant que le Valentinois écoute les arguments de son conseiller.

– Pourquoi faire confiance à Della Rovere ? Il a été l'ennemi traditionnel des Borgia et, quand il sera pape, il pourra renier toutes les paroles qu'il a données. Vous avez toujours les places fortes de la Romagne. Corella peut les maintenir sur le pied de guerre jusqu'à ce que vous soyez en état de commander directement vos troupes.

César étudie le visage grave de Machiavel, échange un regard avec Costa et observe un temps de silence pour donner plus de poids à son propos.

– Ils ont pris Corella, et ils le soumettent à la torture. Ils veulent qu'il leur livre les mots de passe pour entrer dans les villes que nous contrôlons. Miquel résiste, mais pour combien de temps ? Si je pactise avec Della Rovere, il me garantira que je resterai gonfalonier. La force militaire restera sous mon commandement.

– Une fois obtenue la tiare pontificale, pourquoi resterait-il fidèle au pacte ?

– Me détruire lui compliquerait trop la vie. J'ai encore des alliés. Je suis encore uni par un pacte de sang au roi de France. Le Grand Capitaine me donne l'assurance que, de Naples où il est, il me soutiendra. Il me faut seulement survivre à Rome. Guérir. Gagner du temps et pouvoir partir pour la Romagne.

– Della Rovere au Vatican, vous n'atteindrez jamais la Romagne. Les loyautés sur lesquelles vous comptez se fissurent. Je viens en qualité de délégué de Florence et je sais que, là-bas, toute la Seigneurie attend et espère la chute de César.

– Je suis aussi l'espoir de beaucoup d'habitants de la ville, de ceux qui ont rêvé de l'unification face aux nouveaux barbares.

– Les barbares sont déjà parmi nous, César. Les gens craignent les risques excessifs, les changements drastiques leur semblent des abîmes. Votre force était votre père, votre père est mort et vous devez écarter Della Rovere du Vatican.

– Il peut provoquer une guerre à Rome même, et je ne

suis pas certain de la gagner. Si je suis vaincu à Rome, je serai vaincu pour toujours.

Machiavel hausse les épaules et embrasse du regard l'ensemble de la pièce comme si c'était l'unique royaume que César conservait encore.

– Je vous vois très seul. Où sont vos lieutenants ?

– Les uns sont morts, Corella est en prison, j'ai envoyé Grasica organiser les troupes qui protègent les propriétés de ma famille à Rome, Jofré est magnifique, il est devenu un homme et commande les patrouilles qui défendent nos alliés et ma mère. Telle est la situation.

– La garde ?

– C'est une garde de Valenciens, de Catalans et d'Aragonais. J'ai confiance en elle.

Machiavel voudrait faire des adieux solennels à César mais, quand il s'approche de lui, ils restent aussi indécis l'un que l'autre. La voix de César est pleine de hauteur.

– Adieu, Nicolas. Je sais que tu n'aimes pas être avec les perdants. Quand je serai de nouveau vainqueur, je t'appellerai.

Machiavel salue César, puis Costa, et les laisse à leurs réflexions moroses, mais avant de refermer la porte il a le temps d'entendre Giorgio Costa presser César : « Giuliano della Rovere attend ta décision. » Machiavel rejoint Della Rovere, qui est réuni avec d'autres cardinaux et en grande discussion avec le cardinal français Georges d'Amboise et l'ambassadeur espagnol. Della Rovere brandit un livre sacré et l'agite au-dessus des têtes des présents.

– César n'est pas encore vaincu ! Nous ne sommes pas en situation d'agir sans tenir compte de lui, nous ne pouvons pas non plus convoquer un concile en négligeant l'actuel rapport de forces au sein du Sacré Collège des cardinaux. Le pape qui en sortira sera celui que voudra César.

– Et pourquoi faut-il que ce soit toi, Giuliano ?

– Et pourquoi toi, Georges ?

– Moi, j'ai le soutien du roi de France.

– Tu es bancal : il te manque la jambe espagnole. Monsieur l'ambassadeur de leurs Majestés Catholiques, qui soutenez-vous ?

– Le cardinal Carvajal.

Della Rovere se met en colère et jette le livre sacré par terre.

– Comment osez-vous soutenir un cardinal espagnol après le pontificat d'un autre Espagnol ?

– Alexandre VI n'était pas espagnol. C'était un marrane valencien de Xàtiva. Né dans le royaume de Valence avant l'unification par les Rois Catholiques.

– Ne venez pas me parler de subtilités territoriales, seigneur ambassadeur. Les cités italiennes n'accepteront jamais que le prochain pape leur soit étranger. Tant que les papes sont sortis de nos familles il n'y a jamais eu de problèmes.

La colère de Giuliano della Rovere a fini par gagner l'ambassadeur qui est devenu cramoisi.

– De quelles cités italiennes parlez-vous ? Vous êtes un pays de familles, de hordes, de tribus. La souveraineté de ces cités durera le temps que nous le voudrons, Français et Espagnols.

Le cardinal d'Amboise tousse et intervient :

– N'allez pas si vite, ambassadeur. Il n'est pas évident que nos intérêts convergent.

– Mais n'avez-vous pas vu comment ces gens-là se gouvernent ? Ils sont comme des tribus. Un tas de poètes, un tas de luths, beaucoup d'humanisme et de Pétrarque, mais ils ne savent pas dans quel monde ils vivent.

A ce moment, Della Rovere s'aperçoit que Machiavel est arrivé et va à sa rencontre, en tournant le dos au face-à-face d'Amboise et de l'ambassadeur espagnol. Il n'est plus l'homme passionné qui défendait sa candidature, mais un hôte souriant et froid qui prend Machiavel par les épaules.

– Vous apportez des nouvelles de César ?

– Comment savez-vous que je viens de chez lui ?

– Les choses ont changé, messire Machiavel. Avant, c'était César qui savait tout des autres ; maintenant, c'est le contraire. César se retrouve sans yeux et sans oreilles. Vous l'admirez toujours autant ?

– J'ai admiré ses rêves parce qu'ils pouvaient devenir réalité. Je déteste les rêveurs. C'est probablement pour cela que Dante m'a toujours paru un crétin.

– Les rêves de César sont intéressants, et pas seulement intéressants mais nécessaires.

Della Rovere baisse la voix.

– Le Vatican a besoin d'être un État fort. En cela, Alexandre VI avait raison, et César aussi. Mais la future place forte du Vatican doit être militaire et morale. Nous devons conserver le rêve militaire de César tout en nous construisant une crédibilité morale qui passe par la condamnation des Borgia. Vous êtes des miens, Nicolas. Au roi mort doit succéder le roi. Quand je serai pape, je garderai la puissance militaire du Vatican, mais je lèverai la bannière de l'expiation des fautes des Borgia.

– Je comprends votre synthèse. Conserver la base de ce qui a été construit par les Borgia, mais condamner ceux-ci comme les uniques responsables de la corruption de l'Église, de son absence de spiritualité. Il faut recommencer à prêcher l'austérité et la fin du libertinage. Le discours de Savonarole ?

– Inutile d'aller si loin. Le discours de Savonarole était celui de la destruction du système, de l'ordre. Il faut perpétuer le système par le moyen de l'ordre. J'ai besoin de vous, Machiavel.

– Je retourne à Florence.

– Que pensez-vous dire à la Seigneurie ?

– Que mort ou vivant, il ne faut plus compter sur César.

– Quand je dis que j'ai besoin de vous, je ne veux pas

dire que vous ne devez pas retourner à Florence. J'ai besoin que quelqu'un comprenne mes desseins.

Dans l'assistance les voix se sont faites plus fortes, le bruit des discussions monte à son paroxysme, et ce tapage est causé par l'arrivée du vieux cardinal Costa, qui ne répond pas aux questions dont on le presse, et garde un visage impénétrable.

– Tu apportes des nouvelles de César ?

– Quelle est la proposition de César ?

Mais Costa ne répond pas. Derrière ses paupières mi-closes, ses yeux finissent par trouver le duo composé par Della Rovere et Machiavel. Il va vers eux et emmène Giuliano pour une discussion sans témoins qui laisse le reste de l'assistance sans voix et paralysée. Aux propos que lui tient Costa, Della Rovere ne peut retenir un geste de joie et se tourne vers les autres, le visage baigné de la lumière des élus, avec le sourire total du triomphateur qui ouvre les bras pour s'emparer de tout l'espace. Des têtes se baissent, des bravos soudains éclatent, des corps se précipitent vers Della Rovere comme pour se plonger dans la victoire qu'il laisse pressentir.

– Félicitations, Giuliano !

– C'était la seule solution !

– Éminence révérendissime, c'est un jour de gloire pour la chrétienté !

L'ambassadeur espagnol reste seul avec Amboise.

– Il a désormais son compte de votes. Il est aussi chrétien qu'Alexandre VI l'était, il a été aussi concupiscent que n'importe quel Borgia. On lui connaît quatre enfants naturels. Nous allons d'Hérode en Pilate.

Machiavel ne les perd pas du regard et, quand il les croise en se retirant, il leur lance :

– *Habemus papam !*

*

Miquel de Corella se réveille et palpe l'obscurité comme si elle mettait à vif les plaies de son visage, de ses bras nus, de son torse ensanglanté. Il peut à peine ouvrir un œil tuméfié et, quand il se lève de sa paillasse pour s'asseoir, il découvre qu'il est entièrement nu. Il se tâte la tête, vérifie la nudité de son sexe et se met à trembler comme si cette nudité confirmait sa vulnérabilité. Mais il se reprend au moment où la porte de fer geint sur ses gonds et cogne violemment le mur de la cellule. Deux géants armés s'approchent, et le captif leur lance :

– Vous ne vous reposez jamais ?

Les geôliers restent muets, ils obligent le prisonnier à se lever et à marcher malgré les chaînes qui entravent étroitement ses chevilles.

– Pourquoi ne me couvrez-vous pas le sexe ? Et s'il y a des dames, là où vous m'emmenez ? Et mon sens de la pudeur ?

Un geôlier prend un chiffon crasseux sur la paillasse et le noue autour de la taille de Miquel, puis ils le sortent de la cellule en le poussant et en le frappant pour le conduire le long des couloirs. Ils ne disent rien non plus quand ils le font entrer dans la salle où trônent le chevalet de torture et les juges impassibles qui contemplent froidement leur œuvre sur le corps de Miquel. Celui dont le regard est le plus perçant leur fait signe de le placer au centre de la salle et se plonge dans la consultation des liasses des procès-verbaux. Ses yeux fatigués par la lecture se relèvent pour tomber sur Corella comme s'il était là par hasard :

– Vous avez changé d'intentions ?

– Cela dépend de quelles intentions vous parlez.

– Vous connaissez les mots de passe qui ouvrent les portes des villes fortifiées obéissant à César Borgia. Votre persistance dans la déloyauté envers le souverain pontife, envers aussi les souverains naturels de ces villes, est un crime dans lequel vous vous enfoncez en méprisant toutes les offres de conciliation que nous vous avons faites.

Corella ne répond pas mais regarde fixement son interrogateur.

– Vous ne voulez pas répondre ?

– Messire, ce lieu que vous occupez, je l'ai moi-même occupé des douzaines de fois et je crois savoir reconnaître celui qui est disposé à parler de celui qui ne l'est pas.

L'inquisiteur attend la suite, mais Corella semble s'en désintéresser.

– Eh bien ?

– Eh bien quoi ?

– Terminez.

– Je ne suis pas disposé à parler.

– Par loyauté envers César ?

– Par déloyauté envers ce que vous représentez et par calcul personnel. Dès que j'aurais parlé, je perdrais toute valeur.

L'inquisiteur fait un signe et les geôliers forcent Corella à s'étendre sur le chevalet. Le supplicié serre les dents, on les dirait soudées, c'est à peine si elles laissent passer un filet de plainte tandis que les yeux palpitent sous les paupières fermées et que les mâchoires se dessinent sous la peau comme si elles allaient la percer. L'inquisiteur étudie les effets de la torture et semble compter les tensions successives de la machine jusqu'au moment où il les estime suffisantes. Il fait alors un nouveau signe et se lève pour examiner le résultat de plus près.

– Il s'est évanoui, constate un geôlier, et l'inquisiteur acquiesce.

Il quitte la salle de torture où il est remplacé par un frère dominicain, à la démarche et aux gestes pleins de dévotion et d'onctueuse compassion pour les souffrances du gisant.

– Réveillez ce brave homme.

Un seau d'eau froide inonde le visage de Corella et celui-ci émerge du naufrage, prêt à identifier la nouvelle menace. Tous ses bourreaux sont là, seul est de plus le dominicain, vers qui Corella dirige son regard.

– Tu souffres, frère ? N'est-ce pas ton orgueil qui est à l'origine de tes souffrances ? Es-tu bon catholique ?

*– Catòlic sóc, mes la fe no m'escalfa**…*

Le dominicain demande des explications aux geôliers.

– Qu'est-ce qu'il dit ? Dans quelle langue parle-t-il ?

– Est-ce que je sais ? Il passe toutes ses nuits à réciter des vers dans cette langue bizarre.

*– … que la fredor lenta dels senys apague,*
*car jo eleix ço que mos sentiments senten,*
*e paradís crec per fe i raó jutge***.

– Frère, en quelle langue récites-tu ces vers profanes ?

– Ils n'ont rien de profane. Ils font partie du cantique spirituel d'Ausiàs March, un poète qui n'a chanté que l'amour et la mort.

– Pourquoi parler de mort ? Parlons d'amour, frère ! C'est par amour pour ton chef que tu te tais, mais parfois l'amour égaré provoque son contraire. Au nom du Saint-Père, je suis en condition de te garantir la liberté et la conservation de tes biens si tu parles. Ne pèches-tu pas par orgueil, frère ?

– *Per què em dius germà, fill de puta**** ?

– Je continue à ne pas te comprendre, frère. De plus, tu défends une cause inutile. César Borgia navigue vers

---

* – Catholique je suis, mais la foi ne me brûle pas…

** – … Ni ne l'éteint la froideur indolente des sens, / car je choisis ce que mes sentiments me disent, / au Ciel je crois par foi, et par raison je juge.

*** – Pourquoi m'appelles-tu frère, enfant de putain ?

Naples, prisonnier du Grand Capitaine, et il a renoncé expressément à ses places fortes de la Romagne.

– Que le pape vienne me le dire. C'est un piège.

– Si c'était quelqu'un en qui tu as confiance qui te le disait, tu le croirais ?

– Si c'était quelqu'un en qui j'ai confiance, je le croirais. La question est réglée. Je n'ai confiance en personne.

Le dominicain se résout à l'inévitable.

– Je te rends aux mains de tes bourreaux.

Et il s'apprête à partir, quand dans son dos il entend la voix de Miquel.

– Je n'aurais confiance qu'en une seule personne.

– Le Saint-Père ?

– Lui, moins que quiconque. Je demande que messire Machiavel vienne me parler.

Le dominicain hausse les épaules et Corella reste étendu, dans l'attente de nouveaux tourments. Il somnole. Il s'agite. Il rêve. Dans son rêve Lucrèce porte un panier de fleurs et s'étonne de le trouver nu et meurtri dans un pré. Elle se penche sur lui et tente de sécher ses larmes avec le coin d'un mouchoir de baptiste.

*– O quan serà que regaré les galtes*
*d'aigua de plor ab les llàgrimes dolces* ?*

Corella se réveille et se redresse. Tout est resté pareil, et il entend le bruit de la porte qu'on ouvre et qui vient choquer la pierre. Mais cette fois ce ne sont pas les bourreaux, c'est Machiavel, seul, et marchant sur la pointe des pieds. Il examine Corella avec effroi.

– Je suis encore vivant, Nicolas, encore vivant. De la part de qui venez-vous ?

---

* Oh ! quand mouillerai-je mes joues / de l'eau des pleurs aux douces larmes ?

– De moi-même.
– C'est bien. Mais je ne me souviens plus de rien.
– Vous avez demandé à me voir pour que je vous confirme que César n'est plus à Rome mais aux mains du Grand Capitaine.
Miquel réfléchit et, finalement, se décide :
C'est bien vrai ? Oui. Si ce n'était pas vrai, vous ne seriez pas venu.
Machiavel acquiesce et Corella ébauche un sourire mélancolique.
– Ainsi, tout a été inutile.
– César a été livré aux Espagnols par le nouveau pape, son ami Della Rovere.
– Celui-là, il y a longtemps que j'aurais dû lui couper la gorge. Ou on tue, ou on est tué.
– Mais vous êtes toujours vivants, César et toi. César s'est doublement trompé, en faisant confiance à Della Rovere et aux Rois d'Espagne. Il voulait partir de Rome en passant par Naples pour revenir ensuite en Romagne et s'y fortifier. Don Gonzalve de Cordoue, le Grand Capitaine, lui avait donné sa parole, et il avait l'intention de la tenir. Mais les Rois d'Espagne ont d'autres vues. La reine Isabelle hait les Borgia et Ferdinand d'Aragon craint encore César.
Corella passe de l'ironie mélancolique à l'abattement.
– Que vas-tu devenir, mon pauvre Corella ? Quel traitement va-t-on infliger au meilleur des sicaires de César ? Combien d'épées, combien d'hommes tués par mes mains vont sortir de la tombe pour me transpercer ? Serai-je sauvé si je donne les mots de passe ?
– Les places fortes sont prises les unes après les autres. Il faut maintenant que César paye les indemnisations qu'on lui réclame et livre le trésor caché des Borgia. Le départ de César a été le signal de la défaite.
– Alors il ne me reste que peu de temps à vivre.
– Je ne vois pas les choses ainsi, et j'ai défendu une

thèse que je crois bonne, tant à Florence qu'à Rome devant sa sainteté. Vous êtes un sicaire, Corella, c'est vrai. Mais un excellent sicaire. Le meilleur que je connaisse.

– Merci infiniment, Nicolas. Cela me remplit d'orgueil d'être considéré par vous comme le meilleur assassin politique que vous ayez connu.

– Un authentique spécialiste, et les spécialistes comme vous sont nécessaires au pouvoir, toujours. J'ai recommandé à la Seigneurie de Florence de vous donner, après un procès symbolique, un poste important dans la sécurité de la Toscane.

– Mais c'est le pape qui va me juger.

– Dites à Jules II ce qu'il veut entendre, que toute la faute revient à César. Que vous avez obéi aux ordres. Les papes aussi ont besoin d'assassins intelligents. Plus les assassins sont intelligents, plus le pouvoir en a besoin.

– Mes maîtres en logique à Pise – si tant est que je sois jamais allé à Pise et que j'aie jamais étudié la logique, mais enfin il a bien fallu que quelqu'un me l'enseigne puisque que je ne la connaissais pas auparavant – m'ont appris qu'une bonne partie des contradictions ne sont en fait que de simples apparences de contradiction. Ce qui me sauve, Nicolas, c'est ma capacité de cruauté. Ce qui me sauve de la mort, c'est ma capacité de tuer.

– Ce qui vous sauve, c'est que votre cruauté est experte et nécessaire. Un tueur expérimenté a plus de prix qu'un tueur sans expérience.

Corella rit franchement et se met debout, mais il tombe car il a oublié que ses chevilles sont entravées. Recouché, il ne peut calmer son rire, au grand scandale de Nicolas.

– De quoi riez-vous, messire Corella ?

Il ne répond pas, se calme, et tout en se frottant les yeux pour sécher ses larmes, Miquel de Corella demande :

– Et César, qu'est-ce qui peut le sauver ?

– Rien. Je vous raconterai comment il est tombé dans le piège.

*

Le Grand Capitaine écoute les salves comme s'il comptait le nombre de coups, et quand elles s'arrêtent, il lève la tête pour contempler les traînées de fumée dans le ciel de Naples.

– Des salves pour un assassin.

Don Gonzalve de Cordoue s'est retourné et doña Sancha se jette dans ses bras.

– Pourquoi as-tu donné asile à cette bête nuisible ? César a encore des ambitions. Il s'est allié à des banquiers et à des militaires pour tomber sur la Romagne. Son rêve d'être roi d'Italie reste intact.

– Ce n'est qu'un rêve.

– Mais tu l'aides ?

– Je l'aide seulement à rêver. Que fais-tu ici ? Il va venir d'un moment à l'autre.

Doña Sancha hésite, mais elle n'a pas le temps de se décider, car César apparaît sur le seuil, suivi de Juanito Grasica. Il est de nouveau habillé de noir et de lilas, son goût du spectacle ne l'a pas quitté, et son attitude est arrogante, même si elle est empreinte d'amitié pour le Grand Capitaine qu'il embrasse. Il adresse une gracieuse révérence à Sancha, qui la lui rend sans sourire et en fuyant son regard.

– Les perspectives sont excellentes, Gonzalve. Je reçois des nouvelles de toute l'Italie. Mes partisans m'attendent, et je mets toutes mes conquêtes au service des rois d'Espagne.

Sur un signe de lui, Juanito déploie un plan sur la table et César indique du doigt le parcours de sa chevauchée imaginaire.

– Tout commence par la prise de Piombino, clef de Pise,

et à partir de cette tête de pont, de Florence, clef de la Toscane. Je me doute que cela va provoquer la colère de Louis XII et probablement une réaction de sa part, mais, quand ce moment arrivera, j'ai confiance en toi et en les rois d'Espagne, en Maximilien d'Autriche. Voilà la nouvelle alliance historique.

– Très bien vu, César.

– J'ai besoin de galères, de soldats, d'artillerie que je commanderai au nom de l'Espagne.

– Nous n'avons jamais eu d'honneur plus grand, ni jamais espéré plus grande gloire.

– Je sais que les seigneurs de Venise, de Florence, de Bologne tremblent, de même que ce serpent bifide de Giuliano della Rovere.

– Appeler le Saint-Père serpent bifide ne me paraît pas une bonne façon d'aborder la question. De toute manière, César, tout ce que tu me demandes te sera donné au moment voulu.

Les deux capitaines s'embrassent et César maintient son étreinte pour pouvoir regarder Gonzalve Fernández de Cordoue dans les yeux.

– Tu t'es comporté avec moi comme un frère.

– Noblesse oblige, César.

Après avoir encore accentué son étreinte, César se sépare, ému, et avant de quitter la pièce, cherche doña Sancha, qui s'est mise à l'écart et reste taciturne.

– Mon frère Jofré est avec moi et m'a dit que tu ne veux pas le voir.

– Nous n'avons pas à nous voir, César. Mon histoire avec Jofré est terminée.

– Jofré est devenu un homme.

– C'est tard, bien trop tard.

– Sancha, tout a changé, mais, quoi qu'il arrive, je voudrais que tu te souviennes…

– Je choisis seule mes souvenirs.

– Figurerai-je dans tes souvenirs ?

Concentrée, amère, sarcastique, Sancha répond :

– Tu es inoubliable, César.

Elle se laisse baiser la main, et le Valentinois s'en va. Sancha et le Grand Capitaine restent silencieux, puis Sancha court se réfugier dans ses bras.

– Protège-moi, Gonzalve, protège-moi !

– De quoi ? De qui ?

Le militaire ne comprend pas l'angoisse de Sancha, mais le temps lui manque pour approfondir, car son aide de camp annonce :

– L'ambassadeur de leurs majestés les Rois Catholiques.

Du regard d'abord, d'une forte poussée ensuite, Gonzalve Fernández de Cordoue fait comprendre à Sancha qu'elle doit partir, et elle s'exécute en lui laissant la tendre image d'un animal vaincu, tandis qu'à la douce présence de la femme se substitue celle, tonitruante, de l'ambassadeur furieux.

– Cela fait des jours que je veux te voir. Pourquoi gâcher de la poudre en l'honneur de celui qui fut César Borgia et n'est plus que le prisonnier de nos Rois ?

– Ce n'est pas ce à quoi je me suis engagé.

– Tu commandes sur le champ de bataille et tu le fais fort bien, Gonzalve, mais laisse la politique aux Rois et à leurs émissaires. En qualité d'émissaire des Rois Catholiques, je t'ordonne de charger de chaînes le fils de la grande prostituée et de l'expédier en Castille. Sa belle-sœur, María Enríquez, l'y attend de pied ferme, convaincue que son mari, Joan de Gandie, est mort par sa main. Là-bas, ou bien nous lui couperons la tête, ou bien il mourra d'ennui au fond d'une oubliette.

– Ce n'est pas ce à quoi je me suis engagé envers César, et ce ne sont pas non plus les accords que j'ai conclus avec le pape, ni les instructions que j'ai reçues du roi Ferdinand.

– Tu es têtu comme un mulet, Gonzalve. Prends cela.

Le Grand Capitaine lit deux fois les papiers que lui a

tendus l'ambassadeur. Il soupire et se borne à ce commentaire :

– Laisse-moi du temps.

– Du temps ? Pour quoi faire ?

– Même les trahisons exigent du temps.

César ne se sent pas trahi, il consulte ses cartes, ses chiffres, discutant ses plans avec des banquiers et des soldats, sur un nuage qui attend pour reprendre son vol qu'on le rende à sa route de conquérant. Il fait nuit noire, il est excité et fatigué, il parle avec les gentilshommes les plus proches, dont Jofré :

– Demain, c'est le grand jour, et je crois juste d'aller remercier le Grand Capitaine de tout ce qu'il a fait pour ma cause. Accompagne-moi, Juanito.

Un gentilhomme s'approche, servile.

– Avec tout le respect que je vous dois, seigneur, j'aimerais beaucoup y aller avec vous et prendre également congé de don Gonzalve sous les ordres de qui j'ai servi.

– Soit, don Pedro. Jamais César Borgia ne fut en meilleure compagnie qu'en celle de don Pedro Navarro.

Et c'est par une nouvelle embrassade que le Grand Capitaine accueille César, suivi de don Pedro Navarro et de ses hommes.

– Tout est prêt. Demain commence une nouvelle ère pour les Borgia, unis à la Couronne d'Espagne.

– Que la volonté de Dieu, Notre-Seigneur, soit faite.

– Tu m'as promis un sauf-conduit personnel pour prévenir tout obstacle dans les garnisons qui dépendent de toi.

Le parchemin est sur la table et Fernández de Cordoue le lui tend sans commentaires. César le prend et, en s'en allant, il garde dans sa rétine l'image d'un Grand Capitaine distant, qui ne semble nullement partager son émotion. Pedro Navarro marche à côté de lui, soupçonneux, jetant des regards à gauche et à droite, scrutant les couloirs adjacents, se retournant tout le temps.

– C'est étrange. J'ai noté une certaine froideur chez don Gonzalve.

– Il est ainsi, seigneur.

– Et vous êtes bien nerveux, seigneur comte.

– C'est l'excitation, seigneur.

– Moi, en revanche, je me sens maître de mon destin.

– Je ne me risquerais pas à en dire autant. La fortune ou la Providence gravite au-dessus des hommes et fait finalement ce que Dieu veut.

– Machiavel vous corrigerait. Il croit que la fortune compte pour quelque chose, mais que ce qui compte fondamentalement, c'est la volonté des hommes, leur vertu, leur audace, leur capacité d'analyse, leur ténacité.

– Qui est ce Machiavel ?

– Un savant de Florence.

– Tous les Florentins se croient des savants.

Ils sont arrivés devant les appartements de César, et celui-ci prend congé de Pedro Navarro avec un sourire.

– Bien. Il faut nous reposer. Demain sera un grand jour. Allez dormir, seigneur comte. C'est l'heure.

Pedro Navarro a fait quelques pas en arrière, et son visage reste grave, le temps de vérifier que la garde se rapproche et se place derrière lui pour le protéger.

– Que votre seigneurie aille se reposer, moi, je ne puis.

– Pourquoi ne pouvez-vous pas aller vous reposer, don Pedro ?

– Parce que je dois rester ici à monter la garde, seigneur. Ce sont les ordres du Grand Capitaine. Votre seigneurie ne doit pas quitter ses appartements.

– Demain non plus ?

– Demain encore moins qu'aujourd'hui.

– Alors je suis prisonnier ?

– La duchesse de Gandie a porté plainte contre votre personne devant leurs majestés les Rois Catholiques. Doña María Enríquez vous accuse de l'assassinat de Joan de Borgia, duc de Gandie.

– Et c'est à cause de cela qu'on m'emprisonne ? Sans avis préalable ? Qui a inventé ce prétexte ?

Les lèvres du comte restent silencieuses, et le couloir s'est rempli de gardes et d'une forêt de lances pour empêcher toute réaction du Valentinois. Celui-ci sort de son pourpoint un parchemin qu'il tend au comte :

– Et ce sauf-conduit qui m'a été donné par le Grand Capitaine en personne ?

Navarro prend le sauf-conduit, le lit, le plie et le met dans sa poche, sans tenir compte des protestations de César.

– Merci, votre seigneurie. Le Grand Capitaine m'avait recommandé de vous le faire rendre.

César ne proteste plus. Impassible, il entre dans sa chambre et Pedro Navarro reste maître du couloir, mais dès que César a disparu il se retourne, inquiet :

– Vous avez arrêté Juanito Grasica ?

– Nous n'avons pas pu le trouver.

– Cherchez-le ! C'est urgent ! Tant qu'il sera libre, César pourra espérer la liberté.

*

César gît au fond d'une cabine mal éclairée. Il est enchaîné mais conserve une attitude dédaigneuse, qui ne se modifie pas quand Juanito Grasica entre avec une écuelle pleine.

– Mangez, votre seigneurie, on voit déjà les côtes espagnoles et vous ne devez pas débarquer sans forces. Le bateau remue tout le temps depuis que nous sommes entrés dans le détroit.

– Où me mène-t-on ?

– Nous débarquerons à Alicante, près de Valence, la ville dont vous avez été cardinal. Également toute proche de Xàtiva, berceau de votre famille.

– Nous allons à Xàtiva.

– Non. Vous vous arrêterez au château de Chinchilla. Mais ils ne sont pas tranquilles. Toute l'Italie demande des explications. Vos parents les rois de Navarre, Jean d'Albret, votre beau-frère, s'agitent. Madame Lucrèce remue le ciel et votre épouse Charlotte la terre.

– Pauvre Charlotte. Nous nous sommes à peine vus la nuit de nos noces.

– Il faut croire qu'elle en a gardé un fameux souvenir.

– Aide-moi à m'approcher du hublot. Je veux voir la côte. A quelle hauteur sommes-nous ?

Gracia se met à côté de lui et scrute l'horizon incertain.

– Gandie. Nous verrons bientôt les côtes de Gandie.

– Cette harpie de María Enríquez doit jouir de sa victoire. Mais elle a encore une longue guerre à livrer.

D'une falaise, María Enríquez contemple la mer et prétend voir la silhouette lointaine d'un bateau. Près d'elle un garçon se protège les yeux d'une main, tandis que l'autre ne lâche pas celle de sa mère qui la serre de plus en plus fort.

– Tu me fais mal, mère. Je ne suis plus un enfant. Je ne vais pas tomber. Partons. On ne voit rien. Qu'espères-tu voir ?

– Le passage du diable.

– Le diable va sur la mer ?

– Aujourd'hui, oui.

– Le diable est mon oncle César ?

– Ne l'oublie jamais. Le diable est ton oncle, César Borgia. Mais le diable est toujours vaincu par l'ange. Le diable a été vaincu par l'ange.

María Enríquez avance jusqu'au bord du précipice et crie :

– Je vous ai vaincus ! Maudits Borgia ! Moi ! María Enríquez !

*

Alphonse d'Este caresse des doigts le canon qui vient d'être fondu. Il l'examine d'un œil expert. Il lui donne des tapes sur le derrière comme s'il s'agissait d'un corps vivant et se retourne pour contempler la fille nue, tremblante et recroquevillée qui observe ses mouvements avec plus de surprise que de peur.

– Il est parfait. C'est le meilleur canon que j'ai jamais fondu. Pourquoi trembles-tu ? Je te fais peur ?

– De froid. Je tremble de froid, seigneur.

Le coup de tonnerre qui précède la pluie, puis celle-ci qui commence à tomber à verse à l'extérieur de la forge des Este augmentent son impression de froid. Alphonse boit une grande coupe de vin et fait se lever la fille pour qu'elle boive aussi. Puis il lui caresse le cul, y assène des claques, la culbute sur le canon, les fesses en l'air et les jambes écartées offrant la tendre rainure du sexe. Le duc se dépouille de son court caleçon et plante sa verge dans la fente de la fille, qu'il possède comme si la femme était le canon ou comme si le canon était une femme. En vain elle gémit :

– Le métal me fait mal ! J'ai froid !

Le duc atteint son orgasme et reste, épuisé, sur les corps confus de la femme et de l'engin, jusqu'au moment où la fille se laisse glisser jusqu'au sol et court reprendre ses vêtements. Alphonse se relève à son tour et regarde comment, en se rhabillant, la fille redevient une dame de la cour qui se hâte d'ajuster sa toilette, vaguement honteuse.

– Madame la duchesse va s'inquiéter. Je suis restée très longtemps absente !

– Un canon comme celui-là, on n'en finit pas tous les jours ! Ta maîtresse est toujours bien entourée.

– Elle se plaint du départ de messire Pietro Bembo.

– Mais il lui reste le boiteux Strozzi et mon beau-frère, François de Gonzague. Ma femme sait-elle que je suis au courant de sa correspondance et de ses relations avec François grâce à Strozzi qui joue les entremetteurs ?

– Madame la duchesse ne me parle pas de ces choses.
– De quoi te parle madame la duchesse ?
– De sa nostalgie de Rome : elle dit que là-bas les gens étaient… étaient, comment dire, plus directs. Et quand elle croit que je ne l'entends pas, elle dit qu'ici, à Ferrare, nous sommes hypocrites. Les Ferrarais sont-ils hypocrites ?

Alphonse, tout nu, active le feu dans la forge et réfléchit. Maintenant la fille est entièrement vêtue, elle lui fait une petite révérence et s'enfuit vers la cour, à la rencontre de la pluie et du sentier qui la ramène au palais. Elle entre, toute rouge, dans la salle de réception de Lucrèce et là, elle a la surprise de trouver ensemble Strozzi, Lucrèce et François, qui entourent un pli que la maîtresse des lieux ouvre pour en extraire une lettre, qu'elle tient d'une main, portant l'autre à ses lèvres pour y poser un doigt qui demande le silence.

– Tu n'as rien vu.
– Non, je n'ai rien vu.
– Tu n'as pas vu le seigneur de Gonzague. Le seigneur de Gonzague est à Mantoue.
– Il est à Mantoue, madame.
– Va-t'en.

La jeune femme s'en va. François se plaint.

– C'était une imprudence. Cette femme parlera.

Ce n'est pas l'opinion de Strozzi.

– Elle se taira.

Lucrèce, dont les mouvements sont lents, de toute évidence enceinte, est du même avis.

– Elle se taira. Elle est la maîtresse de mon mari et la confidente de ta femme, mais elle sait que je peux la chasser de la cour quand je veux. Elle n'est pas d'une famille très riche, et ils ne peuvent pas doter une maîtresse du duc pour la marier à un bon parti. Elle se taira.

Les yeux de Gonzague parcourent la silhouette de Lucrèce.

– De nouveau grosse, Lucrèce. Je ne sais pas comment tu peux accepter cela. Les médecins l'ont dit, tu le sais : avec ta constitution, tu supporteras de plus en plus mal les accouchements.

– C'est le prix que je dois payer pour ma liberté. Je ne vois Alphonse qu'au lit. La seule chose qui intéresse mon mari, c'est que tout le monde répète : Ce duc d'Este, quel homme ! Il monte si souvent la Borgia qu'il ne laisse pas aux autres le temps de la monter !

– Tais-toi, au nom de Dieu, Lucrèce !

– Je sais ce que je dis, je sais ce qu'ils pensent. Mais désormais je suis maîtresse de mes actes et j'ai besoin de toi, François. Hercule, explique-lui de quoi il s'agit.

Strozzi leur demande de s'asseoir.

– Nous ne t'avons pas fait venir par caprice, François. Tu sais que Lucrèce lutte pour la liberté de son frère, et les circonstances ont changé. Le grand ennemi de César était Isabelle de Castille, en accord avec María Enríquez, convaincue du caractère démoniaque des Borgia. Isabelle de Castille est morte, ce qui laisse son mari libre de ses mouvements. Le cardinal Cisneros continue à se méfier de César, mais il respecte le roi Ferdinand. C'est un formidable stratège, et il n'aurait aucune répugnance à considérer César comme une alternative au Grand Capitaine.

– Mais il le tient captif dans un château. Comme un prisonnier de luxe. A Chinchilla.

– Il n'est plus à Chinchilla. César s'est battu au corps à corps avec le seigneur du château et il a failli s'évader. Il est maintenant à Medina del Campo, au château de la Mota, dans le même château où se trouve la fille du roi, la princesse Jeanne, celle que l'on appelle Jeanne la Folle. Autour de César se trament plusieurs intrigues. Ferdinand pourrait l'utiliser comme nouveau capitaine des armées d'Italie, et il pourrait servir à certains nobles castillans, tels que le comte de Benavente, comme chef militaire au service de leurs intérêts face à ceux de la maison d'Autriche représentée par la descendance de Philippe et de Jeanne. De son côté, Philippe a pensé qu'il doit retenir César pour le rallier à son parti si son beau-père lève l'étendard contre lui. Tous gardent César et tous semblent avoir besoin de lui. C'est l'heure de César et nous voudrions que tu fasses quelque chose pour lui. Tu as de plus en plus d'influence dans la noblesse italienne et l'on parle de toi comme chef d'une armée coalisée. Tu dois faire quelque chose pour César.

– Pour César, je ne bougerais pas le petit doigt. Pour toi, Lucrèce, je ferai ce que tu me demandes.

– Je te demande d'intervenir auprès du pape pour qu'il ne fasse rien contre la liberté de mon frère.

– Jules II permettant à ton frère de revenir en Italie ? Il ne faut pas y songer. Il suit la même politique que les Borgia, en se bornant à éviter les scandales, mais l'équilibre politique est fragile et César est un mythe, un mythe dangereux. Et toi-même, Lucrèce, n'es-tu pas plus libre, César en Espagne et toi ici, à Ferrare ?

– Il s'agit de ma famille. Tu as peut-être peur que ta femme se fâche parce que tu aides César ?

François de Gonzague ne trouve pas ses mots pour répondre à l'agression de Lucrèce et, dans son impuissance verbale, il se borne à prendre ses mains dans les siennes, mais l'une de ces mains tient la lettre qu'il n'a pas encore lue.

– De qui est la lettre ?

Lucrèce échange un regard avec Strozzi et dit :

– De César.

Elle la tend à Gonzague pour qu'il la lise, ce qu'il fait avec avidité, en s'interrompant de temps en temps pour pousser des exclamations, stupéfait de l'audace de César.

– Mais vous l'avez lue ? Comment peut-il affirmer ainsi qu'il ne restera plus longtemps prisonnier ?

*

Tandis que Gonzague continue à lire en se promenant de long en large, nerveux mais fasciné, au-delà de la fenêtre la pluie tombe et, dans la forge des Este, au-delà de la pluie, Alphonse contemple les lointaines lumières de son palais. Il est un peu plus vêtu et se trouve en compagnie de son frère, le cardinal Hippolyte.

– Tu sais que François est au palais ?

– Mes informateurs me l'ont dit. L'audace de ce chien de Strozzi est de plus en plus grande. Les Strozzi ont toujours été très fiers. Ils pensent qu'ils valent autant que nous, sinon plus. Ce Strozzi-là, il faudrait un jour faire en sorte que sa patte folle le conduise en Enfer. Sais-tu pourquoi mon beau-frère est là ? Aurait-il le mauvais goût de foutre ma femme même quand elle est enceinte ? Je me suis fait aménager un passage entre mes appartements et ceux de Lucrèce. Au moment où elle s'y attend le moins, son mari aimant fait son apparition et elle n'a qu'à ouvrir les cuisses. Je n'ai jamais pu la prendre sur le fait. Pourquoi François est-il venu secrètement ?

– Il semble plutôt que ce soit pour des affaires concernant César Borgia.

– Je croyais cet imbécile oublié.

– Il n'est pas oublié. La rumeur circule de sa réapparition en Italie, sous le parrainage de Ferdinand le Catholique.

– Et le pape tolère cela ?

– Non. Il ne le tolère pas, et il a mobilisé tous les pions dont il dispose en Castille pour que Ferdinand ne libère pas le Borgia. La mort de la Reine Catholique a desserré l'étau autour des Borgia. Seulement cette conspiration est une partie où les joueurs sont innombrables.

Alphonse d'Este hausse les épaules et boit, en invitant son frère à l'imiter.

– Mon cher frère le cardinal révérendissime me fera-t-il l'honneur de boire avec moi ?

– Cette affaire de César Borgia ne t'intéresse pas ?

– Non. Côté Borgia, j'ai ce qu'il me faut. La vérité, c'est que je me suis pris d'affection pour Lucrèce. Je reconnais qu'elle a du tempérament. Si elle veut jouer à sauver les prisonniers, qu'elle y joue. Quant à mon beau-frère François, ce qu'il faut, c'est nous débarrasser de ce Strozzi. Chez les Este, nous avions beaucoup d'estime pour son père, Tite Vespasien, le juge des sages, un homme prudent, comme l'était Hercule jusqu'à l'arrivée de Lucrèce. Il a tout fait pour nous humilier, Isabelle et moi. C'est une très mauvaise compagnie pour Lucrèce.

– Mais tu ne vois donc pas que l'ennemi n'est pas Strozzi ? Tu ne vois pas que le problème n'est pas Gonzague ? L'ennemi et le problème, c'est César Borgia, encore et toujours.

– Quand il faudra lui couper la tête, je le ferai. Je vais aller dormir. La journée a été rude. Comment trouves-tu le canon que nous avons fondu ?

– Comment tire-t-il ?

– Je ne sais pas encore. Il faut l'étudier. Ce qui m'intéressait, c'était cette légèreté des lignes. Ma femme suscite des poèmes et des amours platoniques. Tu fais de la politique. Moi, je fabrique des canons.

Hippolyte sort un papier de son pourpoint et le montre à Alphonse. Celui-ci est suffisamment intrigué pour interrompre les dernières retouches qu'il faisait à sa coiffure.

– Qu'est-ce que c'est ?

– Une lettre.

– De qui ?

– De César Borgia.

Cette fois, Alphonse finit de s'habiller, apparemment sans comprendre, mais il rumine cette précision.

– Que dit-il ?

– Il nous demande notre soutien.

Le cardinal lit un fragment à voix haute :

– « … Nous pouvons partager de nouveaux jours de gloire dans notre chère Italie… »

*

César, à cheval, joue avec le taureau, tantôt poursuivi, tantôt poursuivant, dans l'enceinte de la cour d'un château dont toutes les issues sont closes. Puis il descend de selle et déjoue les charges du taureau avec son seul corps. Il est fatigué et fait un signe. Les autres taureaux, les taureaux braves, entrent, conduits par un paysan et viennent encadrer le taureau de combat, mais avant de gagner la sortie gardée par des soldats, le paysan échange quelques mots avec le Valentinois.

– C'est pour cette nuit, comme convenu.

– C'est pour cette nuit, Juanito.

D'une fenêtre de la cour filtrent des cris de femme, des cris qui se brisent soudain en sanglots, pour redevenir vite des cris. César lit la surprise dans les yeux de Juanito.

– C'est la reine Jeanne. Depuis la mort de son mari, son état a empiré. Elle passe son temps à m'espionner derrière la jalousie.

De l'autre côté de la jalousie, Jeanne a ouvert son corsage pour mettre ses seins à l'air et elle hurle, les yeux exorbités, au rythme de la marche de César qui se dirige vers l'escalier menant au donjon. Le regard de la femme, d'une beauté dépouillée, suit son parcours sans cesser de crier, et César s'arrête. Il plisse les yeux pour distinguer au-delà du grillage les traits de la reine et appelle :

– Madame Jeanne ?

Un rugissement lui répond, et ce cri :

– Centaure ! Un centaure à trois corps !

Cette logique étonne César, mais il décide de poursuivre sa marche. Il monte l'escalier et, une fois dans ses appartements, il change de vêtements, s'habille de noir nocturne, contemple les lointains paysages de Castille et écoute les cris de la folle, en attendant que la nuit s'installe et que dans la campagne s'avancent des lueurs. Celles-ci se précisent, ce sont des cavaliers qui s'arrêtent au pied du donjon, et un serviteur de César lance une longue corde formée de plusieurs, mises bout à bout. On ne voit pas bien où l'extrémité de la corde atterrit, mais les lueurs s'agitent, pour leur demander de se dépêcher.

– Je descendrai le premier, seigneur, ainsi vous pourrez vous rendre compte de la distance.

Le serviteur se met debout sur l'appui de la fenêtre et, aidé par César, prend la corde à deux mains et descend à la force des bras vers les lueurs. Mais la corde est trop courte et il reste beaucoup de distance jusqu'au sol. Grasica, cavalier parmi d'autres cavaliers, lui crie sans descendre de sa monture.

– Saute ! Nous n'avons pas le temps.

Le serviteur hésite, apeuré par la distance.

– Saute ! Nous jouons la vie de César !

Le serviteur saute et son corps se brise au sol, où il reste convulsé, incapable de se relever. César n'a pas bronché. Il descend à son tour et Grasica, agenouillé près du serviteur blessé, se relève pour le prévenir.

– Remontez ! La distance est trop grande !

César ne l'entend ou ne l'écoute pas, il est déjà arrivé à l'extrémité de la corde et calcule le saut qu'il doit faire pour atterrir. Le calcul ne le dissuade pas. Il saute et tombe mieux que le serviteur, mais se fait quand même mal, au point de ne pouvoir se relever. Grasica et le chef des cavaliers le hissent sur un cheval. Le visage de César saigne sous la lumière de la lune, son bras pend. Il salue celui qui l'a aidé.

– Comte de Benavente, vous avez tenu parole.

– Galopons, ou nous perdrons et la parole et la vie.

Un dernier regard pour le serviteur qui gît à terre et qui les regarde partir puis, quand la cavalcade se fait déjà lointaine, voit arriver les sentinelles alertées. L'une d'elles veut l'égorger.

– Ne fais pas ça. Il doit avoir beaucoup de choses à nous raconter.

César galope, blessé et obsédé. Toujours blessé et obsédé, il parcourt les distances et le temps qui, par terre et par mer, le séparent de la Navarre. A son côté Grasica, lui aussi préoccupé, lui montre sur la carte les zigzags de la fuite par le chemin le plus long : Medina del Campo, Santander, le navire qui les mènera à Port-Vendres sur la côte française, le long chemin vers la Navarre à travers les montagnes, Pampelune, où entre un César au bord de l'évanouissement et qui se consume sur un lit après avoir traversé une haie de personnages importants qu'il a à peine vus. Il ne s'est presque pas aperçu de l'accueil plus que réservé de son beau-frère Jean d'Albret, de son air peu aimable, de ses phrases inachevées. Celui-ci n'a pas osé le saluer, l'embrasser, paralysé par la légende de César le diabolique, mais aussi fasciné, interrogeant Grasica.

– Vous êtes sûr qu'il a de l'argent pour financer sa cause ?

– Il a été aidé par le comte de Benavente, son cousin Louis XII lui doit de l'argent, il doit récupérer ses terres en Italie. César peut être la pièce maîtresse d'une lutte contre Ferdinand d'Aragon et contre la Castille sous la régence de Cisneros.

Admiratif mais pas convaincu, Jean d'Albret frappe dans ses mains en parcourant les couloirs pour que les servantes se retirent.

– Ne restez pas à portée du Valentinois qui engrosse rien qu'avec le regard.

Et il se tourne d'un air sévère vers sa sœur qui apporte au malade un bouquet de plantes aromatiques et de fleurs printanières.

– Ne l'approche pas ! Je te l'interdis ! Il a le mal concupiscent sur la figure. Le mal français.

César, remis, écrit des lettres et, en imagination, il voit Hippolyte d'Este, Lucrèce, François de Gonzague, Corella, Louis XII en train de les lire, tout excités, mais Grasica détruit ses illusions.

– Louis XII a rompu le pacte et ne laissera pas votre femme et votre fille partir pour Pampelune. Lucrèce ne peut pas faire grand-chose. Cisneros, le régent de Castille, a mis votre tête à prix.

– A bon prix ?

– A bon prix.

– Et toi, beau-frère, qu'en dis-tu ?

– Tu peux rester ici le temps que tu voudras, mais la Navarre n'est pas une terre sûre. Ferdinand d'Aragon réclame le royaume et Louis XII aussi. La moitié de mon territoire est occupée par les troupes de Beaumont, au service de Ferdinand d'Aragon.

– Je t'aiderai à gagner cette bataille, et tu m'aideras à débarquer en Italie. Si je parviens à débarquer en Italie, tous se mettront à trembler, à commencer par le pape. Juanito, apporte-moi mon habit vert. C'est la couleur qui symbolise l'espérance. Tu aimes les couleurs de mes vêtements, beau-frère ? Et leur coupe ?

– Leur coupe me surprend et leurs couleurs m'étonnent.

– Les tailleurs me font des habits différents parce que je suis différent, et pour ce qui est des couleurs, tu ne t'es jamais aperçu qu'il y a sept ciels et sept couleurs ?

– Tu t'habilles presque toujours en noir et en violet. Parfois aussi en jaune.

– Le jaune est la couleur du soleil. Je m'habille en noir parce que je veux vous faire comprendre que je suis le clair-obscur, et que je vis dans le clair-obscur. Le noir ne devrait pas vous faire peur. Noé a envoyé un corbeau noir, quand il était dans l'Arche. Mais pour aujourd'hui, je choisis le vert. L'espérance.

Grasica contemple les illusions de César avec pessimisme, mais le Valentinois lui-même ne semble pas déborder d'enthousiasme et se promène dans le palais et les jardins en se parlant à lui-même, seulement interrompu par les nouvelles qu'apporte Grasica.

– Remulins est mort, César, et le pape a exproprié tous les biens des Borgia qui restaient au Vatican.

Ce n'est peut-être pas la nouvelle la plus grave, mais César ne s'y attendait pas. Il la prend mal.

– De quels biens s'agit-il ?

– De ceux que Corella n'a pu emporter quand il a vidé le Vatican en suivant vos ordres. Vous en avez ici l'inventaire : bijoux, tapis d'Orient, tapisseries des Flandres, meubles, statues. Douze grandes caisses et vingt-quatre malles. Le notaire a été minutieux.

– Douze grandes caisses. Vingt-quatre malles. Remulins est mort. De tout mon paysage humain, que reste-t-il ? Lucrèce. Vannozza. Mais ni l'une ni l'autre ne sont plus des Borgia. Elles m'aident à distance. M'aideraient-elles si j'étais près d'elles ?

– Pourquoi ces doutes ?

– Et si je partais loin ? En Afrique. Aux Indes. Là où je pourrais tout recommencer.

– Ta famille est devenue un arbre qui s'étend sur tout le monde connu.

– Je ne sens plus en moi cette finalité qui nous guidait, moi et mon père. Je suis seul, Juanito. Seul pour vivre et seul pour mourir.

Jean d'Albret ne marche pas, il court et arrive à grandes enjambées pour lui suggérer quelque chose, lui donner un ordre, ou le supplier.

– Voici venir le roi de Navarre. Je ne sais jamais s'il me suggère quelque chose, s'il me l'ordonne ou s'il m'en supplie.

– César, César, j'ai décidé de te nommer capitaine général de mes armées. Qu'en penses-tu ?

– C'est un honneur. Mais où sont tes armées ?

Jean d'Albret prend un air contrit.

– Pardonne-moi, César, je ne sais comment je peux proposer cela à un chef tel que toi, qui as commandé des milliers d'hommes, qui as conquis des villes.

– De quels effectifs disposes-tu ?

– Mille soldats de cavalerie, deux cents arquebusiers, cinq mille gens d'armes à pied.

– Que faut-il faire ?

– Beaumont s'est réfugié dans le château de Viana. Il faudrait l'en déloger. Lui à Viana et moi à Pampelune : personne ne me prendra au sérieux tant que je ne l'aurai pas délogé.

*

Le château de Viana occupe tout l'horizon de César. Il est habillé pour le combat, tout en noir, sur quoi brille le fer de sa cuirasse. Il veille, nerveux, tandis qu'autour de lui son état-major dort. Il avance dans l'aube naissante en contemplant la forteresse lointaine.

– Es-tu mon début ou ma fin ?

Il se sent découragé. Il expulse l'air amer qui oppresse ses poumons, et observe longuement, d'assez loin pour pouvoir se cacher ou demander du renfort, la marche à découvert d'une patrouille ennemie. Il compte un à un les soldats qui la composent. Vingt. Mais il va vers son cheval, monte dessus, contemple les dormeurs.

– *Adéu, pare meu. Adéu memòria. Adéu, desigs*. Aut Caesar aut nihil !*

Il pointe son épée et se lance au galop sur la patrouille des Beaumont, qui voit avec surprise l'étrange charge de ce cavalier solitaire.

– Qui est ce fou ?

Il ne leur donne pas le temps de répondre. Déjà il brandit son épée sur eux et crie :

* – Adieu, mon père. Adieu, mémoire. Adieu, désirs.

– *Aut Caesar aut nihil !*

Une épée contre sept et contre treize lances, des corps tailladés, et très vite un coup de lance qui transperce César de part en part. Il tombe à terre entouré de chevaux, d'épées et de jambes, et il ne lui reste plus que les yeux pour attendre la mort, la face tournée vers le ciel.

– Qui cela peut-il bien être ?

– On dirait un officier.

– Prenez son épée et sa cuirasse, et portons-les au chef. Il faut lui montrer que nous avons fait bonne chasse.

Ils dénudent complètement César et laissent le corps près d'un rocher. Ses lèvres et ses paupières remuent encore quand les soldats s'éloignent, mais il est mort quand arrivent Juanito Grasica et ses hommes. Les larmes couvrent le visage de son lieutenant.

– César, pourquoi n'as-tu pas voulu que nous t'aidions ? Pourquoi as-tu voulu mourir seul ?

Le roi de Navarre arrive à son tour près du cadavre. Ses yeux parcourent toutes ses blessures.

– Vingt-trois. Vingt-trois coups ont été nécessaires pour que s'échappe tant de vie.

Il ôte sa cape et la jette sur le corps nu.

*

Lucrèce passe ses mains sur son ventre bombé et se laisse coiffer par sa femme de chambre.

– Tout le monde dit que le seigneur duc rayonne de bonheur dans l'attente d'un héritier.

Lucrèce ne répond rien et contemple le ciel au-delà des vitres voilées.

– Après tant d'accouchements malheureux, il est temps que Dieu Notre-Seigneur prenne pitié de la maison d'Este et lui accorde l'héritier tant attendu. Savez-vous, madame, quel nom vous lui donnerez ?

– Tous mes enfants mort-nés auraient dû s'appeler Hercule, comme leur grand-père. Si c'est une fille… mais il faut espérer que ce ne sera pas une fille.

– Bien dit, madame, car il est dur d'être femme, même noble.

– Voici Strozzi.

– Comment le savez-vous ?

Lucrèce, maintenant souriante, tend l'oreille et perçoit le martèlement de la béquille d'Hercule Strozzi qui se rapproche de la porte de la chambre. Elle continue à sourire tandis que la silhouette de Strozzi se dessine dans l'encadrement, mais son sourire s'efface quand elle voit la pâleur d'Hercule, ses traits figés, ses yeux lourds de confidences terribles et secrètes.

– Va-t'en. Nous finirons plus tard.

– Mais vos cheveux sont encore humides.

– Va-t'en.

La femme de chambre part, et Hercule Strozzi s'approche de Lucrèce sans répondre à son regard interrogateur. Il passe une main dans ses cheveux mal coiffés.

– Mauvaises nouvelles, Lucrèce.

– Parle.

– Si tu me le permets, je préfère ne pas te les donner moi-même.

Il retourne à la porte et d'un geste fait entrer Juanito Grasica, emprunté, triste, fatigué, qui s'incline devant Lucrèce.

Le silence qui s'installe entre eux trois est déjà un message suffisant pour que Lucrèce affirme plutôt qu'elle ne questionne :

– César est mort.

La réponse est inutile. Lucrèce ne demande pas comment, ni où, ni quand. César vient de mourir dans son cœur. Maintenant. C'est maintenant que vient de mourir son frère aimé et haï. Elle se lève et s'adresse à Strozzi.

– Organise-lui des cérémonies funèbres comme s'il était un prince, comme s'il avait été le plus grand prince de la Terre.

Elle va se retirer, quand la question de Grasica la retient :

– Vous ne voulez pas savoir comment il est mort ?

– Comment est-il mort ?

– Il s'est jeté seul sur vingt hommes, sous les murs du château de Viana.

– Ou César ou rien.

C'est une réflexion, pas un commentaire. Elle n'attend pas de réponse. Soudain Lucrèce ne semble plus voir ceux qui la voient et elle va dans la pièce voisine, pour, dès la porte refermée, éclater en sanglots qui parviennent aux deux hommes immobiles. Strozzi réprime son premier élan, qui était de se précipiter dans la direction des pleurs.

– J'ai couru comme jamais. Nous sommes convenus avec le roi de Navarre de garder la nouvelle secrète le plus longtemps possible. J'ai crevé plusieurs chevaux sous moi. Je voulais expliquer à sa seigneurie Lucrèce ce qui s'est passé avant que les ennemis n'en tirent profit.

Mais Strozzi ne l'écoute pas et franchit finalement la distance qui le sépare des sanglots de Lucrèce.

*

Grasica n'a toujours pas compris la réaction de Lucrèce. Il continue à ne pas la comprendre quand il la rapporte à Machiavel.

– Ensuite elle s'est mise en deuil et a fait tendre des draps noirs dans tout le duché de Ferrare. Les cloches sonnaient le glas. Mais elle ne m'a posé aucune question. Elle n'a voulu connaître aucun détail. Et je suis surpris que la nouvelle ne m'ait pas précédé ici.

– Ici, je suis isolé, dans l'attente de l'évolution politique de Florence. Je rédige des conseils dont, pour le moment, nul n'a besoin. La mort de César laisse le champ libre à toutes sortes d'appétits, et peut-être les rêves républicains de Florence sont-ils seulement des rêves. Ces étoiles que poursuivait Léonard.

– La mort de César laisse les mains libres au pape.

– Jules II a mis le siège devant Bologne. Cela, en revanche, je le savais. Ce pape est un militaire comme César, et s'il s'est donné le nom de Jules, c'est pour que l'on sache bien qu'il est la réincarnation de Jules César. Un Borgia s'est fait appeler César ? Eh bien, lui, c'est Jules ! La théâtralité du pouvoir. Les Borgia ont été des maîtres en théâtralité, et à l'avenir il n'y aura plus de pouvoir sans théâtre. Que sont les cours royales ou seigneuriales ? Et les courtisans ? Des acteurs de théâtre. Jules II fait la même politique que les Borgia, parce que c'est la seule politique possible. Juanito, je commence à comprendre le sens de notre époque.

– Eh bien, si vous commencez à comprendre, avec toute la science que vous avez, expliquez-moi : quel est le sens de notre époque ?

– Durant des décennies, nous avons travaillé à des changements fondamentaux, et tout semblait prêt pour le grand changement. Tous les symptômes convergeaient vers un saut voulu par la raison et par l'homme, mesure de toute chose. C'est ainsi qu'ont prospéré artistes, humanistes, chefs de guerre, et la réalité était enfin la réalité, cette réalité que connaissent si bien ceux qui sont en contact direct avec les choses, les paysans de façon primitive, les commerçants par l'intelligence. Toute la modernité vient des philologues et des commerçants. Les philologues ont eu pour référence la culture classique, mais les commerçants ont pu comprendre le neuf à travers leur propre pratique. Les commerçants et les banquiers sont en train de bâtir leur monde. Quel rôle occupait Dieu dans cette aventure, même si tout se faisait au nom de Dieu ?

– Moi-même, je fais tout au nom de Dieu.

– Dorénavant, on va essayer de freiner l'audace des hommes pour imposer la raison du système, un ordre non justifié par la vertu de l'individu génial, un ordre au nom de Dieu. Dans l'avenir, il faudra agir pour échapper à cette emprise. La libéralité de cette époque a été excessivement dangereuse. Qui la contrôle ? Juanito, toute époque de libéralité est suivie d'une autre de contrôle.

– Messire Nicolas, je ne saisis pas tout ce que vous dites, mais je comprends que cette époque n'a pas été une bonne époque pour César. Voulez-vous que je vous récite les vers que l'on a mis en épitaphe sur sa tombe ?

Il n'attend pas la réponse de Machiavel et récite :

*– Aquí yace en poca tierra*
*El que toda le temía,*
*El que la paz y la guerra*
*En la su mano tenía.*

*Oh, tú, que vas a buscar*
*Cosas dignas de loar,*
*Si tú loas lo más dino,*
*Aquí pare tu camino :*
*Non cures de más andar**.

– C'est une belle poésie, n'est-ce pas ?

Machiavel ne semblait pas l'avoir écoutée, mais il commente :

– Pourquoi ne pas avoir fait figurer sa devise dans son épitaphe : « Ou César ou rien » ?

– Je l'ai proposé, mais le roi de Navarre a dit que c'était trop agressif, et cela ne plaisait pas non plus aux prêtres et aux évêques qui ont officié pour la cérémonie. Ce n'était pas politiquement correct. Et Dieu ? disaient-ils. Quel rôle reste-t-il à Dieu, si le seul choix est entre l'homme et rien ?

---

* Ci-gît en peu de terre / Celui que toute la Terre craignait, / Et qui la paix et la guerre / Entre ses mains tenait.

Oh ! toi qui vas cherchant / Des choses dignes de tes chants, / Si tu veux chanter le plus digne, / Arrête ici ton chemin : / Inutile d'aller plus loin.

Machiavel se donne une tape sur la tête et se précipite sur Juanito pour l'embrasser.

– Tu peux partir en paix car tu viens de me donner une grande idée. Je dois me réconcilier avec l'Église parce que nous sommes dans des temps d'Inquisition et qu'un jour, plus tard, nous reviendrons à la Vertu. Où vas-tu maintenant ?

– Je ne sais pas. Je cherche un maître qui me prenne dans ses troupes.

– Miquel de Corella cherche des volontaires pour l'armée de Toscane.

Juanito reste bouche bée.

– Corella est vivant ?

– Ils étaient sur le point de l'exécuter comme tueur à gages, mais je les ai convaincus qu'il était un si bon tueur à gages qu'ils feraient mieux d'utiliser ses services. Tu le trouveras près de San Geminiano, où il campe avec sa troupe.

Juanito court déjà, quand il se rend compte de l'impolitesse de sa conduite.

– Je ne sais comment vous remercier de votre hospitalité, messire Machiavel. César avait raison. Vous êtes l'un des rares savants qui n'ait pas l'air idiot.

Machiavel dispense Juanito de toute autre formalité d'adieux et se met à la fenêtre pour le voir bavarder avec la servante méfiante, puis reprendre sa route. Les lèvres de Machiavel remuent :

– Dans l'avenir, les savants ne survivront que s'ils ont l'air idiot.

# 10

## *« Sanctus, sanctus, sanctus ! »*

Si nous désirons procéder avec certitude en toutes choses, nous devons nous accrocher avec force au principe suivant : ce qui me paraît blanc, je le croirai noir si l'Église hiérarchique le détermine ainsi.

SAINT IGNACE DE LOYOLA,
*Exercices spirituels.*

C'est le propre de Dieu Notre-Seigneur d'être immuable, et de l'ennemi d'être mouvant et changeant.

SAINT IGNACE DE LOYOLA,
*Délibération sur la pauvreté.*

– Un pape Médicis. Un fils de Lorenzo le Magnifique. Vous croyez qu'il m'enverra sa bénédiction spéciale ? Pietro… Parlez-en à Pietro Bembo, son secrétaire particulier.

Lucrèce a deux couleurs, la cire de sa peau et le rouge de la fièvre sur ses pommettes et dans ses yeux.

– J'ai tellement mal à la tête dès que je bouge !

Elle ne voit même pas qui lui parle, dans l'ombre. Tantôt une voix de femme, tantôt une voix d'homme.

– Je perds la vue et j'entends à peine.

– C'est passager. La semaine dernière aussi vous avez perdu la vue et l'ouïe.

– Et les médecins ?

Elle les devine, têtes baissées et contraints, au fond d'une obscurité blafarde.

– Nous sommes là, madame.

– Toujours inséparables, maître Palmario, maître Bonaciolo. Je ne veux pas mourir. Ôtez-moi ce cilice que je porte à la taille. Il me fait mal et il est inutile.

– Un cilice, madame ?

– Je l'ai porté presque toute ma vie. Et ma fille ?

– Elle lutte pour la vie, duchesse.

– Alphonse. Le duc n'est pas là ?

– Je suis là.

Pourquoi Alphonse est-il si blanc ? Parce que Lucrèce voit tous ceux qui émergent de l'obscurité pour l'assurer de leur présence, baignés d'un blanc laiteux ?

– Tu as peur, Alphonse ?

Alphonse a peur et on dirait qu'il pleure.

– Tu es le duc. Tu as le pouvoir. Fais qu'on me donne un jour, une heure, une minute de plus.

Alphonse avale sa salive, incapable de répondre.

– Et le pape Médicis ? Il ne peut pas me donner une heure, une heure de plus de vie ? Mon père me l'aurait donnée. Une heure. Même une minute. Est-ce que je vivrai la prochaine minute ? Strozzi. Bembo. François. Pourquoi m'avez-vous tué Strozzi ? C'est toi, toi et ton frère le cardinal qui avez fait tuer Strozzi.

– Strozzi est mort voilà plus de dix ans, madame.

La panique s'est accentuée sur les traits d'Alphonse, qui choisit de se retirer définitivement au second plan, mais soudain, à sa place, très nets, avec les couleurs les plus belles de la jeunesse, émergent Alexandre VI, Vannozza, Joan de Gandie, César, Jofré, Sancha, Julia Farnèse, Adriana del Milà, joyeux, souriants, penchés sur elle, protecteurs.

*– Pobreta, pobreta meua… come patix. Come patix la més bonica flor de Roma**.

* – Pauvre petite, ma pauvre petite… comme tu souffres. Comme elle souffre, la plus jolie fleur de Rome.

César de profil, tendre et fier, Joan qui ne sait où se mettre, Vannozza vindicative.

– Pourquoi t'es-tu laissé engrosser, puisque tu savais que cela pouvait te coûter la vie ?

La question brise le charme, et les êtres chers s'en vont en fumée. A nouveau le fond blafard et l'apparition du prêtre, le bras qui se tend pour fermer les yeux de Lucrèce, tandis que les lèvres décrètent :

– Elle est morte.

*

María finit de réciter le saint rosaire. Dehors la lumière de Gandie lui blesse les yeux, comme si, en dépit des ans, ses yeux continuaient de se rebeller, mais, partout où passe la dame qui porte l'habit des sœurs clarisses, son monde émotionnel de dévote et de veuve depuis l'adolescence s'imprègne de ténèbres. Le soleil la blesse de nouveau quand, par la fenêtre, elle voit son fils en train de parler avec son petit-fils, et elle écoute leur conversation.

– *Ha mort quan esperava una xiqueta ? Per què es moren les mares quan neixen los xiquets ?*

– *És la voluntat de Déu, Francesc. La teva tia àvia, Lucrècia Borja, duquessa de Ferrara, ha mort reconfortada amb els Sants Sagraments i assistida per una especial benedicció del papa Lleó X.*

– *L'àvia diu que Lucrècia Borja era una criatura del diable. Diu que tots els Borja són criatures del diable.*

– *Van haver pecadors entre els Borja, però van pagar els seus pecats. La meua mare, cosina del Rei Catòlic i filla del Gran Almirall de Castella, ha reeixit que la branca dels Borja de Gandia visqui en el sant temor de Déu, però jo sóc un Borja, tu ets un Borja i un dia sentiràs parlar de les gestes de Cèsar, un gran guerrer. Cèsar era germà de Lucrècia i tenia un lema que demostrava el seu valor : « O Cèsar o res ».*

– *Era molt valent ?*

– *Massa. Era un temerari. Els homes han de tenir temença, temença de Déu i respecte a l'emperador. No ho oblidis mai**.

Le duc de Gandie va continuer mais il voit soudain, sur la terrasse, sa mère dans sa robe de deuil qui forme comme une cloche. María Enríquez s'avance, hautaine, elle semble rouler plutôt que marcher, avec cette robe qui lui cache les pieds, et elle se dresse devant son fils.

– Comment oses-tu inculquer à ton fils du respect pour cette bande de concupiscents et d'assassins ? Comment oses-tu faire l'éloge de ceux qui ont tué ton père ?

N'obtenant pas de réponse, María Enríquez hausse le ton.

– Ne te souviens-tu pas du jour où je t'ai montré la galère qui menait en captivité César Borgia le maudit ?

Le duc refrène son indignation mais il ne s'abaisse pas à faire des excuses, au contraire il soutient le regard de sa mère, et María Enríquez, voyant que son propos est vain, prend son petit-fils par la main et lui ordonne :

– François, viens avec moi.

---

* – Elle est morte en attendant une petite fille ? Pourquoi les mères meurent-elles quand les enfants naissent ?

– C'est la volonté de Dieu, Francesc. Ta grand-tante, Lucrèce Borgia, duchesse de Ferrare, est morte munie des Saints Sacrements et assistée par une bénédiction spéciale du pape Léon X.

– Ma grand-mère dit que Lucrèce Borgia était une créature du diable. Elle dit que tous les Borgia sont des créatures du diable.

– Il y a eu des pécheurs parmi les Borgia, mais ils ont payé pour leurs péchés. Ma mère, cousine du Roi Catholique et fille du Grand Amiral de Castille, a réussi que la branche des Borgia de Gandie vive dans la sainte crainte de Dieu, mais je suis un Borgia, tu es un Borgia et, un jour, tu entendras parler des actions de César, un grand guerrier. César était le frère de Lucrèce, et il avait une devise qui démontrait son courage : « Ou César ou rien. »

– Il était très courageux ?

– Trop. C'était un téméraire. Les hommes doivent vivre dans la crainte, crainte de Dieu et respect de l'empereur. Ne l'oublie jamais.

María et son petit-fils regagnent l'obscurité et suivent des couloirs qui les mènent à la chapelle. Une lumière est concentrée sur le tableau qui représente l'intercession de la Vierge en faveur d'une victime. La Vierge est flanquée de deux saints.

– N'oublie pas ce tableau. La Vierge Marie, Notre-Dame, accompagnée de sainte Catherine de Sienne et de saint Dominique, intercède pour une victime. Regarde maintenant ces quatre hommes. Celui qui est couronné de roses est Joan de Gandie, la victime, ton grand-père, mon mari, et la Vierge lui tend la rose rouge du martyre, de son martyre. Derrière lui, vois ce personnage sinistre, c'est l'assassin, Miquel de Corella, qui tient dans sa main le poignard du crime. Cet autre est Jofré Borgia, un comparse sans importance. Regarde bien. Celui-là n'est pas un comparse : c'est lui qui a commandé l'assassinat de ton grand-père. Sur son visage on lit le mal de l'âme, et le mal de la concupiscence. César Borgia ! Le païen ! Le fratricide ! L'homme qui s'est cru si puissant et si indestructible qu'il proclamait : « Ou César ou rien ! » Les voilà, les Borgia. Vois comment César tient son épée la poignée vers le bas. Il demande pardon, pardon pour son crime. Des criminels. Les Borgia. Et Lucrèce une pécheresse qui ouvrait en permanence son ventre à Satan en personne. N'oublie jamais. Ces Borgia ont été les instruments de l'Antéchrist ! Crois-moi. Ta grand-mère veut ton bien. Va. Prêche-moi. Tu prêches si bien.

La clarisse s'agenouille sur un prie-Dieu, et l'enfant monte sur une petite chaire faite à sa mesure. Il réfléchit puis se met à déclamer d'une voix aiguë :

– Il faut vivre comme quelqu'un qui se prépare à mourir et couvrir de cendre sa force et ses sens, car c'est cendre que deviendra l'homme en sa vieillesse. Le bien suprême est de toujours garder son cœur sans autres appétits que celui de Dieu.

Les traits de María Enríquez se sont adoucis, tandis que

ses lèvres récitent des prières secrètes et que ses yeux fermés ne peuvent voir que l'enfant prêcheur ne quitte pas du regard le personnage de César Borgia sur le tableau, comme si son sermon lui venait mécaniquement et que le rayonnement du Valentinois le fascinait à jamais.

– Qu'aurait fait César dans ces circonstances ? se répétera Francesc chaque fois qu'une réalité trop forte pénétrera dans son univers d'héritier de dynasties, par exemple lorsque les bourgeois de Valence se soulèveront contre les seigneurs féodaux en voulant affirmer leur pouvoir sur les villes et les campagnes. Le duc de Gandie suivra la fuite et le sort du vice-roi Hurtado de Mendoza, et le jeune Francesc, à côté de son père, saura ce que cela signifie de fuir devant le désordre, d'abord à cheval, puis en bateau jusqu'à Peñiscola, tandis que le mouvement de la *Germanía** s'est emparé du palais ducal de Gandie et que son chef Vicente Peris se proclame « seigneur de la Terre ». Pauvre seigneur de la Terre, finalement vaincu et écartelé pour l'édification des bourgeois qui soutiennent encore une résistance impuissante ! Mais ils seront quand même arrivés à faire fuir le vice-roi, le duc, et toute la noblesse.

« Comment se serait comporté César ? » se demandera encore Francesc, des années plus tard, devant le tableau de la Vierge Marie, lisant chaque expression, comme s'il s'agissait de déchiffrer un message du peintre, jusqu'à ce que ses lèvres murmurent :

– *O Cèsar o res.*

Une femme s'approche pour observer le tableau, et Francesc la prend par la main.

– Celui-là, c'est César. Et cet autre est mon grand-père, assassiné par César, selon la version de ma grand-mère.

---

* Mouvement (« Fraternité ») de révolte, parti en 1519 de Majorque et de Valence.

La femme se signe, et Francesc de Borgia l'imite.

– Bien des fois j'ai pensé le faire enlever, mais je reviens toujours vers lui comme s'il m'appelait.

– Toute la chrétienté condamne la mémoire d'Alexandre VI et de ses bâtards.

– Je descends de l'un de ces bâtards.

– Mais ta branche a été anoblie par la Grâce de Dieu et par les services que ta famille a rendus à l'Espagne.

Il conduit sa femme sur la terrasse face à la mer.

– Tu aimes Gandie ?

– Je suis étourdie par tout ce soleil, toutes ces couleurs.

– Nous n'avons guère pu profiter de ce qui sera notre duché. Toujours au service de l'empereur. C'est une chance que l'empereur ait accepté l'invitation que mon père lui a faite de venir prendre connaissance des terres du duché de Gandie.

– Le soleil et les couleurs étourdissent aussi l'impératrice. Toute cette lumière. Parfois j'ai peur de rester aveugle.

A l'autre bout de la terrasse apparaissent un autre couple et une suite réduite. Charles Quint s'avance, salue Léonore de Castro et vient se mettre près de Francesc de Borgia en écartant ses protestations protocolaires, tandis que Léonore et Isabelle, l'impératrice, conversent en portugais.

– Cousin, je t'ai préparé un destin intéressant. Je suis sûr qu'il va te plaire. Laisse nos Portugaises parler de leurs affaires. Je m'apprête à entrer en campagne contre François I^er^ et je veux avoir à mes côtés la fleur de la noblesse espagnole. Il faudra livrer la bataille en France et, si nous la gagnons, personne ne pourra nous contester notre suprématie en Europe.

– Voilà longtemps que je voulais vous parler de ce malheureux épisode du sac de Rome par nos troupes. C'est inconcevable.

– Douloureux, mais concevable. Le Vatican se moquait

de nous. Ils ont encore des rêves d'autonomie, pendant que l'Europe se divise dans le combat contre la Réforme protestante. Le pape était entré dans une Ligue contre l'Empire, et il est regrettable que la mort du chef de nos armées, le connétable de Bourbon, ait laissé la soldatesque livrée à ses bas instincts.

– Mais il y a eu des viols de religieuses, des pillages, des assassinats, des destructions de monuments, tout cela au nom de l'empereur !

– Tu me connais, François. Tu sais que je suis le principal paladin de la foi contre la Réforme, mais il arrive que le pape ne fasse pas que défendre la cause du Bien. Après le sac de Rome, la séparation entre pouvoir temporel et pouvoir spirituel acquiert un autre sens. Le sac de Rome démontre qu'il n'est point de maux dont ne sorte un bien. L'Espagne et l'Allemagne sont la digue qui arrête la progression de la Réforme, et le pape devra s'adapter à cette situation. Mais il nous manque des éléments intellectuels et coercitifs. L'humanisme païen du siècle dernier n'a pas été suffisamment remplacé par un humanisme chrétien, et la récupération désordonnée des philosophes classiques, Aristote, Platon, Socrate, sans le filtre de l'Église, a été également néfaste. Sans parler des prétendus humanistes de la cour de Laurent de Médicis, qui ont donné naissance à un satanisme et à des obscurités hermétiques relevant de la magie et de la sorcellerie.

– On parle d'Érasme de Rotterdam comme d'un saint rénovateur du catholicisme.

– Mes conseillers me disent qu'il est suspect. Son *Éloge de la folie* renoue avec une liberté d'esprit que nous croyions derrière nous. Il avait bien commencé, je crois, en me dédiant son *Institutio Principis Christiani*, mais aujourd'hui il s'est égaré. D'ailleurs il ne veut plus rien avoir à faire avec nous. Il est fâché des campagnes que certains de nos plus éminents théologiens, tels que Zuñiga et Sancho Carranza, ont menées contre lui. Mon père a été l'un de ses premiers protecteurs et moi, personnellement, je l'ai invité à venir s'établir à notre cour, et sa réponse ne m'a pas plu.

– Qu'a-t-il dit ?

– Qu'il y a en Espagne trop de juifs que l'on a forcés à se déguiser en convertis et, de ce fait, trop d'illuminés, trop de dévots, trop de persécutions religieuses. Il ne comprend pas que le noyau du catholicisme doit être particulièrement vigilant envers lui-même. Quelle chaleur il fait sur tes terres, François ! Je ne sais comment tu peux la supporter.

– Ces derniers temps, je n'y ai guère résidé. Je suis devenu un homme de cour, au service de son altesse votre mère doña Juana, au château de la Mota, ou de sa majesté la reine.

– Tu as conversé souvent avec ma mère, la reine Jeanne, c'est vrai. Elle aimait beaucoup que tu lui chantes ces jolies chansons que tu composes, bien que tu les chantes en catalan.

– Elle m'accordait un intérêt particulier. Elle se souvenait même de mon oncle César, prisonnier au château de la Mota, où la reine a vécu un temps. Elle racontait une étrange histoire de chevaux et de taureaux, et elle voyait César comme un centaure, tantôt rouge, tantôt noir, menaçant, qui apparaissait encore dans ses cauchemars. Mon oncle César était un grand torero.

– Tu as parlé de corde dans la maison d'un pendu. L'esprit autonomiste et centralisateur du Vatican créé par les Borgia n'avait pas disparu avec eux. Il n'est point de maux dont ne sorte un bien. Le sac de Rome est scandaleux, certes, mais peut-être Dieu, dans sa Divine Providence, l'a-t-il permis parce qu'il était nécessaire. L'Empire est l'instrument de la Providence. J'ai chargé le prédicateur Alonso de Santa Cruz d'insister sur ces arguments.

– Mon père vous prie de l'excuser de ne pouvoir assister à la Sainte Messe. Ses infirmités ne le lui permettent pas.

D'un geste large, l'empereur accepte généreusement les excuses. Les deux couples et leur suite arrivent à la chapelle, prennent position face à l'autel. Les prie-Dieu de Charles Quint et d'Isabelle de Portugal sont placés devant ceux de Francesc de Borgia et de Léonore. Tous suivent dévotement la Sainte Messe dite par un cardinal assisté de deux évêques malgré la pauvreté de la chapelle. Le cardinal qui officie lève les bras et clame d'une voix qui émeut particulièrement Francesc de Borgia :

*– Sanctus, Sanctus, Sanctus,*
*Dominus Deus Sabaoth,*
*Pleni sunt Caeli et Terra gloria tua,*
*Hosanna in excelsis,*
*Benedictus qui venit in nomine Domini,*
*Hosanna in excelsis.*

Francesc de Borgia ne sort pas de son rêve de sainteté avant le moment du prêche, quand Alonso de Santa Cruz prend énergiquement possession de la chaire. Charles Quint suit le sermon avec émotion, en tremblant, en transpirant même parfois. Les deux femmes ressemblent à deux cierges flamboyants et Francesc est plongé dans une spiritualité intime, recueillie, sans lever les yeux vers la voix tonnante et la gesticulation terrifiante.

– Rome fume et ses péchés brûlent, incubés parfois dans des enceintes qui furent consacrées à la Gloire de Dieu ! Le bras de l'empereur n'a pas faibli à l'heure de s'abattre sur l'horizon d'une chrétienté assaillie par l'hérésie et minée par les faux chrétiens manipulés par l'Antéchrist. Si grande est la force de cet Antéchrist qu'il a même pu, parfois, s'incarner dans les plus hautes hiérarchies de l'Église, sans que l'énergie spirituelle du peuple catholique ni de ses souverains ait été suffisante pour éradiquer le Malin et arracher sa langue bifide rouge de sang et ruisselante de la sanie putréfiée de sa conscience. Le peuple de

Dieu s'est vu trahi jusque dans la représentation des Saintes Écritures, et les églises sont pleines de peintures païennes déguisées en peintures religieuses. Je fais appel à la sagacité et à l'esprit très chrétien de l'empereur pour qu'il stimule une doctrine catholique des images qui puisse empêcher à l'avenir le paganisme de la *Sainte Cène* de Léonard ou du *Jugement dernier* de Michel-Ange. Un paganisme protégé par la papauté ! L'art moderne doit être l'art de l'Église parce qu'il doit être l'art de Dieu, mais c'est de Rome même que s'est propagé le libertinage artistique du paganisme ! Il n'y a pas de canons, pas d'harmonie, en dehors de Dieu. Rome est coupable et elle ne sera plus jamais la capitale du paganisme moderne ! L'humanisme païen est coupable ! Honneur au souverain qui a coupé de son épée la langue bifide maniée par le diable et qui a imposé la vraie Parole de Dieu, Père, Fils et Saint-Esprit !

*

A grand-peine, sa corpulence alourdie par sa cuirasse et ses armes, Francesc de Borgia descend du carrosse, suivi de ses lieutenants et du frère Alonso de Santa Cruz, et se heurte à un corps de troupe qui conduit, ligoté, un homme malingre aux yeux brillants, qui boite mais se tient très droit pour rehausser sa petite taille encore diminuée par sa condition de prisonnier. Francesc interprète comme une insolence le regard pénétrant qui le fixe, et il lui fait face.

– Comment ce forçat a-t-il l'audace de me dévisager ainsi ?

Le prisonnier ne répond pas, et le chef de la patrouille qui le conduit explique :

– Ne faites pas attention à lui, seigneur, il est fou ou il le deviendra bientôt, car la Sainte Inquisition le réclame : c'est un lunatique.

– Quel est son nom ?
– Il dit s'appeler tantôt Iñigo, tantôt Ignacio, mais toujours de Loyola.

Le captif finit par parler.

– Je suis *l'home del sac**.

– Tu parles catalan ?

– Je sais seulement que je suis *l'home del sac*.

Le prisonnier s'éloigne au milieu de ses gardiens sans quitter Francesc de Borgia des yeux et sans que le duc de Gandie puisse se détacher de ces yeux.

– Qu'est-ce exactement qu'un lunatique, frère Alonso ? Un hérétique, je suppose.

– C'est l'équivalent d'un *illuminé*. Pour être juste, il n'y a pas d'hérésie chez ces gens-là, mais un zèle excessif dans leur foi. Ce qui est moins juste, c'est que les autorités ecclésiastiques mettent plus d'acharnement à poursuivre les lunatiques et les illuminés que les hérétiques protestants et les marranes faussement convertis.

Avant d'entrer dans le palais, Borgia a encore un regard pour le prisonnier, déjà loin, vacillant comme un funambule. Mais il est avalé par les escaliers qui le mènent à l'antichambre de l'empereur en suivant un corridor tapissé de crêpe noir qui lui transmet toute la gravité de l'ambiance. Dans la salle mortuaire, quatre jeunes nobles en deuil encadrent le catafalque peint de noir sur lequel repose le cercueil ouvert contenant la dépouille charnelle de l'impératrice. Charles Quint à genoux et les bras en croix est jaune de la lumière des cierges, jaune aussi de fatigue. Borgia contemple la présence, belle mais inquiétante, du cadavre et tente de s'approcher de l'empereur, mais la rigidité impénétrable de celui-ci l'en dissuade. Il s'assied et, à côté de lui, prend place le frère Alonso, qui récite indéfiniment le rosaire, mais sans pour autant ces-

* L'homme au sac. (Personnage imaginaire avec lequel on fait peur aux enfants qui ne se conduisent pas bien.)

ser d'observer Francesc du coin de l'œil. Borgia se rend compte qu'il est observé et fait face. Il reçoit le sourire complice du religieux, et une main suave d'ecclésiastique se pose sur son bras.

– Votre sainte grand-mère María Enríquez peut être heureuse de son œuvre : voilà qui prouve que, de racines vénéneuses, peut grandir un arbre. L'empereur est fier de votre travail. Tant à la guerre qu'à la cour.

– De quelles racines vénéneuses parlez-vous ?

– De celles qui remontent à Alexandre VI.

– Savez-vous distinguer, mon père, entre réalité et légende ?

– Légende ?

– Bien des années ont passé depuis la mort d'Alexandre, de César, de Lucrèce.

– Leur esprit païen a perduré dans les salles du Vatican jusqu'au sac de Rome. Il reste encore des cardinaux qui ont été nommés par Alexandre VI, et il existe suffisamment d'écrits qui permettent de décider que ce qui fut péché fut bien péché.

– Des écrits ?

– Le *Diarium* du chef du protocole, Burchard, où il confirme, comme les ayant vus et entendus, la plupart des exploits coupables des Borgia. Mais nous pourrions penser : le pauvre Burchard était une âme candide et désuète, ancrée dans l'obscurantisme médiéval, qui ne comprenait pas les nouvelles mœurs. Il y a aussi la lettre anonyme qu'écrivit l'exilé politique Savelli, accueilli à la cour de Maximilien d'Autriche : elle a beaucoup circulé et il y relate toutes les aberrations des Borgia. Faussetés répandues par une victime des Borgia ? Possible. Mais il y a encore Guicciardini, un penseur intègre, en accord avec les objectifs purificateurs du catholicisme, si différent du libertin Machiavel. Les divers écrits du polygraphe Guicciardini, particulièrement son *Histoire d'Italie*, condamnent la concupiscence d'Alexandre et de ses enfants, condamnation fortement argumentée et qui corrige les dangereuses apologies indirectes des Borgia par leur maître néfaste, Nicolas Machiavel. Il faut comparer les cyniques assertions sur le pouvoir de l'agnostique Machiavel avec ce qu'ont fait des érasmiens qui pourtant frisaient l'hérésie, y compris Érasme lui-même dans son *Institutio Principis Christiani*, ou l'Espagnol Juan de Valdés. La réflexion sur le roi Polydore des dialogues de Valdés met en question tous les principes du machiavélisme et de l'humanisme païen : « Voyons, ne sais-tu pas que tu es pasteur et non seigneur, et que tu dois rendre compte de ces brebis au maître de ce troupeau, qui est Dieu Notre-Seigneur ? » Avez-vous lu Valdés ? Non. Vous n'avez rien perdu. Faut-il encore poursuivre ? J'ai en mémoire un jugement de Guicciardini sur Alexandre VI : « … Son accession à la papauté fut indigne et infamante, car il acheta avec de l'or une si haute charge et son gouvernement s'accorda à si vile fondation. » Dois-je poursuivre ? Guicciardini dit qu'il pécha contre la chair…

– Pour autant que je sache, Guicciardini est aussi anticlérical que son ami Machiavel. Ce sont deux Italiens pessimistes, parce que l'Italie et les cités-États appartiennent désormais au passé, sous le poids de royaumes tels que celui d'Espagne. La chair ? Qui n'a pas péché contre la chair ? Tous les papes antérieurs, à l'exclusion d'un autre Borgia, Calixte III, ont péché contre la chair. L'empereur pèche contre la chair. J'ai péché contre la chair.

– Je suis surpris de la passion que vous mettez dans cette défense, et elle me confirme que votre seigneurie porte encore en elle l'orgueil des Borgia.

– Ma famille s'étend sur toute la chrétienté et au-delà de la mer Océane, sur les Indes occidentales. Il est logique qu'on y trouve des saints et des démons, des vertueux et des pécheurs. J'ai mis l'orgueil des Borgia au service de Dieu et de l'empereur. J'ai combattu près de lui à Tunis et en Provence, et je n'ai eu d'autre vie privée et publique que celle que l'empereur a bien voulu m'accorder.

Francesc attend la réaction du moine qui garde les sourcils froncés, plein d'arrière-pensées, puis qui finit par éclairer son visage d'un sourire.

– Je n'ai jamais cru le contraire, seigneur, mais c'est la tâche des conseillers du roi d'étudier les autres conseillers.

– De nous épier ?

– Pourquoi pas ? L'empereur essaye de bien connaître ceux qui l'entourent, et nul ne connaît mieux un être humain que son confesseur : aussi l'empereur s'entoure-t-il de confesseurs qui surveillent ses conseillers. C'est une mesure prudente que Dieu contemple avec complaisance en ces temps de régénération de la chrétienté où nous attendons tant de fruits du concile de Trente. Les hommes doivent être surveillés pour leur propre bien, et l'empereur est très sage quand il justifie l'Inquisition en disant que le pays a davantage besoin de châtiment que de pardon.

Le connétable de Castille chuchote à l'oreille de Francesc de Borgia que l'empereur requiert son conseil, et il va vers Charles Quint qui est loin, maintenant, du cadavre de sa femme, prostré sur une chaise spécialement conçue pour qu'il puisse étendre ses pieds maltraités par la goutte. L'empereur est jaune, la sueur brille sur son front, sa main lasse désigne son pied gonflé.

– Les excès de coquillages se sont vengés sur mon corps au moment où mon âme est le plus douloureusement atteinte. Les derniers coquillages que je me suis fait apporter par courrier spécial de Castro Urdiales sont arrivés fermentés, mais la gourmandise a été plus forte que la tristesse que me causait l'annonce de la mort prochaine de mon épouse. C'est de mort que je veux te parler, François. Je veux que l'impératrice soit enterrée dans la chapelle royale des Rois Catholiques à Grenade et que tu conduises le cortège funèbre.

– Mais il y a plus de dix jours de voyage entre Tolède et Grenade, et le corps de l'impératrice…

– Le corps de l'impératrice est entre les mains de Dieu. Toi seul dois conduire le cortège : tu marcheras en tête avec ta femme, un cardinal, trois évêques et deux marquis, selon le protocole le plus élevé, tel qu'il est indiqué dans les codes. Quand vous arriverez à Grenade, tu devras reconnaître le cadavre avant l'inhumation. Pendant plusieurs mois il sera dit trente messes par jour pour l'âme de l'impératrice. Partez. Ne perdez pas de temps.

*

Il n'a jamais pu dire non à l'empereur. Même quand celui-ci lui a demandé d'étudier les mathématiques, les sciences et l'astronomie pour lui transmettre ensuite pendant la nuit ce qu'il avait appris le jour, avec l'aide d'Alonso de Santa Cruz, tenace et méfiant : pourquoi l'empereur aurait-il besoin de l'astronomie ? Borgia obéit donc et accepte une chevauchée taciturne à côté du chariot qui porte le catafalque, quand il ne sommeille pas à l'intérieur du carrosse où se trouve sa femme. Elle contemple les paysages qui défilent et son humeur est de plus en plus détestable.

– Les jours et les paysages se succèdent, et je ne comprends pas ce voyage, Francesc.

– C'est un ordre de l'empereur.

– Comme quand il t'a donné l'ordre d'étudier les mathématiques ou les sciences cosmologiques pour que tu les lui expliques ensuite. Comme si tu étais son précepteur. Pourquoi ne discutes-tu jamais un ordre de l'empereur ? Ou, au moins, pourquoi ne le raisonnes-tu pas en lui proposant une autre solution ?

– Pourquoi ? Je ne sais pas.

– Tu me donnes toujours l'impression de chercher à te faire pardonner quelque chose.

– Pardonner ?

Plus mélancolique que méditatif, Borgia sourit.

– Je veux peut-être me faire pardonner la face noire de la famille.

Le cortège s'est arrêté, et quatre porteurs s'approchent du fourgon où se trouve le cercueil, mais quelque chose les paralyse à deux pas de distance, quelque chose qui les fait porter les mains à leur nez, qui leur donne des nausées et les fait vomir tripes et boyaux. Borgia doit descendre, agressif, de cheval, pour les forcer :

– Qu'attendez-vous ? La mort vous fait peur ?

Les porteurs obéissent, mais dans les yeux de Borgia pointe l'incertitude, comme pointe la panique dans ceux de sa femme et des autres accompagnateurs du cercueil. Celui-ci est posé finalement sur un catafalque, et tous les visages se tournent vers Francesc pour qu'il accomplisse le rite de la reconnaissance. Il avance d'un pas de plomb vers le cercueil, mais là il reçoit le coup de poing des effluves du cadavre enfermé et il a du mal à continuer, comme s'il luttait contre une tornade. Il fait appel à toute la fermeté qui lui reste pour soulever le lourd couvercle du cercueil et, devant ses yeux, apparaissent le corps pourri, la face décomposée, la peau percée par les têtes des vers qui tentent de sortir à la lumière. Borgia baisse la tête et referme le couvercle. Il maîtrise le tremblement qui monte le long de son corps et n'écoute pas la question que lui pose un gentilhomme :

– Est-il bien établi que c'est là le corps de la très noble impératrice Isabelle de Portugal ?

Borgia ne répond pas, paralysé, et ne semble pas davantage entendre la question renouvelée :

– Certifiez-vous que ce cercueil contient les restes mortels de la très noble impératrice Isabelle de Portugal ?

Frappé de stupeur, Borgia regarde celui qui lui demande son témoignage, sa femme alarmée par son atonie, ceux qui attendent sa réponse.

– Si je certifie que cette dépouille… ?

Francesc de Borgia ne comprend pas les mots qu'ont prononcés ses propres lèvres, et les autres font un pas en arrière, impressionnés par le spectacle de l'angoisse d'un homme aux gestes incohérents, dont les yeux cherchent quelqu'un qui le libère de la sensation de s'être égaré. C'est la même angoisse qu'il transmet, des jours plus tard, à l'empereur en personne, boiteux et goutteux, un empereur obsédé qui récite nerveusement son chapelet et fait des plans pour l'avenir.

– Dans ma retraite, François, je veux qu'on dresse mon lit sous l'endroit où reposent les restes de mon épouse bien-aimée, et de ce lit je veux voir un office funèbre chaque jour, je veux me rappeler chaque jour que la mort existe. On m'a dit que tu avais été très frappé par la vision du corps de l'impératrice.

– Je suis venu vous prier de me permettre de retourner à Gandie. Je me sens encore ébranlé par la vision du cadavre. Je me sens encore lié par le serment que j'ai fait à ma femme : ne jamais servir un maître qui attend la mort.

– Tu vas cesser de me servir ? Tu veux déserter la cause de la chrétienté ? Que serait la chrétienté sans nous ? Je t'ai réservé une très haute mission. J'ai besoin d'un vice-roi de Catalogne en qui je puisse avoir toute confiance, pour qu'il surveille ce qui reste de la noblesse catalane. Tu parles sa langue, mais tu es des miens. Je veux que tu désarmes tout ce monde, nobles, commerçants et bourgeois de Barcelone, mais surtout les bandits.

– Enfant, j'ai vu la révolte de la *Germanía* à Valence et j'ai dû fuir avec ma famille. J'ai appris alors à connaître les conséquences du désordre dû aux ressentiments sociaux et le danger que représente la perte de la hiérarchie naturelle des choses. Je me souviens, comme si je les avais vraiment vues, des chairs déchiquetées du révolté Vicente Peris.

– Tu as vécu dans ta propre chair l'exemple du désir de changement néfaste, de changement incontrôlé et dirigé contre le pouvoir qui vient de Dieu. Avant qu'en Catalogne bourgeois, commerçants et petite noblesse ne s'allient aux bandits, il faut les devancer. J'ai proclamé une pragmatique sanction dans ce sens, en catalan, pour qu'ils me comprennent. Maintenant j'ai besoin que tu appliques ta bonne main gauche et ta dure main droite. Que tu prêtes serment à leurs lois et que tu imposes les miennes.

L'empereur laisse la parole à un secrétaire qui informe Borgia de dispositions mineures, sa résidence dans la maison de l'Archidiacre, à côté de la Cathédrale, les moyens de communication qui lui permettront de rester toujours en contact avec l'empereur. Borgia essaye de parler, mais Charles lui coupe de nouveau la parole.

– La Castille est l'axe de la monarchie, mais elle ne peut se désintéresser de ses confins.

– Tant que mon père est en vie, je ne suis pas duc de Gandie, et je crains que des nobles aussi fiers et aussi soupçonneux que le sont les Catalans, le duc de Cardona par exemple, l'unique grand d'Espagne catalan, n'acceptent pas d'être placés sous mon commandement.

– Tu es grand d'Espagne, et si tu ne l'es pas encore, tu représentes l'empereur : ces nobles catalans doivent apprendre que la Couronne d'Espagne est une.

– Et s'ils ne me respectent pas ?

– Tu arrêtes les nobles et tu pends les bandits s'ils ne sont pas nobles.

*

Les ombres de six pendus : Francesc de Borgia lève les yeux vers les corps inertes au bout des cordes. Il contemple son œuvre avec satisfaction, et c'est avec satisfaction qu'il écrira ensuite à l'empereur dans la solitude lumineuse de son bureau :

*Pour finir j'ai pendu six des bandits les plus fameux, mais je manque des moyens économiques et humains promis pour la pacification de la Catalogne selon les désirs que votre majesté impériale a bien voulu me transmettre. J'ai dû affronter le duc de Cardona qui me refusait obéissance et j'ai assigné à résidence le comte de Módica qui avait osé me menacer de son épée. Je pourchasse la rébellion, en dépit des limitations de mon corps trop empâté et de mes précoces infirmités dues à mon incontinence en matière de chère et de boisson. Une autre préoccupation qui ne me quitte pas est la vigilance aux frontières, car les Français entrent dans le Roussillon comme s'ils étaient chez eux, et le peuple catalan ne manifeste pas non plus trop d'enthousiasme pour la Couronne de Castille. Les bourgeois et les commerçants sont plus faciles à mettre au pas, ils travaillent paisiblement et ont tout intérêt à comprendre les raisons de la Castille. Votre majesté doit savoir que je me considère comme son chasseur dans cette vice-royauté et que je ne fais autre chose que de chasser tous ceux qui s'en prennent à mon empereur. Il y a des troubles à Perpignan, où les consuls du peuple se sont soulevés contre le capitaine général de la place, François de Beaumont, et je dois y aller en personne, comme votre majesté impériale m'en a chargé, pour restaurer l'ordre. J'ai exécuté les instructions concernant le développement de la production navale des Atarazanas, en même temps que la protection des côtes et l'expédition prévue contre les Maures en Algérie. Tous les ordres de l'empereur ont été exécutés et j'attends les suivants en respectant la sage maxime que m'a dictée votre majesté : la Catalogne a plus besoin de châtiment que de pardon.*

Il y a de la fatigue sur le visage bouffi du vice-roi Borgia quand il retourne dans la chambre conjugale après avoir contemplé le sommeil de ses huit enfants et de sa femme. Il expulse par la bouche et l'anus l'aérophagie qui le torture, puis s'agenouille sur le prie-Dieu et prie avec délectation, goulûment, comme si son âme avait faim d'oraisons. Léonore à demi endormie s'ébroue et, quand elle perçoit la présence agenouillée de son mari, saute du lit pour occuper le prie-Dieu contigu. Ils prient mains jointes et, une fois au lit, regardent les cilices qu'ils portent aux jambes avec une joie intérieure qui illumine les yeux de Francesc et produit chez lui ce froncement de sourcils que Léonore a l'habitude de lui voir, content ou fâché.

Cette joie n'a pas quitté le vice-roi alors qu'il se promène avec son confesseur Juan de Texada dans le cloître du palais de l'Archidiacre : le frère écoute les confidences de Francesc et approuve.

– Prière et mortification. Il n'y a pas d'autre formule. Sentir notre esprit en communication avec Dieu et, dans notre corps, la douleur du cilice qui nous rappelle les misères de la chair.

– Mon âme s'élève par la prière, mais je me sens pauvre. Tout ce bonheur mystique est-il voué à rester en nous ? N'y a-t-il rien à faire pour les autres ? On m'a parlé d'un vieux chrétien particulièrement juste, du nom d'Ignace de Loyola, général d'un ordre nouvellement fondé, appelé Compagnie de Jésus. Quelque chose en moi me dit que j'ai connu cet homme ou, tout au moins, que sa conception de la vie et du christianisme militant, du catholicisme comme une milice, m'est familière.

– Un saint homme, qui a payé cher le droit d'imposer sa vérité, et malgré les incompréhensions j'ose vous recommander de le rencontrer.

– Les jésuites Araoz et Favre doivent me conduire à lui.

– Pourtant, cher vice-roi, l'ordre franciscain a tenu à bien vous accueillir, ainsi que la vice-reine, parmi ses membres.

– Ma grand-mère María Enríquez et ma tante finissent leurs jours dans un couvent de clarisses. Une autre de mes tantes est la fondatrice des carmélites royales : sœur Jeanne de la Croix. Mais tous ces ordres me paraissent faits à la mesure des anciennes nécessités. En revanche, les jésuites sont une réponse au désordre actuel.

– Il faut combattre l'hérésie à l'extérieur des couvents, mais c'est des couvents que monte vers les Cieux l'énergie spirituelle de la prière et du renoncement. Jamais dans l'Histoire, après un siècle de tentation païenne, nous n'avons été si près d'atteindre un si haut degré de spiritualité.

Dans la pénombre de l'alcôve conjugale, Francesc achève le récit de son entretien avec Texada et révèle l'élan irrésistible qui l'entraîne vers Loyola.

– Il m'a donné un exemplaire manuscrit des *Exercices spirituels* d'Ignace de Loyola et m'a promis de m'écrire. Je me sens enivré par la sainteté qui émane de tout ce que propose cet homme. Qu'en penses-tu ? Je parle, je parle, mais tu ne dis rien.

Léonore hésite avant de répondre :

– Je ne sais pas. Je te vois si troublé... Mais tu te troubles facilement.

– Ce que tu sais d'Ignace de Loyola te semble négatif ?

– Il ne me plaît pas, c'est tout. C'est le discours d'un stratège, d'un chef, d'un prince, si tu veux, mais pas celui d'un religieux. Je préfère une manière plus idéaliste de vivre sa foi.

– Nous sommes dans une époque de guerres de religions, de confrontations, d'infiltrations de l'hérésie, de philosophes dangereusement évasifs comme Érasme de Rotterdam ou notre Juan de Valdés, et d'illuminés stériles. Avec l'excuse d'étudier Érasme, on donne du poids à ses hérésies, et même un livre d'Érasme utilisé pour apprendre le latin, *Colloques*, dissimule un substrat hérétique. Il faut rester sur ses gardes. Dans ce qu'a entrepris Loyola je vois une besogne de titans détachés du monde matériel mais avec une musculature faite pour l'action et guidée par l'intelligence. L'Église manque d'un instrument moderne tel que la Compagnie de Jésus. Celle-ci n'est pas un héritage du passé. Elle est née pour être à la mesure du défi de notre temps.

– A toi le raisonnement, François, à moi le sentiment. Mais je me sens une chrétienne de l'ancien temps, et toutes ces choses modernes ont pour moi une odeur de soufre.

*

Dans le cercueil repose Léonore de Portugal, au centre d'une chapelle elle-même en forme de cercueil, où un Francesc de Borgia en prière semble parti bien loin de l'étroite enceinte. Son regard s'élève au-dessus des cierges, et ses oreilles se ferment aux répons. Ses yeux cherchent la figure de Loyola rayonnant sur une gravure qu'il tient dans la paume de sa main, illustration de la lettre que lui a envoyée le fondateur de la Compagnie de Jésus. Ses oreilles entendent, dits par la voix d'Ignacio, les mêmes mots que ceux que contient la missive. Il l'imagine en train de marcher de long en large et de dicter une lettre, une lettre qui lui est spécialement adressée.

– Je comprends, duc, le trouble de votre âme après le décès de votre épouse et votre désir de quitter les pompes du monde pour entrer dans la Compagnie de Jésus. Mais la Compagnie n'accepte que des hommes détachés des choses de ce monde et, pour y parvenir, excellentissime seigneur, vous devrez suivre mes instructions : mariez vos filles, faites suivre des études universitaires à vos fils, terminez les travaux commencés et surtout le

Collège de Gandie, étudiez la théologie jusqu'à ce que vous ayez obtenu le grade de docteur. A ce moment, seulement, le grand duc de Gandie, héritier de la lignée des Borgia, pourra être admis dans la Compagnie de Jésus, mais jusque-là il faudra tout faire dans le plus grand secret, car le monde n'a pas assez d'oreilles pour entendre pareil coup de tonnerre. *Ad majorem Dei gloriam.*

Ignacio relit ce qu'il a dicté.

– Que t'en semble, Polanco ?

– C'est tellement prodigieux que cela me semble incroyable.

– Le duc de Gandie ! Voilà qui nous ouvrira les portes de l'empereur. François Borgia fait partie du conseil privé de Charles. C'est un merle blanc que Dieu a envoyé se poser devant la fenêtre de la Compagnie de Jésus.

Francesc de Borgia a besoin de dire à son maître de toujours, l'empereur, qu'il a désormais un autre maître, qui règne sur son esprit, et il chevauche jusqu'à Yuste en crevant des chevaux sous lui comme s'ils étaient en carton. Charles Quint va en boitant à la fenêtre et fait signe de le suivre à Francesc de Borgia tout de deuil vêtu. Un serviteur lui met une canne à pêche dans les mains et l'empereur lance la ligne à l'extérieur. Il vérifie qu'elle est bien tombée dans l'étang du jardin et se laisse choir sur une haute chaise d'où il observe les aléas de la pêche.

– Ma mauvaise santé ne me permet pas de descendre au fleuve qui regorge de truites et de saumons, et j'ai fait creuser cet étang rempli de poissons, François. Pourquoi n'essayes-tu pas, toi aussi ? Non. Non, je n'accepte aucune excuse. Mets-toi à la fenêtre voisine, pour que nos lignes ne s'embrouillent pas.

Les serviteurs installent le matériel de pêche pour le duc de Gandie. Du coin de l'œil, l'empereur regarde Borgia.

– Ainsi tu t'es fait jésuite ? Je ne te dirai pas que je vois d'un bon œil ces gens qui me paraissent par trop orgueilleux et infatués d'eux-mêmes.

– Nous sommes orgueilleux de notre foi et humbles devant Dieu.

– Et cet Ignace de Loyola est un mauvais soldat qui s'est fait dévot et attire beaucoup de femmes. Il doit sa carrière à des épouses malheureuses en ménage, aussi bien à Barcelone qu'à Paris où il est allé mendier. Je n'aime pas les mendiants. Il faut bien qu'ils aient fait quelque chose pour l'être.

– Il a surmonté toutes les faiblesses de l'homme, comme le Christ sur le Calvaire.

– Qu'est-ce que c'est que ces poissons que vous m'avez mis dans l'étang ? Vous les avez gavés ? On dirait qu'ils n'ont fait que manger toute leur vie. Mettez-moi des poissons affamés ! Ça mord, de ton côté, François ?

– Non, sire.

– Fais-toi ce que tu voudras, excepté hérétique, François, mais je ne veux pas que tu m'abandonnes complètement. Je te demande d'aller auprès de ma mère qui agonise à Tordesillas et de lui transmettre le peu de tendresse et d'affection qui me reste, puis de te rendre au Portugal, pour voir si nous pouvons unifier les deux royaumes pour le plus grand profit de la chrétienté. A la mort du petit roi don Sébastien, nous pourrions revendiquer la couronne pour mon petit-fils Charles, fils de Philippe et de Marie de Portugal. Les choses tournent bien pour nous. Grâce à l'or de l'Amérique, nous sommes les plus riches d'Europe, c'est nous qui avons le moins de problèmes internes : après l'expulsion des juifs et des morisques, nous sommes les porte-drapeau de Dieu et de la véritable Église, mais les protestants et leurs princes progressent.

– Je peux faire les deux, puisque je me rends à Avila, où j'espère m'entretenir avec Thérèse de Jésus.

– L'illuminée qui écrit. Je t'avoue que je ne comprends rien à ce qu'elle écrit, mais je vois entre ses lignes la main de Dieu. Jésuite. Jésuite. Sois jésuite, François, et dis-moi ce que c'est. Te souviens-tu quand tu étudiais les mathématiques et les sciences et que tu me racontais la nuit ce que tu avais appris le jour ? Tu es très efficace, cousin. Mais on m'a dit que Gandie est déjà pleine de jésuites, qu'ils tiennent tes comptes et qu'ils en savent plus sur tes finances que toi-même. Surveille-les, François. Surveille. Il faut toujours surveiller. Tout le monde.

*

Bien loin de l'étang où dorment les lignes, voici les chemins ombreux qui mènent au couvent d'Avila, où une Thérèse intarissable conte ses doutes sur ses illuminations : lui viennent-elles ou non de Dieu ? Et si ce n'était pas de Dieu ? Elle parle, elle parle, la sœur, de ses extases et de ses transes, de ses séjours dans les régions du Ciel, elle parle de la Terre, et de la chair, tandis que Borgia hoche la tête pour bien montrer son approbation.

– Le Seigneur a voulu que je voie un jour un ange, pas très grand, beau, le visage si lumineux qu'il semblait un de ces anges à tel point rayonnants qu'on les croit près de s'embraser. Je comprends qu'il s'agit des chérubins, bien qu'ils ne me révèlent pas à quelle classe ils appartiennent. Mon ange portait dans ses mains une flèche d'or ou de fer, peut-être d'or et de fer, car la pointe était ardente. Et c'était cette flèche qu'il enfonçait dans mon cœur, il ouvrait mon corps à la recherche de mes entrailles, et en les arrachant il me semblait qu'il les prenait pour parure, et il me laissait vide, pure, embrasée, mais embrasée par l'immense amour de Dieu. La flèche était sa voix, et la voix sa présence. Comment Dieu parle-t-il à l'âme ? Peut-on l'entendre clairement ? Parfois je sens cette voix en moi, d'autres fois en dehors de moi, et je prends bien garde de ne pas me laisser abuser par un mirage ou par des mélancolies, car je ne suis pas une personne sujette à la mélancolie, comme tant d'autres en ces temps de faiblesses, comme tant d'autres tentées par le diable. Le démon se sert de ces âmes malades pour s'emparer de leur esprit. Comment distingue-t-on, père François, la voix de Dieu de celle du diable ? Et ces voix, quand elles ne sont pas parfaites, il faut les écouter attentivement pour savoir si elles viennent ou non des Saintes Écritures, encore que la parole de Dieu, celle que l'on sent immédiatement vraie, ait l'accent de la vérité pure, comme si elle était lumière : elle est comme un ordre plein d'amour. Le diable peut-il la prononcer ?

– Comment le diable pourrait-il prononcer si parfaite merveille ? Ne résiste pas, ne te borne pas à te laisser posséder par les révélations. Prie, car la prière est la communication avec Dieu.

Mais il ne la laisse pas très convaincue, et il sait qu'elle soumet à tous ceux qui passent par le couvent ses doutes sur la manière de distinguer la voix de Dieu de toutes les voix possibles du diable, que ces doutes la poursuivent tant qu'elle écrit *Le Château intérieur* pour les chasser de son esprit et de l'esprit de tous ceux qui viennent la consulter. Pressé d'arriver à Rome où l'attendent Ignace de Loyola et son destin de jésuite, il s'arrête à Tordesillas, où la reine Jeanne chante des chansons qu'elle est seule à comprendre, sur des musiques qui naissent de ses mouvements incohérents.

– Duc de Gandie ? Je ne connais aucun duc de Gandie.

– J'ai tenu compagnie à votre majesté il y a quelques années.

– Personne ne m'a jamais tenu compagnie, duc.

– Je n'étais pas encore duc, majesté, mais vous devez vous souvenir de moi, des conversations que nous avions au sujet de l'un de mes ancêtres, César. César Borgia le Valentinois.

La reine répète César Borgia plusieurs fois, elle chante son nom à voix haute, à voix basse.

– Je n'ai jamais connu aucun César Borgia.

– C'était un grand pécheur, qui fut accueilli dans les murs du château de la Mota quand y vivait votre majesté. Votre majesté doit se souvenir de ses jeux avec le taureau.

– Le taureau !

Prise d'une soudaine frayeur, la reine Jeanne crie :

– Le taureau ! L'homme noir ! César noir et nu ! Ce diable, ce centaure, qui voulait me mettre nue et, comme je ne me laissais pas faire, décapitait des taureaux !

La frénésie de la reine Jeanne va augmentant, et les médecins prennent la place de Borgia auprès d'elle, mais elle ne le permet pas.

– Laissez-moi parler avec le duc !

Et quand Francesc se penche vers elle, la reine lui chuchote à l'oreille :

– Ils formaient un seul animal, duc. César noir, le cheval blanc, le taureau noir rougi de sang. Un seul animal. Jouer avec le taureau m'a toujours paru diabolique.

Et elle crie « Un seul animal ! » plusieurs fois, jusqu'à ce que le duc se retire affligé sans rien révéler des pensées qui se bousculent dans sa tête. C'est avec la même affliction que le duc de Gandie, toujours obsédé par ses tempêtes intérieures malgré son apparente impassibilité, assiste à l'agonie de la reine entourée de prêtres et de sœurs, de chants et de prières. La reine Jeanne tend la main vers lui, mais c'est en vain que le duc s'approche, il ne peut recueillir ses dernières paroles, et il s'avoue à voix haute l'inutilité de son voyage, en un monologue qui se prolonge tandis que déjà roule son carrosse.

– Lorsque c'est pour l'empereur, je ne sais où je vais, mais lorsque c'est pour Ignace, le chemin est clair.

Mais il remplit toutes ses missions et rend compte de tout ce qu'il a vu et entendu à un empereur mélancolique, goutteux, les yeux davantage fixés sur les autels que sur les truites, bien qu'arrivent justement à Yuste des chevaux chargés de fruits de mer de la côte cantabrique.

– Autrement dit, même les nonnes parlent avec Dieu, et moi, l'empereur, je n'ai pas droit à un mot. Toi aussi, tu as entendu l'appel de Dieu. Je ne veux pas entrer en compétition avec Dieu. Parfois cet étang où je pêche m'apparaît comme la gueule d'un abîme, de la mort, de l'Enfer. Je ne veux pas entrer en compétition avec Dieu, lui répète l'empereur, assis devant la balustrade, terrassé par la goutte. J'ai laissé la couronne à mon fils Philippe, et tu es libéré de mon service. Mais prends garde. Le Grand Inquisiteur te surveille. Le pape ne nous aime pas, et vous, les jésuites, vous êtes les soldats du pape. N'est-ce pas la vérité ? Maintenant que tu es prêtre et que tu entretiens une relation privilégiée avec Dieu, parle-moi de l'éternité. Est-elle garantie à l'empereur qui a lutté contre l'hérésie ? Je veux que tu sois mon exécuteur testamentaire.

Un serviteur apporte un plateau couvert de coquillages. L'empereur prend une grappe de pouces-pieds et la hume avec extase.

– Tout juste arrivés de la côte cantabrique ! Combien de chevaux a-t-il fallu exténuer pour qu'ils conservent cet arôme !

Il manipule les étrilles, les clovisses, les huîtres, les langoustines. Il se fait ouvrir une moule qu'il avale crue.

– Le goût de l'océan ! François, lorsqu'on m'enterrera, je veux que ce soit sous le corps de ma mère et que mon cœur pourrisse contre le sien. Peux-tu me garantir la vie éternelle ? Je ne me défie pas de Dieu, mais j'écris mes mémoires. Ai-je le droit de parler de ce que j'ai accompli, jour par jour, heure par heure ? Dieu sait que je n'écris pas par vanité, mais parce que les historiens de notre temps ont tendance à noircir ce que j'ai accompli. Beaucoup sont mes ennemis en religion.

Et lorsque Borgia n'est déjà plus qu'une silhouette qui s'éloigne, en bas, dans le jardin de Yuste, au bord de l'étang, l'empereur lui crie du balcon, au milieu de tout son attirail de pêche :

– Prends garde, François. Mon fils le roi Philippe ne t'aime pas. Nul n'est sûr de rien dans cette vie. Nul ne mérite de l'être.

*

Embarrassé et intimidé, il ne sait qui doit saluer le premier, de lui ou d'Ignace de Loyola, anguleux, vieilli. Les deux hommes se regardent et semblent chercher un moment de leur vie ou de leur mémoire qui les unit, et soudain Francesc de Borgia s'écrie :

– *L'home del sac !*

Ignace n'a pas souri, mais il a acquiescé des yeux.

– C'était ainsi que l'on m'appelait en terres de Manresa, quand je menais la vie d'ermite dans les cavernes voisines de la montagne de Montserrat.

– Je vous ai vu quand on vous conduisait enchaîné au Tribunal de l'Inquisition.

– Je me souviens maintenant de cette rencontre prémonitoire avec un si grand seigneur. Je suis passé deux fois par cette épreuve. J'ai subi l'Inquisition comme le soldat que je suis, soldat du Christ, apôtre, martyr s'il l'eût fallu. J'en suis sorti disculpé et libre. J'assume ces épreuves comme j'assume mon passé de soldat, d'homme mondain, de pèlerin à Jérusalem, de mendiant et d'étudiant à Paris.

– Toute votre vie a été un chemin vers la perfection, et c'est ce chemin que j'essaye de trouver.

Ignace pérore, avec un enthousiasme contrôlé.

– Tout le monde me parle des vertus ascétiques de l'excellentissime seigneur duc de Gandie, et je les admire. Mais vous appartenez à l'une des lignées les plus importantes de la noblesse, vous avez été un bon guerrier, un sage et fidèle administrateur, un homme d'action. Action, voilà le mot. La synthèse entre la réflexion et l'action fait partie de notre règle. Les *Exercices spirituels* nous enseignent à agir sur la société. Nous sommes une compagnie de soldats du Christ, nous sommes des militaires, car si nos mains sont désarmées nous avons l'esprit d'obéissance et de discipline des militaires.

Loyola a pris un portefeuille qui attendait sur une table austère éclairée par un rayon de lumière romaine. Ce sont deux hommes pâles et vêtus de deuil qui se penchent sur les papiers qu'en extrait le général des jésuites : Francesc obèse, hydropique, le teint jaune, Ignace, quinquagénaire chétif.

– Les Borgia sont apparentés à quatre maisons royales et totalisent plus de deux cents titres de noblesse en Espagne, au Portugal, et en France. Ils sont le pouvoir, un pouvoir qui doit être employé dans la guerre de Dieu contre l'hérésie.

– Je me sens marqué par le stigmate d'un pouvoir qui tient son origine d'un pape simoniaque.

– Il serait difficile de trouver cinq papes qui aient été des exemples de vertu depuis la chute de l'Empire romain. Anastase Ier fut un hérétique et mourut apostat, Jean II utilisa la simonie, comme Sabinien, Sergius Ier, Étienne II, un falsificateur des textes sacrés. Au IXe siècle, il n'y a pratiquement pas eu de bon pape, il y a même eu une papesse, et Sergius II fut un antipape. Voulez-vous que je continue dans l'ordre historique ? De Constantin à Alexandre VI, votre arrière-grand-père, je compte presque trente papes qui pourraient bien aujourd'hui rôtir en Enfer. Le pape actuel, Paul III, doit sa carrière à Alexandre VI. Il est le frère de Julia Farnèse qui fut la principale maîtresse du pape Borgia. Paul III en est-il responsable ? L'êtes-vous ? Ce même Paul III, qui doit son cardinalat à la concupiscence de sa sœur, est justement le pape qui mène avec fermeté la Contre-Réforme. Il a reconnu la Compagnie de Jésus et créé des ordres qui combattent le protestantisme dans le peuple : les barnabites et les théatins. A partir du concile de Trente et de l'expansion de la Compagnie de Jésus, les papes n'auront d'autre ressource que d'être vertueux. Les jésuites n'ont pas trois vœux mais quatre : obéissance, pauvreté, chasteté et servir le pape.

– Même si le pape ne se laisse pas servir ?

– C'est de cela qu'il s'agit : notre force doit être celle du pape. Ou nous obtenons que le pape soit transparent, vertueux et infaillible, ou l'Église catholique périra. Nous devons transformer toutes les accusations des protestants en vertus : le rite doit être beau, brillant, éblouissant, mais pas offensant par sa richesse ; la Vierge Marie doit être plus Immaculée que jamais, et le pape infaillible, par décision de Dieu mais aussi par sa propre vertu et par la nôtre. Le pouvoir du pape doit être spirituel, servi politiquement et militairement par les princes chrétiens. Aujourd'hui, la Compagnie apparaît comme un instrument de l'empereur Charles, parce qu'elle est le bastion de la lutte contre les protestants. Mais tous les princes ont besoin de l'aval de l'Église car son pouvoir procède de Dieu, et si l'on rompt cette chaîne logique, on ne peut s'attendre qu'au désordre. Les jésuites veulent être présents dans toutes les cours du monde et former les consciences du nouveau pouvoir. Le premier schisme d'Orient est loin, et il a été absorbé par l'avance des infidèles, mais ce schisme brise l'ordre du cœur de la chrétienté : il faut rétablir cet ordre en une époque où le monde s'est élargi, et il faut christianiser les Indes.

Autour de Loyola, Francesc croit voir une auréole, et le général des jésuites s'est rendu compte de cet effet. Il sort de son auréole et embrasse Francesc de Borgia en l'empêchant de s'agenouiller.

– Retournez à la vie de tous les jours. Exercez votre pouvoir dans toutes ses dimensions, dans la Compagnie, à partir de la Compagnie, mais aussi comme patriarche de votre famille, et comme loyal et utile serviteur de l'empereur. Maintenant et toujours *« ad majorem Dei gloriam »*.

– Toujours « pour la plus grande gloire de Dieu », général.

*

– Loyola mort et Laynez écarté, quel meilleur général de la Compagnie de Jésus peut-il y avoir que le duc de Gandie ? Par son travail comme commissaire général de la Compagnie en Espagne et au Portugal, par sa fortune, par l'ampleur de sa dynastie. Convoquez-le d'urgence.

Le secrétaire approuve l'ordre du pape.

– Pourquoi a-t-il refusé tant de fois sa nomination de cardinal ? On m'a dit qu'il était sur le point d'accepter et que Loyola l'en a empêché au nom des principes de la Compagnie.

Les années et les jeûnes ont rendu sa minceur à Francesc de Borgia, qui passe furtivement en ces lieux d'une Rome où vécurent Alexandre, Lucrèce, Joan de Gandie, ces lieux qui les ont vus commettre tant de péchés. Il est particulièrement ému par le château Saint-Ange, qui servit si souvent de refuge à Alexandre VI, ou devant le passage secret qui évoque le vice, vrai ou imaginaire, ou dans les salles qu'il observe d'un œil critique. Dans sa tête se bousculent les images de ses ancêtres, singulièrement ceux qui s'échappaient du tableau que lui montrait sa grand-mère, et, en passant devant un portrait de César, ses lèvres laissent échapper :

– *Aut Caesar aut nihil !*

Dans la salle d'audience, le pape Pie V l'invite à se relever quand il tombe à genoux devant lui.

– Je ne veux pas commettre le péché d'orgueil en laissant le général de la Compagnie de Jésus s'agenouiller devant moi.

– Toujours au service de votre sainteté.

– Père Borgia, vous avez fait un travail magnifique à Rome, en Espagne, dans les Indes. Collèges et fondations des jésuites forment déjà un réseau universel au service de la stratégie de la Contre-Réforme. Mais vous me décevez beaucoup, général.

– Je ne vois pas pourquoi, mais il y a certainement une raison.

– Vous sentez-vous si puissant comme général des jésuites que vous ayez par trois fois refusé d'être cardinal ?

– J'ai discuté de cette éventualité avec le fondateur quand il était encore en vie, et nous sommes arrivés à la conclusion que je devais refuser, pour ne pas confondre l'aire d'action de la Compagnie et celle du Vatican.

– Il est vrai que l'on vous prête autant de pouvoir qu'au pape. Pourquoi, dans ses conditions, deviendriez-vous cardinal ?

– Il n'y a qu'un seul pape et ce n'est pas moi.

Dans l'esprit de Borgia défilent les images d'Alexandre VI, de César, la scène des châtaignes telle qu'a cru la voir Burchard, Lucrèce presque nue assise sur les genoux de son père, le cadavre de son grand-père Joan de Gandie repêché dans le Tibre, la féroce constance de sa grand-mère María devant le tableau qui l'a tant fasciné dans son enfance. Pie V perçoit le trouble intérieur de Francesc, mais il n'en comprend pas du tout la conséquence qui en découle.

– Il y a déjà eu trop de Borgia cardinaux.

– Je respecte votre volonté, mais concédez-moi quelque chose en échange. Et d'abord : secondez la campagne que j'ai entreprise contre les corridas.

– Je suis de l'avis de votre sainteté. Ce jeu implique de l'idolâtrie et l'absence de crainte de Dieu.

– De plus, je voudrais que vous alliez en Espagne pour une mission spéciale. Il faut obtenir la formation d'une ligue catholique entre l'Espagne, la France et le Portugal, pour empêcher l'expansion de la Réforme protestante et faire front à la menace turque. Le huguenot français Henri de Navarre prétend épouser la sœur du roi de

France Charles IX, et cela ferait automatiquement de lui un prétendant au trône. Un huguenot sur le trône de France ! Philippe II doit réagir.

– Je suis parti d'Espagne après la mort de son père l'empereur, parce que j'étais menacé par le roi Philippe. Je m'entendais avec son père en dépit de ses étranges exigences, mais le fils est un être isolé et en même temps entouré de bureaucrates : l'empereur aimait donner ses ordres de vive voix, Philippe II met tout par écrit, pour qu'il en reste des traces. Il a de graves problèmes économiques, malgré les richesses de l'Amérique, la société se décompose et on cherche des ennemis intérieurs pour leur en imputer la cause. On a mis mes œuvres à l'Index, en particulier mes *Œuvres du christianisme*, de même que celles de Jean d'Avila et de frère Louis de Grenade. Même l'évêque Carranza a été traduit devant l'Inquisition, accusé de favoriser la relation directe de l'homme avec Dieu, en marge de la liturgie. Accusation fausse, et le roi le sait, mais il préfère laisser Carranza en prison plutôt qu'admettre son erreur. Notre péché ? Écrire en langue vulgaire, pour toucher le plus grand nombre de chrétiens, et être solidaires de l'évêque Carranza : voilà le véritable grief du Tribunal du Saint-Office. L'Inquisition ne me fait pas peur, mais je ne veux pas faire subir à la Compagnie de Jésus l'humiliation de voir son général soumis à l'épuration.

– Les jésuites inquiètent le pouvoir, ils sont sa conscience intransigeante, mais je suis convaincu que le roi Philippe vous recevra bien.

– Ma santé n'est pas très bonne.

– Un général des jésuites peut-il mettre sa santé audessus de celle de la chrétienté ? Occupez-vous des taureaux, occupez-vous des luthériens et des calvinistes, occupez-vous des Turcs.

Les épaules de Francesc de Borgia acceptent la charge avec résignation et, toujours priant et rêvant d'entretiens avec Loyola sur une terre et sous un ciel de nulle part, il accomplit le parcours convenu. Mais à Barcelone, après avoir promené sa nostalgie dans la maison de l'Archidiacre pleine de la présence impalpable de Léonore et de ses enfants, il entreprend de faire à pied le pèlerinage de Montserrat, à la recherche de lieux fréquentés par Ignace. Il voit en rêve Ignace de Loyola dans sa caverne, vêtu comme s'il était encore *l'home del sac.*

– Très bien, Francesc, très bien. Tu as tout fait très bien. Les fondations, aux Indes, sont la semence de l'universalisme de la Compagnie.

– On ne dit plus les Indes, général. Maintenant, nous les appelons Amérique.

– Qu'importe le nom du lieu pourvu qu'il y ait des chrétiens. Il faut être vigilant, il faut toujours être vigilant, mais pour cela il faut d'abord exercer notre vigilance sur nous-mêmes.

– Avez-vous rencontré au Ciel un quelconque Borgia ?

– Je n'en ai pas aperçu. Peut-être ne sont-ils pas encore arrivés.

*

– Sa majesté le roi Philippe II vous attend.

Francesc sort de sa rêverie et se laisse mener par un chambellan à travers des salles obscures aux tapis épais jusqu'à la pénombre où se tient Philippe II, qui l'observe de profil, sévère, souriant, mais toujours de profil, comme si cela lui coûtait de tourner le cou.

– Bienvenu dans votre maison.

– Je l'ai toujours tenue pour telle, de même que je me suis toujours tenu pour le serviteur de Dieu et de l'empereur.

– J'ai toujours présente à l'esprit l'affection que te portait mon père. Je te vois aux obsèques de ma mère. A côté de mon aïeule, la pauvre reine Jeanne. Discutant avec l'empereur, que Dieu le garde dans sa gloire. Les temps ont changé, duc.

– Si vous voulez me donner un titre, donnez-moi celui de général.

– Général. Ne me manifeste pas tant de réserve. Nos malentendus relèvent du passé.

– Avec tout le respect que je dois à votre majesté, ce furent plus que des malentendus. Non seulement mon œuvre écrite a été mise à l'Index, mais, avant que je parte pour Rome, ma famille a été persécutée : mon frère Pedro Luis Galcerán de Borgia, grand maître de l'ordre de Montesa, et deux de mes beaux-frères ont été traduits en justice, et l'un d'eux, don Diègue d'Aragon, a été exécuté à Xàtiva, berceau de ma famille.

Le roi pense à autre chose, son imagination l'emmène vers des questions plus importantes, mais il revient à l'audience pour demander :

– Je ne suis pas encore informé du message que m'envoie le Saint-Père. De quoi s'agit-il cette fois ?

– De taureaux et de Turcs. Sa sainteté considère que les corridas sont un spectacle païen, aussi recommande-t-il leur interdiction, et il propose une grande coalition pour battre définitivement le Turc.

– Et les hérétiques ?

– Également, cela va de soi. Nous luttons sur trois fronts, majesté.

– Quatre.

– Je ne vois pas le quatrième.

– Dans nos propres rangs et ici même, en Espagne, nous sommes entourés de nouveaux chrétiens, c'est-à-dire de faux chrétiens, maures et juifs hypocritement convertis, qui font le jeu de l'ennemi. Mes grands-parents ont entrepris de rétablir la pureté du sang, et je vais terminer leur œuvre. Ou nous réussirons, ou ces races diaboliques nous effaceront de la Terre, nous et tout ce que nous représentons. A commencer par ta Compagnie, général. Ta Compagnie est minée par les juifs convertis, à cause de la tolérance de ton prédécesseur Laynez, et aussi à cause de ta tolérance.

– Saint Ignace m'a parlé de la vigilance contre l'hérétique, pas contre le converti.

– Vous ne vous rendez pas compte que ce sont de faux convertis et qu'ils sont partout, financés par les chancelleries étrangères qui veulent ruiner la présence espagnole dans le monde au moment de son plus grand rayonnement. Notre empire s'étend au-delà de tous les océans, mais si tu meurs, Gandie…

– Général.

– Si tu meurs, général, qui a le plus de chances de te succéder ?

– Le père Polanco.

– Un juif ! D'une famille convertie de Burgos.

*

Borgia gît sur son lit veillé par des jésuites efficaces vêtus de noir. Ses yeux mi-clos perçoivent la gravité des visages, les brefs chuchotements, les regards inquiets qui l'entourent, un diagnostic.

– Il a les poumons pleins d'humeurs. Il a pris un mauvais refroidissement.

Il ordonne :

– Préparez-moi. Je dois partir.

– Impossible de poursuivre le voyage.

– Ce sera le dernier.

– Votre mission en France terminée, quel autre voyage vous empêche de vous reposer ?

– Rome.

– Quelle urgence vous attend à Rome ?

– La mort.

Tant de mal pour finalement mourir à la fin d'un long voyage, de Rome à Rome, en passant par Barcelone,

Madrid, Lisbonne, avant de prendre le chemin du retour. Tant de mal pour passer par Ferrare, où son lointain parent Alphonse d'Este insiste pour qu'il demeure dans le palais où vécut et mourut son aïeule Lucrèce. Le jeune duc ne comprend pas le refus tranchant du moribond, qui envoie son frère Thomas au palais ducal tandis que lui-même se réfugie dans la caserne-bureau des jésuites ferrarais. On installe laborieusement Francesc de Borgia sur un brancard pour monter les escaliers, et deux jeunes jésuites conversent avec le duc d'Este, très jeune et curieux des raisons qui ont amené chez lui son parent espagnol.

– Merci, duc, pour avoir mis votre voilier à notre disposition, ce qui nous a permis de remonter le Pô jusqu'à Ferrare. Le général n'aurait pas pu tenir jusqu'à Rome.

– C'était mon devoir de parent et de fervent admirateur de la Compagnie de Jésus, si bien installée à Ferrare. Je tiens également à votre disposition les médecins les plus expérimentés, et l'on prie pour lui dans toutes les églises de la ville.

Sur la rumeur confuse des prières, Francesc de Borgia voit passer les jours d'août à travers les fenêtres ouvertes qui donnent sur les façades décrépites, les jardins de Ferrare, et il croit apercevoir partout la silhouette dorée de Lucrèce, ses coquetteries avec Strozzi et Bembo, pour, finalement, revenir toujours au sourire interrogateur et inquiet du jeune duc qui fait de longues stations au pied de son lit.

– Vous connaissez les événements de France, général ?

– Que peut-on connaître, cloué dans son lit ?

– Il y a eu un massacre de huguenots pendant la nuit de la Saint-Barthélemy, et l'on accuse la reine Catherine de Médicis d'en être l'instigatrice.

– Dieu veut et les hommes agissent. J'ai réussi à marier le jeune roi Sébastien de Portugal à une princesse française… Qu'importe. Comme disait le fondateur, il n'est point de maux dont ne sorte un bien. Alphonse, je voudrais terminer mon voyage à Rome.

– Nous vous traitons donc si mal à Ferrare ? Vous voulez arriver là-bas de toute urgence pour être pape ? Vous ne vous trouvez pas déjà aussi puissant que le pape ? Un autre Borgia, pape !

– Seul le sang m'unit à ces Borgia-là : Alexandre, César, Lucrèce…

– Vous avez connu ma grand-mère Lucrèce ?

– Tu calcules mal les âges, cousin. Lorsque Lucrèce est morte, j'avais à peine dix ans, dix ans passés bien loin de ses péchés.

– Ma grand-mère ? Une pécheresse ? Ici, à Ferrare, elle a laissé le souvenir de sa sainteté, et même d'un cilice avec lequel elle se mortifiait, paraît-il, pour sa passion excessive de la poésie et des poètes.

– Un cilice ?

– J'en suis sûr.

– Alexandre, Lucrèce, César. César Borgia.

– Difficile de parler de celui-là, car lui, oui, il a mauvaise renommée, et pourtant je me sens attiré par sa légende.

– Tu es trop jeune et tu dois apprendre à te méfier de la beauté du diable. César avait la beauté du diable.

– Vous l'avez connu ?

Francesc s'impatiente du manque de repères temporels du jeune duc.

– Si je n'ai pas connu Lucrèce, comment veux-tu que j'aie connu César qui est mort avant ma naissance ?

– Tant de temps s'est écoulé, cousin. *« Aut Caesar aut nihil ! »* Une devise formidable, il faut le reconnaître. Mais quel gentilhomme se risquerait à la reprendre aujourd'hui ? La seule possibilité d'aventure est dans les Indes, et encore n'est-il pas facile pour les Italiens d'y aller. Voilà une terre libre, alors qu'ici tout est contrôlé. Qui pourrait proclamer aux quatre vents : moi ou rien ?

– Moi aussi ce cri me séduisait. Quand j'étais jeune. Que de malheurs dans cette cour ! Tous les pécheurs ont eu leur châtiment.

– C'eût été justice, cousin, mais ce n'est pas tout à fait exact. Vannozza est morte paisiblement après une longue vie. Miquel de Corella a été un respectable condottiere au service de Florence. Julia Farnèse a quitté cette vie comme une grande dame, à grand renfort d'offices pontificaux. Doña Sancha de Naples n'a pas non plus reçu de châtiment divin visible. Le fils illégitime de Lucrèce, celui que l'on appelait « l'infant de Rome », est mort relativement jeune et ses biens sont passés à… N'est-ce pas vous qui les avez reçus, cousin ?

– Je ne me souviens pas.

– C'est pourtant vrai. Ils sont passés au duché de Gandie.

– J'ai dû les dépenser *ad majorem Dei gloriam.*

– Je n'en doute pas.

– Et cet infâme conseiller de César, le Florentin ?

– Machiavel ? Il n'a pas eu le succès que son talent semblait lui promettre, et il n'en a pas eu non plus beaucoup dans sa vie familiale. Il n'a pas eu de chance.

– La chance n'existe pas. Seul existe le dessein de la Providence.

Prostré, le général suit la Sainte Messe de son lit, entouré d'une assistance réduite, plus pieux que jamais, et le *Sanctus*, encore une fois, l'émeut aux larmes.

*Sanctus, Sanctus, Sanctus,*
*Dominus Deus Sabaoth,*
*Pleni sunt Caeli et Terra gloria tua ;*
*Hosanna in excelsis,*
*Benedictus qui venit in nomine Domini,*
*Hosanna in excelsis.*

Francesc somnole, et les voix qui lui annoncent le départ le réveillent. C'est tout juste s'il a conscience qu'on le sort du lit pour mettre son corps sur le brancard qui le conduit sur la route de Rome.

– Il est mort ? demande le duc.

Quelqu'un répond :

– Il n'en est pas loin.

Francesc ouvre les yeux dans le jardin, quand on l'aide à se lever et à prendre place dans le carrosse, couvert de châles qui laissent tout juste émerger sa tête de poulet. Mais il a encore la force de bénir le jeune Alphonse par la fenêtre et de l'avertir :

– Que ta jeunesse ne voile pas ton esprit. Arrache de ta mémoire ces gloires inutiles. Il n'y a de gloire que celle de Dieu. Souviens-toi : *Ad majorem Dei gloriam.*

Tout semble dit, mais il renaît, comme sous le coup d'une terreur secrète et, tandis que le carrosse s'ébranle, il crie d'une voix plus forte que ne l'exige la distance :

– *Aut Deus aut nihil !*

# Les Borgia

**ALPHONSE BORGIA** (en catalan ALFONS), pape sous le nom de CALIXTE III de 1455 à 1458. Le premier Borgia venu d'Espagne à Rome, en qualité de cardinal de Valence. A placé sa famille à des postes clés, et notamment ses neveux catalans : RODRIGO BORGIA, PERE LLUÍS BORGIA, et le cardinal LLUÍS JOAN DEL MILÀ.

**PERE LLUÍS BORGIA**, neveu de Calixte III, nommé par lui capitaine général de l'armée. Marié à une COLONNA. Meurt mystérieusement (empoisonné ?) en 1458.

**RODRIGO BORGIA**, frère de Pere Lluís, d'abord cardinal de Valence, puis pape sous le nom d'ALEXANDRE VI de 1492 à 1503. Père, dans l'ordre, de PERE LLUÍS (deuxième du nom), CÉSAR, LUCRÈCE, JOAN et JOFRÉ BORGIA. Ces quatre derniers sont les enfants de sa maîtresse attitrée, VANNOZZA CATANEI, mariée à CARLO CANALE.

**ADRIANA DEL MILÀ**, petite-nièce de Calixte III, mariée à un prince ORSINI, facilite les amours de son oncle Rodrigo-Alexandre VI avec JULIA FARNÈSE, la femme de son fils ORSO (ou ORSINO) ORSINI, le borgne. Le frère de Julia Farnèse, Alexandre Farnèse, sera pape sous le nom de Paul III, de 1534 à 1549.

**PERE LLUÍS BORGIA** (deuxième du nom), duc de Gandie, fils aîné de Rodrigo.

**CÉSAR BORGIA**, dit LE VALENTINOIS, fils de Rodrigo et de Vannozza Catanei. Fait d'abord cardinal de Valence par son père le pape, il quitte les ordres pour succéder à son frère JOAN comme capitaine général. Le roi de France Louis XII le fait duc de Valentinois. Après le refus de CHARLOTTE D'ARAGON (appelée aussi Charlotte de Naples), fille du défunt roi Alphonse II de Naples et dame d'honneur de la reine de France Anne de Bretagne, il épouse CHARLOTTE D'ALBRET, sœur du roi de Navarre JEAN D'ALBRET.

**LUCRÈCE BORGIA**, fille de Rodrigo Borgia et de Vannozza Catanei. Elle épouse successivement : GIOVANNI SFORZA, seigneur de Pesaro ; ALPHONSE DE BISCEGLIA (appelé aussi Alphonse d'Aragon ou Alphonse de Naples), fils naturel du défunt roi de Naples Alphonse II ; et ALPHONSE D'ESTE, fils d'Hercule duc de Ferrare et frère d'Isabelle d'Este, mariée à François de Gonzague, seigneur de Mantoue.

**JOAN BORGIA**, fils de Rodrigo Borgia et de Vannozza Catanei. Duc de Gandie, titre hérité de son demi-frère Pere Lluís, avec la charge de capitaine général. Épouse MARÍA ENRÍQUEZ, fille du Grand Amiral de Castille et nièce des Rois Catholiques, Ferdinand et Isabelle.

**JOFRÉ BORGIA**, fils cadet de Rodrigo Borgia et de Vannozza Catanei. Épouse SANCHA D'ARAGON (appelée aussi Sancha de Naples), fille du défunt roi Alphonse II de Naples, sœur d'Alphonse duc de Bisceglia, le deuxième mari de Lucrèce, et maîtresse, successivement ou simultanément, de César Borgia, du cardinal Ascanio Sforza (frère de Giovanni, premier mari de Lucrèce), de don Gonzalve de Cordoue, dit aussi le Grand Capitaine.

**FRANÇOIS BORGIA** (en catalan FRANCESC), duc de Gandie, petit-fils de Joan Borgia et de María Enríquez. Conseiller de l'empereur Charles-Quint et vice-roi de Catalogne. Disciple d'Ignace de Loyola, il entre dans les ordres après la mort de sa femme LÉONORE DE CASTRO et devient le troisième général des Jésuites, de 1565 à 1572. Canonisé sous le nom de saint François Borgia.

# *Table*

DU MÊME AUTEUR

La Solitude du manager
*Le Sycomore, 1981*
*« 10/18 », n° 1988*

Meurtre au Comité central
*Le Sycomore, 1982*
*« 10/18 », n° 2197*

Les Oiseaux de Bangkok
*Éditions du Seuil, 1987*
*« 10/18 », n° 2193*

Les Mers du Sud
*« 10/18 », n° 1907*

La Rose d'Alexandrie
*Christian Bourgois, 1988*
*« 10/18 », n° 2134*

Le Pianiste
*Éditions du Seuil, 1988*
*et « Points », n° P 527*

La Joyeuse Bande d'Atzavara
*Éditions du Seuil, 1989*
*et « Points Roman », n° R 452*

Les Thermes
*Christian Bourgois, 1989*
*« 10/18 », n° 2198*

Happy end
*Complexe, 1990*

Ménage à quatre
*Éditions du Seuil, 1990*
*et « Points Roman », n° R 511*

Tatouage
*Christian Bourgois, 1990*
*« 10/18 », n° 2243*

Histoires de politique fiction
*Christian Bourgois, 1990*
*« 10/18 », n° 2298*

Le Tueur des abattoirs
*Éditions du Seuil, 1991*
*et « Points », n° P 526*

Hors Jeu
*Christian Bourgois, 1991*
*« 10/18 », n° 2281*

Histoires de famille
*Christian Bourgois, 1992*
*« 10/18 », n° 2646*

Le Labyrinthe grec
*Christian Bourgois, 1992*
*« 10/18 », n° 2551*

Galíndez
*Éditions du Seuil, 1992*
*et « Points Roman », n° R 638*

Mémoires de Barcelone
*La Sirène, 1993*

Histoires de fantômes
*Christian Bourgois, 1993*
*« 10/18 », n° 2648*

Manifeste subnormal
*Christian Bourgois, 1994*

J'ai tué Kennedy
ou les Mémoires d'un garde du corps
*Christian Bourgois, 1994*
*« 10/18 », n° 2692*

Assassinat à Prado del Rey
et Autres Histoires sordides
*Christian Bourgois, 1994*
*« 10/18 », n° 3122*

Moi, Franco
*Éditions du Seuil, 1994*
*et « Points », n° P339*

Sabotage olympique
*Christian Bourgois, 1995*
*« 10/18 », n° 3086*

Trois Histoires d'amour
*Christian Bourgois, 1995*

Aperçus de la planète des singes
*Pamphlet*
*Éditions du Seuil, 1995*

Les Recettes de Pepe Carvalho
*Christian Bourgois, 1996*

Au souvenir de Dardé
*Christian Bourgois, 1996*

L'Étrangleur
*Seuil, 1996*
*et « Points », n° P521*

Les Travaux et les Jours
*Actes Sud, 1996*

Questions marxistes
*Christian Bourgois, 1996*

Le Désir de mémoire
entretiens avec George Tyras
*Paroles d'Aube, 1997*

Roldan, ni mort ni vif
*Christian Bourgois, 1997*

La Pasionaria
*Seuil, 1998*

Le Petit Frère
*Christian Bourgois, 1998*

Avant que le millénaire nous sépare
*Christian Bourgois, 1999*

Le Prix
*Christian Bourgois, 1999*
*« Points », n°P 754*

Le Quintet de Buenos Aires
*Christian Bourgois, 2000*

RÉALISATION : PAO ÉDITIONS DU SEUIL
IMPRESSION : S.N. FIRMIN-DIDOT AU MESNIL-SUR-L'ESTRÉE
DÉPÔT LÉGAL : SEPTEMBRE 2000. N° 41496 (52023)

# Collection Points

DERNIERS TITRES PARUS

P140. Absolu, *par l'abbé Pierre et Albert Jacquard*
P141. En attendant la guerre, *par Claude Delarue*
P142. Trésors sanglants, *par Paul Levine*
P143. Le Livre, *par Les Nuls*
P144. Malicorne, *par Hubert Reeves*
P145. Le Boucher, *par Alina Reyes*
P146. Le Voile noir, *par Anny Duperey*
P147. Je vous écris, *par Anny Duperey*
P148. Tierra del fuego, *par Francisco Coloane*
P149. Trente Ans et des poussières, *par Jay McInerney*
P150. Jernigan, *par David Gates*
P151. Lust, *par Elfriede Jelinek*
P152. Voir ci-dessous : Amour, *par David Grossman*
P153. L'Anniversaire, *par Juan José Saer*
P154. Le Maître d'escrime, *par Arturo Pérez-Reverte*
P155. Pas de sang dans la clairière, *par L. R. Wright*
P156. Une si belle image, *par Katherine Pancol*
P157. L'Affaire Ben Barka, *par Bernard Violet*
P158. L'Orange amère, *par Didier Van Cauwelaert*
P159. Une histoire américaine, *par Jacques Godbout*
P160. Jour de silence à Tanger, *par Tahar Ben Jelloun*
P161. La Réclusion solitaire, *par Tahar Ben Jelloun*
P162. Fleurs de ruine, *par Patrick Modiano*
P163. La Mère du printemps (L'Oum-er-Bia)
*par Driss Chraïbi*
P164. Portrait de groupe avec dame, *par Heinrich Böll*
P165. Nécropolis, *par Herbert Lieberman*
P166. Les Soleils des indépendances, *par Ahmadou Kourouma*
P167. La Bête dans la jungle, *par Henry James*
P168. Journal d'une Parisienne, *par Françoise Giroud*
P169. Ils partiront dans l'ivresse, *par Lucie Aubrac*
P170. Le Divin Enfant, *par Pascal Bruckner*
P171. Les Vigiles, *par Tahar Djaout*
P172. Philippe et les Autres, *par Cees Nooteboom*
P173. Far Tortuga, *par Peter Matthiessen*
P174. Le Dieu manchot, *par José Saramago*
P175. Molière ou la Vie de Jean-Baptiste Poquelin
*par Alfred Simon*
P176. Saison violente, *par Emmanuel Roblès*
P177. Lunes de fiel, *par Pascal Bruckner*
P178. Le Voyage à Paimpol, *par Dorothée Letessier*
P179. L'Aube, *par Elie Wiesel*

P180. Le Fils du pauvre, *par Mouloud Feraoun*
P181. Red Fox, *par Anthony Hyde*
P182. Enquête sous la neige, *par Michael Malone*
P183. Cœur de lièvre, *par John Updike*
P184. La Joyeuse Bande d'Atzavara
*par Manuel Vázquez Montalbán*
P185. Le Petit Monde de Don Camillo
*par Giovanni Guareschi*
P186. Le Temps des Italiens, *par François Maspero*
P187. Petite, *par Geneviève Brisac*
P188. La vie me fait peur, *par Jean-Paul Dubois*
P189. Quelques Minutes de bonheur absolu
*par Agnès Desarthe*
P190. La Lyre d'Orphée, *par Robertson Davies*
P191. Pourquoi lire les classiques, *par Italo Calvino*
P192. Franz Kafka ou le Cauchemar de la raison, *par Ernst Pawel*
P193. Nos médecins, *par Hervé Hamon*
P194. La Déroute des sexes, *par Denise Bombardier*
P195. Les Flamboyants, *par Patrick Grainville*
P196. La Crypte des capucins, *par Joseph Roth*
P197. Je vivrai l'amour des autres, *par Jean Cayrol*
P198. Le Crime des pères, *par Michel del Castillo*
P199. Les Cahiers de Malte Laurids Brigge
*par Rainer Maria Rilke*
P200. Port-Soudan, *par Olivier Rolin*
P201. Portrait de l'artiste en jeune chien, *par Dylan Thomas*
P202. La Belle Hortense, *par Jacques Roubaud*
P203. Les Anges et les Faucons, *par Patrick Grainville*
P204. Autobiographie de Federico Sánchez, *par Jorge Semprún*
P205. Le Monarque égaré, *par Anne-Marie Garat*
P206. La Guérilla du Che, *par Régis Debray*
P207. Terre-Patrie, *par Edgar Morin et Anne-Brigitte Kern*
P208. L'Occupation américaine, *par Pascal Quignard*
P209. La Comédie de Terracina, *par Frédéric Vitoux*
P210. Une jeune fille, *par Dan Franck*
P211. Nativités, *par Michèle Gazier*
P212. L'Enlèvement d'Hortense, *par Jacques Roubaud*
P213. Les Secrets de Jeffrey Aspern, *par Henry James*
P214. Annam, *par Christophe Bataille*
P215. Jimi Hendrix. Vie et légende, *par Charles Shaar Murray*
P216. Docile, *par Didier Decoin*
P217. Le Dernier des Justes, *par André Schwarz-Bart*
P218. Aden Arabie, *par Paul Nizan*
P219. Dialogues des Carmélites, *par Georges Bernanos*
P220. Gaston Gallimard, *par Pierre Assouline*
P221. John l'Enfer, *par Didier Decoin*
P222. Trente Mille Jours, *par Maurice Genevoix*

P223. Cent Ans de chanson française
*par Chantal Brunschwig, Jean-Louis Calvet*
*et Jean-Claude Klein*
P224. L'Exil d'Hortense, *par Jacques Roubaud*
P225. La Grande Maison, *par Mohammed Dib*
P226. Une mort en rouge, *par Walter Mosley*
P227. N'en faites pas une histoire, *par Raymond Carver*
P228. Les Quatre Faces d'une histoire, *par John Updike*
P229. Moustiques, *par William Faulkner*
P230. Mortelle, *par Christopher Frank*
P231. Ceux de 14, *par Maurice Genevoix*
P232. Le Baron perché, *par Italo Calvino*
P233. Le Tueur et son ombre, *par Herbert Lieberman*
P234. La Nuit du solstice, *par Herbert Lieberman*
P235. L'Après-Midi bleu, *par William Boyd*
P236. Le Sémaphore d'Alexandrie, *par Robert Solé*
P237. Un nom de torero, *par Luis Sepúlveda*
P238. Halloween, *par Lesley Glaister*
P239. Un bonheur mortel, *par Anne Fine*
P240. Mésalliance, *par Anita Brookner*
P241. Le Vingt-Septième Royaume, *par Alice Thomas Ellis*
P242. Le Sucre et autres récits, *par Antonia S. Byatt*
P243. Le Dernier Tramway, *par Nedim Gürsel*
P244. Une enquête philosophique, *par Philippe Ken*
P245. Un homme peut en cacher un autre, *par Andreu Martín*
P246. A l'ouest d'Allah, *par Gilles Kepel*
P247. Nedjma, *par Kateb Yacine*
P248. Le Prochain sur la liste, *par Dan Greenburg*
P249. Les Chambres de bois, *par Anne Hébert*
P250. La Nuit du décret, *par Michel del Castillo*
P251. Malraux, une vie dans le siècle, *par Jean Lacouture*
P252. Une année en Provence, *par Peter Mayle*
P253. Cap Horn, *par Francisco Coloane*
P254. Eldorado 51, *par Marc Trillard*
P255. Juan sans terre, *par Juan Goytisolo*
P256. La Dynastie des Rothschild, *par Herbert Lottman*
P257. La Trahison des Lumières, *par Jean-Claude Guillebaud*
P258. Je suis vivant et vous êtes morts, *par Emmanuel Carrère*
P259. Minuit passé, *par David Laing Dawson*
P260. Le Guépard, *par Giuseppe Tomasi di Lampedusa*
P261. Remise de peine, *par Patrick Modiano*
P262. L'Honneur perdu de Katharina Blum, *par Heinrich Böll*
P263. Un loup est un loup, *par Michel Folco*
P264. Daddy's Girl, *par Janet Inglis*
P265. Une liaison dangereuse, *par Hella S. Haasse*
P266. Sombre Sentier, *par Dominique Manotti*
P267. Ténèbres sur Jacksonville, *par Brigitte Aubert*

P268. Blackburn, *par Bradley Denton*
P269. La Glace noire, *par Michael Connelly*
P270. La Couette, *par Camille Todd*
P271. Le Petit Mitterrand illustré, *par Plantu*
P272. Le Train vert, *par Herbert Lieberman*
P273. Les Villes invisibles, *par Italo Calvino*
P274. Le Passage, *par Jean Reverzy*
P275. La Couleur du destin, *par Franco Lucentini et Carlo Fruttero*
P276. Gérard Philipe, *par Gérard Bonal*
P277. Petit Dictionnaire pour lutter contre l'extrême droite *par Martine Aubry et Olivier Duhamel*
P278. Le premier amour est toujours le dernier *par Tahar Ben Jelloun*
P279. La Plage noire, *par François Maspero*
P280. Dixie, *par Julien Green*
P281. L'Occasion, *par Juan José Saer*
P282. Le diable t'attend, *par Lawrence Block*
P283. Les cancres n'existent pas, *par Anny Cordié*
P284. Tous les fleuves vont à la mer, *par Elie Wiesel*
P285. Parias, *par Pascal Bruckner*
P286. Le Baiser de la femme-araignée, *par Manuel Puig*
P287. Gargantua, *par François Rabelais*
P288. Pantagruel, *par François Rabelais*
P289. La Cocadrille, *par John Berger*
P290. Senilità, *par Italo Svevo*
P291. Le Bon Vieux et la Belle Enfant, *par Italo Svevo*
P292. Carla's Song, *par Ken Loach*
P293. Hier, *par Agota Kristof*
P294. L'Orgue de Barbarie, *par Bernard Chambaz*
P295. La Jurée, *par George Dawes Green*
P296. Siam, *par Morgan Sportès*
P297. Une saison dans la vie d'Emmanuel, *par Marie-Claire Blais*
P298. Smilla et l'Amour de la neige, *par Peter Høeg*
P299. Mal et Modernité, *suivi de* Vous avez une tombe au creux des nuages *par Jorge Semprún*
P300. Vidal et les Siens, *par Edgar Morin*
P301. Dieu et nous seuls pouvons, *par Michel Folco*
P302. La Mulâtresse Solitude, *par André Schwarz-Bart*
P303. Les Lycéens, *par François Dubet*
P304. L'Arbre à soleils, *par Henri Gougaud*
P305. L'Homme à la vie inexplicable, *par Henri Gougaud*
P306. Bélibaste, *par Henri Gougaud*
P307. Joue-moi quelque chose, *par John Berger*
P308. Flamme et Lilas, *par John Berger*
P309. Histoires du Bon Dieu, *par Rainer Maria Rilke*

P310. In extremis *suivi de* La Condition, *par Henri James*
P311. Héros et Tombes, *par Ernesto Sábato*
P312. L'Ange des ténèbres, *par Ernesto Sábato*
P313. Acid Test, *par Tom Wolfe*
P314. Un plat de porc aux bananes vertes
*par Simone et André Schwarz-Bart*
P315. Prends soin de moi, *par Jean-Paul Dubois*
P316. La Puissance des mouches, *par Lydie Salvayre*
P317. Le Tiers Livre, *par François Rabelais*
P318. Le Quart Livre, *par François Rabelais*
P319. Un enfant de la balle, *par John Irving*
P320. A la merci d'un courant violent, *par Henry Roth*
P321. Tony et Susan, *par Austin Wright*
P322. La Foi du charbonnier, *par Marguerite Gentzbittel*
P323. Les Armes de la nuit *et* La Puissance du jour
*par Vercors*
P324. Voltaire le conquérant, *par Pierre Lepape*
P325. Frère François, *par Julien Green*
P326. Manhattan terminus, *par Michel Rio*
P327. En Russie, *par Olivier Rolin*
P328. Tonkinoise..., *par Morgan Sportès*
P329. Peau de lapin, *par Nicolas Kieffer*
P330. Notre jeu, *par John le Carré*
P331. Brésil, *par John Updike*
P332. Fantômes et Cie, *par Robertson Davies*
P333. Sofka, *par Anita Brookner*
P334. Chienne d'année, *par Françoise Giroud*
P335. Nos hommes, *par Denise Bombardier*
P336. Parlez-moi de la France, *par Michel Winock*
P337. Apolline, *par Dan Franck*
P338. Le Lien, *par Patrick Grainville*
P339. Moi, Franco, *par Manuel Vázquez Montalbán*
P340. Ida, *par Gertrude Stein*
P341. Papillon blanc, *par Walter Mosley*
P342. Le Bonheur d'apprendre, *par François de Closets*
P343. Les Écailles du ciel, *par Tierno Monénembo*
P344. Une tempête, *par Aimé Césaire*
P345. Kamouraska, *par Anne Hébert*
P346. La Journée d'un scrutateur, *par Italo Calvino*
P347. Le Tambour, *par Günter Grass*
P348. La Minute nécessaire de monsieur Cyclopède
*par Pierre Desproges*
P349. Fort Saganne, *par Louis Gardel*
P350. Un secret sans importance, *par Agnès Desarthe*
P351. Les Millions d'arlequin, *par Bohumil Hrabal*
P352. La Mort du lion, *par Henry James*
P353. Une sage femme, *par Kaye Gibbons*

P399. Replay, *par Ken Grimwood*
P400. Chesapeake, *par James A. Michener*
P401. Manuel de savoir-vivre à l'usage des rustres et des malpolis *par Pierre Desproges*
P402. Le Rêve de Lucy *par Pierre Pelot et Yves Coppens (dessins de Liberatore)*
P403. Dictionnaire superflu à l'usage de l'élite et des bien nantis *par Pierre Desproges*
P404. La Mamelouka, *par Robert Solé*
P405. Province, *par Jacques-Pierre Amette*
P406. L'Arbre de vies, *par Bernard Chambaz*
P407. La Vie privée du désert, *par Michel Chaillou*
P408. Trop sensibles, *par Marie Desplechin*
P409. Kennedy et moi, *par Jean-Paul Dubois*
P410. Le Cinquième Livre, *par François Rabelais*
P411. La Petite Amie imaginaire, *par John Irving*
P412. La Vie des insectes, *par Viktor Pelevine*
P413. La Décennie Mitterrand, 3. Les Défis *par Pierre Favier et Michel Martin-Roland*
P414. La Grimace, *par Heinrich Böll*
P415. La Famille de Pascal Duarte, *par Camilo José Cela*
P416. Cosmicomics, *par Italo Calvino*
P417. Le Chat et la Souris, *par Günter Grass*
P418. Le Turbot, *par Günter Grass*
P419. Les Années de chien, *par Günter Grass*
P420. L'Atelier du peintre, *par Patrick Grainville*
P421. L'Orgie, la Neige, *par Patrick Grainville*
P422. Topkapi, *par Eric Ambler*
P423. Le Nouveau Désordre amoureux *par Pascal Bruckner et Alain Finkielkraut*
P424. Un homme remarquable, *par Robertson Davies*
P425. Le Maître de chasse, *par Mohammed Dib*
P426. El Guanaco, *par Francisco Coloane*
P427. La Grande Bonace des Antilles, *par Italo Calvino*
P428. L'Écrivain public, *par Tahar Ben Jelloun*
P429. Indépendance, *par Richard Ford*
P430. Les Trafiquants d'armes, *par Eric Ambler*
P431. La Sentinelle du rêve, *par René de Ceccatty*
P432. Tuons et créons, c'est l'heure, *par Lawrence Block*
P433. Textes de scène, *par Pierre Desproges*
P434. François Mitterrand, *par Franz-Olivier Giesbert*
P435. L'Héritage Schirmer, *par Eric Ambler*
P436. Ewald Tragy et autres récits de jeunesse *par Rainer Maria Rilke*
P437. Histoires pragoises, *par Rainer Maria Rilke*
P438. L'Admiroir, *par Anny Duperey*
P439. Une trop bruyante solitude, *par Bohumil Hrabal*

P440. Temps zéro, *par Italo Calvino*
P441. Le Masque de Dimitrios, *par Eric Ambler*
P442. La Croisière de l'angoisse, *par Eric Ambler*
P443. Milena, *par Margarete Buber-Neumann*
P444. La Compagnie des loups et autres nouvelles *par Angela Carter*
P445. Tu vois, je n'ai pas oublié *par Hervé Hamon et Patrick Rotman*
P446. Week-end de chasse à la mère *par Geneviève Brisac*
P447. Un cercle de famille, *par Michèle Gazier*
P448. Étonne-moi, *par Guillaume Le Touze*
P449. Le Dimanche des réparations, *par Sophie Chérer*
P450. La Suisse, l'Or et les Morts, *par Jean Ziegler*
P451. L'Humanité perdue, *par Alain Finkielkraut*
P452. Abraham de Brooklyn, *par Didier Decoin*
P454. Les Immémoriaux, *par Victor Segalen*
P455. Moi d'abord, *par Katherine Pancol*
P456. Traité du zen et de l'entretien des motocyclettes *par Robert H. Pirsig*
P457. Un air de famille, *par Michael Ondaatje*
P458. Les Moyens d'en sortir, *par Michel Rocard*
P459. Le Mystère de la crypte ensorcelée, *par Eduardo Mendoza*
P460. Le Labyrinthe aux olives, *par Eduardo Mendoza*
P461. La Vérité sur l'affaire Savolta, *par Eduardo Mendoza*
P462. Les Pieds-bleus, *par Claude Ponti*
P463. Un paysage de cendres, *par Élisabeth Gille*
P464. Un été africain, *par Mohammed Dib*
P465. Un rocher sur l'Hudson, *par Henry Roth*
P466. La Misère du monde, *sous la direction de Pierre Bourdieu*
P467. Les Bourreaux volontaires de Hitler *par Daniel Jonah Goldhagen*
P468. Casting pour l'enfer, *par Robert Crais*
P469. La Saint-Valentin de l'homme des cavernes *par George Dawes Green*
P470. Loyola's blues, *par Erik Orsenna*
P471. Une comédie française, *par Erik Orsenna*
P472. Les Adieux, *par Dan Franck*
P473. La Séparation, *par Dan Franck*
P474. Ti Jean L'horizon, *par Simone Schwarz-Bart*
P475. Aventures, *par Italo Calvino*
P476. Le Château des destins croisés, *par Italo Calvino*
P477. Capitalisme contre capitalisme, *par Michel Albert*
P478. La Cause des élèves, *par Marguerite Gentzbittel*
P479. Des femmes qui tombent, *par Pierre Desproges*
P480. Le Destin de Nathalie X, *par William Boyd*
P481. Le Dernier Mousse, *par Francisco Coloane*

P482. Jack Frusciante a largué le groupe, *par Enrico Brizzi*
P483. La Dernière Manche, *par Emmett Grogan*
P484. Les Lauriers du lac de Constance, *par Marie Chaix*
P485. Les Fous de Bassan, *par Anne Hébert*
P486. Collection de sable, *par Italo Calvino*
P487. Les étrangers sont nuls, *par Pierre Desproges*
P488. Trainspotting, *par Irvine Welsh*
P489. Suttree, *par Cormac McCarthy*
P490. De si jolis chevaux, *par Cormac McCarthy*
P491. Traité des passions de l'âme, *par António Lobo Antunes*
P492. N'envoyez plus de roses, *par Eric Ambler*
P493. Le corps a ses raisons, *par Thérèse Bertherat*
P494. Le Neveu d'Amérique, *par Luis Sepúlveda*
P495. Mai 68, histoire des événements
*par Laurent Joffrin*
P496. Que reste-t-il de Mai 68 ?,
essai sur les interprétations des « événements »
*par Henri Weber*
P497. Génération
1. Les années de rêve
*par Hervé Hamon et Patrick Rotman*
P498. Génération
2. Les années de poudre
*par Hervé Hamon et Patrick Rotman*
P499. Eugène Oniéguine, *par Alexandre Pouchkine*
P500. Montaigne à cheval, *par Jean Lacouture*
P501. Le Mendiant de Jérusalem, *par Elie Wiesel*
P502. … Et la mer n'est pas remplie, *par Elie Wiesel*
P503. Le Sourire du chat, *par François Maspero*
P504. Merlin, *par Michel Rio*
P505. Le Semeur d'étincelles, *par Joseph Bialot*
P506. Hôtel Pastis, *par Peter Mayle*
P507. Les Éblouissements, *par Pierre Mertens*
P508. Aurélien, Clara, mademoiselle et le lieutenant anglais
*par Anne Hébert*
P509. Dans la plus stricte intimité, *par Myriam Anissimov*
P510. Éthique à l'usage de mon fils, *par Fernando Savater*
P511. Aventures dans le commerce des peaux en Alaska
*par John Hawkes*
P512. L'Incendie de Los Angeles, *par Nathanaël West*
P513. Montana Avenue, *par April Smith*
P514. Mort à la Fenice, *par Donna Leon*
P515. Jeunes Années, t. 1, *par Julien Green*
P516. Jeunes Années, t. 2, *par Julien Green*
P517. Deux Femmes, *par Frédéric Vitoux*
P518. La Peau du tambour, *par Arturo Perez-Reverte*
P519. L'Agonie de Proserpine, *par Javier Tomeo*

P520. Un jour je reviendrai, *par Juan Marsé*
P521. L'Étrangleur, *par Manuel Vázquez Montalbán*
P522. Gais-z-et-contents, *par Françoise Giroud*
P523. Teresa l'après-midi, *par Juan Marsé*
P524. L'Expédition, *par Henri Gougaud*
P525. Le Grand Partir, *par Henri Gougaud*
P526. Le Tueur des abattoirs et autres nouvelles *par Manuel Vázquez Montalbán*
P527. Le Pianiste, *par Manuel Vázquez Montalbán*
P528. Mes démons, *par Edgar Morin*
P529. Sarah et le Lieutenant français, *par John Fowles*
P530. Le Détroit de Formose, *par Anthony Hyde*
P531. Frontière des ténèbres, *par Eric Ambler*
P532. La Mort des bois, *par Brigitte Aubert*
P533. Le Blues du libraire, *par Lawrence Block*
P534. Le Poète, *par Michael Connelly*
P535. La Huitième Case, *par Herbert Lieberman*
P536. Bloody Waters, *par Carolina Garcia-Aguilera*
P537. Monsieur Tanaka aime les nymphéas *par David Ramus*
P538. Place de Sienne, côté ombre *par Carlo Fruttero et Franco Lucentini*
P539. Énergie du désespoir, *par Eric Ambler*
P540. Épitaphe pour un espion, *par Eric Ambler*
P541. La Nuit de l'erreur, *par Tahar Ben Jelloun*
P542. Compagnons de voyage, *par Hubert Reeves*
P543. Les amandiers sont morts de leurs blessures *par Tahar Ben Jelloun*
P544. La Remontée des cendres, *par Tahar Ben Jelloun*
P545. La Terre et le Sang, *par Mouloud Feraoun*
P546. L'Aurore des bien-aimés, *par Louis Gardel*
P547. L'Éducation féline, *par Bertrand Visage*
P548. Les Insulaires, *par Christian Giudicelli*
P549. Dans un miroir obscur, *par Jostein Gaarder*
P550. Le Jeu du roman, *par Louise L. Lambrichs*
P551. Vice-versa, *par Will Self*
P552. Je voudrais vous dire, *par Nicole Notat*
P553. François, *par Christina Forsne*
P554. Mercure rouge, *par Reggie Nadelson*
P555. Même les scélérats…, *par Lawrence Block*
P556. Monnè, Outrages et Défis, *par Ahmadou Kourouma*
P557. Les Grosses Rêveuses, *par Paul Fournel*
P558. Les Athlètes dans leur tête, *par Paul Fournel*
P559. Allez les filles !, *par Christian Baudelot et Roger Establet*
P560. Quand vient le souvenir, *par Saul Friedländer*
P561. La Compagnie des spectres, *par Lydie Salvayre*
P562. La Poussière du monde, *par Jacques Lacarrière*

P563. Le Tailleur de Panama, *par John Le Carré*
P564. Che, *par Pierre Kalfon*
P565. Du fer dans les épinards, et autres idées reçues
*par Jean-François Bouvet*
P566. Étonner les Dieux, *par Ben Okri*
P567. L'Obscurité du dehors, *par Cormac McCarthy*
P568. Push, *par Sapphire*
P569. La Vie et demie, *par Sony Labou Tansi*
P570. La Route de San Giovanni, *par Italo Calvino*
P571. Requiem caraïbe, *par Brigitte Aubert*
P572. Mort en terre étrangère, *par Donna Leon*
P573. Complot à Genève, *par Eric Ambler*
P574. L'Année de la mort de Ricardo Reis, *par José Saramago*
P575. Le Cercle des représailles, *par Kateb Yacine*
P576. La Farce des damnés, *par António Lobo Antunes*
P577. Le Testament, *par Rainer Maria Rilke*
P578. Archipel, *par Michel Rio*
P579. Faux Pas, *par Michel Rio*
P580. La Guitare, *par Michel del Castillo*
P581. Phénomène futur, *par Olivier Rolin*
P582. Tête de cheval, *par Marc Trillard*
P583. Je pense à autre chose, *par Jean-Paul Dubois*
P584. Le Livre des amours, *par Henri Gougaud*
P585. L'Histoire des rêves danois, *par Peter Høeg*
P586. La Musique du diable, *par Walter Mosley*
P587. Amour, Poésie, Sagesse, *par Edgar Morin*
P588. L'Enfant de l'absente, *par Thierry Jonquet*
P589. Madrapour, *par Robert Merle*
P590. La Gloire de Dina, *par Michel del Castillo*
P591. Une femme en soi, *par Michel del Castillo*
P592. Mémoires d'un nomade, *par Paul Bowles*
P593. L'Affreux Pastis de la rue des Merles
*par Carlo Emilio Gadda*
P594. En sortant de l'école, *par Michèle Gazier*
P595. Lorsque l'enfant paraît, t. 1, *par Françoise Dolto*
P596. Lorsque l'enfant paraît, t. 2, *par Françoise Dolto*
P597. Lorsque l'enfant paraît, t. 3, *par Françoise Dolto*
P598. La Déclaration, *par Lydie Salvayre*
P599. La Havane pour un infant défunt
*par Guillermo Cabrera Infante*
P600. Enfances, *par Françoise Dolto*
P601. Le Golfe des peines, *par Francisco Coloane*
P602. Le Perchoir du perroquet, *par Michel Rio*
P603. Mélancolie Nord, *par Michel Rio*
P604. Paradiso, *par José Lezama Lima*
P605. Le Jeu des décapitations, *par José Lezama Lima*
P606. Bloody Shame, *par Carolina Garcia-Aguilera*

P607. Besoin de mer, *par Hervé Hamon*
P608. Une vie de chien, *par Peter Mayle*
P609. La Tête perdue de Damasceno Monteiro
*par Antonio Tabbuchi*
P610. Le Dernier des Savage, *par Jay McInerney*
P611. Un enfant de Dieu, *par Cormac McCarthy*
P612. Explication des oiseaux, *par António Lobo Antunes*
P613. Le Siècle des intellectuels, *par Michel Winock*
P614. Le Colleur d'affiches, *par Michel del Castillo*
P615. L'Enfant chargé de songes, *par Anne Hébert*
P616. Une saison chez Lacan, *par Pierre Rey*
P617. Les Quatre Fils du Dr March, *par Brigitte Aubert*
P618. Un Vénitien anonyme, *par Donna Leon*
P619. Histoire du siège de Lisbonne, *par José Saramago*
P620. Le Tyran éternel, *par Patrick Grainville*
P621. Merle, *par Anne-Marie Garat*
P622. Rendez-vous d'amour dans un pays en guerre
*par Luis Sepúlveda*
P623. Marie d'Égypte, *par Jacques Lacarrière*
P624. Les Mystères du Sacré-Cœur, *par Catherine Guigon*
P625. Armadillo, *par William Boyd*
P626. Pavots brûlants, *par Reggie Nadelson*
P627. Dogfish, *par Susan Geason*
P628. Tous les soleils, *par Bertrand Visage*
P629. Petit Louis, dit XIV. L'enfance du Roi-Soleil
*par Claude Duneton*
P630. Poisson-chat, *par Jerome Charyn*
P631. Les Seigneurs du crime, *par Jean Ziegler*
P632. Louise, *par Didier Decoin*
P633. Rouge c'est la vie, *par Thierry Jonquet*
P634. Le Mystère de la patience, *par Jostein Gaarder*
P635. Un rire inexplicable, *par Alice Thomas Ellis*
P636. La Clinique, *par Jonathan Kellerman*
P637. Speed Queen, *par Stewart O'Nan*
P638. Égypte, passion française, *par Robert Solé*
P639. Un regrettable accident, *par Jean-Paul Nozière*
P640. Nursery Rhyme, *par Joseph Bialot*
P641. Pologne, *par James A. Michener*
P642. Patty Diphusa, *par Pedro Almodóvar*
P643. Une place pour le père, *par Aldo Naouri*
P644. La Chambre de Barbe-bleue, *par Thierry Gandillot*
P645. L'Épervier de Belsunce, *par Robert Deleuse*
P646. Le Cadavre dans la Rolls, *par Michael Connelly*
P647. Transfixions, *par Brigitte Aubert*
P648. La Spinoza connection, *par Lawrence Block*
P649. Le Cauchemar, *par Alexandra Marinina*
P650. Les Crimes de la rue Jacob, *ouvrage collectif*

P692. Le Roman du conquérant, *par Nedim Gürsel*
P693. Black Betty, *par Walter Mosley*
P694. La Solitude du coureur de fond, *par Allan Sillitoe*
P695. Cités à la dérive, *par Stratis Tsirkas*
P696. Méroé, *par Olivier Rolin*
P697. Bar des flots noirs, *par Olivier Rolin*
P698. Hôtel Atmosphère, *par Bertrand Visage*
P699. Angelica, *par Bertrand Visage*
P700. La petite fille qui aimait trop les allumettes *par Gaétan Soucy*
P701. Je suis le gardien du phare, *par Eric Faye*
P702. La Fin de l'exil, *par Henry Roth*
P703. Small World, *par Martin Suter*
P704. Cinq photos de ma femme, *par Agnès Desarthe*
P705. L'Année du tigre, *par Philippe Sollers*
P706. Les Allumettes de la Sacristie, *par Willy Deweert*
P707. Ô mort, vieux capitaine…, *par Joseph Bialot*
P708. Images de chair, *par Noël Simsolo*
P709. L'Œuvre de Dieu, la Part du Diable *scénario par John Irving*
P710. La Ratte, *par Günter Grass*
P711. Une rencontre en Westphalie, *par Günter Grass*
P712. Le Roi, le Sage et le Bouffon *par Shafique Keshavjee*
P713. Esther et le Diplomate, *par Frédéric Vitoux*
P714. Une sale rumeur, *par Anne Fine*
P715. Souffrance en France, *par Christophe Dejours*
P716. Jeunesse dans une ville normande *par Jacques-Pierre Amette*
P717. Un chien de sa chienne, *par Roger Martin*
P718. L'Ombre de la louve, *par Pierre Pelot*
P719. Michael K, sa vie, son temps, *par J. M. Coetzee*
P720. En attendant les barbares, *par J. M. Coetzee*
P721. Voir les jardins de Babylone, *par Geneviève Brisac*
P722. L'Aveuglement, *par José Saramago*
P723. L'Évangile selon Jésus-Christ, *par José Saramago*
P724. Si ce livre pouvait me rapprocher de toi *par Jean-Paul Dubois*
P725. Le Capitaine Alatriste, *par Arturo Pérez Reverte*
P726. La Conférence de Cintegabelle, *par Lydie Salvayre*
P727. La Morsure des ténèbres, *par Brigitte Aubert*
P728. La Splendeur du Portugal, *par António Lobo Antunes*
P729. Tlacuilo, *par Michel Rio*
P730. Poisson d'amour, *par Didier van Cauwelaert*
P731. La Forêt muette, *par Pierre Pelot*
P732. Départements et Territoires d'outre-mort *par Henri Gougaud*

P733. Le Couturier de la Mort, *par Brigitte Aubert*
P734. Entre deux eaux, *par Donna Leon*
P735. Sheol, *par Marcello Fois*
P736. L'Abeille d'Ouessant, *par Hervé Hamon*
P737. Besoin de mirages, *par Gilles Lapouge*
P738. La Porte d'or, *par Michel Le Bris*
P739. Le Sillage de la baleine, *par Francisco Coloane*
P740. Les Bûchers de Bocanegra, *par Arturo Pérez-Reverte*
P741. La Femme aux melons, *par Peter Mayle*
P742. La Mort pour la mort, *par Alexandra Marinina*
P743. La Spéculation immobilière, *par Italo Calvino*
P744. Mitterrand, une histoire de français.
1. Les Risques de l'escalade, *par Jean Lacouture*
P745. Mitterrand, une histoire de français.
2. Les Vertiges du sommet, *par Jean Lacouture*
P746. L'Auberge des pauvres, *par Tahar Ben Jelloun*
P747. Coup de lame, *par Marc Trillard*
P748. La Servante du seigneur, *par Denis Bretin et Laurent Bonzon*
P749. La Mort, *par Michel Rio*
P750. La Statue de la liberté, *par Michel Rio*
P751. Le Grand Passage, *par Cormac McCarthy*
P752. Glamour Attitude, *par Jay McInerney*
P753. Le Soleil de Breda, *par Arturo Pérez-Reverte*
P754. Le Prix, *par Manuel Vázquez Montalbán*
P755. La Sourde, *par Jonathan Kellerman*
P756. Le Sténopé, *par Joseph Bialot*
P757. Carnivore Express, *par Stéphanie Benson*
P758. Monsieur Pinocchio, *par Jean-Marc Roberts*
P759. Les Enfants du Siècle, *par François-Olivier Rousseau*
P760. Paramour, *par Henri Gougaud*
P761. Les Juges, *par Élie Wiesel*
P762. En attendant le vote des bêtes sauvages *par Ahmadou Kourouma*
P763. Une veuve de papier, *par John Irving*
P764. Des putes pour Gloria, *par William T. Vollman*
P765. Ecstasy, *par Irvine Welsh*
P767. La Déesse aveugle, *par Anne Holt*
P768. Au cœur de la mort, *par Lawrence Block*
P769. Fatal Tango, *par Jean-Paul Nozière*
P770. Meurtres au seuil de l'an 2000 *par Éric Bouhier, Yves Dauteuille, Maurice Detry, Dominique Gacem, Patrice Verry*
P771. Le Tour de France n'aura pas lieu *par Jean-Noël Blanc*
P772. Sharkbait, *par Susan Geason*
P773. Vente à la criée du lot 49, *par Thomas Pynchon*